10|18
12, avenue d'Italie — Paris XIIIe

Du même auteur
aux Éditions 10/18

LES AUDIENCES DE SIR JOHN, n° 3001
LE FER ET LE FEU, n° 3051
L'ONDE SÉPULCRALE, n° 3110

VENELLES SANGLANTES

PAR

BRUCE ALEXANDER

Traduit de l'anglais
par Jean-Noël CHATAIN

10|18

INÉDIT

« Grands Détectives »
dirigé par Jean-Claude Zylberstein

Si vous désirez être régulièrement tenu au courant
de nos publications, écrivez-nous :

Éditions 10/18
c/o 10 Mailing (titre n° 3156)
35, rue du Sergent Bauchat
75012 Paris

Titre original :
Person or Persons Unknown

ISBN 2-264-02811-4

À *Sasha Goodman*

CHAPITRE PREMIER

Où l'on me charge d'une commission et où je découvre un homicide

Il y a peu de temps, durant l'après-midi, le marin avec lequel je passais une heure dans une maison de café me conta une histoire. Ce n'était point un matelot ordinaire, car il occupait le poste d'officier en second à bord d'un navire de la Compagnie des Indes orientales. Moi, Jeremy Proctor, je l'avais le même jour représenté en ma qualité d'avocat, à la Haute Cour de justice du roi. En bref, j'étais parvenu à le défendre avec succès contre une accusation de voie de fait. Mon client s'était trouvé mêlé à une échauffourée dans un estaminet de bas étage, avec trois individus de réputation douteuse, lesquels clamaient qu'il les avait offensés. Il avait quitté les lieux sur-le-champ et ces derniers l'avaient suivi, exigeant réparation, avec force couteaux tirés et gourdin brandi. Ils s'avancèrent ainsi vers lui et le malheureux n'eut d'autre choix que de se fier à la seule arme qu'il portait sur lui : une épée. Non point un coutelas, à vrai dire... pas plus qu'un véritable sabre de combat... mais plutôt une arme de cérémonie, quelque chose dans le genre d'une rapière. Notre homme en connaissait nonobstant le maniement, comme en témoigna la scène sanguinolente, interrompue alors par un sergent de ville qui passait par là. Si mon client n'en avait certes tué aucun, les trois individus présentaient de si sévères entailles que chacun d'eux nécessitait sans plus attendre les soins d'un médecin.

Leur apparence devant la cour, plâtrés et pansés aux quatre membres, ne me facilita guère la tâche. Le témoignage que le tavernier livra à l'encontre de mon client, le décrivant comme une brute atrabilaire, blasphémateur et écumant de rage, me la rendit, à vrai dire, passablement malaisée. Je me débrouillai toutefois pour semer le doute sur ces quatre hommes. Et lorsque j'interrogeai l'agent qui s'était chargé de l'arrestation, j'établis que ce dernier connaissait fort bien les prétendues « victimes », lesquelles comptaient parmi les ruffians, souteneurs et autres proxénètes notoires ; l'un d'entre eux avait du reste purgé une peine à la prison de Newgate pour une rossée infligée à l'une de ses « protégées ». Le prévenu, mon client, témoigna à merveille à sa propre décharge. Il ne faiblit qu'une seule fois, lorsque le juge lui posa une question des plus raisonnables :

— Si vous étiez aussi innocent dans cette affaire que vous le prétendez, que faisiez-vous donc dans un débit de boissons, connu pour être un repaire de prostituées, d'entremetteurs et autres personnes engagées dans diverses activités criminelles ?

Ce à quoi, après avoir hésité quelques instants de trop, mon client répondit :

— Milord, si cet endroit avait la réputation que vous venez de décrire, elle n'était pas parvenue jusqu'à moi. Je ne suis pas londonien mais, comme vous devez le deviner à mon accent, gallois de Cardiff. Je ne possède de votre grande cité que la connaissance d'une personne en visite. Disons que je suis entré dans cet établissement à l'aveuglette et comme par mégarde, et je regrette amèrement mon erreur.

Bien qu'elle parût tout aussi sensée, sa réponse me donna l'impression — et je craignis que juge et jurés ne partagent mon point de vue — que, s'il avait dit la vérité, il en avait occulté une partie. Quoi qu'il en fût, je formulai de mon mieux ma plaidoirie pour anéantir le moindre soupçon, en usant des arguments suivants :

— ... légitime défense !... seul contre trois !... à sa place, qui ne se serait pas défendu de la même façon ?

Et cætera... Mon exposé l'emporta. En quelques minutes, les jurés s'en revinrent avec un verdict de non-culpabilité. Mon client et moi quittâmes la salle de conserve. Il se montrait si enchanté, pour ne pas dire surpris, par l'issue du procès qu'il me pria d'être son invité à une collation pour le midi. Puisqu'on ne m'attendait plus au tribunal ce jour-là et que je connaissais une maison de café proche de l'Old Bailey[1], laquelle, outre la divine ambroisie qui était mon péché mignon, servait toutes sortes de petits pains au lait et de sucreries, j'acceptai volontiers son invitation. En toute franchise, une question me taraudait encore et je souhaitais la lui poser.

Tandis que nous sirotions nos boissons et nous sustentions, nous ne pouvions guère aborder d'autre matière que le procès qui venait de se conclure, aussi n'eus-je aucune peine à l'amener au sujet qui me préoccupait.

— Je me suis senti en difficulté à un seul moment, lui confiai-je, et ce fut lorsque le juge vous a interrogé sur la raison de votre présence en cet endroit.

— Eh bien... je...

— Vous hésitez, dis-je. Comme vous avez hésité tantôt.

Je le fixai du regard sévère qu'aurait eu tout magistrat.

— Vous pouvez bien me l'avouer, à présent... que *faisiez-vous donc* là-bas ? Simplement en quête d'une compagne à peu de frais pour la nuit ? Ou mandé par une affaire bien plus importante ?

Il me narra alors sa mésaventure comme suit :

— Bien que je sois l'officier en second à bord d'un grand vaisseau, déclara-t-il, et dispose d'une autorité et

1. Cour d'assises de Londres. *(N.d.T.)*

d'une responsabilité qui l'emportent sur la plupart des hommes accusant le double de mon âge, je crains d'être moins averti des choses de la vie qu'aucun Londonien deux fois plus jeune que moi. La veille de l'incident qui eut les conséquences dont vous venez de me sauver, j'ai profité de ma première soirée à terre. Je suis allé voir une pièce à Drury Lane. Caressant l'espoir d'un spectacle de Shakespeare, mes vœux ont certes été exaucés... mais seulement dans le goût du jour : un *Roméo et Juliette*, tronqué, remodelé et « amélioré » pour satisfaire aux exigences d'un public composé de négociants et de leurs dames.

« Seul, je m'étais rendu au théâtre, et seul j'en étais sorti, passablement outré par ce qu'on avait fait subir à l'œuvre d'un poète que je vénérais. J'étais donc en proie à la fâcherie, lorsque, sans crier gare, une enfant... une jeune fille de quatorze, quinze ans tout au plus... m'a tiré par la manche, me murmurant non sans quelque urgence qu'il lui fallait trouver un gîte où passer la nuit. Je fus aussitôt frappé par son air d'innocence et, je le confesse, par sa beauté. Elle semblait au bout de ses ultimes forces, totalement désespérée, voyez-vous. Je lui ai demandé si elle avait faim. "Oh oui ! monsieur, m'a-t-elle répondu. Cela fait si longtemps que je n'ai mangé mon content !" Puisqu'il en était ainsi, je lui ai proposé de m'accompagner dans un établissement que l'on m'avait recommandé. Son visage et ses mains n'étaient point malpropres, pas plus qu'elle n'arborait une toilette élimée. Bref, on ne nous a pas refusé l'entrée, encore que j'aie noté qu'on nous plaçait dans un coin, à l'écart des autres clients.

« Nous avons bien soupé d'un plat de bœuf et nous avons conversé... ah, de quoi n'avons-nous pas conversé ! Lorsque je lui ai appris que j'étais officier à bord d'un bâtiment de la Compagnie des Indes orientales, elle a souhaité tout connaître de cette contrée, dont on sait si peu de choses ici, bien qu'on en cause à l'envi. Je lui ai donc parlé de la richesse des maharadjahs, des chevauchées à dos d'éléphant et de la chasse au tigre. Elle m'assaillait de ses questions et mes récits l'émerveillaient tant qu'elle en restait réellement bouche bée de stupéfaction. Ce qui l'a rendue d'autant plus attirante... de manière enfantine, bien sûr. J'avoue cependant qu'alors que nous étions assis à deviser, je m'amourachais déjà d'elle à demi. Je suis homme à m'émouvoir facilement, monsieur, et n'ai point honte de l'admettre. Rappelez-vous aussi que je venais d'assister à une représentation de *Roméo et Juliette* qui, quoique dénaturée, n'avait sans doute pas manqué de m'affecter.

« Je me suis par conséquent retrouvé à sa merci, lorsque après que je me fus enquis de sa situation, elle m'a livré le plus sombre récit qui soit de ses malheurs. Elle m'a confié qu'elle était depuis peu à Londres, ayant quitté Scarborough — un long voyage, assurément — pour s'occuper d'une tante à la santé fragile. La pauvre femme n'avait point tardé à rendre l'âme, laissant sa nièce entre les mains de ses créanciers. Ils étaient venus et avaient saisi tout ce qui aurait pu être vendu pour régler le retour en coche jusqu'à Scarborough. Craignant que ces vautours ne la pourchassent et lui dérobent ses propres biens, la jeune fille avait pris pension dans une maison respectable et s'était mise en quête d'un travail. Comme elle n'avait rien trouvé et était restée plus longtemps qu'elle ne pouvait payer, on l'avait chassée de son logis ce matin-là. Sa sacoche contenait ses effets et quelques babioles offertes en souvenir par sa tante... mais c'était bien tout ce qu'elle possédait. Nous étions encore à table lorsqu'elle s'est mise à pleurer. J'ai compris que j'étais à même de profiter de sa situation, mais pas question pour moi de jouer les séducteurs, surtout auprès de quelqu'un que je jugeais aussi jeune et aussi innocente. Après avoir réglé l'addition de nos soupers, je lui ai donc donné ce qu'il me restait et lui ai dit de passer la nuit dans une hostellerie, promettant de la retrouver le lendemain soir, afin de payer ce qu'elle devait à la pension et offrir son retour en coche à Scarborough. Elle m'a confié le nom de cet estaminet — où la rixe surviendrait le lendemain —, en m'assurant qu'il se situait non loin de sa pension. Elle m'a baisé la main en signe de gratitude et m'a remercié mille fois. Je l'ai conduite dans un fiacre et nous nous sommes quittés.

« Le soir suivant, point de jeune fille, mais à sa place les trois individus que vous avez rencontrés au tribunal. Ils ont exigé l'argent que j'avais apporté pour elle, en déclarant qu'ils le lui porteraient. Je n'étais pas dupe de leur véritable nature... souteneurs, fripouilles... et je les ai appelés ainsi. Loin de s'en offusquer, ils ont accueilli mes propos avec un sourire narquois, m'ont suivi dans la rue et ont réclamé non pas des excuses mais l'argent que j'avais promis à la jeune fille. J'étais alors certain qu'ils l'avaient menacée, peut-être même molestée pour lui soutirer la raison de notre rendez-vous... aussi les ai-je châtiés avec mon épée. Mais comme j'ai eu le temps d'y réfléchir depuis, je comprends à présent qu'elle tenait un rôle actif dans cette mise en scène. Qu'ils aient été ses mandataires ou ses maîtres, ils agissaient selon des renseignements qu'elle leur avait fournis de son plein gré. Après tout, c'était elle qui, jouant les ingénues, avait indiqué le lieu où nous étions censés nous retrouver, lequel correspondait effectivement à la description du juge. Le fait qu'elle m'ait conduit en cet endroit signifiait qu'elle avait tout manigancé.

Le récit du jeune officier de marine marchande me déconcertait sur un seul point.

— Pourquoi n'avez-vous pas relaté toute l'histoire au juge ? m'enquis-je. En vérité, si vous l'aviez narrée dès le début au magistrat, vous n'auriez jamais été traduit en justice.

— Dans un premier temps, j'avais l'intention de la protéger, m'avoua-t-il. Puis, en comprenant le rôle primordial qu'elle avait tenu dans la manigance, j'ai eu honte d'avoir été dupé. J'étais simplement en proie à un trop vif dépit pour utiliser toute la vérité à ma décharge.

— Jeune homme, déclarai-je, car j'avais alors quarante-deux ans, soit presque vingt années de plus que lui, vous ne devez jamais ressentir un quelconque embarras à cause de votre bonne et généreuse nature. Pas plus que vous ne devez endurcir votre cœur, car la prochaine fois l'histoire peut être tout à fait véridique et l'innocence que vous percevez aussi réelle qu'elle le paraît. Tel est le conseil que m'a prodigué un jour une personne plus avisée que moi, et, à présent, je le fais mien à votre endroit.

Nous nous séparâmes peu de temps après. J'ignore s'il a médité depuis sur ce que je lui ai dit, et s'il y pensera beaucoup à l'avenir. En ce qui me concerne, j'y ai songé fortement et souvent, car cela a ravivé en ma mémoire avec une suprême précision l'une des affaires les plus sanglantes et les plus déconcertantes qui aient été confiées aux soins diligents de sir John Fielding.

Sir John, magistrat près le tribunal de Bow Street et chef des sergents de ville, me tint lieu dans ma jeunesse à la fois de maître et de père, de même qu'il symbolisait à mes yeux un personnage à mi-chemin entre le héros et le dieu. Nous nous étions rencontrés alors que moi, devenu orphelin, je comparaissais en son prétoire, sous la mensongère accusation de vol. Ayant vu clair dans le témoignage frauduleux de mes accusateurs, il les avait chassés non sans les gratifier d'un sévère avertissement, m'avait ensuite placé sous tutelle judiciaire, avant de finir par m'accueillir en sa maisonnée. Dès l'âge de treize ans, je vécus donc sous sa protection, accomplissant les moindres besognes que lady Fielding me confiait en notre demeure, et prêtant main-forte au magistrat chaque fois, et du mieux, que je le pouvais. Bien qu'il fût aveugle, l'homme n'avait guère besoin d'être assisté à proprement parler dans sa routine journalière. Toutefois, au cours de certaines enquêtes criminelles qu'il mena en sa qualité d'homme de loi, je pus lui apporter un concours plus direct, ou du moins m'en assurait-il fréquemment.

De toutes ces investigations, aucune ne le mystifia à ce point, ni ne suscita un plus grand effroi dans le quartier de Covent Garden, où nous résidions, que celle que je m'apprête à vous conter. Que cette affaire me causa également quelque peine, vous devez sans doute déjà vous en douter.

Nous étions en 1770, vingt-sept ans jour pour jour avant que je n'écrive ces lignes. Je me souviens encore aujourd'hui de celui où tout a commencé, où je n'avais cessé d'accomplir moult commissions et besognes diverses. Annie Oakum, qui remplaçait désormais Mme Gredge en qualité de cuisinière dans notre maisonnée (et s'acquittait bien mieux de la tâche), me demanda ce matin-là de l'accompagner pour ses emplettes à Covent Garden. J'avais alors quinze ans et la taille d'un solide gaillard, mais ma robustesse fut mise à l'épreuve au retour, car la jeune fille avait acheté des pommes de terre, des pommes et des carottes pour finir le mois... et je n'étais autre que sa bête de somme. Nous n'étions pas sitôt rentrés que lady Fielding fondit sur moi, en proie à une vive excitation, et me pria de courir à la malle-poste, afin d'y quérir une lettre qui venait d'arriver, en provenance de son fils, aspirant en service dans la Méditerranée (tout le courrier de la flotte était acheminé en diligence depuis Portsmouth). Sans doute inspirée par la description qu'il lui faisait des flamboyants palais de Constantinople, qu'il avait récemment vus de ses propres yeux, elle m'attela aussitôt à l'ouvrage, afin que notre propre palais miniature resplendît un peu plus. Tout en me priant de récurer l'escalier depuis le rez-de-chaussée jusqu'au nid d'aigle de ma mansarde, elle s'en alla rejoindre le Foyer Marie-Madeleine pour prostituées repenties, avec mon assurance que le travail serait accompli à son retour.

Il ne le fut point. On m'appela à l'étage au-dessous, afin que je me présente à sir John, qui devait me charger d'une course urgente. Mes missions pour le magistrat l'emportaient sur toutes les autres. Mais si j'avais eu le choix en la matière, j'aurais volontiers remisé le seau et la brosse et me serais hâté vers son cabinet. Sa singulière nature m'enchantait, car il pouvait être tour à tour grave et plein d'esprit; j'aimais les commissions qu'il me confiait, car elles me transportaient invariablement dans le vaste monde, que j'avais tant soif de connaître, et, en définitive, même si je cherchais à le dissimuler, je commençais à considérer les corvées domestiques comme quelque peu indignes de ma personne.

Quoi qu'il en fût, je filai sans lanterner plus avant à son cabinet, à la porte duquel je frappai d'une main ferme. Tandis que j'étais invité à entrer, je trouvai à l'intérieur M. Marsden, le greffier du tribunal, aux côtés de sir John qui venait de lui dicter une lettre. L'ayant repliée en bonne et due forme, M. Marsden allait y apposer de la cire et l'estampiller au sceau du magistrat.

— Ah, Jeremy, c'est toi, n'est-ce pas? déclara sir John. Viens donc t'asseoir. Ce sera fini dans un instant.

— Encore moins que cela, dit le greffier, car la missive est prête à être livrée.

Il glissa un coin de la lettre sous les doigts de la main droite du magistrat. Comme ce dernier le remerciait, le greffier me fit un signe de tête et prit congé.

— De toute manière, assieds-toi, Jeremy, dit sir John. Je souhaite que tu connaisses le contenu du pli, afin que tu puisses mieux saisir les instructions particulières que je m'en vais te donner.

— Oui, sir John, répondis-je en m'installant sur l'un des deux sièges placés face à son bureau.

— Sir Thomas Cox vient de s'éteindre.

J'avais vaguement eu vent de ce nom. Il me parut séant de formuler quelque remarque et je pris donc l'air le plus incrédule qui fût :

— J'ignorais qu'il était souffrant.

Ce sur quoi le magistrat partit d'un gros rire de gorge :

— Il ne l'était point, à moins que la vieillesse ne soit une affection. Non, il avait octante-sept ans... quatre-vingt-sept ans, si tu préfères... ce qui dépasse de loin l'espérance de vie de tout un chacun. J'aurais volontiers applaudi sa longévité s'il avait eu la bonne grâce de prendre sa retraite il y a cinq ans ou davantage. Bien que ni toi ni quiconque ne risquiez de l'avoir appris, sache qu'il était coroner[1] de la Cité de Westminster. En vérité, il n'y a aucune raison pour que tu aies été au courant. Durant les cinq dernières années, il n'a pas convoqué un seul jury, ni mené la moindre enquête, mais il répugnait à abandonner sa charge et l'argent qu'elle lui rapportait. Aussi promettait-il d'année en année de reprendre ses fonctions officielles, dès lors qu'il y serait apte.

— Et il ne l'a jamais été, dis-je. Qui donc s'y est employé à sa place, alors ?

— Officiellement, personne. De fait, moi-même.

Les doigts du magistrat pianotaient en douceur sur la missive posée sur le bureau.

— La fonction de coroner, vois-tu, fut créée voilà fort longtemps pour pallier l'ignorance humaine de la mort. Le coroner avait le pouvoir de rassembler un jury et occupait alors peu ou prou les fonctions d'un juge. Ensemble, ils étaient censés rendre un verdict quant à la cause du moindre décès sujet à caution : accident ou meurtre, mort naturelle ou empoisonnement, et ainsi de suite. Ma foi, dans la pratique, un magistrat expérimenté ou même un sergent de ville peut déterminer cela. Si nous découvrons toute une maisonnée massacrée à coups de hache — comme cela fut le cas il y a peu de temps, dans Grub Street[2] —, alors nous savons, grand Dieu, qu'un meurtre a été commis. La seule enquête récente dont j'ai souvenance où l'on fit quelque effort pour maquiller la

1. Officiel chargé de déterminer les causes d'un décès, dans le cadre d'une enquête judiciaire. *(N.d.T.)*

2. Cf. *Le Fer et le feu*, 10/18, n° 3051.

nature du crime n'est autre que l'affaire Goodhope[1]. Et il nous a fallu un avis médical pour définir la cause exacte du décès.

— Avis que nous a fourni M. Gabriel Donnelly.

— Tout à fait. Et c'est ce qui m'amène à la lettre ici présente devant moi. Le président de la Haute Cour m'a annoncé ce matin le décès de sir Thomas. Il a reconnu que dans les faits le poste de coroner de la Cité de Westminster avait été vacant pendant cinq ans, mais m'a demandé de restaurer le processus officiel inhérent à cette fonction, avec convocation d'un jury et le reste, jusqu'à ce qu'on nomme un nouveau coroner permanent. En d'autres termes, il souhaite me voir œuvrer tout à la fois en qualité de magistrat et de coroner pour un temps indéterminé.

— Pouvez-vous assumer une telle charge, sir John? m'enquis-je.

— Oh, je l'espère bien, répondit-il. J'ai demandé à M. Marsden de consulter les règles de procédure puis de m'en faire la lecture, et elles s'avèrent assez simples. Cependant, je connais la façon dont le président de la Haute Cour et ses amis traitent pareils engagements, et tant que l'on accorde à une affaire une attention provisoire, ils sont ravis de l'abandonner ainsi indéfiniment. En l'occurrence, je n'ai aucune intention de les laisser agir de la sorte. J'ai donc posé mes conditions. Nul n'est besoin de les aborder, pour l'heure. Tu dois savoir, toutefois, qu'elles sont édictées dans cette missive. Par conséquent, je te demande, Jeremy, de la remettre en main propre au président; s'il est absent, alors tu dois l'attendre. Ma lettre nécessite une réponse immédiate... à savoir, s'il accepte ou non mes conditions. Il lui suffit d'écrire directement sur la feuille; M. Marsden m'a indiqué qu'il avait laissé moult place, afin qu'on y réponde brièvement. Le fait est que tu dois attendre pour cela

1. Cf. *Les Audiences de sir John*, 10/18, n° 3001.

aussi. Montre-toi insistant. Harcèle-le, au besoin. Mais rapporte-moi une réponse.

— J'y veillerai, sir John.

— Brave garçon.

Il me tendit la missive scellée, mais j'hésitai en la prenant :

— Il n'y a qu'un petit détail, dis-je.

— Oh ?

— J'étais en train de frotter l'escalier au-dessus et je ne suis pas vêtu comme il sied pour rendre visite au président de la Haute Cour... puisque je risque de devoir l'attendre, j'entends.

— Je ne comprends pas très bien.

— Le majordome du président ne me laissera pas entrer, si je ne porte pas mes meilleurs habits.

— Il s'y opposera, tiens donc ? Eh bien...

Je sentis comme une note d'agressivité dans ses propos. Il se tut un instant, puis, d'un ton plus conciliant, conclut :

— En effet... humm... peut-être ferais-tu mieux de te changer. J'avoue que l'idée qu'un majordome puisse imposer quelque tenue vestimentaire ne me plaît guère. L'existence même des majordomes ne m'enchante pas du tout, à vrai dire. Mais ne lambine point. J'apprécierais que cette affaire soit réglée aussi promptement que possible.

Armé des meilleures intentions, je partis peu de temps après pour Bloomsbury Square, où résidait William Murray, comte de Mansfield, président de la Haute Cour du roi.

Tandis que je m'engageais dans New Broad Court, je ressemblais à mon sens au parfait jeune gentleman. Une soudaine poussée de croissance au printemps avait nécessité l'achat de nouveaux atours. Lady Fielding dépensa de manière tout aussi avisée et généreuse qu'elle le fit pour son fils, Tom, mêlant effets de confection et vêtements d'occasion de bonne qualité; en vérité, elle montra davantage de largesses à mon endroit, puisqu'elle avait acquis deux culottes toutes faites, dont une plus sombre et taillée dans une étoffe plus solide, car destinée à un usage quotidien. Mais à l'instar de Tom, c'était mon nouvel habit que je prisais le plus; il était vert bouteille, gansé de blanc, et comme l'avait dit le marchand : « À peine porté par celui pour lequel il fut réalisé sur mesure. » Comment ne point se sentir l'âme d'un véritable galant londonien dans un tel habit?

J'avais volontairement choisi cet itinéraire dans le but d'apercevoir une personne dont je m'étais récemment amouraché. Je connaissais seulement son prénom, qui était, selon elle, Mariah. Je doute qu'elle ait su mon nom, bien que je le lui aie confié. Mais elle rencontrait tant d'hommes chaque jour, devisait avec tous, entretenait des relations plus intimes avec certains... comment était-elle censée se rappeler quelqu'un qui ne lui offrait ni argent ni badineries spirituelles dans le goût du jour, mais uniquement une adulation niaise et une fascination muette?

Cela ne faisait guère plus de deux semaines que je l'avais remarquée pour la première fois. Je l'avais fixée des yeux dans une ruelle étroite, pour le moins stupéfié par sa ténébreuse beauté... mais pas exclusivement, car l'idée que je l'avais vue auparavant me traversa aussitôt l'esprit. Oh, cela avait très bien pu m'arriver, bien sûr. Londres s'avérait presque aussi vaste qu'aujourd'hui, une cité d'un million d'âmes environ. Je n'ignorais point qu'elle était une fille des rues, à la manière dont elle se tenait et cherchait à attirer l'attention des passants de la gent masculine. On en dénombrait tant comme elle, semblait-il, sur cette rive de la Tamise, œuvrant pour la plupart à Covent Garden et aux alentours. Cependant, ce sentiment de l'avoir déjà vue ne provenait pas, j'en étais certain, de quelque regard furtif au hasard des rues. Non, j'avais bel et bien l'impression de l'avoir connue, si je puis dire, beaucoup plus tôt. Pourquoi? Quand cela s'était-il produit?

On la croisait souvent dans New Broad Court, et parfois dans le voisinage de Drury Lane. Je m'étais hasardé à lui parler à une ou deux reprises... non, en fait, je lui adressai la parole par trois fois. La première, je lui demandai son nom et elle me le livra plutôt volontiers. Mais lorsque je l'en remerciai et m'éloignai, sans pouvoir songer à lui dire autre chose, elle m'interpella, moins par colère que par fâcherie. Le fait d'entendre son prénom n'avait point ravivé ma mémoire. À la seconde occasion, je m'adressai à elle par son nom, lui dis le mien, et lui demandai, en balbutiant à l'envi, si d'aventure je ne l'avais connue dans le passé. Elle me répliqua tout à trac et d'un air fort déluré qu'elle n'en avait pas souvenance, mais qu'elle pouvait y remédier, il ne m'en coûterait qu'un seul shilling. Ce qui m'arrêta net. Je bredouillai que je n'avais pas pareille somme sur moi, ce qui était un mensonge, lui souhaitai le bonjour et m'en allai quasiment coudes aux corps.

La troisième fois s'était produite pas plus tard que la veille. Je la cherchais parce que j'avais au moins une vague idée sur cette fameuse toute première entrevue, mais à peine plus que cette vision fugace que j'avais précédemment écartée. Cela m'était venu comme dans un rêve, alors que je songeais à des divertissements ayant eu lieu dans Covent Garden. Je n'allais lui poser qu'une seule question et pourrais ensuite en avoir le cœur net. Pourtant, lorsque l'occasion se présenta pour moi de l'aborder à son endroit habituel, elle me reconnut au loin, comme celui qui avait déjà tenté de converser, et se détourna, non sans quelque irritation. Elle remonta hâtivement Drury Lane, comme je marchais sur ses brisées. Elle parvint alors à hauteur d'un gaillard d'environ ma stature, bien qu'il dût être mon aîné de quelques années. Tout en lui chuchotant à l'oreille, elle fit volte-face et pointa l'index dans ma direction, puis reprit prestement son chemin. L'individu se dirigea néanmoins tout droit vers moi et me barra le passage. Il m'accusa de « tourmenter la p'tite dame » et me conseilla de « décamper dans l'aut' sens ». Puis, comme pour me prêter main-forte, il m'empoigna par les épaules et m'eût sans doute repoussé, si je le lui avais permis. Mais d'un mouvement vif des avant-bras, je me libérai de son emprise et de surcroît lui fis perdre l'équilibre. Il chancela sur quelques pas. Nous demeurâmes ainsi à nous jauger l'un l'autre, tandis que je regardais par-dessus son épaule, en quête de Mariah... mais en vain ; elle avait disparu parmi la foule des piétons de Drury Lane, à moins qu'elle ne se fût glissée dans une échoppe en chemin. Des passants s'étaient arrêtés, sentant une sorte d'acrimonie dans l'atmosphère, qui pouvait annoncer quelque distraction pugilistique. Nous les laissâmes sur leur faim. En découvrant, déçu, que Mariah n'était plus en vue, je dus témoigner d'un certain relâchement, car sans raison précise mon adversaire tourna inopinément les talons et s'en alla. Je fis de même, ignorant les badauds qui bougonnaient, mécontents que nous les ayons privés d'un spectacle. Sir John m'avait strictement enjoint à ne point me battre dans la rue, et il avait mille fois eu raison de le faire. Il eût été malséant qu'un individu sous sa protection troublât l'ordre public de façon aussi éhontée.

Cet après-midi-là, comme je quittais donc Bow Street pour me rendre à Bloomsbury Square, il est vrai que j'empruntai un chemin qui pouvait peut-être me conduire non loin de Mariah. J'avais cependant décidé de poser seulement un regard sur elle en passant et donc choisi de marcher sur le trottoir opposé à celui où elle avait coutume de se tenir. Elle m'avait offensé par sa mauvaise humeur... à s'éloigner en courant, comme elle l'avait fait, avant de dépêcher cette brute juvénile à mes trousses. Qui était-ce ? Que représentait-il pour elle ? Si Mariah n'avait nul désir de me causer, eh bien, je n'avais certainement aucun souhait de lui parler non plus. Pourtant, un ultime regard pourrait confirmer le souvenir que j'avais d'un certain dimanche après-midi, deux ans plus tôt, et d'une troupe d'acrobates, qui comptait une fille plus jeune que moi, plus agile et plus gracieuse que tous les autres. Était-ce elle ? Comment le savoir si je ne pouvais la contempler une fois encore ? Mariah ne demeurait nulle part en vue.

Mais ce fut elle qui me vit, en fait.

Comme j'arpentais l'un des côtés de la rue, tout en scrutant l'autre, je sentis une main se poser sur ma manche, qui tira tout à coup celle-ci. Je virevoltai aussitôt, prêt à me défendre, et découvris la fille à demi cachée dans l'embrasure d'une porte.

— Mariah ! m'écriai-je.

— Toi ! lança-t-elle à l'unisson.

Puis nous nous tûmes un instant, tout en nous considérant l'un l'autre avec surprise.

— T'as l'air fort distingué, aujourd'hui, dit-elle.

Elle s'exprimait d'une voix mal assurée, d'une manière qui laissait supposer qu'elle parlait une autre langue avec plus d'aisance que l'anglais. Cela aussi corroborait le souvenir que j'avais d'elle.

— Ce sont mes beaux effets, déclarai-je. Les meilleurs, à dire vrai.

Puis, j'ajoutai, dans le vil espoir de l'impressionner :

— Je suis en route pour Bloomsbury Square, afin de remettre une lettre au président de la Haute Cour de justice du roi.

— Tu besognes pour lui ?

— Non, c'est sir John, mon maître. C'est le magistrat du tribunal de Bow Street.

— Ah, j'ai entendu parler de lui. C't' un grand homme, pas vrai ? Il envoie tout l' monde à Newgate.

— Que nenni, il les envoie à l'Old Bailey, afin qu'ils soient jugés. *Ensuite*, on les dépêche à Newgate... ou à Tyburn.

Allait-elle saisir semblable distinction ?

— Oh... Tyburn ! fit-elle en s'agrippant la gorge, les yeux clos et la langue tirée. J' suis allée là-bas une fois pour r'garder une pendaison. Plus jamais ! C'est horrible !

— Je n'en doute pas. Je n'y suis jamais allé.

Un silence malaisé s'ensuivit. Mon esprit se vida totalement comme je la contemplais. Ses cheveux prenaient une teinte noire lustrée sous le soleil de l'après-midi. Ses yeux étaient presque aussi sombres. Ils parurent se plisser quelque peu. Était-ce par défiance ou révisait-elle son jugement ?

— J'ai été méchante avec toi, l'aut' jour. J' suis désolée.

Elle semblait réellement navrée, encore qu'elle n'offrît aucune explication pour sa conduite. Je souhaitais l'interroger sur l'identité de l'individu qu'elle avait diligenté pour entraver ma route. Je voulais lui demander pourquoi elle avait agi ainsi. Mais je n'en fis rien. Je hochai simplement la tête, comme pour affirmer que j'acceptais ses excuses.

— Il y a une question que j'aimerais te poser.

Elle me gratifia de son plus joli sourire.

— Et qu'est-ce que t'aimerais savoir ?

— Depuis le premier jour où j'ai posé les yeux sur toi, j'ai le sentiment de t'avoir déjà rencontrée auparavant... et en un sens, je crois que c'est le cas. Dis-moi, quand tu étais plus jeune, ne travaillais-tu pas avec une troupe d'équilibristes. d'acrobates ?

— *Saltimbanchi ? Acrobati ? Si !...* Oui, c'étaient mes frères et mon père. Ils... sont rentrés en Italie.

— Et ils t'ont laissée ici ?

Cette seule idée me parut des plus monstrueuses. Ils l'avaient, en effet, rendue orpheline, alors qu'elle était de leur propre sang.

Mais tandis que ces sombres pensées m'assaillaient, une tristesse indéniable envahit son visage. Il parut se décomposer sous mes yeux. Elle se détourna, mais je vis qu'elle pleurait. Une telle vision me brisait le cœur. J'enfouis la main dans ma poche et y trouvai le mouchoir qu'Annie m'avait lavé. Je le glissai fermement dans la main de Mariah. Il fallut une minute ou deux pour qu'elle séchât ses larmes et se mouchât, mais elle parvint enfin à se ressaisir.

— Non, c'est pas ça, dit-elle. C'est moi qu'on doit blâmer. J' me suis conduite comme une idiote. J'ai dit qu' j' voulais pas aller en Italie. J' voulais rester en Angleterre. Ils ont dit que j' devais faire c' qu'ils disaient... mais la nuit avant leur départ, j' me suis enfuie et j' me suis cachée chez ceux qu' je croyais être mes amis.

Elle ajouta alors, non sans aigreur :

— De faux amis, en réalité.

— Quand était-ce ? m'enquis-je. Quand cela s'est-il passé ?

— Il y a un mois.

— Et tu es toujours dans la rue depuis ?

— Non, j'étais d'abord dans une maison... tu comprends ? J'ai fui. Même ça, c'est mieux.

Tout à coup, elle s'écarta et arbora un sourire affecté.

— Mais on parl'ra d' ça après, oui ?

— Après ?

— Quel superbe habit ! s'extasia-t-elle en palpant l'étoffe avec tendresse. Ce sir John, il doit bien t' payer pour que t'aies un si joli habit. Mais écoute, comme j' t'aime bien et parce que tu m'as r'connue d'avant, j' te fais un bon prix. Deux shillings seulement. Viens, je gîte pas loin. On y va, hein ?

— Non, répondis-je fermement. Comme je te l'ai confié, j'ai une missive à remettre au président de la Haute Cour.

— Ah oui, la fameuse lettre, répliqua-t-elle avec une once d'ironie. Tu l' f'ras après, hein ?

— Non, je dois m'en aller.

Je glissai la main dans les vastes poches de mon habit et en sortis un shilling que je déposai dans sa paume.

— Prends-le pour le temps passé avec moi. Peut-être pourrons-nous deviser une autre fois ?

Elle s'empara du shilling avec avidité et l'enfouit dans

son corsage, entre ses seins délicats. Dieu que j'enviais cette pièce de monnaie !

— Pour un shilling, on cause quand tu veux... non, j' badine, hein ? Oui, on r'caus'ra, j' t'aime bien. Et la prochaine fois, tu viens avec moi, oui ?

— Au revoir.

— Au revoir et merci. *Grazie ! Molte grazie !*

Aussi malaisé qu'il me fût de me détacher d'elle, je me hâtai néanmoins et me retrouvai parmi la foule de Drury Lane, nageant à contre-courant de cette marée humaine et m'empressant de rejoindre Hart Street qui me mènerait tout droit à Bloomsbury Square. Ce n'était guère loin. Je n'avais point lanterné longtemps. Et dans ma célérité à me rendre là-bas, j'étais sûr d'avoir rattrapé les quelques minutes que j'avais perdues.

Lorsque j'arrivai à destination, je constatai cependant que je m'étais trop attardé, ou n'avais peut-être pas été assez véloce, car que vis-je s'ébranler en arrivant ? C'était bel et bien l'attelage de quatre chevaux de William Murray, comte de Mansfield, président de la Haute Cour. Debout sur le trottoir, je l'observai s'en aller, comme si j'avais pu le faire revenir par mon seul souhait. Je le vis enfin disparaître dans Great Russell Street, puis me dirigeai vers la porte, à laquelle je frappai avec le lourd heurtoir en forme de main. Je dus attendre près d'une minute avant que le majordome n'apparût en livrée. Comme j'avais grandi, sa silhouette me sembla moins imposante. La froideur de ses manières aurait toutefois repoussé tout un régiment de fantassins.

— J'ai une lettre pour le président de la Haute Cour, en provenance de sir John Fielding, annonçai-je en la brandissant comme l'eût fait un sergent de ville avec un mandat.

— Il vient de partir, rétorqua le maître d'hôtel en tendant la paume pour accepter la missive.

— On m'a demandé de la lui remettre en main propre et d'attendre la réponse.

— Il risque de ne point revenir avant un certain temps

— Peu me chaut.

— À ta guise, alors...

Il s'apprêta à refermer la porte.

— Euh... puis-je attendre à l'intérieur? m'enquis-je, en maudissant ce fieffé scélérat qui me contraignait à quémander. Peut-être sur ce banc du vestibule?

Il se tourna pour contempler le siège, puis revint vers moi... et me regarda de plus près, me détaillant de la tête aux pieds, en vérité.

— Certainement, déclara-t-il enfin.

Il s'écarta et me tint la porte ouverte en grand, tandis que j'entrais en la demeure et m'installais sur ledit banc. Bien que celui-ci fût capitonné, il était dépourvu de dossier. Il n'était pas très confortable, à dire vrai, mais cela valait toujours mieux que d'attendre au-dehors, à l'instar de quelque vagabond.

— Merci, dis-je au majordome, plus que jamais soucieux des bonnes manières.

— Je t'en prie, répondit-il en refermant l'huis.

Me tournant alors le dos, il commença à s'éloigner, puis virevolta pour me regarder encore :

— Jeune homme, déclara-t-il, c'est un habit fort élégant.

J'avais peine à en croire mes oreilles. Je balbutiai, bredouillai et parvins non sans mal à lui crier mes remerciements, alors qu'il disparaissait dans le couloir. Depuis deux ans que je naviguais entre Bow Street et Bloomsbury Square, je n'avais jamais vu le maître d'hôtel s'infléchir... pas une seule fois, ne serait-ce que de façon imperceptible. Il devait s'agir d'un fabuleux habit pour qu'il suscitât l'admiration d'un personnage à la nature si flegmatique.

Ledit habit m'avait également élevé dans l'estime de Mariah, à tel point qu'elle en avait doublé son tarif. Ah oui, bien sûr, comme j'étais assis là, livré à moi-même, mes pensées eurent tôt fait de me ramener à elle. Je me représentai son image lorsque nous devisions quelques minutes plus tôt, sur le pas de la porte. Il émanait certes une grande beauté de son visage, mais aussi une authentique émotion, de la vie, et de la bonne humeur, de surcroît. Toutes les Italiennes étaient-elles à l'avenant ? Non, j'étais convaincu que, parmi toutes les jeunes filles du monde, elle demeurait unique. Ainsi est-on enclin à penser, lorsqu'on est jeune.

Je m'efforçai ensuite d'évoquer au mieux le souvenir plus diffus de sa personne, deux ans auparavant. Un certain dimanche après-midi, je m'étais trouvé au milieu des badauds sur la piazza[1], à observer une troupe d'acrobates et d'équilibristes en train d'accomplir d'incroyables exploits. La plus impressionnante de tous n'était autre que cette petite fille aux cheveux noirs, qui grimpa tout en haut d'une pyramide humaine, prit un long moment la pose sous les applaudissements de la foule, avant de plonger, la tête la première, sur les tapis disposés en bas. Elle fit la culbute, rebondit sur les pieds, et l'ovation redoubla de ferveur. Les spectateurs aux anges firent pleuvoir les pennies. Elle les ramassa tant bien que mal et, lorsqu'elle passa devant moi, je lui lançai l'un des trois shillings qui me restaient en poche. Voyant d'où il provenait, elle me fixa de ses yeux sombres et baisa la pièce de ses lèvres suaves. Puis elle me remercia à tue-tête dans une langue étrange ; peut-être était-ce la même expression qu'elle avait prononcée quelques minutes plus tôt, quand nous nous étions quittés, celle qui, à l'oreille, sonnait un peu comme « moult grâces ». Ah, combien cela m'émut ! J'étais d'autant plus attendri par son geste qui glorifiait mon présent d'un baiser, et plus encore par son regard, lequel m'assimilait, en dépit de mes jeunes années, à une

1. Conçue par l'architecte Inigo Jones (1573-1652), Covent Garden s'inspirait de la place Royale (future place des Vosges) à Paris et de la piazza de Livourne, en Italie ; d'où ce surnom de *piazza*. *(N.d.T.)*

personne d'importance. Par la suite, je revins pendant des semaines à Covent Garden le dimanche, dans l'espoir de la revoir et de faire sa connaissance... mais en vain. J'appris plus tard que pareils artistes se déplaçaient sans cesse de foire en foire et de ville en ville. Nul ne pouvait savoir où ils se trouvaient.

Comme j'étais assis dans le vestibule, jambes étendues, à me tourner les pouces, je prêtais l'oreille aux bruits de la maisonnée du président de la Haute Cour, à mesure qu'ils me parvenaient, de près ou de loin. À l'exception des domestiques, elle semblait vide, mais une demeure semblable, encore plus vaste que celle de Black Jack Bilbo, devait abriter toute une armée de caméristes, serviteurs et autres valets de pied. À en croire les sons que je percevais, le nettoyage allait bon train. Une femme de chambre demanda l'aide d'un laquais pour déplacer des meubles, lequel accéda à sa requête dans un concert de secousses et de bruits sourds. Quelqu'un fredonnait une ritournelle dans les étages, peut-être pour hâter la besogne. Vide de son maître et de sa maîtresse, la maison bruissait de mille et une activités.

Et moi ? J'étais simplement assis, en proie à mes solitaires pensées, lesquelles me portaient toutes vers Mariah. Sa condition ne faisait pas l'ombre d'un doute. Seule à Londres, amenée par la tromperie à se séparer de sa famille, elle avait été contrainte de se prostituer pour survivre. Combien de temps pourrait-elle l'endurer ? Le premier jour où j'avais posé les yeux sur elle, deux ans auparavant, elle m'avait semblé plus jeune que moi, et à présent elle paraissait presque mon aînée. Encore quelque temps à battre le pavé et elle aurait l'air beaucoup plus âgée... sans que l'artifice du fard à joues ou de tout autre maquillage en soit responsable. Non, si elle poursuivait son chemin, tel que M. Bilbo me l'avait décrit, les ravages de la maladie et du gin auraient raison d'elle. Si je pouvais rêvasser à un échange de langoureux baisers avec elle, je ne me permettais même pas d'imaginer des étreintes plus charnelles... alors qu'elles se monnayaient aisément et que je disposais de l'argent. Si j'éprouvais une vive frayeur de la maladie, et chaque jour offrait à ma vue moult exemples des dégâts causés par la vérole, je craignais encore davantage d'entacher ma tendre affection pour Mariah de désirs vils et bestiaux. Le moindre passant pouvait se l'offrir moyennant deux shillings... à moins que ce ne fût contre une unique pièce. Moi seul pouvais lui donner...

Que pouvais-je lui donner, au juste ? Ce débordement de prévenance, cette constante hébétude à son endroit, qui semblait me posséder au plus haut point ? D'une certaine façon, cela ne me plaisait guère, car j'avais l'impression de ne plus avoir d'emprise sur mon propre esprit, alors que, je vous l'assure, cher lecteur, je m'étais toujours considéré comme un garçon sérieux. Toutefois, il était si délectable de se complaire à rêver de Mariah et si facile de se borner à cela... pour le peu de bienfait que cela procurait.

Car, une fois encore, que pouvais-je lui apporter ? De toute mon âme, je désirais changer sa condition, faire en sorte qu'il lui soit possible d'abandonner le trottoir. Mais comment y parvenir ? Je n'avais que quinze ans, peu d'argent en ma possession, aucun emploi régulier. Dans mon état de dépendance — j'étais orphelin, après tout —, l'idée que je puisse lui venir en aide se résumait à un vœu pieux. Peut-être avais-je fait le mauvais choix, lorsque sir John avait montré tant d'empressement à me voir embrasser la profession de typographe ; avec tout ce que j'avais appris de mon père et mon habileté à composer un texte, j'eusse pu à présent devenir compagnon, apte à mener une existence indépendante, voire à me marier. Mais l'éminent modèle que m'offrait le magistrat me détourna de toute considération d'ordre pratique, m'encouragea à hausser mes ambitions jusqu'à la justice, peut-être une visée par trop élevée pour quelqu'un tel que moi.

Ah, que n'aurais-je fait avec un peu d'argent ! Il ne m'aurait point fallu des mille et des cents, en réalité... seulement de quoi régler la traversée pour deux personnes jusqu'en Amérique. Là-bas, je pourrais débuter une nouvelle vie pour Mariah et moi. Tout le monde avait sa chance dans la grande cité de Philadelphie, ou peut-être Boston ou Baltimore. Ces noms avaient une consonance magique à mes oreilles, comme pour nombre de jeunes Anglais de cette époque ; des noms porteurs d'espérance, symboles d'optimisme pour aiguiser l'imagination. Et ils aiguisaient certainement la mienne, car que pouvais-je faire d'autre en attendant, que de divaguer follement sur ce que pourrait être notre vie, à Mariah et moi, dans les colonies américaines. Des aventures m'attendaient dans la profession d'imprimeur, peut-être même une carrière dans la justice, des discours à livrer, d'importants documents à signer, et dans tous ces rêves, Mariah se tenait à mes côtés, un modèle d'épouse pour un personnage tel que moi ; je la parerais de soie et de dentelles, nous aurions des enfants et une grande demeure pour nous accueillir. À moins que je ne devinsse fermier... la terre s'offrait à qui se donnait la peine de la prendre, dans ces vierges contrées ; il me suffisait de posséder une hache, une charrue, des semences... et Mariah ; ensemble, nous nous en sortirions, au mépris du danger, en nous entraidant avec nos voisins iroquois.

Ainsi occupais-je mon temps, assis en solitaire dans l'antichambre de cette vaste maison. Je perdis toute notion des minutes qui s'écoulaient ; des heures entières passèrent (deux, presque trois, en vérité). J'étais tant plongé dans mes pensées et mes élucubrations, que je remarquai à peine le retour du majordome, dont les talons martelaient... *clac-clac-clac*... le long vestibule, jusqu'à ce qu'il parvînt à moi, illuminant mon coin assombri avec le candélabre qu'il tenait en main. Je me levai d'un bond.

— Il est rentré, annonça-t-il en plaçant le chandelier sur une petite table.

Alors qu'il parlait, je perçus le grondement et le bruit de sabots de l'attelage de quatre chevaux qui s'arrêtait au-dehors, devant la porte. Par quel miracle le maître d'hôtel l'avait-il pressenti ? Existait-il une vigie postée dans les pièces au-dessus ?

Il ouvrit d'une main impérieuse et avec un « Bienvenue, milord », le tout ponctué du salut idoine. Je me plaçai à un endroit convenable, à l'écart de l'entrée, tandis que le président de la Haute Cour pénétrait telle une tornade en la demeure. Gratifiant le domestique de son tricorne et de sa canne, le comte de Mansfield m'adressa un regard et grommela.

— L'aide de sir John Fielding, déclara le majordome.

— Je le reconnais, rétorqua son maître.

Puis, à mon endroit :

— As-tu une lettre pour moi, mon garçon ?

— Certes oui, milord.

Après quoi je m'avançai, la lui tendis et exécutai une révérence de mon cru.

Il s'empara de la missive et en brisa le sceau, puis s'approcha du candélabre pour la lire.

— Smithers, dit-il au majordome, donnez-nous davantage de lumière, je vous prie. Lady Mansfield sera bientôt de retour et elle déteste encore plus que moi rentrer dans une demeure plongée dans la pénombre.

— Je m'en charge sur-le-champ, milord, répondit le serviteur.

Et il s'éloigna, tandis que son maître accordait toute son attention à la missive.

— Oh, il pose ses conditions, n'est-ce pas ? Eh bien !

Le président poursuivit sa lecture, marmonnant à part lui jusqu'à ce qu'il eût fini. Puis il replia la feuille et me la tendit.

— Tu peux dire à sir John que je ferai tout ce qui est en mon pouvoir, afin de veiller à ce que ses exigences soient remplies. Je ne saurais en promettre davantage.

Je gardai les mains résolument rivées à mes flancs... refusant de fait d'accepter la lettre.

— Sir John a exprimé le vœu que vous répondiez à sa requête par écrit, milord. Il a dit qu'il y avait de la place au bas de la page.

— Oh ? Vraiment ? Il souhaite quelque chose qu'il pourra me brandir sous le nez plus tard, n'est-ce pas ?

— Si vous le dites, monsieur.

— Je viens effectivement de le faire.

Il soupira, puis ajouta :

— Oh, soit... suis-moi, dans ce cas.

Il prit le chandelier et ouvrit la marche pour gagner la bibliothèque voisine. Debout devant le grand bureau, il s'empara d'une plume, la trempa dans l'encrier, puis griffonna son message. Il signa son nom d'un paraphe et me rendit la lettre, que, cette fois, j'acceptai en le remerciant.

— J'ai écrit ce que j'ai dit... je ferai tout ce qui est en mon pouvoir.

Il agita la main dans ma direction, d'un geste me signifiant mon congé :

— En route, mon garçon.

Je m'inclinai et le quittai, débouchant dans un vestibule subitement métamorphosé par l'éclairage d'une cinquantaine de bougies. Le majordome ne me prêta guère attention lorsque je sortis.

Il faisait presque nuit au-dehors. On avait allumé les réverbères tout autour de Bloomsbury Square. J'optai pour un itinéraire différent, en m'engageant dans Southampton, puis dans Little Queen Street, et ainsi de suite. S'il s'avérait plus long, et j'étais déjà en retard, ce chemin évitait les artères où j'aurais pu croiser Mariah. Je ne désirais pas l'apercevoir en train de converser avec quelque jeune godelureau, et encore moins de la surprendre, s'éloignant au bras d'un galant, vers quelque lieu de rendez-vous.

Comme toujours en fin de journée, les rues étaient remplies de gens quittant l'endroit où ils œuvraient pour regagner celui où ils se reposaient. Parmi eux, je repérai cependant quelqu'un qui se rendait précisément à son travail. Et il s'agissait de l'agent Perkins, qui était manchot. Il se trouvait juste devant moi lorsque j'obliquai dans Great Queen Street, et je le reconnus aisément de dos à la manche de son habit épinglée sous l'épaule. Une solide amitié nous unissait depuis le soir, un an auparavant, où nous avions inspecté de conserve les repaires en aval de la Tamise, en quête d'un témoin disparu. J'admirai la fière allure qui était sienne, au mépris de son affliction ; il possédait du bon sens à foison, témoignait par ailleurs d'une confiance et d'une bonne humeur avec lesquelles aucun sergent de ville pourvu de ses deux bras ne pouvait rivaliser.

— Bien le bonsoir, monsieur Perkins ! lançai-je, en courant pour le rattraper.

Il se retourna, à la fois prompt et circonspect — l'homme paraissait toujours sur ses gardes —, puis, lorsqu'il me reconnut, se détendit et s'accorda un sourire.

— Ah, Jeremy, c'est toi, n'est-ce pas ? Je parie que nous allons dans la même direction. Voudrais-tu faire la route avec moi ?

— Certainement ! répondis-je. Et comment allez-vous donc par cette belle soirée ?

— Ni mieux ni pis que la veille... ce qui revient à dire que je ne suis point en mauvaise condition du tout.

Nous nous mîmes à marcher côte à côte.

— Et où étais-tu à cette heure tardive ?

— J'étais allé porter une lettre de sir John au président de la Haute Cour, et j'ai dû attendre presque trois heures pour la réponse.

— Ah, ma foi, un homme tel que lui se fait toujours attendre. Il doit résider dans une grande demeure, pour sûr.

— Oh, oui, la plus grande que j'aie jamais vue... à Bloomsbury Square.

Cela dit, une idée me traversa soudain l'esprit :

— Monsieur Perkins, j'ai une question à vous poser.

— Pose-la donc, Jeremy.

— Pensez-vous que je pourrais compter parmi les sergents de ville ?

— Dans quelque temps, tu veux dire ?

— Nenni, je veux dire maintenant... bientôt. Vous et moi, nous savons, comme la plupart, que sir John a désormais la possibilité d'enrôler de nouvelles recrues.

— C'est vrai, ou du moins c'est ce que j'ai ouï dire.

— Pourquoi ne pourrais-je pas être l'un d'eux ? Je connais les tâches. Je connais Westminster et la Cité.

— Ma foi, tu es un peu jeune.

— On a recruté l'agent Cowley quand il avait dix-huit ou dix-neuf ans, quelque chose dans ces eaux-là.

— Tu as deux fois plus de cervelle que lui, à n'en point douter. Malgré tout...

Il y réfléchit, ne disant rien pendant quelques instants. Ce faisant, il nous entraîna dans Drury Lane, ce qui réduisit à néant mon intention de contourner les lieux de prédilection de Mariah.

— Je pensais que tu te destinais à la justice, reprit enfin le sergent Perkins. Voilà une besogne tant soit peu plus élevée que d'arpenter les rues, armé d'une matraque. Pour ma part, cela me chagrinerait de te voir abandonner une telle ambition.

— Eh bien, je n'y suis pas contraint, répliquai-je. Je pourrais étudier le droit à mes heures perdues, peut-être. Cela risque de me prendre plus de temps, mais...

— Au cas où tu ne l'aurais pas remarqué, Jeremy, nous autres sergents de ville, nous n'avons guère de temps à nous.

Il me décocha un regard perçant et ajouta :

— De plus, si tu veux bien me permettre d'être honnête envers toi, je ne suis pas sûr que tu aies le goût du sang. Tu es un vaillant jeune gars, sans aucun doute, car je t'ai vu réagir à l'occasion. Mais le soir, dans la rue, une fois sergent, tu dois toujours te montrer un peu irascible en toutes circonstances. Il faut conserver cette hargne et cette suspicion en toi, afin qu'elles te servent de bouclier.

Si quelqu'un te provoque, tu dois être prêt à frapper, même pour une raison anodine. C'est la seule façon de gagner le respect de cette grande horde de fripouilles qui hantent le quartier, la nuit ; il n'y a qu'ainsi qu'on y parvient. Toi, je le crains, tu tenterais de raisonner pareils individus.

Il marqua une pause, comme s'il eût réfléchi à quelque projet, quelque action à mener, puis reprit :

— Mais...

Nous venions d'emprunter New Broad Court, dans sa portion la plus étroite, à l'endroit exact où j'avais conversé plus tôt avec Mariah. Malgré mes précédentes résolutions, je me surpris à la chercher. Elle n'était visible nulle part.

— Mais quoi, monsieur Perkins ? Qu'alliez-vous dire ?

— Tout simplement ceci, jeune Jeremy : si tu devais nous rejoindre, je pourrais t'enseigner une ou deux choses. Que tu gardes ou non cette idée de t'engager dans les sergents de ville — et je te conseille de tout cœur d'y renoncer —, cela te ferait du bien de savoir comment mieux te comporter. Parfois, il arrive que tu sois appelé à sortir en pleine nuit et tu dois alors...

— *Au meurtre ! À l'assassin !*

Le cri nous parvint de si près qu'il sembla nous avoir été beuglé dans les oreilles.

— *Au meurtre !*

M. Perkins et moi fîmes volte-face comme un seul homme, en cherchant d'où provenait l'alerte, mais ce que nous vîmes, en revanche, fut une nuée de gens derrière nous, pressés de s'engouffrer dans un étroit passage. Il nous suffit de rebrousser chemin de quelques pas pour les rattraper. L'agent ouvrit la marche, les repoussant à hue et à dia à l'aide de sa matraque, mais sans pour autant les frapper. Tout en agissant ainsi, il psalmodiait :

— Écartez-vous, écartez-vous ! Je suis sergent de ville. Faites place aux forces de l'ordre !

Et, pour la plupart, ils obtempérèrent, le dos plaqué contre la brique rugueuse de la venelle, la tête se courbant sous l'autorité du bâton armorié de M. Perkins. Comme nous parvenions au bout de la sombre ruelle, nous découvrîmes qu'elle débouchait sur une modeste cour, ou peut-être une allée, où l'on apercevait des portes, ainsi qu'un escalier menant aux étages. Sous les marches, deux jambes dépassaient d'une jupe et de jupons. Pouvait-il s'agir de Mariah ? Non, le corps se révélait trop replet et la jupe était d'une autre teinte. Un petit homme tira et souleva les chevilles, afin d'extraire le cadavre de dessous l'escalier, tandis que sa compagne s'emparait de la bourse nouée à la taille.

— Lâchez cette aumônière, lança M. Perkins avec hargne, ou vous allez tâter de ma matraque ! Et vous (à l'adresse du comparse), laissez ses pieds ou je vous frappe aussi. Vous deux, mettez-vous sur le côté, et n'essayez point de filer !

Ils s'exécutèrent de mauvaise grâce, tandis que la foule marmonnait à leur encontre dans notre dos : « Vautours, détrousseurs de cadavres », et ainsi de suite.

— On voulait seul'ment trouver son nom, se défendit la femme qui avait tripoté la bourse. On pensait qu'y avait p't'êt' une let' à l'intérieur ou je n' sais quoi.

— Si vous le dites, reprit M. Perkins. Mais nous laisserons sir John en être juge.

— Il s' peut qu'elle soit vivante, déclara l'homme, un drôle d'individu à la face de rat. Elle est tiède au toucher.

— Alors, nous devons déplacer le corps. Jeremy, extirpe-la de dessous l'escalier.

Je m'attelai aussitôt à la tâche, n'éprouvant aucune répulsion à m'exécuter, tant que l'agent Perkins se trouvait là pour m'observer. Je tirai de toutes mes forces.

— À présent, qui parmi vous a crié au meurtre ? s'enquit le sergent.

Dans l'attroupement, quelqu'un qui n'était pas au premier rang leva la main :

— C'est moi ! C'est moi qui ai crié.

— Approchez et placez-vous à mes côtés.

Entre-temps, j'étais parvenu à extraire le corps de l'endroit où il reposait. C'était vrai que ses membres se révélaient encore chauds, mais la mort s'inscrivait sur son visage. Ses lèvres se crispaient en une grimace et ses yeux écarquillés fixaient le vide. Elle était jeune et, en d'autres circonstances, on l'eût jugée jolie. Deux grosses taches de fard donnaient quelque éclat à ses joues cireuses.

— Qu'en penses-tu, Jeremy, morte ou vivante ?

— Morte, selon toute apparence, mais je ne vois aucunc blessure.

— Des traces de strangulation sur la gorge ?

— Aucune.

— Il vaudrait mieux vérifier les battements de son cœur au poignet.

Voilà qui me déconcertait vivement.

— Les battements de son cœur au *poignet*, monsieur Perkins ?

— Ne t'inquiète pas, dit-il.

D'un geste des plus menaçants, il pointa sa matraque en direction du couple macabree.

— Restez où vous êtes ou vous en pâtirez, ajouta-t-il.

Il s'approcha du corps, s'agenouilla, posa son bâton, et prit ensuite le poignet dans sa main.

— Tu vois, Jeremy ? Juste ici. Tu effleures cet endroit avec ton pouce et tu peux sentir le sang circuler... *si toutefois* il circule. Mais ce n'est pas le cas.

Il lança alors un regard méfiant sur les deux gredins, puis son attention se reporta sur le cadavre. Il baissa sa blouse et son corsage. Ainsi libérés, les seins s'affaissèrent sous leur propre poids. Petits rires sots et gloussements s'élevèrent parmi les badauds. Il jeta un regard de dégoût à ceux qui cherchaient à y voir de plus près, puis posa la main sur la poitrine de la défunte. Lorsqu'il la retira, sa paume était tachée de sang.

— Voilà ta blessure, déclara-t-il. Elle est faible, juste sous le sternum, elle traverse le cœur. Elle saigne peu. La mort vient de se produire.

Il claqua dans ses doigts.

Ramassant sa matraque, il se leva d'un bond, puis s'adressa à la foule :

— Maintenant, si quiconque parmi vous pense connaître cette pauvre femme, vous pouvez observer son visage.

Il ajouta à mon endroit :

— Recouvre-lui le torse, Jeremy. Fais en sorte qu'elle soit décente.

J'œuvrai de mon mieux et notai, en effleurant sa peau, qu'elle s'était quelque peu refroidie.

— Quant à vous, poursuivit l'agent à l'adresse de ceux qui obstruaient encore la venelle, je vous conseille de partir. Sir John Fielding sera bientôt ici, accompagné de beaucoup d'autres sergents de ville. Ils ne seront point tendres avec les curieux. À tous ceux qui ne restent pas pour identifier la victime ou porter témoignage, *je donne l'ordre de se disperser* !

Bien qu'ils parussent peu enclins à obéir, la plupart tournèrent les talons et rebroussèrent chemin dans le passage.

— Vous les avez effrayés, commentai-je.

— Et à présent, dit-il, je dois te chasser aussi. Va-t'en quérir sir John, Jeremy. Raconte-lui ce qui s'est passé et, en revenant avec lui, apporte quelques lanternes. Sans elles, nous risquons bientôt de n'y voir goutte alentour.

Je m'en allai donc, m'ouvrant un chemin dans la ruelle et scandant des paroles de mon cru sur l'importance de ma mission, à l'instar de M. Perkins, quelques minutes plus tôt. Après moult contorsions, je dépassai les derniers badauds et me précipitai dans Broad Court. À un certain endroit, je crus entrevoir Mariah, mais je n'avais ni le temps ni le désir de m'en assurer. Le devoir m'appelait à Bow Street !

CHAPITRE II

Où un vieil ami s'en revient et offre son aide

Comme il partait à la hâte et dans la confusion, sir John chargea l'agent Baker d'informer lady Fielding qu'on l'avait appelé au-dehors, pour une affaire urgente.

Tandis qu'il s'apprêtait à s'en aller, le sergent hésita :

— Dois-je lui annoncer qu'il s'agit d'un meurtre ?

— Non, répondit son chef, cela ne ferait que la troubler. Mais dites-lui cependant que Jeremy m'accompagne et qu'il s'en reviendra avec moi. Elle ne doit, en aucune manière, nous attendre pour le souper.

Il ponctua ses propos d'un hochement de tête et M. Baker se précipita vers l'escalier.

S'adressant alors au reste d'entre nous, sir John ajouta :

— À présent, mettons-nous en route.

Nous étions au nombre de quatre. Outre le magistrat et votre serviteur, le brigadier M. Benjamin Bailey et le jeune sergent Cowley complétèrent le groupe, lorsque nous prîmes la direction de Broad Street Court. M. Bailey partit en tête, nous libérant le passage au fur et à mesure parmi les piétons ; M. Cowley lui emboîtait le pas, tandis que sir John et moi marchions sur ses brisées.

M. Cowley se retourna et pointa l'index devant lui :

— Nous avons de la chance, monsieur. Le Faucheux et sa carriole nous précèdent.

Je lançai un regard et constatai qu'il disait juste. Ledit Faucheux, un individu de mauvais augure à la mine hideuse, se révélait le collecteur attitré des défunts indigents sur cette rive du fleuve. C'était peu dire que les habitants l'évitaient ! Et comment aurais-je su les en blâmer, car avec la tête de mort grossièrement peinte sur son tombereau, tiré par deux chevaux d'apparence pour le moins moribonde, il devait incarner à lui seul le funeste destin qui nous attendait tous. D'effrayants récits circulaient à son sujet. Certains considéraient même que sa seule vision constituait la pire des infortunes. Ce qui expliquait pourquoi les gens se bousculaient du côté de Bow Street que nous arpentions, alors que le sien demeurait désert.

— Dois-je lui dire d'attendre, sir John ? demanda M. Cowley. Cela lui évitera un voyage, ma foi.

— Vous pouvez le faire, en effet.

Le jeune sergent s'en alla intercepter notre homme. Nous nous engagions dans New Broad Court lorsqu'il nous rejoignit, et nous aperçûmes la venelle, où M. Perkins nous attendait.

— Le Faucheux a dit qu'il était venu ramasser le vieux Josh, le mendiant, déclara l'agent Cowley. Il s'est effondré et a rendu son dernier souffle en bas de la rue, dans Russell Street.

— Le vieil homme au mirliton ? s'enquit sir John.

— Celui-là même.

— Eh bien, vous savez, intervint M. Bailey, je ne saurais dire que cela me surprend. Il ne semblait guère au mieux, ces derniers mois.

— Cela m'attriste réellement, confia le magistrat. Il vous saluait toujours avec chaleur et remerciait les gens avec sincérité.

Puis, dans un soupir, il ajouta :

— Il a trépassé promptement, et c'est une bénédiction.

Tout en poursuivant notre chemin, nous accordâmes au vieux Josh quelques instants de respectueux silence. Ce fut à moi qu'il incomba de reprendre la parole.

— C'est juste devant, monsieur Bailey ! criai-je au brigadier. Ce passage mène à une cour.

— Oui, répondit-il, je le connais assez bien... et cette cour débouche sur une venelle qui conduit à Duke's Court.

Ce que j'ignorais. Autant que faire se pouvait, j'évitais pareils endroits sombres et exigus.

Les menaces proférées par l'agent Perkins à l'adresse des badauds n'avaient point été vaines. Nous trouvâmes le passage désert et, en pénétrant dans la cour, découvrîmes quatre personnes en compagnie du sergent, sans compter la défunte. Il en fit avancer deux en direction du magistrat. Je les reconnus aussitôt.

— Je vous demande pardon, sir John, déclara M. Perkins, mais j'ai pensé que vous souhaiteriez peut-être vous débarrasser de ces deux-là en premier lieu.

— Qui sont-ils ?

— Déclinez vos identités.

— Bert Talley, monsieur.

— Esther Jack, Vot' Seigneurie. Mais on f'sait que...

— *Silence !* mugit l'agent. Je vais tout d'abord relater à sir John ce que j'ai vu. Ensuite, seulement, vous pourrez vous exprimer.

— Poursuivez, monsieur Perkins.

— En ce qui concerne ce que j'ai vu, donc, mon rapport sera bref. Lorsque Jeremy et moi, nous nous sommes frayé un chemin jusqu'ici, il y avait toute une horde de curieux, que j'ai chassés depuis, et j'ai trouvé ces deux-là. Lui était en train d'extraire la victime de dessous les marches, juste au-delà de l'endroit où elle gît à présent. Et cette femme... elle tirait sur l'aumônière attachée à la taille de la défunte. À ce moment-là, je me suis dit — et je le pense toujours — qu'on les avait surpris en train de commettre un larcin ; qu'ils avaient l'intention de dérober cette bourse et filer par la venelle. Je les ai donc retenus, pour qu'ils attendent votre jugement en la matière.

— Bien présenté, monsieur Perkins, commenta sir John. À vous, madame, de livrer votre version des faits.

— On pensait seul'ment aider à identifier la fille en j'tant un coup d'œil dans son aumônière... au cas où y aurait eu une let' ou qu'è'qu' chose dans c' goût-là.

— Était-il nécessaire de déplacer le corps pour ce faire ?

— Ça l'était, milord, répondit Bert Talley à la face de rat. Y avait qu' ses pieds qui dépassaient d' l'escalier. On a entendu qu'on criait au meurtre et on est v'nus en courant. C'est comme ça qu'on l'a découverte. Alors, j' l'ai tirée d' là-d'sous, et même qu'elle était encore chaude.

— Est-ce exact, monsieur Perkins ?

— Tout à fait, sir John, et c'est ce qu'il nous a dit. Nous avons dû déplacer le corps davantage, pour nous assurer que la victime n'était pas encore en vie.

— Ils se sont donc donné quelque peine pour vous prêter main-forte, en l'occurrence ?

— D'une certaine manière, oui, monsieur.

— Et la femme n'a point ouvert la bourse ?

— Non, monsieur, elle essayait simplement de la détacher.

— Je crains donc que, s'agissant de préméditation, et seulement cela, nous devions accepter leur bonne foi. Monsieur Talley et madame Jack, vous pouvez disposer, mais je dois vous prévenir que si l'un ou l'autre de vous deux venait à comparaître en mon tribunal de Bow Street, j'aurais souvenance de cet incident et le retiendrais à votre encontre. Considérez cela comme un avertissement de bon aloi.

Hochant la tête et se tordant les mains à l'envi, le couple se confondit en remerciements, puis s'en alla dans la ruelle.

Une conversation débuta alors entre sir John et l'agent

Perkins, où furent abordés la description de l'endroit, l'état du cadavre et la nature de ses blessures. Selon le sergent, la femme s'était éteinte depuis peu, peut-être quelques minutes à peine, lorsque lui et moi parvînmes sur les lieux du crime.

— Existe-t-il une manière quelconque de déterminer dans quelle partie précise de cette cour la blessure fut infligée ? questionna sir John. Je présume qu'on ne l'a pas poignardée à l'emplacement même où elle a été découverte.

— C'est peu vraisemblable, monsieur. Est-ce important ?

— Peut-être bien. Oui, absolument. Monsieur Bailey ? Monsieur Cowley ?

Les deux sergents rejoignirent prestement le magistrat. M. Bailey s'enquit des desiderata de ce dernier.

— Voudriez-vous tous les deux inspecter le sol alentour et chercher les traces d'une quelconque bagarre ? Nous supposons que la femme — la victime, si vous préférez — a été poignardée autre part. Au dire de M. Perkins, elle se révèle assez corpulente, environ cent soixante-dix livres ; il a donc fallu la traîner jusqu'à cet endroit, sous l'escalier. J'ai bien peur que la cour n'ait été tant soit peu piétinée, mais compte tenu de son embonpoint, on devrait apercevoir encore les traces de ce corps ainsi déplacé.

La requête de sir John sembla déconcerter M. Cowley :

— Mais, monsieur, il fait déjà nuit noire. La lune n'est plus d'un grand secours.

— Je ne saurais donc trop vous conseiller d'user de cette lanterne que je vous ai demandé d'emporter avec vous. J'espère que vous l'avez fait.

— Euh... oui, sir John.

— Alors, allumez-la et mettez-vous à l'œuvre. Monsieur Perkins ? J'aimerais m'entretenir avec l'individu qui a donné l'alerte. Amenez-le-moi, voulez-vous ?

Comme l'agent Perkins s'en allait quérir le témoin, sir John se pencha vers moi et me chuchota :

— Jeremy, décris-le-moi, veux-tu ?

— Certainement, monsieur, répondis-je. C'est un homme de petite taille, qui dépasse à peine les cinq pieds... ne pèse guère plus de cent vingt livres, plutôt cent dix, je dirais... et assez décemment vêtu.

— Humm... marmonna-t-il. Cela ira. Merci.

L'instant d'après, ledit individu se trouvait devant nous. J'étais tout ébaubi de constater qu'un homme de sa modeste carrure avait pu beugler avec une aussi belle vigueur.

— Veuillez décliner votre identité au magistrat, commença M. Perkins.

— Sebastian Tillbury, monsieur.

Il s'exprimait à haute et intelligible voix.

— Et quelle est votre profession, monsieur Tillbury ?

— Je suis valet d'écurie, monsieur ; en toute modestie, je n'ai pas mon pareil pour m'occuper des chevaux. Et si vous souhaitez connaître l'établissement où je besogne, c'est l'*Elephant and Castle*, dans le Strand.

— Ah ! fit sir John, il s'agit d'une auberge fort respectable, en vérité.

— Il n'y a pas de meilleure adresse pour les voyageurs dans Westminster.

— Sans doute, mais dites-moi, monsieur Tillbury, par quel hasard avez-vous découvert le cadavre de cette malheureuse ? Aviez-vous emprunté la ruelle en venant de Duke's Court ?

— Non, monsieur, de ce côté-là, c'est fort dangereux à la tombée de la nuit. Je suis tombé dessus tout naturellement, en rentrant chez moi, voilà tout. Je loge dans une chambre qui donne sur la cour. Ce n'est pas un palais, mais je m'en contente. J'ai traversé le passage depuis Broad Court et j'ai failli trébucher sur elle. Faut dire qu'il n'y avait que ses pieds qui dépassaient de dessous les marches.

— Vous avez aussitôt supposé qu'il s'agissait d'un assassinat et vous avez crié haro. Pourquoi donc ? Le corps était encore tiède, si je ne m'abuse.

— C'est parce que je me suis dit que personne n'irait s'allonger dans un endroit pareil, même ivre ou fourbu. Il y a des rats et toute sorte de vermine, là-dessous.

— Je vois. Avez-vous vu ou entendu qui que ce soit, lorsque vous l'avez fortuitement trouvée ?

— Non, monsieur, personne.

Sur ces entrefaites, M. Bailey nous interpella. Dans leur investigation, M. Cowley et lui s'étaient avancés dans la périlleuse ruelle.

— Qu'est-ce donc, monsieur Bailey ?

— Nous avons quelque chose pour vous, sir John.

— Bien. Conduis-moi à eux, Jeremy. Quant à vous, monsieur Tillbury, veuillez attendre un peu, je vous prie. Nous en aurons bientôt fini avec vous.

Suivant les instructions du brigadier, nous fîmes moult détours pour parvenir jusqu'à eux. La lanterne était tenue en l'air pour nous indiquer le chemin.

— Alors, qu'y a-t-il, monsieur Bailey ?

— Simplement ceci, sir John, il n'y a aucune trace d'un corps qu'on aurait traîné et, comme vous l'avez dit, on a amplement piétiné le sol jusqu'à cet escalier où le corps a été découvert, mais l'agent Cowley a remarqué une série d'empreintes de pas se révélant plus profondes que les autres.

— Comme celles d'un homme qui aurait porté un lourd fardeau.

— Exactement, sir John. Nous les avons donc suivies dans la terre jusqu'ici, à l'endroit où débutent la ruelle et les pavés. On ne peut continuer au-delà.

— J'entends bien, mais continuez à arpenter l'allée et cherchez le moindre indice en chemin... des gouttes de sang, des boutons, tout ce qui pourrait établir le lieu exact du meurtre.

— C'est compris, monsieur.

Nous nous en retournâmes ensemble, sir John et moi, vers M. Tillbury. Tout en marchant, le magistrat fit cette observation :

— Il arrive quelquefois, Jeremy, notamment dans les affaires d'incendie volontaire ou d'assassinat, que le colporteur de la nouvelle se révèle l'auteur même du crime. Il désire attirer l'attention sur celui-ci et croit ainsi pouvoir être lavé de tout soupçon, en donnant l'alerte. J'ai envisagé cette possibilité avec M. Tillbury, mais je ne le puis plus. Il serait certes possible qu'un homme de cent vingt livres puisse traîner une femme qui en pèse cent soixante-dix, mais hautement extravagant qu'un individu aussi petit puisse la *porter*. Je crois que nous pouvons sans risque laisser notre valet d'écurie vaquer à ses occupations.

Sir John avait toutefois quelques ultimes questions à lui soumettre :

— Monsieur, déclara-t-il en effleurant le bandeau de soie noire qui lui recouvrait les yeux, comme vous le constatez, j'ai perdu mes facultés visuelles. Vous dites louer une chambre en ce lieu. Je gage que votre porte donne sur la cour ? Vous disposez d'une fenêtre ?

— Oui, monsieur, comme de juste, monsieur.

— Combien de voisins avez-vous ?

— Ici, dans la cour ?

— Tout à fait.

M. Tillbury médita un instant.

— Ma foi, monsieur, si vous me laissez le temps d'y réfléchir... Il y a la vieille femme qui loge sur mon palier. Elle est presque aveugle, pour ainsi dire, tant elle a la vue basse. Puis au-dessus, il y a un solide gaillard du nom de Jaggers qui œuvre comme porteur au relais de la malle-poste. Je le vois rarement, toutefois.

— Oh, pourquoi donc ?

— Il besogne de midi à minuit.

— Et par conséquent il devait se trouver sur son lieu de travail au moment où la femme a été assassinée.

— Je suppose que oui. Et puis, encore au-dessus, il y a le vieux Joshua, le mendiant... celui qui joue du mirliton aux quatre coins de Covent Garden.

Silence. Le visage de sir John ne trahit aucune expression.

— J'ai le regret de vous l'annoncer, monsieur Tillbury, mais on m'a appris que le dénommé Joshua était décédé aujourd'hui dans la rue. Une crise brutale, semble-t-il.

Second silence, plus long, cette fois.

— Navré de l'apprendre. Lui et moi avons partagé plus d'une bouteille et plus d'une histoire. Mais son grand âge aura pris le dessus, j'imagine. Ces derniers temps, c'est tout juste s'il parvenait à grimper tant bien que mal l'escalier.

Tillbury ajouta en soupirant :

— Peut-être cela vaut-il mieux pour lui.

— Peut-être. Quoi qu'il en soit, vous pouvez disposer, avec mes remerciements. Je vous demanderai seulement de conduire mon jeune assistant ici présent à votre voisine proche, la vieille dame, afin qu'il puisse lui poser quelques questions. Même si elle n'y voit rien, elle est à même d'avoir entendu quelque chose de capital.

— Ravi d'être votre obligé, monsieur.

Sir John se tourna vers moi et m'adressa un signe de tête. Puis, comme je m'en allais avec Tillbury, j'entendis le magistrat lancer :

— Monsieur Perkins, je crois que vous avez un dernier témoin à me présenter.

J'aurais aimé l'entendre questionner ce tiers, car l'écouter me fascinait toujours en pareilles situations, mais j'appréciais encore davantage qu'il m'eût fait confiance au point de m'attribuer une semblable tâche. Celle-ci ne m'avait jamais incombé auparavant. J'espérais seulement pouvoir soutirer à cette femme quelques menus renseignements précieux.

Tillbury me mena jusqu'à sa porte et y frappa.

— Un parent s'occupe d'elle, ou disons qu'il subvient à ses besoins, me déclara-t-il à voix basse. Un garçon d'un cabinet d'avocats passe chaque mois lui apporter quelques shillings... de quoi payer le loyer et la garder en vie.

Une voix s'éleva à l'intérieur :

— Qui est là ?

Le ton s'avérait bougon, quelque peu suspicieux.

— C'est Tillbury, votre voisin, madame Crewton.

On entendit marmonner. Un verrou fut tiré, le loquet libéré et l'huis s'ouvrit en grand. Elle apparut, décharnée et ridée, vêtue d'une robe en lambeaux, qui, jadis, avait dû être à la mode. Bien que je n'eusse aucune idée de son âge, si Tillbury m'avait affirmé qu'elle était centenaire, je l'aurais cru volontiers.

— Madame, lui dit-il, ce jeune homme a quelques questions à vous poser.

— Est-ce donc au sujet du meurtre ?

— Vous êtes au courant, alors ? m'enquis-je, tentant de conserver des manières graves et sévères, dans le style de sir John.

— Bien sûr que je le suis, répondit-elle. Avec Tillbury qui beuglait comme un beau diable, comment n'aurais-je pas su ? On a dû l'entendre distinctement jusqu'à Saint-Paul.

— Avez-vous vu quoi que ce soit concernant ce crime, madame ?

— J'y vois fort peu. Je m'assieds près des fenêtres. Des silhouettes défilent devant moi, ce ne sont que des fantômes. Mais quelle importance ? Je suis vieille, sais-tu. Et la nuit, dans le noir, je n'y vois rien du tout.

— Je... je suis navré.

Ne sachant plus quoi ajouter, je gardai le silence et attendis.

— Ah, mais je puis entendre !

Sur ses lèvres, ces simples propos prenaient la forme d'une déclaration des plus spectaculaires.

— Et j'ai souvent la possibilité de voir avec mes oreilles.

— Pourriez-vous être plus précise ? demandai-je. Par

exemple, qu'avez-vous entendu, juste avant que M. Tillbury ne crie au meurtre ?

— Pas *juste* avant... disons, peu de temps avant, j'ai entendu une dispute, une querelle acerbe, entre un homme et une femme. Sa voix à elle était aiguë et stridente, soit fort désagréable, et celle de son compagnon, caverneuse et grinçante, l'était tout autant.

— Et d'où venaient-ils ? Se trouvaient-ils dans les parages ?

— Non, non, pas si près, mais guère loin, tout de même. Vers la droite, ma foi, en bas de cette ruelle. Il y en a une là-bas, n'est-ce pas, monsieur Tillbury ?

— Oh oui, madame, pour sûr, dit-il.

— Et que se disaient-ils ? m'enquis-je.

— Je ne distinguais point tant les paroles que les voix, répondit-elle. Quant à lui, je ne comprenais rien à ses propos. Il ne faisait que grommeler.

— Et la dame ?

— Elle, une dame ? Oh, m'est avis que non, jeune homme.

La femme eut un petit rire triste et glacial.

— Celles de son acabit sont souvent dans les parages, pour l'intimité qu'offre la cour, à l'écart de la rue. Je les entends, ainsi que celles qui ont coutume de s'adonner à leur commerce abject contre le mur.

— Mais qu'a-t-elle *dit*, madame ? Il semble que vous ayez entendu *quelque chose*.

Je crains que mon impatience n'ait altéré quelque peu le ton de ma question. Dieu que j'enviais l'obstination flegmatique de sir John !

— Ma foi, si tu insistes, déclara-t-elle d'une voix affectée, je n'ai perçu qu'une seule phrase distinctement, et c'est celle-ci : « Pas avec des gaillards de ton espèce. »

— Et rien de plus ?

— Rien de plus qu'on puisse comprendre. Mais...

— Mais quoi ?

— Cela a été prononcé d'une telle façon... c'est-à-dire,

sa façon de s'exprimer était si... eh bien, je l'ai prise pour une Irlandaise.

Ayant glané cette information, je décidai d'abandonner l'interrogatoire. J'adressai un signe de tête à Tillbury, lui indiquant que j'en avais terminé, remerciai sèchement le témoin et m'apprêtai à partir.

— Ce devait être un homme robuste, marmonna-t-elle à part elle.

— Pourquoi dites-vous cela? m'enquis-je.

— C'est assez simple. Il l'a transportée ici et glissée sous l'escalier, n'est-ce pas? J'étais assise dans le noir et j'ai entendu tout cela aussi.

— Merci encore, madame Crewton. Vous vous êtes montrée fort coopérative.

Je venais de recevoir une leçon dans l'art d'interroger. À l'avenir, je n'oublierais jamais de laisser le témoin s'exprimer librement. Elle ne faisait sans doute que corroborer ce que sir John avait déjà déduit, mais il accueillerait toujours volontiers une semblable confirmation.

Je fis avec M. Tillbury les quelques pas qui menaient à sa porte et le remerciai également.

Il me confia alors :

— Elle est un peu folle, je le crains, et d'un âge fort avancé. Mais tu peux lui faire confiance pour ce qu'elle affirme.

En rejoignant sir John, je constatai à ma grande surprise qu'il était seul. La femme qu'il avait désignée comme ultime témoin s'entretenait avec M. Benjamin Bailey, lequel, à la lumière de la lanterne tenue en l'air par M. Cowley, notait la déposition au crayon sur un morceau de papier. Je me demandais si cette dernière avait grand-chose à nous apprendre.

— Ah, Jeremy, qu'as-tu à me dire? J'espère que tu me pardonneras de t'avoir dépêché auprès de cette dame. Il m'a semblé que si elle y voyait aussi peu que le prétendait M. Tillbury, tu te révélerais meilleur interrogateur. Si j'avais dû converser avec elle, c'eût été comme l'aveugle guidant l'aveugle.

(Ainsi badinait-il souvent à l'égard de son affliction.)
— Monsieur, j'ai saisi l'occasion avec joie.
— Je t'en sais gré. Mais qu'a-t-elle dit ?
Je lui répétai, plus brièvement que Mme Crewton, la phrase qu'elle avait perçue de la bouche de la victime, et lui précisai que le témoin soupçonnait cette dernière d'être irlandaise. J'ajoutai que, si elle n'avait point aperçu l'assassin, elle l'avait cependant entendu cheminer et placer le corps sous les marches.
— Excellent ! s'enthousiasma sir John. Tu as bien œuvré, Jeremy, car tout ce qu'elle t'a confié corrobore ce que m'a livré la femme avec laquelle je viens de converser. Elle s'appelle Maggie Pratt. Elle connaissait bien la victime, qui, selon elle, répond au nom de Teresa O'Reilly. La défunte est donc irlandaise, comme l'a deviné ta Mme Crewton. La dénommée Pratt — qui n'est encore qu'une toute jeune fille — prétend avoir vu Teresa O'Reilly en train de deviser dans Duke's Court avec un soldat, un grenadier en habit rouge de la Tour, peu de temps avant que M. Tillbury ne découvre le corps et donne l'alerte. Il se pourrait fort bien que la victime, poursuivie par le garde, ait quitté Duke's Court pour s'engouffrer dans la venelle, où tous deux ont eu leur dernière altercation. Quelle était donc la phrase perçue par ton témoin, Jeremy ? « Pas avec des gaillards de ton espèce. » Voilà qui coïncide aussi avec l'ensemble, car les Irlandais — en particulier ceux des campagnes — n'apprécient nullement les soldats anglais en habit rouge. Sans doute à cause d'une mésaventure personnelle, il se peut qu'elle ait nourri quelque animosité à leur encontre, qu'elle se soit refusée à lui, en prononçant des paroles dans le goût de ce que Mme Crewton aura surpris. Le soldat, probablement ivre, l'a peut-être poignardée sous l'emprise de la colère. Et l'ayant ainsi frappée, il aura dissimulé le corps, dans l'espoir de retarder pour le moins sa découverte. Tu vois, Jeremy ? Tout concorde à merveille, n'est-ce pas ?

— En effet, admis-je.

— Maggie Pratt consent à passer en quelque sorte les troupes en revue à la Tour, dès demain. Elle a plutôt hâte de procéder à cette identification, semble-t-il, car elle affirme avoir convenablement vu l'agresseur et souhaite que justice soit rendue.

Ayant remis la missive que j'avais écrite sous la dictée de sir John, je m'en revins de la Tour de Londres, en proie à la confusion et à l'incertitude, incapable de fournir l'absolue assurance que le billet parviendrait réellement entre les mains de son destinataire, ce même soir. J'avais certes œuvré du mieux possible. Pétri de hardiesse, je m'étais avancé jusqu'au portail que l'on m'avait indiqué, j'avais demandé qu'on me laissât pénétrer afin de remettre une lettre au capitaine Conger, qui faisait fonction de colonel du régiment. Le garde me répliqua alors d'un ton des plus indifférents que je devais m'en revenir le lendemain. Je rétorquai qu'il n'en était pas question, car la missive émanait de sir John Fielding en personne, magistrat près le tribunal de Bow Street. Ce qui n'impressionna guère le soldat, jusqu'à ce que je me misse à clamer haut et fort qu'une femme venait d'être assassinée et que l'on soupçonnait un grenadier. Mes vociférations ameutèrent le caporal de la garde, lequel, sans pour autant me laisser entrer, me promit solennellement de transmettre la lettre au capitaine Conger. Je m'éloignai alors, sachant que je n'obtiendrais rien de plus, tout en étant convaincu que si j'avais arboré le gilet rouge et porté la matraque armoriée des sergents de ville, on m'eût aussitôt présenté au capitaine.

Je m'en retournais donc enfin au 4 Bow Street. Si mon échec à franchir la grille de la Tour suscitait en moi quelque embarras, je songeai que sir John comprendrait assurément... comme ce fut le cas, du reste. Par ailleurs, j'avais grand-faim, pour n'avoir avalé qu'une pomme ou deux depuis le déjeuner. Une surprise m'attendait pourtant à l'étage, qui retarderait encore mon souper.

Je souhaitai le bonsoir à M. Baker, gardien de la chambre de sûreté, tout en gagnant l'escalier.

— Sir John a de la visite ! me cria-t-il.

— Oh ? qui donc ?

— Tu connais cet homme mieux que moi... c'est un médecin... irlandais. Il a apporté son concours dans l'affaire Goodhope.

— M. Donnelly !

— Exact. Je l'ai dépêché directement là-haut, car je m' suis rappelé que l' Curieux le connaissait bien.

— Et moi aussi, répliquai-je d'une voix enjouée, tout en bondissant sur les marches que je gravis quatre à quatre.

En effet, Gabriel Donnelly comptait parmi mes accointances. Je l'avais considéré comme un ami, les premiers temps où je m'étais trouvé à Londres, car, comme j'en avais bonne souvenance, il m'accordait un intérêt non feint, alors que je n'étais qu'un jeune et fruste adolescent... un gamin, tout au plus... de treize ans. Quant à sir John, il avait affirmé qu'il serait à jamais l'obligé de M. Donnelly, pour la manière dont il avait apaisé les derniers jours de la première lady Fielding.

Dans ma hâte à retrouver le visiteur, je fis irruption dans la cuisine, où tous les membres de la maisonnée étaient assis à la table. Au dernier moment, me souvenant des règles de la bienséance, je m'arrêtai net, ôtai mon chapeau, et refermai l'huis en douceur derrière moi.

M. Donnelly accueillit mon arrivée impétueuse en se levant d'un bond pour s'avancer vers moi, la main tendue.

— Grand Dieu, est-ce toi, Jeremy ? Tu ressembles déjà à un homme. Je dirais même que tu *es* un homme... quel âge as-tu ?

— Quinze ans, monsieur, répondis-je avec modestie, tout en le laissant me serrer la main avec vigueur.

— Eh bien, tu as l'air plus vieux et en particulier dans ce bel habit... un jeune gentleman, ma foi !

— Assieds-toi donc, Jeremy, intervint lady Fielding. M. Donnelly nous a égayés à l'envi avec ses récits de la Ribble Valley.

— En effet, renchérit sir John dans un profond gloussement.

J'apportai une chaise et m'installai auprès d'Annie, notre cuisinière. M'était avis qu'elle et les autres étaient de fort belle humeur. L'hilarité empourprait leurs faces et tous souriaient. Annie me glissa une œillade lorsque je m'assis.

— Ah, mais je crois m'être montré injuste envers les gens de cette région, déclara M. Donnelly en reprenant son récit. Ce sont de braves et rustiques campagnards, ni plus, ni moins. Et si leurs manières agrestes et leur langage — Mon Dieu, leur langage ! (il fit une grimace en roulant des yeux et provoqua d'autres rires parmi nous) —, si tout cela nous paraît étrange, je puis vous assurer que les manières et le parler de Londres leur sembleraient encore plus curieux.

— Sans doute, sans doute, admit sir John. Qui sommes-nous pour jouer les censeurs ?

Tandis qu'il poursuivait, M. Donnelly parut néanmoins adopter un ton et un air plus sérieux :

— Non, ce ne sont point des imbéciles. Je me risquerais même à affirmer que je fus le plus niais de tous à m'en être allé là-bas, en quête de cette veuve récalcitrante.

Il poussa un soupir amer, sans pour autant se départir de son sourire.

— Vous avez devant vous ce personnage de comédie, le prétendant éconduit. Il ne m'a pas suffi de suivre lady Goodhope jusqu'au tréfonds du Lancashire, où j'ai tenté d'ouvrir un cabinet médical, parmi des gens si pauvres qu'ils ne pouvaient m'offrir que poules, pourceaux et promesses de chauler ma chaumière, en guise d'honoraires, j'éprouvais en outre de la compassion pour son état de veuvage et de la tendresse à son endroit, même dans les accès de folle arrogance auxquels elle s'adonnait souvent ; sans parler de son ignare de fils, à qui j'ai offert les seuls rudiments d'éducation qu'il ait jamais reçus en neuf ans d'existence. Non, rien de tout cela ne l'aura satisfaite. Comme je l'ai finalement découvert, il me fallait de surcroît disposer d'une grande fortune personnelle, avec laquelle financer les études du garçon et son retour à Londres, afin qu'il prenne la place de feu son père à la Chambre des lords. Qu'avais-je à lui proposer ? Quelques poules, un verrat ou deux, et une dernière offre de mon père atteignant les cinq cents livres. Cela n'a pas été suffisant. Elle a préféré se vendre à un négociant en charbon du Lancashire, résidant à Wigan, un individu d'une ignorance telle qu'il supposait devoir seulement épouser lady Goodhope pour devenir lord Goodhope. Bien que déçu d'apprendre le contraire, il s'est montré si empressé qu'il vit peut-être aujourd'hui dans sa demeure à elle, que notre homme a louée en ma présence, comme étant « la plus admirab' d' la vallée, ou d' tout l' Lanc'shire ». Nul doute qu'elle doit se sentir à l'aise avec lui, car elle vient elle-même de ce milieu, bien qu'elle ait reçu une meilleure éducation. Quoi qu'il en soit, son choix demeure définitif. Les bans sont publiés. Je n'avais aucune raison de rester là-bas plus longtemps, alors... me voici.

En achevant sa phrase, il demeura un instant silencieux et les yeux baissés. Chacune des deux auditrices laissa échapper un « aaaah... » qui vibra à l'unisson, en signe de grande déception et de compassion.

Sir John, pour sa part, se pencha en avant, joignant les mains sur la table.

— C'est vrai, dit-il, vous voici. Quels sont vos projets, monsieur Donnelly ?

— Ma foi, de recommencer. Mon père a mis à ma disposition une partie de ces cinq cents livres, afin que je puisse ouvrir et aménager un cabinet dans un quartier de Westminster. Si je ne puis m'établir ainsi à Londres d'ici... oh, disons un an, alors il me restera toujours la marine. Je ne saurais continuer à puiser sans relâche dans la bourse de mon père... plus à mon âge.

— Disposez-vous d'un local ?

— Certes oui, répondit-il, bien qu'il ne soit pas encore tout à fait agencé.

— Je vois, dit sir John, en méditant un long moment. Ma question n'est point le fruit d'une pure curiosité. Une affaire d'homicide assez déroutante s'est produite aujourd'hui, à un jet de pierre de l'endroit même où nous nous trouvons.

À ces mots, lady Fielding se leva prestement :

— Je crois qu'il est l'heure pour nous autres du sexe faible de nous retirer.

Annie, qui avait écouté la nouvelle annoncée par le magistrat en écarquillant de grands yeux fascinés (car personne n'avait jusque-là abordé le meurtre de la ruelle), quitta la table à contrecœur, visiblement consternée de ne pouvoir entendre les détails de cet horrible événement.

Comme la gent masculine présente se levait, sir John déclara alors :

— Oui, peut-être vaut-il mieux qu'il en soit ainsi. Bonne nuit à toi, ma chérie... ainsi qu'à vous, Annie.

M. Donnelly remercia lady Fielding pour son hospitalité, et la jeune cuisinière me murmura à l'oreille qu'une tourte à la viande m'attendait dans le fourneau.

Quelques instants plus tard, elles étaient parties, et nous reprîmes tous trois place à la table.

— Dites-moi de quoi il retourne, je vous prie, déclara M. Donnelly. Je suis plus que jamais intéressé par ces affaires où la médecine peut venir au secours des enquêtes criminelles.

— Notamment lorsqu'il s'agit d'homicide, indiqua sir John.

— Oui, le corps de la victime s'avère souvent le plus éloquent des témoins.

— Fort juste, monsieur, mais souffrez que je vous livre quelques précisions en la matière...

Et le magistrat s'y employa, résumant les faits avec maestria, portant une attention toute particulière aux propos de Maggie Pratt et à ceux du tiers que j'avais interrogé, à savoir Mme Crewton.

Il conclut ainsi :

— Nous avons pris cette allusion au soldat suffisamment au sérieux pour que j'écrive au capitaine faisant fonction de colonel du régiment de la garde, en exigeant que tous les hommes sous son commandement, et permissionnaires ce jour, soient passés en revue, afin que Miss Pratt puisse les examiner et choisir parmi eux celui avec lequel la victime s'entretenait. Jeremy a apporté la lettre. As-tu pu la remettre en main propre au capitaine Conger, mon garçon ?

— Je crains que non, monsieur, répondis-je. On ne m'a point autorisé à pénétrer dans l'enceinte de la Tour. Mais le caporal de la garde l'a acceptée et m'a promis de la transmettre au capitaine.

— Lui as-tu fait part du contenu de la missive ?

— À haute et intelligible voix, sir John.

— Je suis donc assuré qu'il tiendra promesse.

Le magistrat se tut quelques instants et, l'air agité, pianota sur la table avec ses doigts. Lorsqu'il cessa, il était parvenu à une décision, sembla-t-il.

— Monsieur Donnelly, reprit-il. Je me demande si votre cabinet dispose d'installations suffisantes pour que vous puissiez à présent inspecter le cadavre de la défunte ?

— Une autopsie complète ?

— J'ignore ce que cela recouvre. Permettez-moi de vous indiquer ce que je souhaite savoir. La blessure qui a tué cette femme se révélait des plus singulières. À en croire la description qu'on m'en a faite, elle serait assez infime, aurait produit un faible saignement et aurait été infligée sous le sternum.

— Un seul coup ? s'enquit le praticien.

— C'est ce que j'ai cru comprendre.

— Voilà qui s'avère fort inhabituel.

— Oh ? Ce que j'aimerais savoir, cependant, c'est si oui ou non cette étroite blessure aurait pu être causée par une baïonnette militaire. Pouvez-vous mesurer une entaille dans sa largeur et sa profondeur avec autant de précision ?

— Certes, oui, mon cabinet est assurément pourvu pour ce faire.

— Et bien entendu, toute autre découverte que vous trouveriez digne d'intérêt serait la bienvenue.

— J'entends bien. Cela va de soi.

— Et soyez certain, ajouta sir John, que ma charge dispose de fonds pour régler vos bons offices... comme par le passé.

— Alors, mon premier patient sera un cadavre.

— Comme vous dites, monsieur Donnelly. Oh, encore un détail... La femme en question — c'est-à-dire la victime — est irlandaise. Elle s'appelle... ou s'appelait... Teresa O'Reilly.

— Ce qui ne présente aucune espèce de difficulté. Je sais par expérience, monsieur, qu'à l'intérieur du corps, nous sommes tous semblables.

Tard, ce soir-là, M. Donnelly et moi nous retrouvâmes donc en train de rouler en compagnie de l'agent Cowley, à bord d'un haquet, pour rejoindre la petite ferme du Faucheux, non loin des rives de la Tamise. Si ce dernier n'avait de cesse de planter, rien ne poussait jamais dans le champ entourant sa chaumière. On distinguait certes de mauvaises herbes et quelques fleurs sauvages, à peine perceptibles lorsque nous nous arrêtâmes aux abords de la clôture, mais la sombre terre fluviale de ce lopin se présenta à nous telle une étendue noirâtre, à l'instar de quelque vaste douve qu'il nous faudrait franchir, avant d'atteindre la grange où brûlait une faible lumière.

— Il existe un portail un peu plus loin, annonçai-je au sergent Cowley. Continuez à rouler et je vais l'ouvrir.

L'agent fit avancer les chevaux, tandis que je sautais à terre et courais vers la grille. Je luttai pour la maintenir ouverte suffisamment longtemps, afin de laisser passer l'attelage, puis grimpai derechef dans la charrette.

— Quel endroit étrange et sinistre ! commenta M. Donnelly.

— Je le déteste, au-dehors comme au-dedans, avoua le jeune sergent. Il est hanté.

— C'est tel que tu me l'as décrit, Jeremy, une sorte de fermette, surtout ici, au clair de lune. Ma foi, il pourrait bien s'agir de la demeure d'un paysan au Lancashire.

— Ce champ est l'endroit où il enterre les pauvres. On dit qu'il les entasse l'un sur l'autre, si bien que les derniers sont à peine ensevelis.

— Ils ne bénéficient d'aucune inhumation chrétienne, bien sûr, dit M. Donnelly.

— Peut-être certains. Je n'en suis pas sûr.

L'étroit chemin contournait le modeste cottage, où le Faucheux et sa sœur logeaient. J'avais aperçu cette dernière à quelques reprises et lui avais parlé une seule fois. Elle se révélait tout aussi bizarre que lui et sa jumelle en laideur. La demeure était plongée dans le noir, ses volets bien fermés. Devant nous se dressait, menaçante, la grange faiblement éclairée.

— Sir John m'a confié un jour, repris-je, que le Faucheux a hérité de cette besogne par sa famille. Un ancêtre quelconque — son grand-père ou son arrière-grand-père, peut-être — a rendu de fiers services aux cités de Londres et de Westminster, pendant la grande peste qui a sévi au siècle dernier. Il transportait les morts quand personne n'eût osé les toucher.

— Et il continue en ce siècle à accomplir la même tâche.

— Tout à fait, monsieur.

— Et pour sa peine, on le considère sans doute un peu comme un paria.

Ce fut alors que l'agent Cowley s'exprima non sans brusquerie :

— Je ne suis pas sûr de ce que vous voulez dire par là, monsieur, mais je vous assure qu'il y a des histoires horribles qui circulent sur lui.

— Des histoires de quelle sorte ? s'enquit le praticien.

— Eh bien, on raconte que sa sœur et lui ne manquent jamais de viande... si vous voyez ce que je veux dire.

— A-t-on jamais pu...

Dans la cour entourant la grange, un vacarme inopiné interrompit tout net la question de M. Donnelly. Les deux chevaux squelettiques et frappés d'éparvin [1], qui tiraient la carriole du Faucheux, d'ordinaire totalement tranquilles, commencèrent à s'agiter à notre approche ; ils hennissaient et trépignaient lourdement, dodelinant çà et là de leurs fines têtes. Notre attelage de louage se montra tout aussi rétif, mais le sergent Cowley, debout dans le tombereau, tint la bride haute sur nos palefrois, en les contraignant à avancer.

Une silhouette apparut alors, qui se découpa faiblement dans la porte ouverte de la grange. Ce n'était autre que la forme ramassée, râblée du Faucheux. Ses mains tenaient un objet long, quoique trop épais pour être un balai ; il le brandit d'un air menaçant.

— Qui va là ? cria-t-il. N'avancez plus ou vous allez r'cevoir c' qu'il y a dans ma carabine !

M. Cowley ramena les montures au pas. Tout devint silencieux pendant quelques instants. Je compris qu'il m'incombait de décliner nos identités et la raison de notre visite.

— C'est moi, Jeremy Proctor ! m'écriai-je. Nous sommes venus sur l'ordre de sir John !

— Eh bien, approchez alors, mais laissez ce haquet et les ch'vaux où ils sont. Les miens n'apprécient guère leurs semblables dans c't' endroit, la nuit.

Nous n'avions d'autre choix que d'agir selon ses instructions. M. Cowley demeura dans la charrette, tandis

1. Tumeur dure au jarret d'un cheval. *(N.d.T.)*

que M. Donnelly et moi mîmes pied à terre et gagnâmes la grange. Le Faucheux resta à sa place, la carabine sous le bras, à présent un peu moins inquiétante.

— Cela se passe-t-il toujours ainsi avec lui ? questionna le médecin d'un ton qui n'excédait guère celui d'un murmure.

— Je ne suis jamais venu ici la nuit, répondis-je, et ne l'ai jamais souhaité.

Le Faucheux nous interpella alors :

— Je dois vous d'mander d' grimper par-d'sus la clôture. Dans l'état où ils sont, mes ch'vaux s'raient dehors en un clin d'œil, si vous leur ouvriez l' portail.

M. Donnelly acquiesça dans un grognement et enjamba l'enclos tant bien que mal, alors que je le franchis comme à mon habitude : un pas, deux pas et hop ! Les deux destriers bronchèrent en nous voyant et trottèrent maladroitement jusqu'à l'extrémité de la cour. Une fois là-bas, ils adoptèrent leur posture usuelle, échine courbée, tête basse, totalement immobiles.

— R'gardez où vous mettez les pieds. J' n'ai point nettoyé l' coin d'puis un moment, faut dire.

La lune brillait encore suffisamment pour nous aider à traverser la cour sans encombre. Mais comme nous nous approchions, le Faucheux quitta son poste à la porte, pour s'engouffrer dans la bâtisse. Nous l'y suivîmes et je songeai malgré moi à ce que M. Gabriel Donnelly allait bien pouvoir penser de cet endroit.

À Londres, la grange du Faucheux tenait lieu de dépôt funéraire pour les indigents, les défunts non réclamés et les inconnus. Durant les deux dernières années, je m'y étais rendu bien plus souvent que je ne l'aurais souhaité, mais le lieu ne changeait jamais réellement. En été, il empestait encore davantage que le restant de l'année, mais quelle que fût la saison, les morts avaient leur place toute désignée : les hommes à droite, les femmes à gauche, un morceau de toile jeté sur chacun d'eux. De part et d'autre, il y avait aussi des piles d'effets, retirés aux cadavres. On disait qu'il réalisait de coquets profits en revendant ces vêtements à ceux-là mêmes qui gagnaient des sommes rondelettes en les vendant ensuite aux vivants.

Le médecin observa le décor alentour dans un sombre froncement de sourcils qui trahit sa réprobation, et le Faucheux ne se priva pas, quant à lui, de le lorgner en retour en plissant le front. L'unique lanterne qui éclairait l'endroit ne permettait pas de réchauffer tant soit peu l'atmosphère. Je perçus aussitôt une vive antipathie s'établir entre eux deux.

— Et qu'est-ce qu' vous voudriez donc ? s'enquit le maître de céans.

Plus qu'une question, il s'agissait d'une bravade. Il fit un pas ou deux en direction de M. Donnelly et l'examina de près. Bien que ses yeux fussent mal assortis (le gauche étant notablement plus petit que le droit), il y voyait assez des deux. Il n'avait nul besoin de s'approcher ainsi ; selon toute vraisemblance, il espérait faire impression.

M. Donnelly ne fut pas intimidé pour autant.

— J'ai ici un ordre (il sortit la lettre de sa poche) émanant de sir John Fielding, qui vous est connu en qualité de magistrat près le tribunal de Bow Street, ordre me donnant le pouvoir d'enlever le corps d'une certaine Teresa O'Reilly dans le but de procéder à un examen médical.

Le Faucheux brisa le sceau et ouvrit la missive. Ses yeux parcoururent la page d'un air indifférent. J'étais certain qu'il ne savait point lire. Il la rendit au praticien.

— Qui est-ce ? grommela-t-il d'un ton des plus hostiles.

— Celle que vous avez transportée un peu plus tôt dans la soirée, depuis New Broad Court, répondis-je.

Il me décocha un regard qui sembla considérer le renseignement fourni par mes soins comme une interruption incongrue. Puis il se retourna vers M. Donnelly.

— Et qui êtes-vous ?

— Je suis le médecin qui va pratiquer l'examen.

— C'est bien c' que j' pensais. Et j' parie qu' vous allez l' faire devant toute une troupe d'étudiants, et qu' vous badin'rez tout en découpant l' corps et en exposant les entrailles. J' n'aime point qu' mes dames ou mes messieurs soient utilisés à d' telles fins. On dirait qu' chaque semaine ou presque, un d' ces charcutiers passe voir s'il peut ach'ter un d' ces braves gens. Ces personnes n' sont pas à vendre.

— J'entends bien. Je vous assure, monsieur, que je n'ai aucun étudiant, ni aucun apprenti. L'examen sera conduit dans le secret de mon cabinet.

Puisqu'il avait pu s'exprimer, le Faucheux se détendit quelque peu, recula d'un pas, en vérité, et baissa les yeux, comme s'il accordait à l'affaire mûre réflexion.

— Ma foi, déclara-t-il enfin, c'est comme vous l'avez dit, l'ordre provient d' sir John en personne.

Puis, à mon adresse :

— Pas question d'ergoter avec sir John, c'est-y pas vrai, mon garçon ?

— Je le crains, en effet, approuvai-je sobrement.

Dans un soupir poussif, il tourna les talons, nous fit signe de le suivre, et ouvrit la marche sur ses jambes courtes et arquées, pour rejoindre le monceau de toiles le plus éloigné, sur la gauche. Il se pencha et, d'un seul geste, arracha le linge qui recouvrait le corps. Puis il s'éloigna, tout en repliant le tissu.

— Allez-y, dit-il. Emportez-la.

M. Donnelly et moi fîmes de notre mieux. Je courus vers le Faucheux et le priai de me donner quelques effets pour couvrir la défunte. Il dénicha, tout en haut de la grande pile, ceux qu'elle portait à son arrivée, et me les lança. La rigidité cadavérique avait commencé à envahir les membres et le tronc de la morte. Ce qui la rendit d'autant plus malaisée à vêtir — tâche que nous accomplîmes tant bien que mal —, mais plus facile à transporter, une fois que nous eûmes terminé. Le seul concours que nous apporta le Faucheux consista à nous accompagner jusqu'à la clôture et à éclairer notre chemin avec sa lanterne. Il y demeura, tandis que M. Cowley faisait avancer le haquet. Je lançai un regard par-dessus mon épaule sur les deux montures au fond de la cour; ils ne trahissaient pas le moindre mouvement. Ils paraissaient profondément endormis. Avec l'aide du sergent, nous chargeâmes le cadavre dans le tombereau. Le Faucheux resta planté là, sans dire un mot, le temps que la besogne fût achevée. Après quoi, il fit volte-face et regagna la grange.

Aucun de nous trois ne souffla mot, jusqu'à ce que nous eussions dépassé la chaumière et traversé le champ. Lorsque M. Cowley ralentit au portail, je sautai à terre et m'empressai de l'ouvrir. Puis — pourquoi à ce moment, je ne saurais dire — M. Donnelly laissa échapper un torrent d'injures à l'endroit du Faucheux. Je n'étais pas sitôt remonté dans le haquet, pour reprendre place auprès de feu Teresa O'Reilly, que ce brave médecin beuglait sa complainte dans la nuit.

— Par Jésus et par tous les saints, je crois réellement que cet homme est un aliéné! Il trône là-bas dans sa grange tel un souverain en son royaume. Il les appelle « ses braves gens », ma foi, comme si ces pauvres cadavres oubliés n'étaient autres que ses sujets. Et cette grange qui tient lieu de charnier! La prochaine peste de Londres débutera là-bas, tenez-le-vous pour dit! Une telle crasse, l'endroit grouillant de toute sorte de vermine, le sol jonché de crottin de cheval et de Dieu sait quoi encore! Jamais à Dublin, ni dans aucune ville d'Europe, je n'ai vu semblable... semblable...

Ainsi fulmina-t-il encore plusieurs minutes durant.

CHAPITRE III

Où sir John
joue le rôle de coroner

De toute évidence, la lettre de sir John destinée au capitaine Conger était arrivée à bon port. Je ne pus attester si le caporal de la garde, fidèle à sa parole, l'avait remise en main propre à l'officier; d'autres intermédiaires avaient très bien pu la lui transmettre. Mais elle était sans nul doute parvenue à son destinataire, car ce dernier se trouvait à la grille pour accueillir notre petit groupe.

Le capitaine Conger devait atteindre les six pieds de haut; il avait un visage allongé aux traits prononcés, et ne souriait pas. Il paraissait fort avare de sourires, en fait. Ou du moins fut-ce l'impression qu'il me fit lorsque nous franchîmes les douves en traversant le pont étroit, non loin de la berge de la Tamise. On le reconnaissait aisément à la pléthore de galons sur son habit, ainsi qu'à ses épaulettes. Nous avions dépassé sans encombre le portail extérieur. Il nous attendait à présent à la Byward Tower Gate, juste au-delà du pont-levis. Ce ne fut qu'à notre approche qu'il remua et s'avança de quelques pas. J'effleurai le coude du magistrat, afin qu'il s'arrête, comme l'officier lui adressait ses salutations.

— Permettez-moi de me présenter, sir John. Je suis le capitaine George Conger, faisant fonction de colonel de notre régiment, en l'absence de sir Cecil Dalenoy.

— Qui se trouve assurément dans quelque coin boisé du royaume, occupé à décimer la faune.

Sir John tendit la main et le capitaine la lui serra cordialement.

— Vous me voyez fort ravi de vous rencontrer, capitaine, encore qu'il soit regrettable que cela se produise en ces circonstances navrantes.

— Je le regrette aussi.

L'officier lança un regard par-dessus l'épaule du magistrat, en nous observant, la troisième personne de notre groupe et moi-même.

— Si vous voulez bien vous donner la peine de me suivre, j'ai agi selon votre requête et j'ai rassemblé ceux du régiment qui étaient en permission hier.

Le capitaine m'adressa un brusque signe de tête, tourna les talons et partit d'un pas allègre. Le magistrat et moi n'eûmes aucune peine à le suivre, mais Miss Maggie, petite femme aux jambes courtes, fut tant soit peu contrainte de redoubler d'efforts pour conserver l'allure.

Le capitaine l'avait plus ou moins dévisagée d'un air méfiant, comme s'il eût douté de ses capacités à porter témoignage. Elle s'était décrite à sir John en qualité de « couturière sans emploi ». Je soupçonnais toutefois — à l'instar du magistrat, j'en étais sûr — que ses liens avec la victime, Teresa O'Reilly, catin notoire s'il en fut, se révélaient de nature professionnelle.

Il avait été convenu qu'elle nous attendrait ce matin-là à l'angle de Drury Lane et d'Angel Court. Mais lorsque notre voiture de louage était arrivée à l'endroit du rendez-vous, la femme ne demeurait visible nulle part. Sir John, tout en m'enjoignant à la prudence, me dépêcha donc dans Angel Court, afin d'aller la quérir. Cette rue possédait alors, et dans une certaine mesure encore aujourd'hui, une fort mauvaise réputation. (« Rue » est en réalité un bien grand mot, de même que la qualifier d'« allée » serait lui faire trop d'honneur, car si on y pénétrait par un bout, on n'en sortait point de l'autre.) Elle abritait ce qu'on appelait à l'époque des « taudis » ; bref, une impasse sombre et étroite, où d'infâmes pensions, dont certaines n'étaient rien de plus que des dortoirs, s'entassaient sans espace entre elles. Impossible de dire combien de personnes vivaient là-bas... ou peut-être, pour être plus juste, combien y passaient la nuit. Comment étais-je censé y retrouver Maggie Pratt ? Comment dénicher quiconque en un tel lieu ? Je décidai que le meilleur moyen consistait à le traverser en criant le nom de la femme. Comme je m'engageais dans Angel Court, plissant les yeux sous la faible lumière de ce début de matinée ombrageux, j'entendis une porte claquer à proximité, une cavalcade dans un escalier, puis un jeune homme m'apparut et passa devant moi en toute hâte. Son visage ne m'était pas inconnu. Ce fut alors que la même porte claqua derechef et j'entendis le plus horrible flot d'invectives, ponctué de moult obscénités et blasphèmes, le tout proféré pêle-mêle... sans doute à l'encontre du jeune gars qui venait de me croiser, en fuyant coudes au corps. La voix était féminine, mais le langage assurément point. Elle provenait, à en croire mes oreilles, d'une coursive située juste au-dessus. Maggie Pratt s'y pencha, peut-être dans l'espoir de surprendre celui qui venait de s'en aller. Lorsque, à bout de forces, elle cessa son torrent d'injures, je l'interpellai pour lui rappeler que sir John l'attendait dans un fiacre et la priai de se presser. Ce qu'elle fit, car elle prit moins d'une minute à s'emparer de son manteau et à verrouiller son huis. Elle descendit alors précipitamment, en bredouillant des excuses, sans pour autant souffler mot eu égard à la scène dont je venais d'être le témoin. Une fois tous les trois installés dans la voiture, et après avoir accompli une bonne partie du chemin nous menant à la Tour, il me vint alors à l'esprit que ce jeune individu au visage familier, et si impétueux lorsqu'il m'avait croisé dans Angel Court, n'était autre que celui qui m'avait barré le passage, comme je remontais Drury Lane à la poursuite de Mariah.

— Capitaine Conger ! m'écriai-je non sans hardiesse. Notre témoin éprouve quelque peine à garder la cadence que vous avez imposée.

— Et hélas, moi de même, mentit sir John de galante manière.

(Je savais par expérience qu'il pouvait me contraindre à trottiner pour conserver l'allure, lorsqu'il se hâtait.)

— Pardonnez-moi, répondit l'officier qui s'arrêta, attendit, tourna la tête à gauche et à droite, en tentant de masquer son impatience. Il est malaisé pour un vétéran de cheminer sur le rythme d'autrui.

Lorsque nous l'eûmes rattrapé, il se remit en route à nos côtés, d'un pas quasi funèbre, quoique sans causer, tout en regardant devant lui d'un air sévère.

Nous longions les douves sur notre droite, tandis que la Tamise nous apparaissait à peine par-delà la muraille. Puis, en empruntant un passage sur notre gauche, nous débouchâmes dans un grand espace à ciel ouvert, au milieu duquel se dressait la Tour blanche, le château que toutes ces fortifications protégeaient. Je ne l'avais jamais vue d'aussi près, bien que je l'eusse souvent entr'aperçue à distance, lorsqu'elle semblait miroiter sous le soleil, les jours de beau temps ; par cette sombre matinée, elle paraissait plus grise que blanche, quoique des plus imposantes, tant pour ses proportions que son architecture. Notre destination se situait par-delà la bâtisse, jusque dans un champ de taille modeste, où les soldats se livraient à leurs exercices. Et même encore au-delà, où un groupe de militaires étaient alignés sur deux rangs, dans un coin dudit champ.

Je lorgnai Maggie Pratt. Si elle souriait jusqu'alors, réconfortée par cette promenade aventureuse, après sa rencontre avec le jeune butor d'Angel Court, elle arborait à présent une mine grave et confuse. Le but solennel de notre visite commençait finalement à l'accabler, semblait-il.

À notre arrivée, le sergent en place appela les deux rangées au garde-à-vous. Le capitaine Conger s'approcha et échangea quelques paroles avec lui. Il revint vers nous et s'adressa directement à sir John.

— Votre témoin peut circuler dans les rangs et examiner les visages de ces hommes, à tour de rôle, déclara-t-il. Tous les permissionnaires d'hier sont présents aujourd'hui. Elle peut prendre tout son temps, bien sûr. Il serait peu judicieux d'agir à la hâte en une telle affaire.

— Je partage tout à fait votre avis, capitaine.

Sir John se tourna ensuite vers le témoin :

— Miss Pratt ? Vous avez entendu le capitaine ?

— Oui, monsieur.

— Alors, veuillez agir de la manière qu'il a décrite.

— Oui, monsieur.

Ces quelques mots, les premiers qu'elle prononçait depuis notre descente du fiacre, s'échappèrent de ses lèvres d'un ton si bas qu'ils évoquaient tout au plus un murmure. Elle se dirigea délibérément vers le premier rang, où le sergent l'attendait. Petite femme, voire encore jeune fille n'ayant pas atteint sa maturité, elle semblait rapetisser d'autant, lorsqu'elle prit place parmi les grenadiers. Le moins grand d'entre eux atteignait ma taille — et j'étais alors tel que je suis aujourd'hui, à savoir de stature moyenne ; les autres le dépassaient en s'échelonnant, et un ou deux paraissaient plus grands que le capitaine. Elle passa longuement de l'un à l'autre, toutefois, et observa chacun de face en l'examinant avec le plus grand soin. Elle poursuivit ainsi et, lorsqu'elle en eut fini avec la première rangée, le sergent la conduisit à travers la seconde, et elle scruta chaque soldat avec cette même rigueur dans le regard dont elle avait fait montre auparavant. Les hommes, quant à eux, se plièrent à l'inspection, sans trahir la moindre émotion ; à en croire leur réaction, ou leur sérénité, leur colonel eût pu tout aussi bien les passer en revue, voire le roi George en personne. Ils étaient au nombre de vingt... comme je les avais moi-même comptés.

Une fois qu'elle en eut terminé, la femme revint vers nous. Elle n'avait cependant porté aucune accusation, pointé aucun index, de sorte que moi — à l'instar de tous les autres, peut-être — je supposai qu'elle n'avait pas trouvé celui qu'elle recherchait. Sir John nous éloigna à une distance respectueuse des deux rangs de soldats, afin qu'ils demeurent hors de portée de voix. Le capitaine Conger suivit d'un pas traînant.

— Parmi ceux qui sont assemblés ici, avez-vous reconnu l'homme que vous avez vu en train de deviser avec la victime ? s'enquit le magistrat.

Elle hésita, puis finit par répondre :

— C'est assez troublant, monsieur.

— Pourquoi ? Que voulez-vous dire ?

— J'en ai vu deux qui lui ressemblaient.

Sir John ne dit rien pendant un long moment, puis reprit :

— Deux, dites-vous ?

Il soupira. À ce moment, il semblait évident qu'elle n'était pas aussi bon témoin qu'il l'eût espéré.

— Entendu, qui sont-ils ?

— Le cinquième en partant d' la gauche, dans l' premier rang, et l' troisième en partant d' la droite, dans l' second.

— Je parlerai à ces deux-là. Capitaine, êtes-vous présent ?

— Je le suis, monsieur.

— Vous avez entendu les choix qu'elle a faits ?

— Certes oui.

— Veuillez isoler ces deux individus de leurs camarades, ainsi que l'un de l'autre. Et je vous saurai gré de m'octroyer une pièce où je pourrai les interroger séparément.

— Tout cela sera fait. Cependant... sir John ?

— Oui, capitaine Conger ?

— Ne méjugez pas votre témoin. Elle possède un œil plus sûr que je ne l'aurais cru. Les deux qu'elle a désignés sont frères. Un fort air de famille les unit.

Dès lors qu'on eut mis les deux soldats à l'écart, sir John demanda au sergent de bien vouloir fouiller leurs affaires personnelles, afin de savoir si l'un ou l'autre possédait un couteau à lame fine.

— Quelque chose de l'ordre du stylet, précisa-t-il en guise de description.

Puis il ordonna qu'un des deux frères lui soit présenté.

— Lequel désirez-vous entendre, monsieur ? s'enquit le sous-officier.

— Oh, je ne sais pas ; l'aîné, je présume.

Aussi, peu de temps après le départ du sergent, on frappa à la porte du bureau du capitaine, où l'on nous avait installés, le magistrat et moi. Sir John pria la personne d'entrer et le premier des deux frères pénétra d'un pas résolu dans la pièce. C'était également le plus grand et il avait dû se trouver au deuxième rang, me semblait-il. À cause de cela, je ne l'avais pas bien vu, mais il ressemblait en effet à celui qui était le cinquième en partant de la gauche, dans la première rangée.

Il se tint au garde-à-vous devant nous.

— Votre nom, monsieur ? s'enquit sir John.

— Otis Sperling, caporal, *monsieur* !

— Vous pouvez vous asseoir, caporal. J'ai quelques questions à vous poser. Je suis, au cas où l'on ne vous l'aurait pas dit, sir John Fielding, magistrat près le tribunal de Bow Street.

— Je préfère rester debout, *monsieur* !

— Eh bien, comme il vous sied. Je vais vous interroger en qualité de témoin. Aucune accusation n'a été portée. Je souhaiterais que nous soyons tous deux à notre aise et je ne saurais l'être si vous aboyez « *Monsieur !* »

chaque fois que vous m'adressez la parole. À présent, détendez-vous, je vous prie.

Le caporal Sperling s'efforça d'obtempérer, en adoptant une posture militaire tant soit peu moins rigide.

— À votre guise, monsieur, parvint-il à répondre d'un ton normal, tout en hasardant un regard dans ma direction.

— Je crois savoir que vous étiez en permission, hier.

— En effet, monsieur, mais pas toute la journée durant.

— Narrez-moi, je vous prie... ce que vous avez fait, qui vous avez vu, ce genre de choses. Commencez par l'heure à laquelle vous avez quitté la Tour.

Le caporal Sperling livra le compte rendu bref et scrupuleux de ses faits et gestes, après avoir franchi la grille à trois heures de l'après-midi, en compagnie de son frère Richard et d'un certain caporal Tigger, tous deux membres du régiment de grenadiers. Il projetait, dit-il, de prendre avec son frère Richard la diligence de cinq heures, à destination de Hammersmith, afin que tous deux pussent souper avec leurs parents ; leur père officiait en qualité de charron dans cette localité. Ils s'étaient séparés auparavant, les deux caporaux s'en allant s'amuser à leur gré, tandis que Richard était d'accord pour les retrouver à l'auberge de la malle-poste.

— Comment avez-vous décidé de passer votre temps ? demanda sir John.

— Oh, comme les soldats ont coutume de le faire, monsieur... à boire, débiter des histoires et se plaindre de la conduite du régiment.

Puis il ajouta :

— Je dirai, monsieur, que nous avons simplement passé du temps ensemble, et qu'à aucun moment nous n'avons absorbé de boissons fortes, uniquement de la bière et de l'ale, monsieur.

— Je vois. Et où vous êtes-vous occupés de la sorte ?

— Eh bien, dans deux établissements. Le premier se

trouve presque à l'extrémité de Fleet Street, et ne refuse pas de servir des militaires, tant qu'ils se comportent comme il sied... le *Cheshire Cheese*[1].

— Je connais bien l'endroit pour y avoir bu et dîné moi-même, déclara le magistrat. Et quel était le second ?

— Tout simplement au relais de la diligence, où j'étais censé retrouver mon frère.

— Et le caporal Tigger est-il resté avec vous là-bas ?

— Oui, monsieur, jusqu'à l'arrivée de Richard et notre départ en coche.

— À aucun moment vous ne vous êtes promenés dans le quartier de Covent Garden, vous deux... ou vous seul ?

— Nenni, monsieur, je n'avais rien à y faire.

— Je comprends fort bien.

Sir John marqua alors une pause, puis résuma les faits :

— Vous vous trouviez donc en compagnie du caporal Tigger, depuis votre départ de la Tour, à trois heures, jusqu'à ce que vous preniez avec votre frère la diligence de cinq heures pour Hammersmith. C'est bien cela ?

— À cette question, je devrais à la fois répondre par oui et par non, monsieur.

— Oh ? Expliquez-vous, je vous prie.

— Oui, je suis resté tout ce temps avec Tigger, mais non, Richard et moi, nous n'avons pas pris le coche de cinq heures.

— Pourquoi cela ?

— Richard était en retard. J'étais fort marri à son endroit, car il n'y avait pas d'autre diligence avant six heures et demie. On nous attendait pour une soirée... une célébration, pour ainsi dire, et nous allions y arriver en retard.

— Et qu'alliez-vous fêter ?

— Mon avancement, monsieur.

1. Le pub *Ye Olde Cheshire*, qui n'a guère changé aujourd'hui, aurait compté, entre autres, Samuel Pepys, le Dr Johnson et Charles Dickens parmi ses célèbres clients. *(N.d.T.)*

— Au grade de caporal ?

— Oui, monsieur.

— Hummpf, grommela sir John, avant de se taire pendant un long moment. Caporal Sperling, reprit-il, vous dites que votre frère est arrivé trop tard pour que vous puissiez prendre le coche de cinq heures. À quelle heure est-il arrivé ?

— Je ne puis le dire avec précision, car je ne possédais alors aucune montre, contrairement à aujourd'hui. Mon père m'en a fait présent hier au soir, monsieur.

— Il doit être très fier de vous.

Le caporal s'empourpra d'embarras, lança des regards en tous sens, en remuant les pieds.

— Comme vous dites, monsieur.

— Donnez-moi une approximation, dans ce cas.

— Monsieur ? fit le soldat en fronçant les sourcils.

Il avait sans nul doute compris la question.

— L'heure d'arrivée de votre frère.

— Oh, ma foi, il n'était pas terriblement en retard... moins d'une demi-heure, je dirais.

— Un quart d'heure, selon vous ?

— Aux environs, mais guère plus.

Le caporal regarda encore dans ma direction.

— Fort bien, déclara sir John. Quelle excuse vous a fournie votre frère ? Quelle affaire l'a-t-elle retenu aussi tardivement ?

— C'est à lui que vous devriez poser la question, monsieur.

— Répugnez-vous à répondre ?

— Non, monsieur, il ne m'a jamais rien confié... simplement qu'il s'agissait d'une affaire personnelle. Puis, comme il était en retard, il a dit que ce n'était pas de son fait.

— Et c'est là toute l'explication qu'il vous aura fournie ?

— Il garde ses projets pour lui. Vous devez comprendre, monsieur, que les choses ne sont pas toujours aussi aisées entre frères, quand bien même ils appartiennent à un régiment commun.

— Qui plus est dans ce cas-là.

— Comme vous dites, monsieur.

— Nous en avons presque fini, déclara sir John. Je souhaite toutefois vous demander, caporal, à quel moment votre frère Richard s'est séparé de vous et de l'autre caporal. Vous avez dit avoir quitté la Tour en sa compagnie... tous les trois ensemble.

— Oui, monsieur. Richard est resté avec nous jusqu'à ce que nous arrivions au *Cheshire Cheese*. Puis il a pris congé.

— Vers quelle heure ?

— Ce n'est toujours qu'une estimation, mais il semble probable que nous ayons mis un quart d'heure pour nous rendre là-bas à pied.

— De sorte que vous n'avez plus vu votre frère entre trois heures et quart environ et cinq heures et quart. C'est exact ?

— Exact, monsieur.

À ces mots, sir John remercia le caporal Otis Sperling, mais le pria de retourner dans la pièce où il avait attendu d'être mandé. Lorsque le soldat fut parti, le magistrat s'adossa à son siège et joignit les mains du bout des doigts. Il réfléchit quelques instants.

— Eh bien, qu'en penses-tu ? s'enquit-il à mon adresse.

— Il semblerait, dis-je, que Richard Sperling soit notre homme.

— Tout le laisse croire, en effet. Il existe une certaine divergence au sujet des horaires. Mais dis-moi, Jeremy, de quoi le caporal avait-il l'air, lorsque je lui ai demandé d'être plus précis quant au retard de son frère ? Il a répondu assez promptement.

— Certes, mais il semble que l'embarras commençait à le gagner. Il a froncé les sourcils, lanterné quelque peu, regardé à droite et à gauche. À la fin de l'interrogatoire, la transpiration perlait à son front.

— Il y a une fenêtre ouverte derrière moi. Cette pièce est tout à fait fraîche.

— Parfaitement, dis-je.

— Il se pourrait bien, reprit le magistrat, qu'en divulguant que son frère n'était pas à l'heure pour le coche, il ait déduit de mes questions suivantes que le temps écoulé s'avérait essentiel. Et ce faisant, il a commencé à réduire la durée de ce retard. Il se pourrait tout autant que Richard soit arrivé à l'auberge de la malle-poste une heure plus tard, voire davantage. Peut-être a-t-il pris de justesse la diligence de six heures trente pour Hammersmith.

— Ce qui nous laisserait dans les limites des horaires établis par le moment où Maggie Pratt a vu la victime et celui où l'on a découvert le corps.

— Alors encore tiède, précisa sir John.

Il parut sur le point d'ajouter quelque chose, quand on frappa à la porte. Comme on l'invitait à entrer, le sergent nous apparut tout à fait ravi.

— J'ai la joie de vous rapporter, déclara-t-il, que je n'ai trouvé aucun couteau, de quelque taille que ce soit, parmi les affaires personnelles d'Otis Sperling ou de Richard Sperling. Et c'est une bonne chose, car la possession de pareil objet serait un délit passible de la cour martiale.

— Ma foi, sergent, si vous êtes content, je le suis aussi.

— Tous deux ont d'excellents états de service, monsieur... bien que Richard Sperling n'ait rejoint le régiment que depuis à peine plus d'un an.

— Quel âge a-t-il?

— Seulement dix-neuf ans, monsieur.

— Si jeune! Eh bien, en tout cas, nous avons besoin de sa présence à Bow Street, pour poursuivre notre enquête.

— C'est une requête que vous devrez présenter au capitaine Conger, monsieur.

— Je m'en doutais, répondit sir John en se levant. Voudriez-vous me conduire à lui, je vous prie ?

Lorsque le sergent nous eut escortés jusqu'au capitaine, dans le champ de manœuvres, sir John éprouva quelques difficultés à convaincre ce dernier de déplacer Richard Sperling à Bow Street.

— Est-il accusé ? questionna le capitaine.

— En aucun cas, dit le magistrat. Je crois néanmoins qu'il se montrera plus coopératif dans un environnement plus austère.

— Avec tout le poids de la justice, n'est-ce pas ?

— Quelque chose d'approchant, je suppose. Quoi qu'il en soit, l'autoriserez-vous à comparaître en qualité de témoin ?

— Je le ferai, bien entendu, si je puis le récupérer.

— Je vous demande pardon ? Je ne comprends pas, capitaine. S'il n'est nul besoin de le traduire en justice, vous pourrez assurément le reprendre.

— Et sinon, nous souhaiterons également le récupérer, afin de convoquer une cour martiale. La justice militaire est diligente, sûre et impartiale, sir John.

— Je suis certes convaincu de sa promptitude. Mais voyez-vous, capitaine, à l'heure qu'il est, il s'avère trop tôt pour ergoter sur des points de juridiction. On doit réunir un jury pour l'enquête judiciaire du coroner, afin d'établir en bonne et due forme si l'affaire en question est un meurtre.

— Existe-t-il des doutes à ce sujet ?

— Non, mais un médecin a examiné le corps et portera témoignage. Bon nombre de points peuvent être éclaircis par lui, en faveur de votre deuxième classe Sperling.

— Ou à son encontre.

— En effet. Mais il s'agit d'une audience publique qui ne conclut pas à la culpabilité, probable ou non.

— Je vois, répondit le capitaine. Et qui est le coroner ?

— Euh... eh bien, hésita sir John, j'agis provisoirement en sa qualité.

Le capitaine Conger le dévisagea d'un air pour le moins sceptique. Il réfléchit, puis reprit enfin :

— Sir John Fielding, je m'incline devant votre réputation, car elle est excellente. Néanmoins, je ne vais point vous permettre de l'enlever comme vous semblez le suggérer. Le soldat Sperling s'en ira à Bow Street sous escorte armée. À la moindre tentative de le retenir, ou de le traduire devant la justice, mes ordres seront de le ramener à la Tour, en usant de la force, au besoin.

Bien qu'il en fût apparemment fâché, sir John acquiesça en branlant du chef, mais il ajouta :

— Alors, je pose moi aussi certaines conditions. Elles sont les suivantes : en premier lieu, le deuxième classe Sperling ne devra pas être présenté enchaîné, car il demeure témoin et ne comparaît pas en qualité d'accusé de quelque crime que ce soit.

— Accordé.

— En second lieu, je souhaite que le caporal Tigger fasse partie de l'escorte, et qu'il soit lui aussi autorisé à témoigner.

Si le froncement de sourcils du capitaine trahissait qu'il ne comprenait pas réellement les implications d'une telle clause, il n'opposa aucune objection.

— Accordé, dit-il.

— Et enfin, qu'au moins un homme de grade équivalent ou supérieur les accompagne, pour s'assurer que le caporal Tigger et le soldat Sperling ne devisent en aucune manière du crime ou de leurs activités de la veille.

— Accordé.

— Alors, si cela vous agrée, capitaine, cela m'agrée aussi, conclut le magistrat en souriant avec affabilité. Et je vous tends la paume pour sceller notre accord.

Ce qu'il fit effectivement, après quoi tous deux échangèrent une poignée de main.

— À propos, capitaine Conger, je me demandais... si le lieutenant Churchill se trouvait céans ? Je l'ai rencontré l'an dernier[1]. Je pense que je manquerais de civilité si je quittais la Tour sans le saluer.

— Sir John, il est parti chasser, comme vous l'avez dit plus tôt, dans « quelque coin boisé du royaume », à l'instar de presque tous les officiers du régiment, moi excepté. Sachez, monsieur, que vous avez toute ma confiance dans cette affaire. Si vous deviez agir à mon encontre, vous me verriez fort embarrassé et je devrais sans doute en subir les pires conséquences. Je vous souhaite le bonjour, monsieur.

Ce disant, il tourna les talons et s'en alla de son pas vif de vétéran.

— L'audience est prévue à onze heures ce matin ! lui cria sir John.

(Bien que l'officier n'en trahît pas le moindre signe, j'étais certain qu'il avait entendu.)

À mon adresse, le magistrat ajouta :

— Notre homme est un âpre négociateur.

Puis, se rappelant un détail, il s'écria derechef, à haute et intelligible voix :

— Par ailleurs, capitaine, veillez à ce que le soldat Sperling vienne avec sa baïonnette !

Et l'officier répondit :

— Ce sera fait, sir John.

— Messieurs, il s'agit d'une procédure officielle de justice, afin de déterminer la nature du décès de la dénommée Teresa O'Reilly. Dans ce dessein, nous avons rassemblé des témoins, lesquels livreront leur version des faits qui pourront ou non s'avérer probants, au cas où un juge serait amené à les entendre en la matière. Moi, en ma qualité de magistrat, supplée *pro tempore* le coroner. Et tandis que je conduirai cette enquête judiciaire, mes oreilles de magistrat seront à l'écoute de tout ce qu'il se dira.

1. Cf. *L'Onde sépulcrale,* 10/18, n° 3110.

Sir John s'adressait à un groupe de douze hommes, recrutés dans la rue par M. Marsden, avec la promesse d'un shilling. Ils occupaient six par six les deux premiers rangs de la petite salle d'audience, au rez-de-chaussée du 4 Bow Street. Les témoins étaient installés sur le côté : Maggie Pratt, Gabriel Donnelly et le deuxième classe Sperling, assis entre le caporal, que je tins pour être Tigger, et le sergent qui nous avait assistés à la Tour, mais dont j'ignorais le nom. M. Marsden siégeait auprès de sir John. En l'occurrence, j'étais la seule personne présente à ne prendre aucune part dans la procédure.

— De prime abord, dit sir John, en continuant à s'adresser aux jurés, permettez-moi de vous présenter les faits. La défunte a été découverte dans une cour à l'écart de New Broad Court, laquelle conduit directement à une venelle qui rejoint Duke's Court. Il se peut que vous connaissiez bien ce secteur, car il se situe quasiment à un jet de pierre du lieu où nous sommes à présent réunis. La femme a été trouvée, les pieds dépassant d'une volée d'escalier, peu après six heures du soir, par l'un des occupants de ladite cour, le sieur Sebastian Tillbury, lequel a sur-le-champ crié haro. Il a consulté sa montre et établi son arrivée à six heures et huit minutes. Notez ceci, je vous prie, car cela peut se révéler des plus importants. Le corps était encore tiède au toucher.

Le magistrat marqua une pause, marmonna doucement dans l'oreille de M. Marsden, et attendit que ce dernier lui répondît. Quand ce fut fait, il poursuivit :

— À présent, je souhaiterais appeler le premier témoin, M. Gabriel Donnelly, médecin. Il s'est livré à un examen post-mortem sur la défunte. Je lui demande de se présenter à moi, afin qu'il livre ses conclusions quant à la cause du décès.

M. Donnelly se leva de son siège et rejoignit d'un pas lourd un certain endroit situé devant le magistrat. Il paraissait exténué, le pauvre homme, et je savais que ce n'était pas feint, car il avait passé presque toute la nuit à pratiquer l'autopsie de la victime. Toutefois, dans l'entretien qui suivit avec sir John, il s'exprima d'une voix puissante et confiante.

— Monsieur Donnelly, pouvez-vous nous relater brièvement votre expérience en la qualité de praticien ?

— Avec joie. J'ai servi durant sept ans au sein de la Marine de Sa Majesté, jusqu'en 1768, date à laquelle j'ai exercé pendant une courte période à Londres, puis pendant deux ans dans le Lancashire. Je suis revenu récemment dans la capitale, pour y reprendre ma charge.

— Et avez-vous, pendant tout ce temps, accompli d'autres examens post-mortem ?

— Un grand nombre. En particulier dans la marine, où l'occasion s'est souvent présentée. Je dirais que le chiffre avoisinerait les quarante... voire cinquante, peu ou prou.

— Fort bien. Voudriez-vous maintenant nous dire ce qui, selon vous, a causé le décès de Teresa O'Reilly ?

— Je m'en vais le faire, monsieur.

Mais avant de commencer, il prit une profonde respiration et poussa un long soupir.

— Elle a trouvé la mort à la suite d'un seul coup de poignard dans le cœur. Il lui a été administré à un endroit situé à peine sous le sternum... c'est-à-dire l'os occupant la partie antérieure de la poitrine. L'instrument qui a causé le décès, une lame étroite et affûtée, a suivi un trajet légèrement ascendant, en perforant et en traversant la grande veine cardiaque, puis est resté en place, sans doute jusqu'à ce que la victime cesse de lutter. Cette blessure a provoqué une hémorragie interne, mais peu de sang a coulé.

(À ce moment-là, je devrais ajouter que le témoignage de M. Donnelly, loin de dérouter les membres du jury, sembla grandement les intéresser. Cette bande hétéroclite d'individus, pour la plupart peu instruits, voire pas du tout, se pencha en avant comme un seul homme, tandis qu'on leur présentait les détails anatomiques de la mort de Teresa O'Reilly. J'en remarquai au moins deux parmi les douze, en train de palper leurs chemises malpropres, en quête du sternum, puis l'endroit précis où le coup avait été porté.)

— Y avait-il quelque chose de singulier dans tout cela ? s'enquit sir John.

— Eh bien, oui, monsieur, répondit le médecin. Le plus inhabituel résidait dans la précision de la blessure. Le fait qu'on l'ait parfaitement placée, qu'une seule poussée vers le haut ait suffi, la différencie, selon mon expérience, d'une mort classique à coups de couteau, qui se caractérise d'ordinaire par moult plaies et des saignements abondants à l'extérieur. Le cœur, voyez-vous, est bien protégé par le corps. Il est entouré par la cage thoracique et se place derrière le sternum, un os plat et résistant, qui lui sert de bouclier. La majorité de nos semblables l'ignore, et par conséquent, continuerait à infliger des blessures au thorax et à l'abdomen de la victime, jusqu'à ce que survienne le coup fatal. Le décès résultant d'un seul coup s'avère, je dirais, tout à fait rare.

— Et que déduisez-vous de tout cela ? reprit sir John.

— Simplement que celui qui est à l'origine de la mort de Teresa O'Reilly s'y entendait, peut-être fort bien, en anatomie humaine. Il savait où se loge le cœur et le plus court chemin pour y parvenir.

— Bien que j'aie l'intention de vous rappeler à la barre, il me reste une dernière question à vous poser, monsieur Donnelly. C'est la suivante : lorsque j'ai résumé les faits, vous m'avez entendu affirmer que l'agent Perkins était arrivé sur les lieux où l'on avait trouvé le corps à six heures huit, et qu'à ce moment ledit corps était encore tiède au toucher. Pourriez-vous, à partir de cela, formuler une opinion quant à l'heure où la femme a trouvé la mort ?

— Non point de façon très précise, je le crains. Cela pourrait osciller entre une demi-heure et quelques minutes avant qu'on ne la découvre dans cette cour.

— Merci, monsieur Donnelly. Ce sera tout pour l'instant.

Ainsi remercié, le praticien regagna sa place. N'étant plus contraints d'écouter son témoignage, les jurés se mirent soudain à murmurer et à chuchoter entre eux. Il fut nécessaire pour sir John de les rappeler à l'ordre.

— N'oubliez pas, messieurs, qu'il s'agit d'une procédure officielle. Pour l'instant, la moindre discussion ou le moindre commentaire entre vous s'avère hors de propos et mal venu.

S'étant exprimé d'un ton fort sévère, il s'adoucit à peine en mandant Maggie Pratt. Aussi s'approcha-t-elle non sans une vive inquiétude et quelque hésitation.

— Voudriez-vous énoncer votre nom dans sa totalité, Miss Pratt, afin qu'il soit consigné dans le procès-verbal que M. Marsden est en train d'établir ?

— Margaret Anne Pratt, répondit-elle d'une toute petite voix, en se recroquevillant tant soit peu.

— Avez-vous entendu ? s'enquit le magistrat auprès du greffier, lequel acquiesça dans un grommellement. Je dois vous demander de répondre un ton plus haut. Mais à présent, toujours pour les besoins du compte rendu d'audience, vous m'avez confié plus tôt que votre profession était « couturière, actuellement sans emploi ». Souhaitez-vous maintenir cette affirmation ?

— Euh... oui, monsieur.

— Votre âge ?

— Autant que je sache, vingt-deux ans.

— Vous avez identifié le cadavre de Teresa O'Reilly en présence du sergent Perkins, n'est-ce pas ?

— Oui, monsieur.

— Pouvez-vous expliquer vos liens avec la défunte ?

— Pardon, monsieur ?

— Étiez-vous son amie ou une simple relation ? La connaissiez-vous bien ?

— J'estime que j' la connaissais assez bien. On partageait une chambre dans Angel Court.

— Alors, vous deviez fort bien la connaître, en effet.

— Pas à c' point-là. Elle l'occupait dans la journée et moi la nuit.

— Un arrangement pour le moins singulier, commenta sir John d'un ton sec, mais sans nul doute pratique dans certaines circonstances. Dites-nous ce que vous savez à son sujet.

— Ma foi, je sais qu'elle était irlandaise et qu'elle était v'nue d'puis environ deux ans, d'un endroit dont elle parlait tout l' temps, app'lé Waterford. Elle avait autour d' mon âge, à une ou deux années près, et... euh... c'est assurément tout c' que j' sais d'elle.

— Et ce n'est assurément pas grand-chose.

— Non, monsieur.

— Peut-être puis-je vous rafraîchir quelque peu la mémoire. Comment gagnait-elle sa vie ?

— Eh bien, monsieur, je n' saurais en être certaine, car c'est elle qui occupait la chambre dans la journée, et je n'étais certain'ment pas du genre à fourrer mon nez là où on n' voulait pas d' lui, mais j' crois bien qu'elle avait des amis messieurs. Ils lui donnaient d' l'argent.

— Combien d'amis de ce genre avait-elle ?

— Oh, beaucoup, monsieur. C'était une fieffée travailleuse, c'te fille-là, et diablement effrontée, avec ça.

— Donc, vous êtes en train de me confier qu'elle n'était rien de moins qu'une fille des rues, une prostituée ordinaire.

— Vous pourriez dire ça, monsieur... encore que j' sois pas d' celles à juger les autres.

— Je vous crois volontiers, répliqua sir John, car je doute que vous soyez en position de le faire.

À ces paroles, un ou deux jurés ayant saisi ce que sous-entendait sa remarque lâchèrent ricanements et gloussements. De nouveau, le magistrat les rappela à l'ordre, quoique de manière un peu plus indulgente que précédemment.

— Y avait-il certains de ces « amis messieurs », comme vous les appelez, qui lui rendaient souvent visite ? s'enquit-il. Certains dont elle aurait mentionné le nom en votre présence ?

Elle ouvrit aussitôt la bouche, et l'idée me vint qu'elle allait révéler l'identité de celui qui était passé devant moi dans Angel Court. Mais alors, se ravisant sans doute, elle resta muette et ses lèvres se scellèrent, sans qu'elle prononçât un mot ou livrât le moindre nom. Je remarquai tout cela, à l'instar des membres du jury... alors que sir John, dans sa cécité, ne put s'en rendre compte.

— Vous hésitez, observa-t-il.

— J'essaye d' me rapp'ler, dit-elle. Mais non, monsieur, rien n' me vient à l'esprit. Teresa acceptait simplement ceux qui passaient et n'en craignait aucun. Comme elle était aussi robuste que la plupart des hommes — elle f'sait deux fois ma taille —, elle savait s'en débrouiller, au besoin.

— Elle ne se laissait donc pas aisément impressionner par une menace ?

— Oh non, monsieur.

— Pas plus qu'elle n'hésitait à se défendre toute seule, si elle se sentait en danger ?

— Pas elle, non.

— Très bien, Miss Pratt, passons à autre chose. Venons-en à l'information que vous m'avez confiée, lorsque nous devisions hier au soir, dans la cour qui donne dans New Broad Court. Que m'avez-vous dit à ce moment-là ?

Elle le dévisagea d'un air suspicieux, presque incrédule :

— Vous n' vous rapp'lez donc point ?

Sa réponse, lâchée avec une ignorance candide, provoqua de gros éclats de rire dans toute la salle. Pris entièrement par surprise, sir John lui-même se joignit à l'hilarité générale. Et pour avoir agi ainsi, il ne pouvait traiter le jury ou le témoin avec la même sévérité dont il eût témoigné en d'autres circonstances. En fait, il ne lui resta plus qu'à attendre que chacun recouvrât son calme, lui comme les autres, pour marteler le bureau où il siégeait, avec ce maillet de charpentier dont il semblait ne jamais se séparer. Il pria les uns et les autres de se taire, tandis que Maggie Pratt regardait alentour, la lippe boudeuse, telle une enfant qui se découvre la risée d'adultes. Je remarquai qu'elle était la seule femme de l'assemblée et me demandai si ce n'était pas une des raisons de leurs railleries. Elle m'inspira malgré moi une certaine compassion.

— Non, ma chère Miss Pratt, reprit sir John, après avoir restauré le calme et s'être lui-même ressaisi, je me souviens fort bien de ce que vous m'avez dit. Il est nécessaire toutefois que vous le répétiez pour les jurés et le compte rendu d'audience.

— Je vois, répondit-elle d'un ton assez froid. Eh bien, dans c' cas, j' suis volontiers votre obligée.

Elle prit alors une profonde respiration, puis enchaîna :

— J'étais en train d' me promener dans l' coin, juste après avoir mangé un morceau et bu une bière à la taverne *Tompkins*, et m' suis r'trouvée dans Duke's Court, et c'est là qu' je vois une grande daronne en train d' causer avec un soldat.

— Vous êtes sûre qu'il s'agissait d'un militaire, n'est-ce pas ? demanda le magistrat.

— Et pourquoi qu' j'aurais un doute ? Impossible de n' pas r'connaître c't' habit rouge.

— Je suppose, en effet. Poursuivez, je vous prie.

— Eh bien, elle se r'tourne à moitié et j' vois qu' c'est bel et bien Teresa. Alors j' m'approche d'elle, car j'avais qu'è'qu' chose à lui d'mander.

— Et de quoi s'agissait-il ?

— Qu'è'qu' chose de personnel, pardi, déclara la femme.

Puis elle attendit, pour juger de l'effet de sa réponse. Lorsqu'elle se rendit compte que pareille échappatoire ne la mènerait à rien, elle reprit :

— Ça avait à voir avec un de ses messieurs qui n'arrêtait pas de v'nir à la chambre et d' la d'mander à n'importe quelle heure.

— Quel était son nom ? Il a dû le donner.

— Je n' m'en rappelle pas, monsieur.

— Pourtant, vous vous en souveniez fort bien au moment où vous êtes allée vers Teresa O'Reilly, lorsque vous l'avez surprise dans Duke's Court.

— P't'êt' bien. Mais j' crois que j'avais seul'ment l'intention d' le lui décrire.

— Alors décrivez-le-nous.

Elle soupira :

— Ma foi, il était plus jeune que moi, mais pas tant qu' ça. Pour c' qui est d' la taille et d' la corpulence, y r'semble à c' jeune gars qu'est v'nu avec nous à la Tour, c'lui-là qu'est assis là-bas (elle me désigna du doigt). Mais je n' veux pas dire qu' c'est vot' jeune aide... il lui r'semble, c'est tout.

— Vous me voyez soulagé, dit sir John.

(Et je l'étais aussi, croyez-moi, cher lecteur.)

— Il porte les ch'veux coupés à ras, comme un Irlandais, bien qu'il n'en est pas un, autant que j' peux en juger à sa façon d' parler. Et il a l' nez un peu busqué. V'là tout c' que j' peux vous dire, monsieur.

Elle avait fourni une description fidèle de celui que j'avais surnommé le « jeune butor » et rencontré par deux fois... dans Drury Lane et Angel Court. J'étais certain qu'elle devait aussi connaître son nom.

— Fort bien, je vous remercie, déclara sir John. Vous vous êtes donc approchée de Teresa O'Reilly dans Duke's Court, afin de vous plaindre de cet individu. Et que vous a-t-elle répondu ?

— Rien, monsieur. Comme je v'nais vers elle, v'là qu'elle m' fait un clin d'œil et un signe de tête, histoire de m' dire : « Fiche le camp. J' peux pas causer maint'nant. » Et c'est donc c' que j'ai fait. Mais pendant qu' j' me trouvais là-bas, assez près d' tous les deux, le soldat s'est tourné vers moi, m'a r'gardée, et moi aussi.

— Pourriez-vous le reconnaître à nouveau ?

— Certainement, monsieur.

— Diriez-vous qu'il y avait une certaine acrimonie entre Teresa O'Reilly et le militaire ?

— Pardon, monsieur ?
— Se disputaient-ils ? Se querellaient-ils ?
— Oh non, monsieur. Je dirais que Teresa s'était trouvé un autre monsieur ami.
— Et dites-nous ce qui s'est produit, après votre rencontre dans Duke's Court. Pour être plus direct, qu'avez-vous fait ensuite ?
— Eh bien, j'ai encore flâné un peu ici ou là. Et puis, quand j' me suis trouvée dans New Broad Court, j'ai entendu qu'on criait « Au meurtre ! » et l' terrib' hourvari qu'a suivi. J' me suis engagée dans la v'nelle, pour voir de quoi y r'tournait, et lorsque j'ai vu qu' ces gens la tiraient de d'sous l'escalier, j'ai r'connu Teresa. Je savais qu' c'était elle, même si j' peux point expliquer pourquoi.
— Quelle durée s'est écoulée entre votre rencontre avec Teresa O'Reilly et le soldat, et le moment où vous avez cheminé dans la ruelle et avez vu la jeune femme morte ?
Sir John demanda cela d'une manière des plus graves, laquelle ne fit qu'accentuer le sérieux de la question.
— J'aurais du mal à l' dire, monsieur. Les gens d' ma condition n'ont pas d' montre.
— Mais lors de notre premier entretien, Miss Pratt, vous prétendiez avoir vu la défunte « juste avant », en compagnie d'un soldat qui avait tout l'air d'un grenadier.
— Comme de juste.
— Eh bien, était-ce longtemps auparavant ? Peu de temps avant ? Vous êtes-vous rendue directement de Duke's Court à New Broad Court et avez-vous ensuite entendu qu'on criait au meurtre, ou vous êtes-vous arrêtée quelque part en chemin ?
— Oh, j' me suis arrêtée. J'ai fait un saut au *Shakespeare's Head*, qu'est un établissement tout c' qu'y a d' respectable. J' me suis fait beaucoup d'amis, là-bas.
Elle ajouta alors, d'une voix rassurante :
— Mais j'y ai point lanterné.
— Je constate que nous avons quelques difficultés

avec les horaires, déclara sir John aux jurés, mais nous devons poursuivre.

Puis, à l'adresse de Miss Pratt, qui se tenait toujours devant lui :

— Voyez-vous dans cette salle l'homme qui se trouvait en compagnie de la victime ? Le cas échéant, désignez-le du doigt.

Elle se tourna et pointa l'index sur le deuxième classe Sperling.

— C'est lui, du moins j' le pense. Il y avait deux soldats, comme vous l' savez, monsieur.

— Bien sûr. Ce sera tout, Miss Pratt.

Il s'entretint quelques instants en aparté avec M. Marsden, puis déclara :

— Qu'il soit consigné dans le compte rendu que Miss Pratt a désigné du doigt le soldat de deuxième classe Richard Sperling, du régiment des grenadiers.

Comme la jeune femme regagnait sa place auprès de M. Donnelly, sir John se tourna vers les douze membres du jury assis aux premiers rangs.

— Cette question des deux soldats s'explique aisément, leur dit-il. En fait, lorsque Miss Pratt s'est rendue à la Tour avec moi, en début de matinée, elle a choisi non pas un seul mais deux militaires, comme candidats possibles au meurtre. Toutefois, cela ne discrédite aucunement son témoignage, car les deux hommes sont frères et se ressemblent fort. Je me suis entretenu avec l'un d'eux et, pour l'heure, notre discussion me satisfait. Néanmoins, je vais profiter maintenant de l'occasion qui m'est offerte, pour confirmer le récit que m'a livré tantôt le caporal Otis Sperling avec la version des faits d'un certain caporal Tigger.

Ce dernier se leva, prêt à s'installer devant le magistrat.

— Restez à votre place, caporal. Sergent ? Êtes-vous présent ? Veuillez décliner votre identité, je vous prie.

— Je suis là, monsieur, répondit le sous-officier en se levant. Silas Tupper, sergent du régiment des grenadiers.

— Vous pouvez demeurer là-bas, car je n'ai qu'une question ou deux à vous poser. Dites-moi : le capitaine vous a-t-il chargé de veiller à ce que le caporal Tigger ne révèle rien de l'affaire au deuxième classe Sperling, avant la réunion de ce tribunal ? Qu'il n'y ait aucune discussion entre eux à ce sujet ?

— Oui, monsieur.

— Et avez-vous accédé à sa requête ?

— Oui. Ils n'ont absolument pas abordé ce point, tout le temps qu'ils se sont trouvés ensemble.

— Bien, sergent. Merci. Vous pouvez vous rasseoir. À présent, caporal Tigger, veuillez prendre place devant moi, je vous prie.

Tandis que le soldat s'avançait, le coutelas qu'il portait cliqueta tant soit peu dans sa gaine. Outre cette arme blanche, la paire de pistolets sanglés à sa taille en faisait un personnage des plus impressionnants. Il se présenta comme étant John Tigger, caporal du régiment des grenadiers. Puis, à la demande de sir John, il livra pour l'essentiel le même récit que nous avait conté le caporal Sperling. La seule différence qui m'apparut résidait dans la précision dont il fit preuve, au sujet de l'arrivée tardivc du deuxième classe. Il affirma qu'il avait consulté sa propre montre, tandis que le caporal Sperling retrouvait son frère et le tançait, là-bas, à l'auberge de la malle-poste ; ce qui établissait la venue du plus jeune des Sperling à cinq heures et quart. Tigger avait demeuré en leur compagnie, jusqu'à ce que ses compagnons montent dans la diligence et s'en aillent pour Hammersmith, à six heures et demie.

Après avoir remercié le caporal Tigger, sir John appela Richard Sperling à venir témoigner. Tandis qu'il cheminait pour prendre place devant le magistrat, le jeune militaire courbait l'échine d'un air pitoyable, et l'on eût dit qu'il était déjà reconnu coupable et condamné. Une fois à la barre, il parvint cependant à retrouver quelque posture plus soldatesque. Il déclina son identité et son rang, tout en ajoutant qu'il avait dix-neuf ans.

— Soldat Sperling, commença sir John, je crains que vous ne deviez nous relater comment vous avez occupé les deux heures, peut-être moins, entre le moment où vous avez quitté votre frère et le caporal Tigger au *Cheshire Cheese*, et celui où vous les avez rejoints à l'auberge de la malle-poste.

— Oui, monsieur, répondit-il d'une voix si contrainte qu'elle en devenait quasi inaudible.

— Parlez plus fort, jeune homme. Poursuivez.

— Oui, monsieur, je m'en vais le faire.

Il se racla la gorge.

Les membres du jury adoptaient à présent la même attitude de concentration intense dont ils avaient précédemment fait montre à l'audition du témoignage de M. Donnelly.

— Je les y ai laissés, comme vous dites, et me suis hâté de gagner les rues aux alentours de Covent Garden, déclara-t-il. Là-bas, je n'ai eu de cesse d'errer, de chercher, de m'exposer à la tentation.

— Et de quoi étiez-vous en quête ? intervint sir John. Par quoi souhaitiez-vous être tenté ?

— J'aspirais à la tentation de la chair. J'étais en quête d'une femme.

— Ma foi, elles sont légion dans le voisinage et nombre d'entre elles sont disponibles pour le dessein que vous sembliez avoir à l'esprit.

— Je le sais, monsieur, et c'était la raison de ma venue dans le quartier.

Il baissa la tête, mais sa voix ne faiblit point, alors qu'il continuait :

— Je... je n'étais jamais allé avec une femme, à tel point que j'en ressentais de la honte... je me disais que je n'étais pas un homme. Je m'étais mis en tête d'y remédier, persuadé que j'aurais suffisamment de temps pour faire ce qui devait être fait, avant de prendre le coche. Néanmoins, dès que je me suis retrouvé dans ces rues, à voir le regard insensible et las de ces femmes qui s'offraient à qui le souhaitait, à songer aux possibilités de maladie, aux risques, tout en me rappelant mon enfance de chrétien... j'ai eu quelque peine à mettre en œuvre mon projet. Je suis entré dans un estaminet et j'y ai bu une ale pour reprendre des forces.

— Quel était-il? s'enquit sir John.

— Je n'en ai pas souvenance, monsieur, je vous l'assure, mais je pourrais peut-être le retrouver, si...

— Peu importe. Poursuivez.

— Fort bien. En quittant le débit de boissons, une femme a engagé la conversation avec moi. Cela a pu se produire dans Duke's Court. Si cette jeune fille ici présente l'affirme, je l'accepte de bonne grâce. Quoi qu'il en soit, elle m'a dit s'appeler Teresa et... elle m'a plu. C'était une femme robuste, irlandaise... et elle paraissait comprendre mon problème. Il y avait quelque chose de maternel chez elle... pas comme *ma* mère, vous comprenez, mais...

— J'entends bien. Continuez.

— J'ai... consenti à la suivre et elle m'a conduit dans un logis d'Angel Court, comme de juste, un lieu crasseux... une paillasse, une chaise, rien de plus. Je n'y suis guère resté longtemps. Je...

Il hésita, cherchant les mots idoines.

— Je n'ai pu y faire ce que j'avais prévu. Elle s'est montrée compréhensive, mais elle ne m'a point rendu mon argent pour autant.

À ce moment-là seulement, quelques membres du jury se mirent à ricaner. Leurs compagnons les enjoignirent au silence. Sir John n'eut nul besoin de les rappeler à l'ordre.

— Alors, je m'en suis allé. Je suis parti à la hâte, en songeant que je devais être en retard... et bien sûr je l'étais. Nous avons dû prendre la diligence suivante pour Hammersmith, ce qui nous retardait de plus d'une heure pour la soirée en l'honneur de mon frère. Je suis navré. Je suis désolé d'être allé avec cette femme. Mais croyez-moi, je vous prie, monsieur, car je jure devant Dieu tout-puissant et tous les saints que *je ne l'ai pas assassinée.*

Il pantelait presque sous l'émotion. Les larmes brillaient dans ses yeux.

— Il ne me reste plus qu'une seule question à vous poser... ou peut-être deux, reprit le magistrat. Êtes-vous assistant d'un médecin, chez les grenadiers ?

— Non, monsieur, j'y suis simple fantassin.

— Avez-vous jamais été apprenti chez un praticien ?

— Non, monsieur.

— C'est bien. Vous pouvez regagner votre place.

Ce que le soldat fit, cheminant avec davantage de vélocité et de confiance que tantôt, maintenant qu'il avait livré sa confession.

— Sergent Tupper ? Voudriez-vous encore vous lever, sans toutefois vous déplacer ?

Le sous-officier obtempéra d'un bond, le fourreau de son épée heurtant la chaise dans un bruit de métal. Pris par surprise, il martela l'habituel *« À vos ordres ! »* des militaires.

— Je vous ai chargé dans la matinée de fouiller les affaires personnelles des deux frères Sperling, afin de voir si l'un ou l'autre était en possession d'un couteau. Qu'avez-vous trouvé ?

— Rien de la sorte chez l'un ou l'autre, monsieur.

— J'ai également stipulé que la baïonnette soit apportée au titre de pièce à conviction. L'avez-vous fait ?

— Oui, monsieur, et je l'ai donnée au médecin, selon votre requête.

— Fort bien. Vous pouvez vous asseoir. Monsieur Donnelly ?

Ce dernier se leva de manière plus placide :

— Oui, sir John ?

— Vous avez eu le temps d'examiner la baïonnette du deuxième classe Sperling ?

— Oui, monsieur.

— Portait-elle la moindre tache de sang ?

— Aucune, monsieur. Elle était rutilante de propreté ; comme on l'eût espéré de la part d'un grenadier.

— Parfait. En l'absence de toute sorte de poignard, la baïonnette aurait-elle pu infliger la blessure, que vous avez décrite, à Teresa O'Reilly ?

— Non, monsieur, elle n'aurait pu le faire. Si on l'avait enfoncée en profondeur, pour causer les lésions que j'ai exposées, celle-ci aurait laissé une plaie plus large, tant soit peu en arc de cercle, et ce n'est pas celle que j'ai trouvée sur son corps. Selon ce que j'ai découvert, la blessure proviendrait d'une longue lame, fine et plate... que l'on pourrait qualifier de stylet.

— Merci. Cela vient conclure, j'en suis sûr, mes requêtes à votre endroit. Mais vous, Miss Pratt, pourriez-vous vous lever, sans vous déplacer, je vous prie ?

La femme s'exécuta, plus ou moins de mauvaise grâce, comme si l'on eût quelque peu abusé de sa complaisance.

— Monsieur ?

— Si vous avez écouté attentivement, vous n'êtes pas sans connaître les problèmes relatifs à l'heure exacte des événements, auxquels j'ai fait allusion. Vous avez prétendu avoir vu le soldat avec la victime — en compagnie de laquelle le deuxième classe Sperling reconnaît lui-même s'être trouvé — « juste avant » que l'on ne découvre le cadavre. Et M. Donnelly, le médecin, nous a dit que si le corps était encore chaud peu après six heures, Teresa O'Reilly aurait pu au plus être assassinée une demi-heure auparavant, disons... à cinq heures trente, au plus tôt. Malgré tout, au dire du caporal Tigger, le soldat Sperling est arrivé à l'auberge de la malle-poste à cinq heures et quart et n'aurait donc pu porter le coup fatal. En conséquence, je dois vous dire que vous vous révélez un excellent témoin quant à l'identification, car vous l'avez prouvé. Mais je vous juge peu fiable eu égard à l'heure. Persistez-vous à affirmer avoir vu le deuxième classe Sperling peu de temps avant la découverte du corps ?

— Oui, répliqua-t-elle non sans emphase. C' n'était

guère loin d' cette cour, si vous passez par la ruelle, tout près d'où ils s' trouvaient. Je l'ai bel et bien vu en plein jour.

— « En plein jour », dites-vous ?

— C'est bien ça, monsieur.

Sir John se pencha et tint un bref conciliabule avec le greffier, à l'issue duquel il hocha la tête et concentra derechef son attention sur Miss Pratt.

— Dans ce cas, dit-il, je dois récuser votre témoignage, car M. Marsden m'apprend à l'instant qu'à cette époque de l'année la lumière décline peu après cinq heures du soir. À partir de ce moment-là débute alors le crépuscule. Je ne puis donc qu'en déduire que vous avez passé bien plus de temps que vous ne l'avez soupçonné au *Shakespeare's Head*. Vous pouvez vous rasseoir, Miss Pratt.

— Mais je...

— Rasseyez-vous, je vous prie.

Et la jeune femme se laissa choir sur son siège, encore plus à contrecœur qu'elle ne s'en était levée.

— À présent, messieurs les jurés, déclara sir John en se tournant vers ces derniers pour leur faire face dans leur ensemble, celui que l'on a désigné comme chef peut-il se manifester ?

Un homme de belle taille se leva alors, un peu plus âgé que les autres :

— Oui, monsieur, répondit-il au magistrat. Ce doit être moi.

— Je crains que vous et vos onze collègues ne soyez déçus de votre participation à cette audience, car je dois maintenant vous imposer un verdict. Il ne fait pas le moindre doute qu'un meurtre a été commis. Teresa O'Reilly ne s'est point éteinte de mort naturelle... cela s'avère à tout le moins évident. Pas plus qu'elle n'a pu commettre un suicide, arracher le poignard de son cœur, le remiser par-devers elle, puis se cacher à l'endroit où on l'a retrouvée. Il a été prouvé, même à l'audition du propre témoignage de Miss Pratt, que le deuxième classe Sperling, qu'elle a vu devisant avec la défunte, n'a pu participer à l'assassinat. Il a livré un compte rendu de son emploi du temps. Le caporal Tigger a confirmé l'heure et la minute de son arrivée à l'auberge de la malle-poste. Par conséquent, dans l'affaire concernant le décès de Teresa O'Reilly, je vous recommande de conclure à « homicide volontaire commis par un ou plusieurs tiers non identifiés ». Vous devez donner votre accord en proclamant « oui ». Donnez-vous votre assentiment ?

Un concert de « oui » discordants s'échappa des lèvres des douze jurés.

— Nous concluons donc au verdict suivant : « homicide volontaire commis par un tiers ou plusieurs tiers non identifiés ».

Le magistrat heurta une seule fois la table de son maillet, puis ajouta :

— Ces messieurs peuvent se retirer avec mes remerciements.

Quant à moi, qui me trouvais assis à proximité des hommes installés aux premiers rangs, je surpris l'un d'entre eux qui faisait observer à un autre :

— J' n'ai jamais gagné un shilling aussi facilement !

— Sans doute, admit le second juré, mais c'était captivant... fort instructif.

CHAPITRE IV

Où l'on découvre et identifie une seconde victime

Au fil des jours suivants, sir John ne s'approcha pas davantage de la clé de l'énigme. Quelle était donc cette personne, qui étaient ces inconnus ayant donné la mort à Teresa O'Reilly ? Et dans quel dessein ? On avait en réalité découvert huit shillings dans cette aumônière, à la taille de la défunte, dont le couple de détrousseurs avaient hâte de s'emparer. On commettait des meurtres, et l'on en commet toujours, pour beaucoup moins ; à l'évidence, tel n'était pas le mobile. La vengeance ? Qui saurait le dire ? Nulle autre que Maggie Pratt ne s'était présentée pour nous narrer en détail la vie de l'Irlandaise. On avait placardé des affiches aux quatre coins de Covent Garden, lesquelles annonçaient l'assassinat et appelaient les gens à venir témoigner... mais en vain. Avait-elle été tuée sous l'empire de la colère par quelque client éconduit ? La déposition de Mme Crewton semblait soutenir cette hypothèse, alors que l'emplacement rigoureusement étudié de cet unique coup de couteau paraissait la réfuter. Pouvait-on assassiner son semblable sans mobile ?

Je nourrissais quant à moi des soupçons infondés en la matière. Ils se concentraient sur celui que j'avais surnommé « le jeune butor ». Certes, je l'avais vu quitter le logis de Maggie Pratt... à savoir la chambre qu'elle partageait avec Teresa O'Reilly. Cela ne faisait pas l'ombre d'un doute que Miss Pratt le connaissait, car elle s'était adressée à lui en des termes familiers pour le moins crus ; ce qui ne signifiait pas toutefois qu'il fût de surcroît une accointance d'O'Reilly. À cet égard, s'il avait assassiné cette dernière, aurait-il pu la transporter jusqu'à cet endroit, sous l'escalier, où on l'avait si grossièrement dissimulée ? J'admettais en mon for intérieur que cela semblait peu probable. Pesant cent soixante-dix livres, voire davantage, elle avait constitué un fardeau conséquent pour M. Donnelly et moi, lorsque nous avions retiré son corps de la grange du Faucheux. Pour ma part, comme je devais avoisiner en taille et en poids le gars en question, je n'aurais pu la soulever tout seul... ou alors au prix de moult difficultés. Je doutais qu'il se fût mieux débrouillé. Malgré tout, je n'appréciais guère ce garçon, et il nous est plus facile d'attribuer de sombres méfaits à ceux que nous détestons. Si quiconque de ma connaissance devait être pendu pour le meurtre de Teresa O'Reilly, j'aurais aimé que ce fût lui. Je décidai donc d'en apprendre davantage à son sujet.

Lors de mes courses journalières dans les rues avoisinant Covent Garden, je me mis en quête de mon « jeune butor », en songeant que j'aurais peut-être le temps de le suivre à distance, et à son insu, afin de glaner ainsi des renseignements quant aux lieux et parcours qu'il affectionnait. Mais j'eus beau garder l'œil aux aguets, je ne le dénichai pas pour autant. Avait-il brusquement disparu ? Voire quitté Londres ? Non, décidai-je, les individus de son espèce avaient coutume de sortir la nuit.

Un beau matin, cependant, je croisai par hasard Maggie Pratt dans Covent Garden, tandis que je m'affairais aux emplettes de la journée. Elle me reconnut fort bien, mais me décocha un regard méfiant, tout en cherchant à passer devant moi.

— S'il vous plaît, Miss Pratt, dis-je, puis-je m'entretenir avec vous ?

— De quelle manière ?

— Je souhaiterais vous poser quelques questions... simplement quelques questions ?

— J' crois avoir fourni toutes les réponses à ton maître.

— Ce que j'ai à vous demander diffère quelque peu. Peut-être pourrions-nous aller là-bas, à l'écart des piétons.

Le simple fait de s'arrêter sur la piazza nous exposait déjà au risque d'être bousculés et brimbalés par la cohue. Elle accepta d'être conduite sur le côté, à l'abri du flot des passants.

— Maintenant, que m' veux-tu ? me lança-t-elle, pressée d'en finir.

— Lorsque je suis venu vous quérir dans Angel Court, vous avez souvenance qu'un jeune homme sortait de chez vous et que vous l'avez interpellé d'une voix vivement courroucée.

Elle me dévisagea d'un regard pénétrant :

— J' m'en souviens fort bien.

— Qui était-ce ?

— C'est mon affaire et point la tienne.

— Vous avez dit qu'il me ressemblait quant à la stature et la morphologie. Était-ce le même qui venait souvent s'enquérir au sujet de Teresa O'Reilly ?

— Qu'il le soit ou non n'a rien à voir avec Teresa. Maint'nant, si tu veux bien m' laisser passer, j' dois m'en aller.

— Mais comment s'appelait-il ?

Lèvres pincées, elle s'avança pour m'écarter. Ne disposant d'aucun pouvoir de la retenir, je reculai pour libérer le passage. Comme elle se mettait hâtivement en route, elle me lança un seul regard par-dessus l'épaule... moins effrayé, comme je l'espérais tant soit peu, qu'exaspéré. Dans un soupir, je me retournai et repris mon chemin en direction de l'étal de M. Tolliver, le boucher.

À l'évidence, il existait une autre personne qui savait

quelque chose concernant ce fameux garçon. Mais je rougis en avouant, cher lecteur, que je rechignais à questionner Mariah à son sujet, par crainte de l'irriter. En cherchant à converser avec elle, j'avais par ailleurs découvert qu'elle se laissait interroger non sans mal. Il y avait moins de chances pour que je la trouve à son poste habituel, dans New Broad Court. Où elle s'en était allée et à quelle distance, je n'aurais su le dire, car lorsque je portais missives et requêtes pour sir John, aux quatre coins de Westminster et de la Cité, j'eus rarement le temps de la chercher. Les rares fois où je la surpris effectivement, elle devisait avec l'un ou l'autre, et je n'eus nul désir d'attendre que la discussion s'achevât et qu'elle fût libre... ou alors qu'elle s'en allât (comme ce fut le cas un jour) au bras de son compagnon de conciliabule.

Je la trouvai enfin seule, vers la fin d'un certain après-midi, et décidai de lui poser quelques questions prudentes. La saluant avec civilité et le sourire aux lèvres, je lui offris un shilling.

Elle me sourit gentiment à son tour et me dit :

— Ah non, jeune monsieur, j' vois combien tu t'habilles rich'ment ! C'est pas possible de v'nir vers moi dans ton vieil habit et tes anciens *pantaloni*, pour faire affaire avec moi. J'ai dit deux shillings, l'aut'jour. C'est mon prix. J' fais plus rien pour un seul shilling.

— Je veux seulement m'entretenir avec toi, répliquai-je. Pour cela, je paierai un shilling.

— Comme l'aut' jour ?

Elle rit joyeusement.

— Tu m' paies. On discute, ajouta-t-elle.

Je plaçai la pièce dans sa main. De nouveau, elle la fit glisser dans son corsage ; une fois encore, j'éprouvai un léger frisson de désir. Mais je n'étais pas séduit, en l'occurrence, au point d'en oublier mon dessein, pour simplement échanger avec elle de menus propos. Pas plus que je n'eusse tenté de la gagner à ma cause en lui livrant mes fantasques projets d'émigration.

— Te souviens-tu, repris-je, de ce jour, alors que j'étais vêtu comme aujourd'hui et j'envisageais de te causer, où tu t'es mise en colère et tu t'es enfuie dans Drury Lane, sans souffler mot ?

— Mais tu m' pardonnes, dis ? J'ai pas été gentille, ce jour-là. J' t'ai dit déjà que j'étais désolée.

— Oh, j'ai accepté tes excuses à ce moment-là et je ne t'en veux point à présent. Mais tu as dépêché un jeune homme pour qu'il vienne me parler, pour qu'il me chasse. Je me demandais quelle relation tu entretenais avec lui ?

— Relation ?

Elle répéta le mot avec soin ; sa voix trahissait, semblait-il, une certaine défiance.

— Oui, j'entends par là... est-il ton ami ? Comment en es-tu venue à le connaître ?

La mine résolue, elle réfléchit et ne put se résoudre à mentir :

— Il n'est pas mon ami, non. J' lui dois d' l'argent. Faut qu' je paye.

Je ne m'attendais nullement à pareille réponse. Comment pouvait-elle lui devoir de l'argent ? À combien pouvait s'élever la dette ?

— Je ne comprends pas, déclarai-je. As-tu signé un contrat quelconque ? Est-ce pour cela que tu travailles de la sorte ?

— J' pense que tu dois t'en aller, maint'nant. On r'parlera une aut' fois. Peut-être.

— Mais...

J'en restais pour le moins interdit, ne sachant que dire ou faire.

— Dis-moi au moins comment il s'appelle ?

— Pourquoi tu veux l' savoir ?

— Eh bien... je l'ai revu depuis. J'aimerais connaître son nom... afin que je puisse le saluer, si d'aventure je le croisais de nouveau dans la rue.

— Ha ! Va falloir qu' t'apprennes à mieux mentir, ou alors à dire la vérité. Tiens...

À ces mots, elle plongea la main dans son corsage, d'où elle sortit mon shilling, ou une autre pièce identique.

— Prends-le, conclut-elle. Plus d' bavardage. Ne r'viens plus m' voir, à moins qu' tu n' paies deux shillings et qu' tu m'accompagnes. À présent, *va-t'en* !

Et je m'en allai effectivement, mais lui laissai la pièce de monnaie en main. Je ne pouvais la lui reprendre, bien entendu. J'étais son sauveur, au moins dans mes divagations. Comment quelqu'un aspirant à incarner un tel rôle pouvait-il récupérer l'argent qu'il avait volontiers offert ?

Je poursuivis mon chemin d'un pas mal assuré, tout en essayant de saisir ce que je venais d'apprendre, et j'en oubliai un instant que je me rendais à une destination bien précise... encore que cela ne m'échappât pas complètement, car je m'engageai à bon escient dans Drury Lane et continuai l'itinéraire confié par l'agent Perkins, afin de rejoindre l'endroit où il résidait.

Ce dernier logeait au-dessus de l'une des écuries sises dans une cour, en bas de Little Russell Street, juste par-delà Bloomsbury Square. Il jugeait le lieu idéal pour un homme comme lui, qui vivait seul. Il m'avait dit y posséder deux pièces, décentes et spacieuses, et ne se souciait guère de l'odeur des chevaux, car il avait grandi parmi eux, dans une ferme du Kent. (« Ils sont plus propres que nous », m'avait-il confié un jour.) Avant tout, il appréciait l'espace offert par la cour, dans laquelle il s'adonnait à son passe-temps favori, qu'il qualifiait de « culture physique ». Il s'y consacrait avec régularité, soit une heure par jour, afin de conserver sa stupéfiante vigueur. (Je l'avais vu moi-même n'utiliser que son unique bras pour arracher au sol un homme de cent quarante livres ou davantage.) Son heure de « culture physique » précédait son départ pour la brigade des gardiens de la paix de Bow Street, où il œuvrait sous les ordres de sir John. Il m'avait convié à lui rendre visite, afin qu'il pût m'inculquer des méthodes de défense, car il m'estimait mal préparé pour traverser certains bas quartiers de Londres, « où on aurait tôt fait de te balafrer ». Il se trouvait que ce jour-là devait avoir lieu ma première leçon. Ne sachant trop qu'en espérer, je me sentais donc quelque peu mal à l'aise.

Si je n'arrivai pas en retard, je le trouvai pourtant déjà à pied d'œuvre, transpirant à l'envi, en train de frapper de son poing un gros sac de toile à voile, qui avoisinait la taille d'un tronc humain et se balançait librement, suspendu à un arbre, dans un coin de la cour. Il semblait être rempli de sable ou de terre, car il pesait son poids.

M. Perkins se retourna par hasard, comme je traversais le lieu, lequel était désert, hormis deux palefreniers qui musardaient alentour, d'un air indifférent. J'étais ravi qu'il m'eût aperçu, car il me paraissait périlleux de lui tapoter l'épaule, tandis qu'il se livrait à pareille pratique.

— Ah, Jeremy ! s'exclama-t-il. Je suis content de te voir. J'ai commencé de bonne heure, puisque j'allais davantage me consacrer à ton instruction qu'à mes exercices. Une bonne suée chaque matin ne me fait pas peur, vois-tu. Je me sens même mieux après, d'une certaine façon.

— Je m'en souviendrai, répondis-je.

— Tu ferais bien de le garder à l'esprit, ma foi.

Il pantelait quelque peu. Je me demandai s'il ne besognait pas ainsi depuis une bonne heure.

— Maintenant, poursuivit-il, par où pourrions-nous commencer ? Tout d'abord, enlève ce chapeau et retire ton habit. Même s'il fait un peu frais aujourd'hui, tu ne vas pas tarder à te réchauffer.

J'obtempérai, puis retroussai mes manches, comme lui l'avait déjà fait.

Pendant cinq bonnes minutes, il me fit exécuter toute une éprouvante série d'étirements et de tractions qui me laissèrent proprement exténué. Mais j'appris alors qu'il ne s'agissait là que de la préparation à ce qui allait suivre. Et ce fut une période de pénible labeur, où je dus frapper le pesant sac suspendu à l'arbre. Je ne parvins pas à le faire osciller comme lui, mais il n'en prit aucunement ombrage. M. Perkins s'attachait davantage à ce que j'assène mes coups de poing comme il convenait, en me penchant en avant à chaque fois, ou, selon son expression, « avec derrière toute la force de ton corps ». Lorsque je saisis lc tour de main, je parvins à ébranler tant soit peu le sac, et n'en fus pas peu fier. Mais tandis que je commençais à y prendre goût (en dépit de ma peau écorchée), il me fit cesser, en me disant que cela suffisait pour l'instant.

— Mais nous n'en avons pas encore fini pour aujourd'hui, m'annonça-t-il. Ah, non. Car tu dois comprendre qu'on ne se défend pas seulement à coups de poing. À vrai dire, il existe peu de fauteurs de troubles qui oseront t'affronter d'homme à homme. S'ils sont plus grands que toi, ils tenteront de te mettre à terre, pour t'arracher un œil ou t'étrangler, jusqu'à ce que mort s'ensuive. S'ils se révèlent de ta taille ou plus petits, alors tu dois t'attendre à ce qu'ils brandissent un couteau.

— Et ensuite ? m'enquis-je.

— Eh bien, ensuite... Regarde-moi, Jeremy. Si nous possédions la même force et la même adresse avec nos poings, tu aurais l'avantage, n'est-ce pas ?

— Je suppose que oui.

— Car tu as deux mains et moi une seule, n'est-ce pas ?

— Oui, monsieur.

— Mais sois bien attentif, à présent, dit-il en se tenant tout près de moi. J'ai un genou qui peut te causer une grande douleur dans tes parties génitales.

Et ce disant, il souleva la jambe, de sorte que son genou m'effleurât l'aine, mais sans la puissance d'un horion.

— De même que j'ai une tête pour frapper.

Il m'agrippa alors par la chemise et m'attira encore davantage à lui, puis toucha mon front avec le sien.

— Si certaines fripouilles, poursuivit-il, sont adeptes des coups de genou ou des coups de tête, rares sont ceux — je n'en ai encore croisé aucun — qui connaissent cet art ou savent s'en défendre.

Il me laissa pour rejoindre le gros sac suspendu à l'arbre et se livra à une remarquable démonstration. Il virevolta tout autour de l'objet, lui assenant des coups de pied à droite, puis à gauche. Il feintait d'une jambe, puis frappait de l'autre... allant jusqu'à tromper son adversaire fictif par deux fois, avant de porter le coup véritable. Il remuait constamment, se déplaçant avec la grâce et l'agilité d'un danseur. Mais ses bourrades visaient juste et sous tous les angles ; certaines, semblait-il, atteignaient leur cible avec une puissance mortelle. Je n'en avais jamais vu, ni même imaginé, de semblables.

Puis, soudain, il cessa, fit volte-face et s'avança vers moi. Il était à nouveau quelque peu essoufflé, mais en aucun cas fourbu, alors qu'à mon sens il aurait dû l'être.

— La frappe de ton pied constitue ta meilleure arme, me confia-t-il dans une œillade. C'est parce que tes jambes sont plus robustes que tes bras. Tu peux assener un coup avec toute la force de ta jambe et briser un os. Le tibia convient, car si tu ne le démolis pas, tu peux causer une violente douleur. Le genou, c'est mieux, car la rotule n'est guère solide et tu peux la déboîter ou la fracasser, et ton agresseur se trouve estropié. Le meilleur de tous reste le coup de pied dans les côtes, car si tu en casses une — et elles ne sont pas d'une grande solidité —, tu peux endommager ses entrailles.

— Mais, monsieur Perkins, dis-je, est-ce loyal de se battre ainsi ?

— Es-tu niais, Jeremy ? Tu n'as rien d'une brute. Tu ne vas point t'en aller chercher querelle. Mais la querelle peut survenir sur ta route, de jour comme de nuit. Lorsqu'un ruffian quelconque te provoque, tu dois pouvoir lui répliquer. Lui ne se battra pas loyalement. Tu ne le dois pas, non plus.

— Oui, monsieur. Je comprends.

— À présent, montre-moi comment tu frappes avec ton pied. Inutile de te déplacer comme je l'ai fait — pas pour le moment —, fais-moi seulement voir quelques coups de pied.

Je levai la jambe à deux reprises, changeai de position, puis heurtai le gros sac deux fois encore.

— Bien, dit-il, mais mets-y plus de rudesse. Frappe d'un coup sec depuis le genou.

Je m'y employai non sans hargne, en tentant de suivre ses conseils.

— C'est mieux, commenta-t-il. Mais frappe plus haut. Vise la cage thoracique.

Quelques coups de pied plus tard, il déclara :

— Frappe depuis tes hanches. Cette fois, je veux que tu flanques ton horion du pied gauche, en feintant avec le droit. La seule défense dont dispose ton adversaire, c'est de saisir ton pied, en te forçant à sautiller. S'il te montre qu'il a l'intention d'agir ainsi, alors assène-lui un coup de poing en pleine face. Il baissera certainement sa garde. Alors, voyons... un coup de pied, une feinte, et un coup de poing dans la figure. Continue, Jeremy, tu te débrouilles bien. Tu es un élève sacrément doué, ma parole !

On découvrit la seconde victime vingt-huit jours après la première. Voici, sauf erreur de ma part, les circonstances de la découverte : l'agent Clarence Brede, un homme de nature taciturne, que je connaissais peu, était en train de faire sa ronde dans ces rues et ruelles par-delà Covent Garden, jusqu'à St. Martin's Lane. En rebroussant chemin par Bedford Court, pour rejoindre Bedford Street, où gargotes et bouges affichaient complet, alors même qu'il était quatre heures du matin, il s'engagea dans cette étroite venelle qui débouchait sur le cimetière de Saint-Paul. Il lui vint à l'esprit qu'il n'y était pas passé à l'aller, aussi se dirigea-t-il vers le portail verrouillé dudit cimetière. Il n'y avait apparemment personne dans les parages. Bas dans le ciel, une lune au couchant dominait l'église. Sa lumière suffit au sergent de ville pour qu'il aperçût une sorte de ballot ou d'objet conséquent, contre les barreaux pointus de la grille. Il s'en approcha prestement et, ce faisant, constata qu'il s'agissait d'un corps, le corps vêtu d'une femme. Elle était en grande partie allongée, mais ses épaules s'appuyaient à la clôture, et sa tête pendait mollement sur sa poitrine. Lorsqu'il entreprit de la souffleter en douceur, afin de la réveiller, il chassa incontinent toute idée qu'elle eût pu choir, ivre morte. À la lueur de la lune, l'agent découvrit alors que le menton et les mâchoires de la femme dissimulaient une blessure mortelle tout autour de sa gorge.

Aussitôt, il sortit de sa poche son briquet à amadou et alluma la lanterne qu'il transportait avec lui. Tout en soulevant avec douceur le menton de la victime, il examina la blessure de plus près et vit que celle-ci saignait davantage en son milieu, alors que cela ne sautait pas immédiatement aux yeux, car le sang, tout en imprégnant l'étoffe, avait coulé le long du col et du buste de la robe, laquelle était d'un ton bleu sombre appelé indigo. C'était encore humide et poisseux au toucher. L'agent Brede laissa le cadavre où il gisait, puis, en tenant haut sa lampe, procéda à une inspection générale des lieux. Le temps de s'assurer du bien-fondé de sa première impression, à savoir qu'il n'y avait personne alentour, il était de retour dans Bedford Street. Au premier individu à n'être pas complètement ivre qui croisa son chemin, il demanda son nom et son adresse, puis lui ordonna de se rendre sans plus tarder au 4 Bow Street, afin d'y informer le sergent de ville de garde qu'une femme assassinée gisait contre la clôture du cimetière de Saint-Paul, au débouché de Bedford Street. L'agent Brede ajouta qu'en cas de négligence à transmettre le message l'homme serait tenu coupable d'entraver la besogne d'un gardien de la paix dans l'exercice de ses fonctions, et se verrait traité avec sévérité par sir John Fielding, magistrat près le tribunal de Bow Street. Bien qu'il fût tant soit peu gris, le messager s'en alla en trottinant, tandis que l'agent regagnait la grille, où il se tint en faction au-dessus du cadavre.

Arraché à mon sommeil par la voix d'Annie Oakum, je me retrouvai donc en compagnie de sir John et de Benjamin Bailey, cheminant vers les lieux du second homicide. Lorsque nous parvînmes à destination, nous approchions des cinq heures du matin, ou peut-être les avions-nous à peine dépassées, alors qu'à l'est se dessinaient les prémices argentées de l'aube. Si l'émissaire de l'agent Brede n'avait certes point failli à sa mission, il avait sans doute dû colporter la nouvelle sur sa route, car nous découvrîmes un bel attroupement à notre arrivée. Il devait y avoir vingt ou trente badauds, parmi lesquels cinq ou six femmes. Ils s'étaient rassemblés à l'extrémité de l'étroite venelle, n'écoutant que leur curiosité malsaine. En proie à l'ébriété pour la plupart, certains avaient quelque peine, semblait-il, à tenir sur leurs jambes. Ils paraissaient vouloir forcer le barrage de l'agent. Quant à lui, il résistait avec fermeté, les tenant à huit ou dix bons pieds de distance de la silhouette prostrée qu'il surveillait.

— Suivez-moi, déclara Benjamin Bailey.

Et nous lui emboîtâmes le pas — sir John fermant la marche, la main sur mon épaule —, dans le sillage de ce géant, qui œuvrait de longue date en qualité de brigadier. Brandissant à deux mains sa matraque, M. Bailey nous ouvrit le chemin en écartant les curieux, pour nous mener jusqu'à M. Brede.

— Ah ! fit le sergent assiégé. Je ne suis pas mécontent de vous voir. J'ai dû flanquer un ou deux horions, mais sans démolir quiconque.

— Eh bien, M. Bailey et vous allez devoir les chasser, répliqua le magistrat. Vous avez ma permission d'en rosser quelques-uns, au besoin. Mais je dois de prime abord les semoncer.

Il s'avança, de sorte qu'il se retrouva quasiment nez à nez avec le premier rang de badauds.

— Je suis sir John Fielding, magistrat du tribunal de Bow Street, proclama-t-il.

Des grognements accueillirent son annonce, tandis qu'il enchaînait :

— Je vous ordonne de vous disperser. À toute personne qui connaîtrait l'identité de la victime de cette agression, ou aurait des renseignements à livrer, je demande de patienter dans Bedford Street. Les autres sont censés regagner leur logis, afin que nous puissions mener notre enquête sans être interrompus ou gênés. Je vous octroie une minute pour quitter les lieux, après quoi je prierai mes agents de vous repousser. Quiconque opposera la moindre résistance se verra arrêter, infliger une amende et une peine d'au moins trente jours d'emprisonnement.

Sir John recula de deux pas et attendit. Environ la moitié de la foule, dont toutes les femmes présentes, tourna aussitôt les talons et se dirigea vers la rue sise plus haut. Les autres ne demeurèrent qu'un instant, échangeant des regards renfrognés, puis commencèrent à battre en retraite, certains avec lenteur, la plupart en pressant le pas.

— Monsieur Bailey, lorsque vous et M. Brede les aurez refoulés jusque dans Bedford Street, j'aimerais que vous y restiez, pour veiller à ce qu'ils ne reviennent pas ici. Vous pourrez aussi interroger tous ceux ayant des informations qui méritent que je m'y attarde. Monsieur Brede, dès lors que vous aurez regagné la rue, veuillez revenir, je vous prie, et me livrer votre rapport.

Il marqua une pause, puis conclut :

— Vous pouvez agir, messieurs.

Les deux agents se mirent en route, en conservant quelque distance entre eux. Chacun tenait sa matraque à deux mains devant lui. Les derniers curieux se dispersèrent alors à leur venue. L'un des plus ivres s'entremêla toutefois les jambes et chut de tout son long devant M. Brede. Incapable de se relever, même sous une bourrade dans le dos administrée par le sergent, le pauvre bougre tenta de se redresser sur les coudes et les genoux, mais en vain. M. Brede se pencha et lui dit quelque chose qui m'échappa dans le tumulte des pas résonnant sur les pavés, puis il s'éloigna et le laissa ainsi vautré. Dans la minute qui suivit, la venelle demeura complètement déserte.

— As-tu remarqué, Jeremy, me dit sir John, qu'on assiste, semble-t-il, à un accroissement des comportements séditieux, des attroupements tapageurs et de mouvements de la sorte ?

— À présent que vous en faites mention, monsieur, oui, c'est vrai.

— De terribles troubles ont éclaté dans St. Martin's Lane voilà à peine un mois, puis d'autres, tout aussi graves, ont eu lieu dans Drury Lane, il y a deux semaines.

Il s'interrompit, puis ajouta :

— Je crains plus que tout le règne de la foule.

L'agent Brede revenait d'un pas vif vers nous, après avoir échangé quelques paroles avec celui qui était tombé. L'instant d'après, il nous avait rejoints.

— Monsieur Brede ?

— Oui, sir John, je suis là.

— Alors, faites-moi votre rapport, monsieur.

Et il le fit, usant de beaucoup moins de mots que moi pour décrire sa découverte du corps de la défunte. C'était, comme je l'ai dit, une homme taciturne, réservé de nature, qui se tenait quelque peu à l'écart de ses collègues. Non qu'il manquât de civilité — il se révélait simplement abrupt dans ses manières —, mais son attitude embarrassée semblait de surcroît embarrasser autrui.

— Pensez-vous que l'agression ait eu lieu à l'endroit où vous avez trouvé le cadavre ? s'enquit sir John.

— Oui, monsieur.

— Eh bien... pourquoi, sergent ? Qu'avez-vous découvert qui corrobore votre hypothèse ?

— C'est ce que je n'ai point découvert.
— Ah oui ?
— Après avoir vu que la femme était morte, j'ai allumé ma lanterne et me suis mis à inspecter les parages, au cas où l'assassin serait toujours alentour, bien que cela fût peu vraisemblable ; j'ai également cherché d'éventuelles taches de sang. Il n'y en avait nulle part... du moins dans la ruelle. J'y ai trouvé autre chose, néanmoins.
— Et de quoi s'agissait-il, je vous prie ?
— Eh bien, monsieur, si vous voulez bien vous donner la peine de vous avancer jusqu'à la défunte.
Je guidai sir John pour les trois pas qu'il dut effectuer.
— En m'en revenant ici, et avant que les gens ne commencent à affluer, j'y ai regardé de plus près avec ma lanterne, et j'ai constaté que sa robe était déboutonnée et simplement refermée à la hâte. Je me suis donc hasardé à l'examiner... je sais que nous ne sommes pas censés déplacer les choses, mais j'ai pensé que ce serait peut-être important. Puis-je, à présent, monsieur ?
— Oui, bien sûr.
Hormis un regard lancé à la dérobée lorsque nous étions arrivés, je n'avais pas pris le temps d'observer la victime gisant contre la grille. L'atroce blessure à sa gorge apparaissait pleinement sous la lumière de la lanterne que tenait M. Brede à notre intention. Il s'agenouilla ensuite auprès de la femme et ouvrit sa toilette. Si je ne possédais assurément pas une grande expérience des cadavres et m'y entendais peu dans les dégâts qu'un tueur acharné, armé d'un couteau, pouvait causer au corps humain, je n'étais pas alors, ni ne suis devenu depuis, de ceux qu'on pourrait qualifier de « délicats ». Quand bien même, je fus si choqué par ce qui apparut sous mes yeux que mon estomac sembla brusquement se soulever, et je détournai le regard, en proie à l'écœurement.
— Je sais que vous ne pouvez y voir, monsieur, mais vous pouvez me croire sur parole, si je vous affirme qu'on l'a gravement découpée dans sa chair.

— Jeremy, peux-tu te montrer plus précis ?

— Oui, monsieur, je vais tâcher...

Je pris une profonde respiration, puis une affreuse odeur composée de sang et d'organes, un remugle d'abattoir, assaillit mes narines sans crier gare.

— Il y a une longue entaille qui part d'entre les seins jusqu'en bas, aussi loin que je puisse voir. D'autres incisions sont pratiquées sous la poitrine, et l'on a retiré la peau pour la rabattre, en quelque sorte, sur les flancs, afin de mettre ses viscères à nu. Il y a beaucoup de sang, ainsi qu'une espèce de grosse corde sanguinolente, qu'on a retirée de ses entrailles.

— Il doit s'agir des intestins, déclara sir John. Tu m'en as suffisamment dit, Jeremy. Couvrez-la, monsieur Brede. Venez, éloignons-nous de l'odeur.

Le sergent obtempéra et nous reculâmes de quelques pas. Mais une fois libéré, l'effluve sembla nous suivre et envahir l'atmosphère environnante.

— Quand j'ai vu à quel point on l'avait tailladée, j'ai regardé au-dessous d'elle et je me suis rendu compte que le sang avait traversé sa robe pour se répandre sur les pierres. J'ai donc l'impression qu'on lui a tranché la gorge par-derrière, comme cela arrive souvent, puis qu'on l'a retournée, pour ainsi dire, et laissée choir dans sa position actuelle, avant de procéder à tout ce dépeçage de son ventre.

Il se tut, puis reprit :

— À cet égard, je m'en veux, sir John.

— Pourquoi diable, monsieur Brede ?

— Eh bien, je suis arrivé ici après minuit et j'ai jeté un regard dans la venelle, depuis Bedford Street. La lune étant alors au plus haut, j'y voyais fort bien, et comme tout m'a paru paisible, je me suis rendu à St. Martin's Lane, où surgissent la plupart des problèmes. Peut-être que si je m'étais engagé dans la ruelle j'aurais pu surprendre le scélérat qui s'est livré à cet acte, et peut-être que j'aurais pu l'en empêcher.

— C'est peu probable, sergent. Le hasard n'est pas négligeable dans ces affaires. Vous devriez chasser de votre esprit pareille idée, car vous avez agi à merveille, notamment en maîtrisant cette bande d'agitateurs, avant notre arrivée. Je vous en félicite.

Puis le magistrat se tourna dans ma direction :

— Jeremy, je dois vous envoyer, M. Brede et toi, quérir M. Donnelly. Tu es déjà allé dans son nouveau cabinet. Tu saurais le retrouver ?

— J'en suis certain, monsieur.

— M. Brede et toi devrez donc dénicher une écurie ouverte à cette heure-ci, y louer une charrette, puis réveiller M. Donnelly. Cette pauvre femme n'est point destinée au Faucheux.

— Je connais un négoce de ce type dans Half Moon Street, suggéra l'agent Brede.

— Alors, allez-y tous les deux. Je resterai en compagnie de M. Bailey. Renvoyez-le-moi avec tout témoin qu'il juge utile d'interroger.

— Nous reviendrons aussitôt que possible, déclarai-je.

M. Brede ne souffla mot jusqu'à ce que nous parvenions à ladite écurie. En passant devant l'homme ivre, il brandit néanmoins sa matraque, d'un geste redoutable, comme pour lui signifier : « Reste exactement là où tu es ! » Le malheureux, que je supposai en état d'arrestation, demeurait à l'endroit même où il avait chu. Il nous dévisagea en retour, le regard vide et l'air confus.

Quand je revis cet individu, c'était dans la salle d'audience de sir John, au 4 Bow Street. M. Bailey l'y avait escorté, comme je crus le comprendre, après qu'ils eurent passé au peigne fin les bâtisses et demeures alentour, mais sans résultat, aucun des riverains qui dormaient à proximité de la grille n'ayant été réveillé par des cris ; la défunte, dont l'identité demeurait encore inconnue, avait été assassinée en silence.

Le magistrat avait eu plus de chance. Quatre des

femmes, conduites à lui par le brigadier Bailey, avaient des renseignements à fournir... mais toutes livrèrent les mêmes. On autorisa les quatre à contempler le visage de la victime (mais non point les horribles mutilations de son tronc), et chacune l'identifia seulement comme étant « Polly », bien que l'une d'entre elles précisât que la femme était connue dans St. Martin's Lane sous le sobriquet de « Tuppence Poll », parce qu'elle s'était offerte pour si peu lorsqu'elle se trouvait dans le plus grand dénuement. Elles avaient quasiment toutes eu vent d'une violente altercation entre la victime et un « étranger », mais une seule en avait été le témoin, et elle s'appelait Sarah Linney. Deux femmes prétendirent qu'il s'agissait d'un Juif prénommé Yossel et le décrivirent comme étant un « fieffé détrousseur »... le genre de brigand qui dérobait leurs gains aux prostituées, souvent sous la menace d'un couteau. Elles étaient fort courroucées et certaines qu'il avait assassiné leur sœur, Polly; toutes affirmèrent qu'elles craignaient pour leur propre vie.

Quant à moi, après avoir participé au transport du cadavre jusque dans le cabinet de M. Donnelly, je m'en retournai à Bow Street avec sir John. Là-bas, à ma grande déception, on me relégua à mes tâches domestiques coutumières. Il n'était alors que sept heures du matin, mais Annie Oakum et lady Fielding déjeunaient à l'office lorsque j'y pénétrai. Elles se levèrent d'emblée, avides de tout savoir au sujet de l'affaire qui nous avait sollicités au-dehors, sir John et moi, avant l'aube. Leurs requêtes me plongèrent dans l'embarras. Il m'avait prévenu de ne rien rapporter de ce que j'avais pu voir ou entendre. « Pas même à lady Fielding? » lui avais-je demandé. « À l'évidence, surtout pas à elle », m'avait-il répondu. Qu'étais-je donc censé leur dire, quand elles se mirent à vouloir connaître le moindre détail en la matière? Je me bornai à répondre qu'on avait mandé sir John, afin qu'il débutât une enquête eu égard à un homicide. (Pareille allégation ne portait guère à conséquence, me sembla-t-il, car rien d'autre qu'un crime de la sorte ne l'eût fait quitter sa demeure à une heure aussi indue.) Ma réponse, évidemment, ne les satisfit pas, et elles me questionnèrent avec une vigueur décuplée. De guerre lasse, je finis par lever les bras au ciel, en répliquant à lady Fielding et à Annie Oakum qu'elles devaient s'adresser à sir John, si elles souhaitaient en savoir davantage, car il m'avait ordonné de ne rien divulguer. Elles reçurent mes propos comme un défi. Lady Fielding pria Annie de se charger des emplettes à Covent Garden, ce jour-là, et de glaner tout ce qu'elle pourrait dans la rue, tandis que sa maîtresse mènerait sa propre investigation au Foyer Marie-Madeleine pour prostituées repenties... les nouvelles de l'extérieur y parvenaient toujours, semblait-il. Quant à votre serviteur — je tins cela pour une manière de sanctionner mon silence —, il écopa de corvées de nettoyage en sus. Puisque l'escalier reluisait de frais grâce à mes bons soins, on me condamna à besogner à l'identique sur les sols de l'office, de notre salle à manger rarement utilisée, et du salon.

Après le déjeuner, que j'engloutis avec l'appétit d'un ogre, tant j'étais affamé, je m'attelai prestement à la tâche. Lady Fielding s'en fut. Annie sortit puis s'en revint (me gratifiant de la nouvelle qu'elle avait peu appris, hormis que la victime était une femme). Pendant tout ce temps, j'œuvrais avec une belle vaillance. Si je n'étais guère féru de nettoyage et d'autres ouvrages du même acabit, j'en possédais nonobstant la pratique et savais que si le résultat me comblait, il comblerait assurément lady Fielding. Je me débrouillai donc pour finir peu après midi, heure à laquelle je gagnai sans délai l'escalier et rejoignis la salle d'audience de sir John. Je m'y rendis dans l'attente d'en apprendre éventuellement davantage sur les progrès de l'enquête.

J'ouvris la porte sans faire de bruit et dénichai tout aussi sagement un siège à proximité. Comme je m'installais, je trouvai le magistrat en train de conclure une affaire de litige entre un marchand de Covent Garden et un maçon. À en croire les bribes que j'en entendis, je conclus que ledit maçon avait érigé un de ces étals permanents dont le nombre allait croissant sur la place, et que l'étal en question s'était par la suite effondré sous les premières trombes d'eau, détruisant non seulement la charpente, mais aussi l'approvisionnement en fruits et légumes de toute une journée.

Je cite la sentence de sir John, car elle demeure encore fort bien inscrite en ma mémoire. Puisse-t-il me pardonner, si j'ai changé un mot ou deux depuis :

— Attendu que le défendeur a usé d'arguments fort naïfs à sa décharge, je ne puis que croire qu'il y a quelque chose de spécieux dans sa déposition ; selon lui, puisque aucun autre bâtiment ne s'est effondré au cours de la tempête en question, l'écroulement de l'étal constitue une cause naturelle. Il a même été jusqu'à suggérer que cette calamité se serait abattue sur le plaignant en punition de ses péchés. Voyons, monsieur Beaton, m'est avis que vous dépassez la mesure, car il ne nous incombe pas de juger les péchés de nos semblables, à moins qu'ils ne soient flagrants au point de se révéler de nature criminelle... et encore faut-il que nous soyons alors jurés, lors d'un procès. Et si votre raisonnement s'avère extravagant, votre compréhension de ce qui constitue une cause naturelle demeure en revanche tant soit peu sommaire. En matière de justice, ce terme qualifiant l'entremise divine se réfère à un événement survenu sans l'intervention ou la participation de l'homme : une inondation, une violente tempête, ou quelque chose de semblable. Puisque aucun déluge n'a eu lieu et que le vent soufflait sans gravité, nous ne pouvons attribuer l'effondrement de l'échoppe à de pareilles causes naturelles ; et puisque je ne saurais me targuer d'être dans le secret de la relation qu'entretient le plaignant avec son Créateur, il ne nous reste plus que votre propre fabrication défectueuse comme la seule cause possible de l'écroulement de la baraque. C'est ainsi que je me déclare... en faveur du plaignant. Par conséquent, je vous astreins, monsieur Beaton, à construire un nouvel étal pour M. Grimes, qui le satisfasse de sorte à durer un minimum de, disons, cinq ans... à moins que ne survienne une catastrophe naturelle, bien sûr. Vous devrez également lui verser la somme de cinq livres pour compenser la perte de ses marchandises et de sa clientèle. Si vous manquez à ces commandements de la cour... eh bien, monsieur, cela vous vaudra un séjour à Newgate. Me suis-je bien fait comprendre ? Oui ou non ?

M. Beaton était battu. Il inclina la tête et répondit d'un docile :

— Oui, monsieur, c'est compris.

— L'affaire est donc entendue.

Sir John heurta la table de son maillet, dont il se servait comme d'un marteau, et lança :

— Affaire suivante !

(Cher lecteur, si je m'attarde volontiers sur cet épisode, c'est qu'il se révèle exemplaire des leçons que j'ai acquises dans le tribunal de sir John Fielding, à Bow Street, longtemps avant que je ne commence à étudier officiellement le droit avec lui. Dans le cas présent, bien sûr, je n'allais jamais oublier ce qui légalement constituait une cause naturelle.)

— Thaddeus Millhouse, veuillez vous présenter à la barre ! clama M. Marsden de toute la puissance de sa voix.

Sir John s'entretint alors quelques instants avec son greffier, lui prêta une oreille attentive, puis hocha la tête. Sur ces entrefaites, un petit homme se leva d'une manière des plus timorées et accomplit les cinq ou six pas qui l'amenèrent devant le magistrat. Je reconnus en lui l'individu ivre qui s'était affaissé sous les yeux de l'agent Brede.

— Thaddeus Millhouse, on vous a appréhendé pour

refus d'obtempérer, lorsque j'ai ordonné qu'on quitte l'allée reliant le cimetière de Saint-Paul à Bedford Street. Comme je suis à l'origine de cet ordre, et que le sergent Brede, qui vous a arrêté, a eu une longue nuit éprouvante, je l'ai dispensé de sa présence. On m'a fort bien relaté les circonstances de cette affaire. À présent, il vous appartient de vous exprimer, monsieur Millhouse ; que plaidez-vous à votre décharge ?

— Eh bien, monsieur... répondit le prévenu d'une voix si faible qu'il me fallut me pencher en avant pour écouter. J'avais vivement l'intention d'accéder à votre requête, mais ne le pouvais point.

— Et pourquoi diable ?

— J'étais ivre, monsieur.

— Un peu plus fort, je vous prie.

— *J'étais ivre !* beugla M. Millhouse en gémissant de désespoir.

Son cri suscita un tonnerre de rires dans la salle. Le public venait se distraire et saisissait la moindre occasion pour s'amuser. Sir John le rappela à l'ordre d'un coup de maillet.

— Monsieur Millhouse, vous n'étiez pas le seul ivrogne présent en la venelle, cette nuit-là. D'autres que vous se sont débrouillés pour rejoindre tant bien que mal Bedford Street, pourquoi pas vous ?

— Hélas, sir John, j'étais si abruti par l'alcool que j'ai trébuché et, malgré tous mes efforts, je ne parvenais plus à me relever.

— J'ai le regret de vous apprendre, monsieur, que la peine prévue pour ivresse sur la voie publique correspond à celle dont j'ai menacé cette bande d'agitateurs hier au soir... à savoir une amende et pas moins de trente jours d'emprisonnement. N'avez-vous rien d'autre à ajouter pour votre défense ?

— En vérité, non, monsieur.

— Alors, je n'ai guère le choix...

— Puis-je parler en sa faveur, monsieur ?

Une voix féminine s'était élevée dans la petite salle d'audience. Et elle appartenait à une femme du premier rang, qui se leva, un bébé dans les bras, et prit place aux côtés de Thaddeus Millhouse.

— Qui êtes-vous donc, madame ? s'enquit le magistrat.

— Je suis son épouse, répondit-elle. Je m'appelle Lucinda Millhouse. Et si vous ne pouvez le voir, vous risquez sans doute de l'entendre, car je fais allusion à notre fils, Edward Millhouse, que j'ai dans les bras.

Loin de provoquer l'hilarité parmi l'auditoire, l'interruption théâtrale et inopinée de Mme Millhouse plongea tous les spectateurs présents dans le silence. M. Marsden lui-même ne put s'empêcher de contempler le couple — ou plutôt le trio, pour être plus juste —, en écarquillant les yeux. J'ignore s'il avait précédemment assisté à semblable scène. Je sais que, pour ma part, c'était la première fois. Tout le monde attendit la suite des événements. Sir John allait-il accréditer pareille intervention ? Ou allait-il simplement ordonner à M. Fuller d'expulser la femme ?

— Que diriez-vous donc à sa décharge, madame Millhouse ? s'enquit le magistrat.

— Je dirais, monsieur, que si on lui inflige une amende, nous ne pourrons la payer, et s'il est emprisonné, Edward et moi mourrons de faim. Cela ne le disculpe en rien, certes, mais j'implore votre clémence. Thaddeus vient de se voir offrir un emploi. Je vous en prie, laissez-le travailler.

Des murmures parcoururent le public, mais pour une fois sir John ne tenta pas de le faire taire. Il demeura silencieux pendant près d'une minute.

— Monsieur Millhouse, dites-moi, quelle sorte de métier exercez-vous ?

— Je suis un érudit et un poète.

— Oh, grand Dieu ! lâcha sir John, en proie à l'exaspération.

— Auparavant maître d'école, ajouta M. Millhouse.

— Et vous avez sans doute abandonné cette profession pour venir à Londres, à la poursuite de la gloire et de la richesse, en qualité de poète.

— Oui, monsieur, répondit Millhouse en baissant la tête. C'était il y a environ six mois.

— Et vous ne les avez pas encore trouvées.

— Non, monsieur, seulement des besognes occasionnelles dans Grub Street.

— Mais à présent, au dire de votre femme, on vous a offert un emploi stable, probablement de longue durée. Est-ce exact ?

— Oui, monsieur. J'ai été sollicité par M. John Hoole, afin de l'assister dans la traduction du *Roland Furieux*, de Lodovico Ariosto, et d'accomplir pour lui diverses tâches de secrétariat. Une fracture au genou l'a mis dans l'incapacité de bouger. Je... devais débuter lundi prochain. Je suis sorti hier au soir avec des amis, pour célébrer notre bonne fortune.

— Des amis qui vous ont laissé vous abreuver plus que votre content.

— Je ne puis les en blâmer, monsieur. Dès lors que je commence à boire, je crains fort de ne pouvoir m'arrêter.

— Eh bien, monsieur Millhouse, il serait donc plus sage de ne jamais commencer, semble-t-il.

— Telle serait en effet la réponse, monsieur.

De nouveau, sir John se tut. Il croisa les mains et accorda toute son attention au problème.

— Il n'appartient pas à ce tribunal d'affamer les mères et leur progéniture, prononça-t-il enfin. Vous, monsieur Millhouse, avez cependant admis votre culpabilité. Vous avez déclaré qu'il était dans votre intention d'obtempérer, mais vous n'avez pu le faire en raison de votre état d'ébriété. D'une manière ou d'une autre, monsieur, vous demeurez passible d'une peine. Laquelle devra-t-elle être ?

Le magistrat nous laissa tous suspendus à ses lèvres pendant un instant, puis il reprit :

— Je renonce volontiers aux trente jours d'emprisonnement, en réponse à la requête de votre épouse. Toutefois, je vous mets à l'amende d'un shilling le mois, pour une période qui n'excédera pas une année, à compter de ce jour. Pouvez-vous vous en accommoder ?

M. et Mme Millhouse poussèrent conjointement un cri, lui offrant ses remerciements les plus sincères, tandis qu'elle bénissait le magistrat en invoquant le Seigneur.

D'un geste de la main, sir John les enjoignit au calme et poursuivit :

— Sachez toutefois, monsieur Millhouse, que si vous comparaissez devant moi pour ivresse sur la voie publique au cours de cette année, vous devrez vous attendre à peu de clémence de ma part. Est-ce compris ?

— Oh oui, monsieur, tout à fait. Mais, monsieur... ajouta-t-il, il reste encore un détail.

— Et quel est-il ?

— Cette femme, dans la ruelle, la victime du meurtre...

— Oui, que voulez-vous dire à son sujet ?

— À ce que j'ai entendu ce matin, avant de me présenter à vous, j'ai cru comprendre que vous aviez quelque peine à établir son identité.

— C'est exact.

— Je pense savoir qui elle est.

Mme Millhouse se tourna, l'air surpris, vers son mari.

— Certes, il faisait sombre dans le passage. La lune se trouvait presque à l'horizon au moment où je suis arrivé pour y voir. Et il a été prouvé que j'étais saoul...

— Oui, mon brave, n'en parlons plus.

— Néanmoins, je crois qu'elle n'est autre que Priscilla Tarkin, qui vit dans notre cour, dans Half Moon Street.

— Oh, Tad ! gémit son épouse. Polly ? Ne me dis pas qu'il s'agit d'elle !

Il ne lui offrit guère d'espoir, car en dépit de ses réserves, à présent qu'il s'était exprimé, il paraissait pleinement certain de ce qu'il avançait.

— Et pourquoi ne pas nous l'avoir confié à ce moment-là ?

— Je l'aurais fait de bonne grâce, répondit Millhouse, mais je crains qu'en ayant trébuché et chu, mon esprit ne se soit complètement vidé. Je ne me souviens pas de ce qui est arrivé ensuite.

— Parfait, conclut sir John. Quoi qu'il en soit, je dois vous demander de rester, car la loi exige de votre part une identification plus rigoureuse que celle que vous venez à l'instant de formuler.

Mme Millhouse insista pour nous accompagner au cabinet de M. Donnelly, dans Tavistock Street. Comme j'ouvrais la marche, étant le seul de notre groupe à connaître l'adresse exacte, elle avait confié à sir John tout ce qu'elle savait au sujet de la pauvre Polly Tarkin. Bien que je n'eusse aucun moyen de le savoir, l'histoire qu'elle narra se révélait caractéristique de nombre de femmes d'un certain âge contraintes à se prostituer... un époux mort qui l'avait laissée endettée, un fils ayant disparu dans les colonies d'Amérique... le désespoir, aucun moyen de gagner sa subsistance, si ce n'était en vendant son corps. Puisqu'elle n'était ni jeune ni jolie, elle connaissait fréquemment la famine. La famille Millhouse lui avait souvent offert de partager leur maigre pitance. Pour les en remercier, elle gardait alors Edward, lorsque Mme Millhouse s'en allait faire des emplettes en ville.

— Ne possédait-elle aucun métier ? Aucune profession ? Aucun moyen de trouver un emploi ? s'enquit sir John.

— Elle affirmait que non, répondit Mme Millhouse. La malheureuse n'éprouvait que de la honte pour ce à quoi elle se livrait. Nous n'avions pas le cœur de lui tourner le dos.

Pendant tout ce temps, Thaddeus Millhouse avait écouté le lugubre récit de son épouse, au fil des rues et ruelles que nous traversions. À la fin, il nous livra ce commentaire :

— Ce qu'elle a fait ou non revient au même, à présent. Nous ressentons tous de la honte en présence de Dieu.

Il prononça ces propos de manière singulière, comme s'ils venaient clore toute discussion. Seul le jeune Edward Millhouse, qui aurait un an dans quelques mois, me semblait-il, avait moult commentaires à ce sujet. Il commença à s'agiter tant soit peu, et nous n'avions pas sitôt gagné l'entrée du domicile de M. Donnelly, qu'il hurlait à pleins poumons.

— Il fait ses dents, expliqua sa mère, tandis qu'elle berçait le nourrisson dans ses bras.

Quelle que fût la raison du courroux d'Edward, il permit de nous annoncer au praticien, car alors que nous parvenions sur son perron, ce dernier ouvrait déjà sa porte, tant il avait hâte d'accueillir des patients en son nouveau cabinet.

— Ah, c'est vous, sir John.

Je dois remarquer à son crédit qu'il ne paraissait pas le moins du monde fâché.

— Entrez, entrez, vous tous.

Sir John présenta les visiteurs et exposa la nature de notre venue. Je notai que M. Donnelly adressa un regard hésitant à l'endroit de Mme Millhouse.

— J'ai bien peur, madame, de ne pouvoir vous laisser contempler le corps.

— Mais pourquoi ? répliqua-t-elle. C'est moi qui la connaissais le mieux.

— Vous risquez de ne la point reconnaître, dans l'état où elle se trouve présentement.

Il se dirigea vers l'huis de la pièce avoisinante.

— Laissez-moi un instant et je vais préparer le cadavre, pour qu'on puisse l'observer, monsieur Millhouse.

Lorsque M. Donnelly nous cria de nous approcher, sir John me fit signe de rester, tandis qu'il suivait Thaddeus Millhouse dans l'autre salle. Tâtonnant quelque peu, il parvint à refermer la porte derrière lui.

Nous attendîmes, Lucinda Millhouse, Edward et moi, alors que des voix marmonnaient de l'autre côté. Le cabinet de M. Donnelly se révélait sommaire. Il se composait uniquement de deux pièces. Celle-ci lui servait tout à la fois de logement et d'endroit où les malades pouvaient patienter, avant qu'il ne leur prodigue ses soins... si d'aventure des malades se présentaient. Ils pouvaient s'asseoir sur le sofa où j'étais installé, lequel lui tenait aussi lieu de lit. Pendant quelques minutes, Mme Millhouse arpenta la salle avec Edward qui continuait à faire des siennes. Puis, sans crier gare, elle s'assit sur l'une des simples chaises, qu'on avait écartées de la table en planches pour les placer dans un coin. Elle commença à faire sauter le petit sur ses genoux.

— Il n'est pas toujours ainsi, me dit-elle comme pour s'excuser. Edward est d'ordinaire le plus doux des enfants. Il a ses dents qui poussent, vois-tu. Cela tourmente tous les bébés.

Je lui affirmai que les pleurs ne me tourmentaient assurément pas.

— Ce sera bien que Tad — M. Millhouse, je veux dire — puisse quitter notre chambre, pour son nouvel emploi. Il a eu les plus grandes peines du monde à œuvrer, de jour comme de nuit, avec nous trois confinés dans la même pièce.

— Sans doute, répondis-je d'un air compréhensif.

La porte de l'autre salle s'ouvrit et l'objet de ses préoccupations apparut prestement. Ses yeux étaient rougis, et bien qu'il les eût séchés avec le mouchoir qu'il serrait dans sa main, notre homme avait à l'évidence pleuré.

— Viens, Lucy, allons-nous-en, déclara-t-il.

Mais comme elle se levait, M. Donnelly sortit à son tour, un petit récipient à la main.

— Un instant, dit-il. J'ai ici un baume pour les gencives du bébé. Il suffit d'en frotter un soupçon à l'endroit où la dent va sortir, et cela le soulagera.

Mme Millhouse prit l'onguent de mauvaise grâce.

— Qu'y a-t-il dedans ? s'enquit-elle.

— Un mélange à base d'opium en quantité infime. Ne vous inquiétez pas. On l'a souvent utilisé chez les bébés du Lancashire, sans conséquence grave.

— Nous... nous ne pouvons vous régler.

— Veuillez l'accepter à titre gracieux avec mon amitié. Mais rappelez-vous... à peine un soupçon.

— Je ne sais comment vous remercier. Je...

— *Lucy !*

M. Millhouse se tenait déjà à la porte du vestibule, précipitant leur départ.

— S'il te plaît, mettons-nous en route.

Elle nous salua d'un signe de tête et se hâta de le rejoindre, en refermant l'huis dans un grand bruit. Nous écoutâmes leurs pas, tandis qu'ils descendaient l'escalier. Et seulement après, sir John surgit de la salle de consultation.

— Pourquoi avez-vous fait cela ? lui demanda le médecin. Il n'y avait nul besoin d'exposer ses horribles blessures à l'abdomen. Un regard sur son visage aurait certainement suffi.

— Je tenais à obtenir une réaction de sa part, répondit le magistrat avec calme.

— Ma foi, vous l'avez bel et bien obtenue ! À un certain moment, j'ai cru devoir lui passer de l'essence de térébenthine sous le nez pour le revigorer. Et Dieu du ciel, les larmes ! À croire qu'il allait inonder l'estrade.

— C'était pour le moins une réaction excessive, ne diriez-vous pas ?

— Eh bien, il a parlé d'elle comme l'on parlerait d'une amie de la famille. Quelle idée d'entretenir de tels liens avec une prostituée !

— Et notre homme se prétend poète.

— Certes, chez un poète, pareil débordement s'avère toujours possible, même vraisemblable.

— Néanmoins, dit sir John, cela n'est pas sans susciter des questions. C'est pourquoi je l'ai convié à venir me causer demain matin.

— Mais vous disiez vouloir seulement aborder certains détails de l'existence de la victime... ses amis, ses visiteurs habituels, et ainsi de suite.

— Je ne souhaitais point le mettre sur ses gardes, monsieur Donnelly. Mais changeons de sujet, voulez-vous; qu'avez-vous à m'apprendre eu égard aux lésions de Priscilla Tarkin?

— Ah, la victime, certes. Eh bien, j'ai rédigé un rapport, selon votre requête. Dois-je vous en donner lecture?

— Nenni, faites-moi votre compte rendu de vive voix. De la sorte, j'en retiendrai l'essentiel.

— Oh, fort bien. Voyons voir...

Il marqua une pause, afin de rassembler ses idées, puis reprit :

— On l'a certainement attaquée par-derrière. À droite et à gauche, ses joues portent des ecchymoses, ce qui, selon moi, indiquerait qu'on a plaqué une grande main sur sa bouche. Sa gorge a été tranchée d'un seul coup, en partant de la gauche. On lui a sectionné l'œsophage et la trachée, jusqu'à la moelle épinière. Ce qui a provoqué sa mort. On a procédé ensuite à la mutilation de son abdomen et de ses organes internes. Ce qui consistait en une entaille depuis le sternum jusqu'à l'os pubien, ainsi qu'en incisions latérales, sous les côtes et deux pouces environ sous le nombril. Il s'agit de longues et profondes coupures, réalisées avec vigueur et ayant fort endommagé les organes : l'estomac et les intestins ont été cruellement lacérés. On a replié la peau de son abdomen en arrière, peut-être pour atteindre son utérus, que l'on a transpercé... ou peut-être simplement par pure curiosité, pour découvrir ce qui était dissimulé. On a déplacé les intestins, sans doute aussi pour parvenir à l'utérus.

— En d'autres termes, intervint sir John, il savait où chercher cet organe féminin, et il était important pour lui de le trouver.

— On pourrait dire cela, en effet.

— Ce qui corroborerait votre hypothèse concernant la

première victime, à savoir que l'agresseur possédait quelques notions d'anatomie.

— Ma foi... oui.

C'était au mieux une approbation à contrecœur. Le praticien ajouta ensuite :

— On note toutefois certaines différences dans le cas présent, lesquelles suscitent en moi quelques doutes quant à ma première théorie. Les balafres et entailles que constituent ces blessures me portent à croire qu'on les a accomplies avec promptitude et d'une main exercée. Leur nature me laisse également penser qu'elles ont été réalisées sous l'empire de la colère... d'une rage absolue.

— Et qu'en est-il de la taille de la femme ? Je ne m'en suis point inquiété auparavant. J'aurais dû.

— Elle n'était pas malingre, environ cent vingt-cinq livres, je dirais. Sans commune mesure avec la première amazone à laquelle il s'est attaqué. En tout cas, il n'a eu aucune peine à la maîtriser. Du reste, aucune des deux victimes ne lui causa des difficultés, à cet égard.

— En effet, admit sir John.

Il se plongea un moment dans ses pensées, puis déclara .

— Puis-je poser une question tout à fait élémentaire ?

— Bien entendu, sir John. Ce sont souvent les plus importantes.

— Serait-il possible d'infliger les blessures que vous avez décrites sans être éclaboussé par le sang de la victime ?

— La mutilation, peut-être, encore qu'elle fût accomplie en hâte... et ce que l'on accomplit en hâte se révèle assurément malpropre. Mais cette longue estafilade en travers de la gorge a aussi sectionné l'artère carotide et la jugulaire. Le sang aura coulé à flots, voire jailli. Ce qui aura sans doute maculé la main, le poignet et l'avant-bras de l'assassin.

— Jeremy ? Es-tu là ?

— Oui, bien sûr, sir John.

— Avons-nous négligé le plus évident ? Les manches ou les poignets de l'habit de M. Millhouse portaient-ils des taches de sang ?

J'y réfléchis un instant.

— Non, monsieur, répondis-je. Et son habit est d'une couleur telle qu'on l'aurait vu aussitôt.

— Je partage son opinion, renchérit le médecin.

— Et de quelle stature est-il, selon vous ?

Avant qu'un de nous deux pût répondre, quelqu'un frappa vivement à l'huis. M. Donnelly me regarda et haussa les épaules, puis s'avança et ouvrit la porte. Nous découvrîmes alors le Dr Amos Carr, l'ancien praticien de l'armée qui, à l'occasion, et en l'absence du Dr Donnelly, avait rendu service à sir John et aux sergents de ville. Ce fut lui qui amputa le bras de M. Perkins, quand ce dernier jugeait que son membre pouvait être sauvé. Sir John ne tenait point ce médecin en haute estime.

— Eh bien, monsieur Donnelly ! lança-t-il d'une voix tonitruante. J'ai appris que vous étiez revenu à Londres et aviez installé votre cabinet ici. Bien que nous ne nous soyons rencontrés qu'à deux ou trois reprises auparavant, j'ai pensé vous rendre visite, comme il se doit de la part d'un confrère, et vous souhaiter de tout cœur la bienvenue.

L'espace d'un court instant, M. Donnelly demeura tout à fait abasourdi. Mais il se ressaisit bientôt et pria son visiteur d'entrer.

— Ah, sir John ! s'exclama le Dr Carr en nous lorgnant tous deux. Vous œuvrez de nouveau avec M. Donnelly, n'est-ce pas ? Je me suis laissé dire qu'il vous avait prêté main-forte dans cette funeste affaire d'homicide, derrière New Broad Court.

— Et à présent, il y en a une seconde, intervint M. Donnelly.

Je vis sir John pincer les lèvres devant ces propos. Selon lui, j'en étais sûr, le praticien avait trop parlé.

— Vous badinez ? répliqua l'ancien médecin militaire. Qui était-ce ?

— Une prostituée, comme la première, répondit M. Donnelly.

— Ah, les pauvres femmes ! Gageons que de toutes, ce sont les moins en sécurité dans la rue.

— C'est malheureusement le cas, reconnut sir John.

— Vous savez, reprit le Dr Carr, lorsque j'ai eu vent de vos services rendus à sir John, c'était plusieurs jours après l'événement, et la victime se trouvait déjà sous terre. Mais s'il en existe de fait une seconde, vous pouvez éventuellement mettre à profit ce conseil.

— Quelle sorte de conseil nous réservez-vous, docteur Carr ? Je suis tout ouïe.

— Monsieur Donnelly, j'ai souvenance que précédemment votre cabinet disposait, si je ne m'abuse, d'un... comment appelle-t-on cela, déjà ? micro... ?

— Un microscope, monsieur.

— Ah oui, on reconnaît bien là le scientifique et l'homme de son temps ! J'imagine que vous l'avez toujours quelque part ?

— Oh, certes, oui. Je trouve qu'il m'est utile à de multiples égards.

— À présent, ce que je vais affirmer risque de vous paraître quelque peu singulier, mais je vous assure qu'il s'agit là d'un fait avéré. Je l'ai moi-même observé d'une certaine façon, et je m'en vais vous l'expliquer.

Ayant capté l'attention des deux hommes, on eût dit qu'il enflait à vue d'œil, désireux de prolonger son discours et les retenir ainsi plus longtemps. Il se tut, comme pour ménager ses effets, puis reprit enfin :

— Sachez qu'à plusieurs reprises, alors que j'étais à l'armée, j'ai eu l'occasion d'examiner les yeux des morts, et je puis vous dire que dans leurs pupilles on risque d'entrevoir la dernière image imprimée sur l'œil vivant. Il y avait réellement *quelque chose* ! Le problème, c'est que, bien entendu, on ne saurait le percevoir même à l'aide d'une loupe. Je le sais pour l'avoir tenté maintes fois avec la seule aide de cet instrument.

« Mais vous, monsieur Donnelly, avec votre microscope, vous obtiendriez de meilleurs résultats. Mon conseil est le suivant : il suffit de retirer les globes oculaires de la seconde victime, de façon à pouvoir examiner les pupilles avec minutie. Je n'ignore point la puissance de ces micro... euh... scopes. Ils sont purement fascinants ! Dès lors que vous avez une image nette de la pupille sous vos propres yeux, agrandie des dizaines de dizaines de fois, l'image de l'assassin vous apparaîtra également. N'est-ce pas d'une logique imparable ?

— Oh... tout à fait... je suppose, balbutia M. Donnelly.

— Souhaiteriez-vous me voir vous assister dans cette opération ?

— Ce sera malheureusement impossible, intervint sir John, car M. Donnelly a achevé son examen, et la victime a été transmise au Faucheux.

— Peut-être pourrait-on nous retourner le corps, suggéra le Dr Carr.

— Peut-être bien ! Viens, Jeremy, allons-nous-en et étudions cette éventualité. Je vous souhaite le bonjour, messieurs.

Et plus prestement que nous étions entrés, nous quittâmes ce modeste cabinet, sir John me tirant par le bras, sous le regard affligé de M. Donnelly. Le magistrat ne pipa mot jusqu'à ce que nous fussions dans la rue, encore qu'il ne haussât pas la voix au-delà d'un murmure.

— Jeremy, me confia-t-il, j'ai toujours tenu ce Carr pour un niais, mais j'avais tort. Je constate à présent qu'il est totalement fou.

CHAPITRE V

Où débutent puis s'achèvent les poursuites pour retrouver Yossel

Ce soir-là, alors que j'étais rentré avec l'agent Perkins d'une nouvelle et exténuante leçon de combat, je me trouvais par hasard au rez-de-chaussée, lorsque sir John manda la brigade au grand complet en son cabinet. Toujours aussi curieux, je suivis le mouvement parmi les sergents. Si on ne m'avait point convié, on ne m'avait pas pour autant spécifié de demeurer à l'écart. Je choisis donc de me placer dans un coin, où je passerais inaperçu. Aucun de ces valeureux individus en gilet rouge ne remit en question ma présence, pas plus qu'ils ne me lorgnèrent d'un air réprobateur. Lorsqu'ils furent tous présents, et que M. Benjamin Bailey en eut informé le magistrat, ce dernier se leva et s'adressa à eux comme suit :

— Messieurs, on vous a tous mis au courant des deux homicides perpétrés à l'intérieur de notre juridiction, au cours de ces derniers jours. Les malheureuses victimes étaient toutes deux des femmes œuvrant dans la rue. Jusqu'ici, nos investigations n'ont guère abouti, à l'exception d'un nom que je m'en vais vous livrer présentement. Nous ne disposons d'aucun mobile valable. Aucune n'a été dépouillée de l'argent, aussi minime soit-il, qu'elle avait sur elle. La seconde, dont le cadavre fut découvert hier au soir par l'agent Brede, a été atrocement mutilée. Je puis seulement conjecturer que l'assassin, quel qu'il puisse être, a éprouvé un plaisir pervers à offenser ce corps.

« À présent, on ne peut guère agir, peut-être, pour empêcher ces agressions, car elles sont accomplies en secret et dans des endroits sombres. Ce que nous pouvons faire, en revanche, c'est prévenir leurs victimes éventuelles du danger qu'elles courent. Il semble évident, quelle qu'en soit la scélérate raison, que le meurtrier s'attaque en particulier à la gent féminine. La nature de la mutilation de la seconde victime le confirme. Je dirais que les prostituées sont choisies pour leur disponibilité et leur complaisance à accompagner l'assassin dans des coins sombres. Votre besogne, cette nuit et chacune des suivantes, jusqu'à ce que nous mettions la main sur notre homme, consiste à alerter ces femmes, toutes celles que vous pouvez croiser — et cela signifie, bien entendu, un grand nombre —, de la menace qui plane sur elles. Si elles n'ont point eu vent de la deuxième victime, alors informez-les.

« Profitez de l'occasion pour leur livrer le nom "Yossel" en leur demandant si elles le connaissent et si elles l'ont vu. Ce prénom m'a été confié par quatre femmes, dont toutes connaissaient la dernière victime de vue, et dont l'une d'elles avait aperçu cet individu et la défunte en train de se quereller, avant que n'ait lieu l'agression, hier au soir. Deux d'entre elles l'ont décrit comme un "étranger", tandis que deux autres ont précisé qu'il était "juif"... bien qu'il n'arbore aucune barbe et que ses effets ne soient pas de ceux qu'un Juif pourrait porter. Toutes les quatre s'accordaient sur le fait qu'il est de ceux qui dérobent leurs gains aux prostituées. Ce qui constituait à l'évidence le motif de son altercation avec la victime, qui, à propos, s'appelle Priscilla Tarkin, mieux connue sous le nom de "Poll".

À ce moment-là, sir John marqua un silence, puis reprit :

— Il me vient à l'idée que certains d'entre vous au moins connaissent peut-être le dénommé Yossel de réputation et de vue. Voudriez-vous me le confirmer par un « oui », le cas échéant ?

Les hommes se dévisagèrent, comme s'ils sollicitaient l'un à l'autre la permission de s'exprimer. En conséquence, la réponse tarda quelque peu à venir, mais elle se manifesta par un « oui » franc et massif lorsqu'on l'entendit enfin.

— Ah ! s'exclama sir John. Il semble que ce Yossel soit bien connu de la plupart d'entre vous. Alors, je vous en conjure, amenez-le-moi si vous le voyez. Appréhendez-le pour un interrogatoire. En toute honnêteté, je ne puis encore le qualifier de suspect, bien que l'on m'ait fourni son nom, et qu'il reste pour l'heure le seul dont nous disposions. Il est réputé pour circuler armé d'un couteau, alors traitez-le avec les précautions idoines... encore que je ne doute pas que chacun de vous soit capable de s'en débrouiller.

Il s'interrompit derechef, mais juste le temps de hocher la tête, pour signifier qu'il leur donnait congé.

— Ce sera tout, messieurs, conclut-il. Je vous remercie de m'avoir accordé votre attention et m'en remets à vous.

Ce disant, il se rassit derrière son bureau, croisa les mains devant lui et attendit que nous soyons tous sortis, l'un derrière l'autre, de son cabinet. Je montai l'escalier jusqu'à notre office, croyant dur comme fer que, lorsque je redescendrais, cet ignominieux Yossel serait arrêté, enfermé dans la chambre de sûreté, en attendant le bon plaisir de sir John quant à savoir où et quand aurait lieu son interrogatoire.

Hélas, il n'en fut pas ainsi. Car le lendemain matin, en répondant à l'appel du magistrat, qui souhaitait ma présence au rez-de-chaussée, je descendis et trouvai la geôle déserte, tandis que M. Millhouse était arrivé et faisait les cent pas, en regardant ici et là. Il me reconnut et m'approcha aussitôt.

— Ah ! fit-il. Tu es le jeune Proctor, n'est-ce pas ?

J'acquiesçai à ses propos.

— Peut-être me suis-je présenté trop tôt pour mon entretien avec sir John. Il m'a seulement demandé de passer dans la matinée. J'ai fait annoncer par ce monsieur là-bas — il branla du chef en direction de M. Marsden — que j'étais présent. Mais on m'a simplement dit d'attendre. Si l'heure ne convient point, je serais ravi de m'en revenir plus tard. Je me demandais... ajouta-t-il, hésitant, si tu pouvais lui en faire part ?

— J'en serais heureux, répondis-je en le gratifiant d'un bref salut, *si* lui accepte de me laisser entrer pour transmettre votre message. Il préfère parfois demeurer assis en solitaire, afin de réfléchir aux affaires dont il a la charge.

— Je comprends tout à fait, assura-t-il en me saluant à son tour fort élégamment.

— Si vous voulez bien m'excuser, dis-je.

Tournant les talons, je le laissai là et gagnai aussitôt la porte du cabinet de sir John. Contrairement à ce que j'avais confié à M. Millhouse, j'avais bon espoir qu'on m'inviterait à entrer... et ce fut le cas. Refermant l'huis en douceur derrière moi, je traversai vivement la pièce pour rejoindre le bureau. Sir John se pencha en avant, avec un air de conspirateur.

— Il est ici, murmura-t-il. Millhouse, j'entends.

— Je sais, dis-je. Il m'a parlé dans le vestibule.

— Nous devons songer à quelque tâche pour toi, quelque besogne à accomplir, pendant que je lui poserai des questions.

— Ces boîtes-là dans le coin, dis-je. Elle sont remplies de papiers. Je vais les trier et les classer en piles.

— Parfait, commenta sir John, de la voix la plus basse possible. Fais-le entrer, à présent.

J'ouvris la porte et obtempérai, puis me retirai hâtivement vers la plus imposante des boîtes, l'ouvris et éparpillai les documents à terre. « M. Millhouse pourra en penser ce qu'il souhaite », me dis-je.

Ce subterfuge, bien que ne s'avérant pas d'une absolue nécessité, était conçu par sir John, désireux de conserver un observateur présent durant ces interrogatoires, qu'il jugeait éventuellement importants. Le magistrat pensait qu'un individu susceptible de mentir devait toujours se trahir de quelque façon que ce fût. Si ce n'était point sa voix, ses yeux, sa manière de respirer, même la posture qu'il adoptait sur un siège, le dévoilaient alors.

— Un homme peut fort bien dire la vérité, m'avait-il confié, et laisser transparaître de l'inquiétude dans sa réponse... voire au sujet de la question. Lorsque je sais ce qui tourmente un témoin, je parviens d'autant mieux à orienter mon interrogatoire.

Ainsi, lorsque M. Millhouse pénétra dans la pièce, il me trouva dans un coin, m'affairant sur un monceau de papiers. Depuis l'endroit où je me tenais, j'avais tout loisir d'observer sa face, tandis qu'il s'entretenait avec sir John.

— Entrez, entrez, monsieur, dit le magistrat. Asseyez-vous, je vous prie. Peut-être pouvez-vous m'en dire davantage au sujet du passé de cette pauvre Poll, ses visiteurs, et ainsi de suite.

— Peut-être le puis-je... répondit M. Millhouse.

Il regarda à la ronde et ses yeux parurent s'attarder sur moi. Enfin, il s'installa dans un fauteuil placé directement en face de sir John ; seul le bureau séparait les deux hommes.

— Oh... j'espère que la présence de Jeremy ne vous sera pas d'une grande incommodité. Je lui ai confié une tâche consistant à trier les archives des minutes du tribunal de Bow Street. Le président de la Haute Cour a ordonné une inspection de nos services, alors cela doit être accompli.

— Non, non, cela ne me dérange point.

— Fort bien. À présent, monsieur Millhouse, votre épouse s'est montrée tout à fait coopérative pour nous parler de Priscilla Tarkin, de son infortune, de son caractère tenace, *et cætera*, et si je ne doute pas de la véracité de ses propos, en tout état de cause, ils ne constituaient pas le genre de renseignements susceptibles d'aider notre investigation concernant la mort de la malheureuse. J'espérais qu'en tant qu'homme et voisin de Polly, vous vous seriez montré peut-être plus attentif à ses habitudes, ses accointances, et tout le reste.

— Eh bien, je m'en vais vous confier tout ce qui m'est possible, bien entendu.

— Depuis combien de temps la connaissiez-vous ?

— Depuis ces six mois que nous sommes installés à Londres.

— Et à quelle occasion avez-vous eu vent... comment dirais-je... du négoce dans lequel elle œuvrait ? Elle ne vous en aura assurément point informé au débotté ?

— Non, certainement pas. Je dirais que nous l'avons découvert graduellement.

La tension semblait l'envahir de plus en plus. Ses mains, qu'il gardait jusque-là posées sur les genoux, commençaient à s'agiter ; elles se tordaient tant soit peu, comme si ses doigts examinaient les coutures de sa culotte.

— Peu après notre arrivée, peut-être un mois, nous avons été réveillés la nuit par une affreuse querelle dans la pièce voisine. Le mur séparant son logis du nôtre est fort mince, semble-t-il. Quoi qu'il en soit, nous avons perçu des cris et des hurlements, et l'une des voix provenait sans conteste d'un homme. Une accusation de larcin a été proférée, puis démentie. Ma femme m'a pressé de me rendre à côté, pour voir si je pouvais régler le différend, ou du moins les calmer. J'étais en train de me vêtir, lorsque soudain nous entendîmes la porte claquer, puis quelqu'un s'en aller d'un pas lourd. Ma foi, on s'étonne de la présence d'un visiteur du sexe fort bien après minuit, ou peut-être se rend-on à l'évidence ; je sais que ce fut mon cas. Mon épouse s'y refusait, aussi a-t-elle abordé Poll le lendemain de la manière la plus bienveillante qui soit, et celle-ci lui a narré l'histoire qu'elle vous a livrée hier après-midi. Elle s'était prise d'affection pour cette femme, et sa compassion à son endroit ne fit que l'accroître.

— Mais vous disiez avoir découvert la vérité progressivement ? objecta le magistrat. Auparavant, certains signes avaient dû vous mettre la puce à l'oreille.

— Certes, je ne saurais le nier. De prime abord, elle était veuve, vivait seule et ne disposait d'aucun moyen de subsistance, que je sache. Elle gardait le lit tard dans la matinée. Et je l'avais déjà remarquée un soir, dans la rue, baguenaudant de telle façon qu'elle se rendait disponible pour deviser avec des étrangers.

— Je vois. Maintenant, si vous reveniez, je vous prie, à cette occurrence, où votre femme et vous avez été réveillés par la dispute, souffrez que je vous pose la question suivante : l'accusation de vol, dont vous avez fait mention, émanait-elle de sa bouche ? Je sais que les femmes arpentant le trottoir sont souvent la proie des détrousseurs de tout acabit. Nous sommes en ce moment à la poursuite d'un de ceux-là, qui a coutume de dépouiller les prostituées de leurs gains. On l'a surpris en train de se quereller auparavant avec elle, la nuit où elle fut assassinée. La voix masculine que vous avez perçue avait-elle des intonations étrangères ?

— Oh non, rien de la sorte, répondit Millhouse. En premier lieu, il aurait été malaisé d'affirmer que l'homme en question s'exprimait, comme vous le dites, avec un accent que l'on pourrait qualifier d'étranger. Je l'ai seulement entendu lui dire clairement : « Tu l'as, n'est-ce pas, espèce de putain voleuse ! » Pardonnez-moi le langage, mais voyez-vous, c'était *lui* qui l'accusait *elle*. Et elle n'a eu de cesse de récuser ses dires.

— Oh ? Intéressant. Avez-vous vu des hommes entrer chez elle en sa compagnie ?

— Non, jamais, ce qui paraît curieux, puisque nos pièces sont attenantes. Un certain nombre de fois, cependant, nous avons perçu des voix masculines.

— Qui l'accusaient ?

— Pas que nous le sachions. Il n'y a plus eu de querelle, en tout cas.

Il est utile de noter qu'à ce point M. Millhouse avait peu à peu recouvré son calme, au cours des dernières questions posées par sir John. Toutefois, lors de la salve suivante, sa tension le gagna derechef comme jamais. Son corps parut se recroqueviller. Il remuait sur son siège, en proie à une nervosité telle que je l'eusse cru assis sur un coussin d'épines, si je n'y avais pas moi-même si souvent posé mon séant.

— Vous avez mentionné l'avoir vue dans la rue, avant cette nuit où l'altercation eut lieu. L'avez-vous croisée ensuite dans les circonstances que vous avez décrites... en train de flâner, comme à l'affût ?

— Oui, à de nombreuses occasions.

— Était-elle quelquefois en train de converser avec des hommes ?

— Parfois, oui.

— Eh bien, les avez-vous observés, monsieur ? À quoi ressemblaient-ils ? L'avez-vous vue plus d'une fois en compagnie du même ?

— Non, non, non, sir John. Je n'en ai remarqué aucun.

La voix de M. Millhouse se révélait à l'image de son apparence nerveuse.

— J'étais des plus embarrassés de la rencontrer en pareilles situations. Je détournais le regard et passais devant à la hâte. Je n'avais nul désir de scruter ceux qu'elle cherchait à séduire.

— Lorsque vous la croisiez ainsi dans la rue, insista sir John, vous adressait-elle la parole pour vous saluer ? Se manifestait-elle de quelque façon que ce soit, pour signifier qu'elle vous avait reconnu ? Souriait-elle ou vous faisait-elle un signe de tête, peut-être ?

— Non... enfin, oui, peut-être. Je ne sais. Pourquoi posez-vous une telle question ? Fort bien, je suppose qu'il me faut répondre. À de rares occasions, elle m'a en effet salué.

— Je présume que cela s'est produit quand il n'y avait point d'homme alentour.

— Bien sûr !

— Et comment vous saluait-elle, monsieur Millhouse ? Donnait-elle l'impression de vous considérer comme un éventuel client ?

— Non !

— Comment pouvez-vous en être sûr ?

— Parce qu'il s'agissait là d'un salut coutumier, de celui dont on gratifie un voisin... « Bonjour, monsieur Millhouse », ou quelque chose d'approchant.

— Et que répondiez-vous à ces salutations de bon voisinage ?

— Je vous l'ai dit ! Je pressais le pas. Oh, je devais sans doute lui adresser un bonjour en retour, mais je ne me suis jamais arrêté pour causer de la pluie et du beau temps !

— Et pourquoi pas, monsieur ? À vous entendre, je dirais que vous faisiez fi de sa personne. Pourquoi agir ainsi ?

— Parce que je ne souhaitais point être considéré comme ces hommes qui passent leur temps à badiner avec des catins ! Je ne saurais vous le formuler plus explicitement !

Sir John laissa M. Millhouse se calmer quelque peu. Ce dernier en avait assurément grand besoin. Sa face s'était empourprée. Pendant un certain temps, je crus qu'il demeurait assis grâce à sa seule volonté. Ses jambes s'agitaient. On eût dit qu'il aspirait à bondir et à s'enfuir de la pièce. Mais le magistrat reprit enfin :

— Vous m'avez demandé il y a un court instant pourquoi je vous posais une telle question. Permettez-moi de vous dire que je vous interroge de la sorte afin de connaître la nature de vos relations avec la victime. Votre épouse s'est exprimée sans ambages à ce sujet. Il me reste cependant à établir clairement quels étaient vos sentiments envers Priscilla Tarkin... et, en l'espèce, les siens à votre endroit.

À ce moment-là, M. Millhouse décocha un regard pour le moins désespéré dans ma direction. Il me surprit à le fixer des yeux. Je ne faisais plus mine de classer les archives des audiences en piles, tant j'étais fasciné par la façon dont progressait l'interrogatoire de sir John. M. Millhouse se retourna vers le magistrat, mais, l'espace d'un instant, il parut tout à fait incapable de répondre.

— Eh bien, je... commença-t-il, hésitant, je la plaignais, bien entendu, mais je...

Nous attendîmes, mais alors qu'il avait amorcé sa phrase, il sembla ne point pouvoir continuer. Rien ne sortait de ses lèvres. Il demeura assis, comme hébété, pendant près d'une minute.

— Laissons cela de côté pour l'instant, reprit sir John. J'ai une autre question... à laquelle vous devriez aisément répondre. Et elle est la suivante : avez-vous vu Priscilla Tarkin vivante, la nuit de sa mort ?

Il soupira :

— Oui, elle a fait une apparition au *Dog and Duck*, dans Bedford Street, où je buvais avec mes amis. Elle a traversé l'estaminet, en quête de clients.

— Vous a-t-elle adressé la parole ?

— Elle a dit bonsoir.

— Lui avez-vous parlé ?

— Non.

— Qui étaient ceux avec lesquels vous avez bu ce soir-là ?

— M. Oliver Goldsmith[1], poète, historien, romancier,

1. Goldsmith (1728-1774) étudia effectivement la médecine à Édimbourg et connut la célébrité grâce à son roman *Le Vicaire de Wakefield* (1766), une œuvre sentimentale et bourgeoise, dans la lignée de Richardson et Fielding. *(N.d.T.)*

et, qui plus est, autrefois médecin, à ce que j'ai cru comprendre.

— En voilà déjà un. Y en avait-il d'autres?

— M. Thomas Davies[1], acteur, auteur et éditeur, ainsi que, brièvement, un certain M. Ephraim Butts, ami de M. Davies, dont je sais peu de choses, pour ne l'avoir rencontré qu'à cette occasion.

— Fort bien. À présent, j'ai ici quelque chose...

Sir John ouvrit le tiroir de son bureau et tâtonna à l'intérieur pendant quelques instants. Il en sortit une clé qu'il posa devant lui.

— Oui, poursuivit-il, cette clé. La reconnaissez-vous, monsieur Millhouse?

— Ma foi, elle ressemble tout à fait à celle de notre logis.

— Sans doute. M'est avis qu'il s'agit de celle de la chambre de Polly Tarkin, car elle fut trouvée dans sa poche par M. Donnelly, avec un shilling et une poignée de pennies. Jeremy?

Il se tourna vers moi.

— J'entends un bruissement de papiers de temps à autre, alors je présume que tu te trouves toujours parmi nous.

— Je le suis, monsieur, répondis-je.

— Voudrais-tu maintenant t'en aller quérir ton habit et ton chapeau, pour accompagner M. Millhouse jusque dans Half Moon Street, afin qu'il puisse t'indiquer la chambre de la victime. Je souhaite que tu la fouilles, Jeremy. Tâche d'apprendre tout ce que tu peux au sujet de la défunte, des personnes qu'elle connaissait, et tout ce qui pourrait servir à l'enquête. N'hésite pas à rapporter à Bow Street le moindre objet que tu estimes notablement digne d'intérêt.

1. Acteur et libraire, Davies (1712-1785) présenta Boswell au Dr Johnson dans sa librairie de Russell Street, en 1763, lequel l'encouragea plus tard à rédiger la biographie du célèbre acteur shakespearien, David Garrick. *(N.d.T.)*

Je me relevai prestement de la posture que j'avais adoptée dans mon coin et répondis :

— Je serais ravi d'accéder à votre requête, monsieur.

Et je pris congé, tandis que M. Millhouse en restait bouche bée.

— Ferme l'huis derrière toi, me cria sir John, et attends dans le vestibule.

La situation prenait pour moi une tournure inespérée. En premier lieu, on m'avait offert la possibilité d'interroger un témoin, une tâche dont je m'étais acquitté auprès de Mme Crewton, et voilà qu'on me demandait présentement de chercher des indices au domicile de la victime ; de toute évidence, sir John me confiait des responsabilités plus importantes dans la conduite de ses investigations. Cette perspective m'enthousiasmait comme nulle autre, depuis qu'on m'avait accepté en qualité de membre de sa maisonnée.

Ma main tremblait d'excitation, tandis que je tentais d'introduire la clé dans la serrure. Au prix de quelque effort, je parvins toutefois à l'y insérer. Avant de la tourner, cependant, je fis face à M. Millhouse, lequel rôdait dans mon sillage, sur l'étroite coursive.

— Monsieur, lui dis-je, je dois à présent vous prier de vaquer à vos occupations.

— Comment ? Mais... enfin, espèce de jeune...

Je l'interrompis d'une voix ferme :

— Vous avez entendu, aussi bien que moi, que sir John a confié cette mission à moi seul et à nul autre. Si vous insistez pour m'accompagner, je vais devoir m'en revenir ce soir, escorté par un sergent de ville, qui m'assistera. J'espère m'être fait parfaitement comprendre.

Il sembla que oui. M. Millhouse se redressa, comme s'il s'apprêtait à me fustiger de quelque harangue, puis il resta tout penaud, incapable de prononcer un traître mot. J'attendis un instant suffisant, comme il sied en pareil cas, puis lui souhaitai le bonjour, ponctué d'un bref hochement de tête. Je tournai la clé, ouvris la porte à la volée et pénétrai dans la pièce. Je retirai ensuite la clé et refermai vivement l'huis derrière moi.

L'endroit se révélait fort sombre. Je gagnai les fenêtres et en tirai les lourdes tentures. La lumière subite laissa entrevoir une chambre de superficie moyenne, — assurément plus vaste que la mienne, au 4 Bow Street —, dotée d'un âtre modeste, ainsi que d'un petit fourneau à son extrémité. Elle s'avérait en outre mieux meublée que je ne l'aurais cru. De taille convenable, le lit se parait d'une courtepointe qui le recouvrait soigneusement. Une commode de trois tiroirs, un secrétaire et sa chaise à dossier droit, une garde-robe et deux fauteuils confortables, sans oublier un petit tapis, venaient parfaire l'ensemble. Tout cela témoignait d'une existence passée dans une certaine aisance. Nous étions loin, en vérité, de la chambre sordide décrite par le deuxième classe Sperling, dans laquelle Teresa O'Reilly l'avait entraîné. Comment « Tuppence Poll » s'était-elle débrouillée pour vivre sur un tel pied ? Je m'attelai à ma tâche d'inspection pour découvrir la réponse à cette énigme.

L'armoire ne me livra aucun secret, hormis des toilettes. Elle en contenait de nombreuses, bien plus que je ne l'aurais escompté. Certaines étaient à l'évidence anciennes et élimées, d'autres non. Tout à coup, je me remémorai la robe que la victime portait à l'heure de sa mort. Il s'agissait d'une lourde étoffe de laine de belle facture, qui, avec le châle que la femme arborait, lui eût tenu chaud, même à l'heure tardive à laquelle on l'avait découverte. Ces effets étaient certainement récents, n'est-ce pas ? Comment avait-elle pu se les offrir ?

Je poursuivis ma fouille dans la commode, mais les tiroirs où je fourrageai ne contenaient rien d'autre que linge de corps, bas, ainsi que babioles diverses et variées. J'examinai ces dernières avec soin. Elles étaient en grand nombre : rubans à foison, de toutes les couleurs, peignes armoriés et ordinaires, bagues. Je regardai celles-ci de près ; quelques-unes semblaient en or, certaines, dans un métal non rare, présentaient de subtils motifs, tandis que deux autres possédaient des pierres tant soit peu précieuses. Mon attention fut grandement attirée par deux camées, auxquels j'attribuai une valeur considérable. De telles possessions se révélaient, selon moi, d'un luxe démesuré pour une femme, d'autant plus si elle affichait un profond dénuement.

Je découvris quelque chose de hautement intéressant dans l'unique tiroir du secrétaire. C'était un carnet ou un livre de comptes — j'ignorais son appellation exacte pour n'avoir alors aucune expérience en matière de négoce —, mais je vis qu'il s'agissait d'une liste datée de transactions, lesquelles remontaient environ trois ans dans le passé. Une vingtaine de pages étaient remplies, avec trente articles chacune. Si les objets vendus étaient inscrits sous une forme de code, comme les noms des acquéreurs, les montants apparaissaient clairement en shillings et en pence. Pareil indice devait certainement s'en retourner avec moi au 4 Bow Street. Si cette femme vendait avec autant d'ardeur que tout le laissait croire, elle devait posséder un trésor dissimulé dans quelque lieu secret. Je jetai un regard autour de moi. La pièce n'était tout de même pas si grande. Je pouvais manifestement le découvrir. J'entrepris donc une fouille des plus acharnées. Je sortis les tiroirs et scrutai derrière chacun d'eux, pour y trouver... rien. Je fis certes quelques découvertes par hasard : en défaisant le lit, notamment, je vis un poignard glissé à portée de main sous le matelas, tandis que sous le lit se trouvait un pistolet chargé. L'eût-elle eu en sa possession la nuit de son assassinat, elle eût alors été vivante dans cette même pièce, ce jour-là.

En me rappelant mes efforts déployés dans la résidence Goodhope[1], deux ans plus tôt, je sortis mon briquet à

1. Cf. *Les Audiences de sir John*, 10/18, n° 3001.

amadou et allumai une bougie. Ainsi paré, j'examinai avec soin chacune des briques de la cheminée. Cela m'occupa pendant près d'une heure. Mais aucune n'avait été disjointe. Toutes tenaient solidement. Pas une ne sonnait creux.

Ma tâche n'était pas achevée que j'étais maculé de suie jusqu'aux poignets, et mes effets portaient également des salissures. En outre, j'étais si marri par mon échec que je revins au milieu de la pièce et trépignai d'irritation.

Ce fut ainsi que ma quête aboutit.

Bien qu'un tapis recouvrît cette partie du plancher, je sentis distinctement une latte céder sous moi. Je soulevai la carpette et m'agenouillai, pour frapper, presser, chercher avec mes mains ce que mon pied venait de découvrir, sans que je l'eusse prémédité ou souhaité. En fin de compte, je dus sauter et heurter le sol une fois encore avec mes talons, en quête de l'endroit précis. Puis, l'ayant redécouvert, je m'emparai du poignard sur le lit et entrepris de déloger une lame de bois environ aussi large que ma main, ou peut-être un peu plus. Je parvins ensuite à la soulever, en faisant levier, et examinai ce qu'il y avait au-dessous.

Le trou regorgeait de mille et un objets que l'on pouvait aisément barboter à des messieurs. Je dénombrai trois ou quatre mouchoirs de soie, lavés et soigneusement pliés ; trois montres, dont l'une dans un écrin qui me parut être en or ; et même deux paires de lunettes carrées, fort en vogue à cette époque. Il s'agissait là de marchandises en attente d'être vendues. Mais où... peut-être... oui !

Ce que je cherchais se trouvait sous la pile de mouchoirs. Réticule ou aumônière — quelle que fût son appellation —, l'objet n'en était pas moins fabriqué dans un cuir de belle facture et attaché avec des sangles. Je défis celles-ci avec soin et scrutai à l'intérieur. La bourse était lourde de souverains et de guinées en or, la moisson de trois années d'activités criminelles.

Je ne pus alors m'empêcher de pousser un cri de triomphe. Puis, me rappelant que seule une mince cloison me séparait de M. Millhouse, je me tus aussitôt, tout en marmonnant malgré moi : « Polly Tarkin, vous voilà confondue ! Vous étiez une fieffée voleuse, ma brave dame ! »

J'eus à peine le temps de présenter à sir John la bourse et le livre de comptes (lesquels rejoignirent le tiroir de son bureau), qu'il m'entraîna sur-le-champ avec lui dans la direction de Tavistock Street. J'en déduisis naturellement que nous allions rendre visite à M. Donnelly, mais ce ne fut pas le cas, cette fois-là.

Chemin faisant, je lui narrai ma fouille de la chambre en détail. J'étais de surcroît grandement fier de mes exploits. Lorsque je commençai à me rendre compte que le magistrat ne semblait pas aussi satisfait que je l'eusse escompté, je me hâtai de conclure mon récit et lui demandai, non sans une certaine humeur, si quelque chose l'avait froissé.

— Oh non, non, assurément non. Tu as fort bien agi, Jeremy, répliqua-t-il, mais j'espérais que tu trouverais des lettres, des notes de quelque sorte que ce soit... bref, des *noms*... Il n'y en avait point, je présume ?

— Non, monsieur.

Puis, après réflexion, je suggérai :

— Mais, sir John, le livre de comptes doit en contenir à profusion. Ils sont rédigés en code, certes, mais il pourrait être décrypté...

— M. Marsden possède un véritable talent en la matière. Je suis certain qu'il n'aura aucune peine à percer à jour les patronymes des acheteurs que la veuve Tarkin a tenté de dissimuler. Mais vois-tu, il ne s'agit là que de simples receleurs, des pourvoyeurs de biens dérobés. Il se peut qu'il en résulte une ou deux arrestations... et nous ne nous en plaindrons pas. Mais quant aux homicides, je crains qu'en prouvant que la victime était une voleuse, cela ne rende d'autant plus malaisée la tâche consistant à découvrir son assassin.

— Oh ? Pourquoi donc ?

— Eh bien, ne vois-tu pas, la moindre personne qu'elle aura volée s'est peut-être mise à sa recherche pour se venger. Et, comme tu l'as démontré, il peut s'agir d'une personne parmi tant d'autres.

— Je comprends, répondis-je, quelque peu refroidi.

Ce fut environ à ce moment-là que nous passâmes devant la bâtisse abritant le cabinet de M. Donnelly. Mais, tandis que nous poursuivions notre route, traversant Southampton Street, puis nous engageant dans Maiden Lane, notre destination commença à se préciser dans mon esprit.

— Je nourris un certain intérêt pour la personne de M. Millhouse, reprit sir John. Le fait qu'il ait été présent sur les lieux s'avère assurément révélateur. Il semble incapable d'expliquer ses liens avec la victime. Lorsque tu t'en es allé quérir ton couvre-chef et ton habit, il m'a avoué qu'il discernait chez elle quelque chose de malveillant et réprouvait les attentions charitables de son épouse à l'endroit de cette femme. Quand je l'ai pressé d'en dire davantage, il m'a confié qu'il pensait qu'elle cherchait à le séduire, qu'elle pourrait ainsi en user contre lui, pour lui soutirer quelque chose en échange de son silence. Cela paraît pour le moins fantasque... à moins, bien entendu, que cela n'eût déjà été entrepris. Dis-moi, que t'a-t-il raconté en chemin jusqu'à Half Moon Street ?

— Presque rien. Il semblait plongé dans ses pensées. Toutefois, il espérait pénétrer avec moi dans le logis de la veuve Tarkin. J'ai dû le menacer de m'en revenir accompagné d'un agent pour l'en dissuader.

Ce à quoi sir John gloussa de bon cœur.

— Tu es un brave garçon, Jeremy ! commenta-t-il.

Puis, changeant de sujet :

— Je crois que nous approchons du but. Sommes-nous à proximité de la synagogue ?

— Elle se trouve juste devant.

Je ne m'étais point trompé quant à notre destination... après avoir réfléchi, du moins.

— J'ai pensé solliciter l'aide du rabbin Gershon pour trouver ce gaillard, Yossel, qui a disparu, semble-t-il.

Je retins sir John devant la porte de la synagogue. C'était un nouvel édifice en brique, érigé en peu de temps par la congrégation de Beth El, sur le site de l'ancien bâtiment en bois, qui avait brûlé en des circonstances mystérieuses, deux ans plus tôt[1]. On ne pouvait que se féliciter du résultat. La construction paraissait la plus solide et la plus durable de la rue.

— Dois-je frapper ? m'enquis-je.

— Essaye la poignée, dit le magistrat.

La porte n'était point verrouillée. Je l'ouvris en grand et aidai sir John à gravir l'unique marche, puis à pénétrer à l'intérieur. Nous demeurâmes dans le vestibule et tendîmes l'oreille. Il semblait n'y avoir personne.

— *Ohé !* cria-t-il. Il y a quelqu'un ?

Il y avait certes une personne présente. À l'extrémité de l'entrée, un visage apparut... barbu, mais singulièrement juvénile.

— Ah ! fit-il, tandis que le corps se dévoilait à son tour, replet et tout de noir vêtu.

Le rabbin Gershon s'empressa de venir nous saluer, roulant des hanches sur ses jambes courtes, tel un très jeune enfant qui commence à marcher.

— Sir John Fielding ! Jeremy ! Soyez les bienvenus !

À en croire le sourire épanoui qu'affichait le magistrat, je puis affirmer qu'il se sentait en effet le bienvenu. Mais il attendit que le rabbin fût à notre hauteur pour le saluer à son tour. Il tâtonna alors de sa main droite, en quête de celle du religieux, qu'il saisit et serra fermement.

— Bien le bonjour à vous, rabbin Gershon, déclara-t-il. J'espère que nous ne vous dérangeons pas ?

1. Cf. *Le Fer et le feu*, 10/18, n° 3051.

— Pas du tout. J'étudiais le Talmud, et je puis le faire, *Baruch HaShem*[1], chaque jour de mon existence.

Le rabbin me serra alors la main, tout en murmurant mon nom.

— À présent, reprit-il à l'adresse du magistrat, à quoi dois-je votre visite ? Je suis toujours heureux de vous voir en ce lieu, mais j'ai le sentiment qu'une mission particulière vous anime. En quoi puis-je vous être utile ?

— Ma foi, il ne fait aucun doute qu'il s'agit d'une tâche bien précise. De même que nous sollicitons votre aide.

— Eh bien... expliquez-moi.

Et sir John s'exécuta brièvement. Il lui relata les deux meurtres, que vingt-huit jours séparaient, et s'attarda sur la sauvagerie du second. Tout en mettant l'accent sur les difficultés qu'il avait rencontrées jusqu'à cette étape de son enquête — le manque d'indices, l'absence de témoins —, il conclut en affirmant qu'il existait un individu qu'il souhaitait interroger, mais qui jusque-là leur avait totalement échappé.

— J'espérais, acheva-t-il, que vous pourriez nous aider à le trouver.

— Alors, il doit être juif.

— Eh bien, euh... oui, à ce qu'on dit.

— Et quel est son nom ?

— On ne m'a communiqué qu'un prénom... ou peut-être s'agit-il seulement d'un surnom, qui, de toute manière, ne m'était jusqu'ici point familier...

— Sir John, quel est-il, je vous prie ?

— Yossel.

Bien qu'il ne fût guère difficile à prononcer, le prénom parut sonner faux dans sa bouche, en la circonstance.

— Ah, Yossel ! Yossel Davidovich !... celui-là même qui me vient à l'esprit !

— Le jugeriez-vous capable de tels actes ?

1. *Si Dieu le veut*, en hébreu. *(N.d.T.)*

Le rabbin Gershon médita un long moment sur la question, puis secoua la tête.

— M'est avis que non, répondit-il enfin. Selon l'expression chrétienne, c'est « une brebis égarée ». Il a tourné le dos à sa famille, son héritage, sa religion. À ce qu'on m'a dit, Yossel a même renié son appartenance au peuple juif. Il se promène rasé de frais et vêtu comme tout un chacun dans la rue.

Il marqua une pause et regarda sir John, puis moi, d'un air attristé.

— Mais non, je ne le considérerais point capable des choses que vous décrivez, sir John Fielding. Souffrez que je vous narre une histoire. Dans la ville où j'ai vécu enfant, il y avait un homme qui possédait un chien. Il était haïssable et son animal malveillant. Il l'appelait son tueur de Juifs, comme s'il se fût agi de quelque saillie drolatique, et il le laissait errer en toute liberté ; si bien que chaque fois que nous nous mettions en route pour la *shul*[1], le chien semblait vouloir nous barrer le passage. Tel un monstre, il grognait et aboyait sauvagement à notre encontre, et nous attaquait. Il nous effrayait, car nous n'étions alors que des enfants, et nous le fuyions, en empruntant un autre chemin pour rejoindre la synagogue, ce qui nous détournait de presque une verste. Finalement, à mesure que nous grandissions et qu'approchait notre bar-mitsva, nous avons commencé à prendre courage, en pensant ne point tarder à devenir adultes. L'un des garçons de notre groupe a déclaré que ce chien n'entraverait désormais plus son chemin, peu importe son sobriquet et la puissance de ses aboiements. Aussi, la fois suivante où nous avons pris cette même route, l'animal est apparu. Il grognait — Dieu qu'il grognait ! —, aboyait avec férocité et montrait les crocs. Mais ce brave camarade, qui n'était ni le plus grand ni le plus robuste, n'a pas voulu tourner les talons pour s'enfuir. Il s'est dirigé vers le chien, lente-

1. *Synagogue*, en yiddish. *(N.d.T.)*

ment, en le regardant droit dans les yeux. Lorsqu'ils se sont retrouvés à proximité l'un de l'autre, la bête s'est arrêtée, mais le garçon a continué. Le chien n'avait plus d'autre choix que d'attaquer ou de battre en retraite. Il a reculé, en aboyant d'abord, tout en cédant du terrain. Mais quand notre camarade a continué à marcher vers lui, le chien s'est mis à geindre et à trotter, en se retournant vers son persécuteur. Au bout du compte, il s'est enfui. Nous avons poussé des cris de joie, et, depuis ce jour, chaque fois que l'animal nous apercevait, il s'éloignait, la queue entre les jambes, sans plus jamais importuner qui que ce soit parmi nous.

Un silence s'établit. Selon moi, sir John attendait d'être certain que le rabbin eût conclu.

Puis, lorsqu'il en fut persuadé, il prit la parole :

— Nous laisseriez-vous entendre que Yossel aboie davantage qu'il ne mord?

— Est-ce ainsi que l'on dit, ici? C'est différent en russe.

Le rabbin Gershon hocha la tête, en ajoutant :

— Peut-être est-ce cela. Mais peut-être que Yossel Davidovich ne mord pas du tout.

— On m'a rapporté qu'il détroussait les prostituées, parfois sous la menace d'un couteau.

— Menacer est une chose, passer à l'acte en est une autre. Je tiens Yossel pour un couard qui se veut redoutable.

— C'est probable, mais quatre témoins l'ont vu en train de se quereller avec la seconde victime... une femme, du reste, dont il semble à présent qu'elle ait elle-même été une voleuse. En toute honnêteté, rabbin, je souhaite seulement lui poser des questions. Il n'est pas encore suspect. Mais le fait qu'on ne le trouve nulle part joue en sa défaveur.

— Je le dénicherai, déclara le rabbin Gershon. Je vais tâcher.

— Merci, dit le magistrat. J'espérais que vous me rendriez ce service.

— En vérité, sir John, j'agis également pour mon peuple, ma communauté. De telles affaires prennent souvent une fâcheuse tournure pour les Juifs.

Comme pour justifier les craintes du rabbin, à notre retour au 4 Bow Street, M. Marsden me tendit une feuille imprimée, en fronçant les sourcils et en secouant la tête d'un air dépité.

— Regarde un peu ce qu'ils colportent dans Covent Garden. M'est avis que tu devrais en faire lecture à sir John.

— Que doit-il me lire ? répliqua le magistrat, dont les oreilles exercées avaient surpris les chuchotements de M. Marsden, sans l'ombre d'une difficulté. Qu'avez-vous là ?

— Un libelle, monsieur, répondit le greffier. Il y est question de l'assassinat de cette femme, survenu voilà deux nuits. Je ne pense pas que vous l'apprécierez, pas le moindre mot.

Certes, il ne prisa guère l'écrit en question. N'ayant point conservé un exemplaire de ce document incendiaire, je ne me risquerai pas à le restituer à la virgule près. Les points essentiels en étaient les suivants : il s'agissait d'un meurtre sanglant (le rédacteur n'avait aucune idée de la violence *réelle* de celui-ci, car il faisait uniquement mention de la blessure à la gorge). La victime, une certaine Priscilla Tarkin, plus connue sous le surnom de Polly, fréquentait les rues et auberges du quartier de Covent Garden. Ceux qui la connaissaient bien l'avaient vue la nuit du crime, en train de se disputer vivement avec une fripouille répondant au nom de Yossel. Au dire des amis de la victime, le dénommé Yossel était assurément le meurtrier de Polly, car on le tenait pour un « fieffé détrousseur », lequel dérobait leurs maigres gains aux femmes semblables à la défunte, en les menaçant avec une lame, sous peine de les défigurer ou les blesser. Yossel était connu de tout un chacun comme de confession israélite, de même que la blessure mortelle qu'il avait infligée témoignait de quelque rituel, fort répandu dans certaines contrées d'Europe, où les Juifs ravissaient les enfants chrétiens et les saignaient à blanc au cours de cérémonies barbares.

Et ainsi de suite. L'auteur développait peu ou prou chacun de ces principaux points, surtout le dernier, qui réitérait nombre de calomnies communément proférées à l'endroit des Israélites. Il convenait de noter, toutefois, que le rédacteur anonyme ne prenait point la peine de relier ce meurtre récent à celui qu'on avait découvert vingt-huit jours plus tôt. J'en vins à me demander s'il était au courant.

Rédacteur anonyme, vraiment ! J'étais quasi certain de connaître celui qui avait rédigé cet article, eu égard à ses anciens écrits, et je savais même son nom ! Sir John partageait-il mes certitudes ? Le cas échéant, à en juger par les signes que manifestait le magistrat, nul doute qu'il allait en cuire à Ormond Neville, poète et journaliste de son état.

Je n'avais jusque-là jamais vu sir John grincer des dents. Pourtant, alors que j'étais assis sur ce siège, précédemment occupé par Thaddeus Millhouse, et lisais au magistrat cette scandaleuse gazette, un troublant bruit de grincement me parvint peu à peu à l'oreille. Je relevai la tête et vis que la bouche de sir John était fermée, son menton saillait quelque peu, certes, mais ses mâchoires remuaient latéralement de façon perceptible. Il réagissait de la sorte par intermittence, en particulier aux moments où il tentait le plus de réprimer son courroux, face aux propos dont je lui faisais lecture. Tout au long de celle-ci — du moins chaque fois que mon regard se porta sur lui —, je constatai qu'il serrait les poings sur le bureau. J'arrivai enfin à la conclusion.

— C'est tout ? Tu as fini ?

— C'est tout, monsieur.

— Je n'en ai que trop entendu.

Il resta assis à respirer profondément, sans dire un mot, jusqu'à ce qu'il reprît :

— Jamais, et je le répète, à ma connaissance, *jamais*, je n'ai eu vent qu'un ramassis d'immondices aussi abject et peu scrupuleux ait été imprimé et diffusé dans toute cette ville. Non content de s'immiscer dans mon enquête, tout en entravant celle-ci, et par là même la procédure judiciaire, cet écrit va jusqu'à répandre des propos diffamatoires et irresponsables sur une communauté entière. Te rends-tu compte, Jeremy, que parmi nos semblables qui savent lire, certaines personnes tiennent pour authentique même la plus grossière des inventions, dès lors qu'elle est publiée, et simplement pour cette raison ?

Étant à cet âge où tout écrit me tombant par hasard sous les yeux m'impressionnait quelque peu, je n'avais pas suffisamment réfléchi à la question. En la circonstance, je ne pouvais donc que manifester une approbation pour le moins modérée.

— Je suppose qu'il en est ainsi, sir John.

— C'est incontestable ! Et peut-être vient-on de causer aux Juifs le préjudice le plus durable. Qui sait, lorsqu'on sème une graine aussi venimeuse, quel en sera le fruit dans les années à venir ? Je ne tolérerai *pas* que de telles vilenies circulent dans les quartiers dont j'ai la charge ! Je ne laisserai pas les Londoniens se comporter à l'instar des habitants de quelque province d'Europe de l'Est, plongée dans les ténèbres de l'ignorance.

Il ponctua ses paroles en martelant son bureau des deux poings. Je ne l'avais jusqu'alors jamais vu aussi excédé.

— La nuit qui nous attend ne me dit rien qui vaille, poursuivit-il. Je vais devoir poster deux hommes devant la synagogue du rabbin Gershon. Pas question de la voir de nouveau mise à l'épreuve des flammes. Quant à nous...

Il s'interrompit brusquement et se pencha vers moi, par-dessus le bureau :

— ... Jeremy, je sais que tu passes souvent du temps dans Grub Street. Tu dois bien y avoir quelques accointances ?

— Certes oui, monsieur.

— Pourrais-tu t'y rendre et mener ton enquête, pour découvrir l'auteur de ce... ce...

Il était si rare qu'il fût à court de mots que je le dispensai de qualifier l'écrit.

— Je n'en ai nul besoin, sir John.

— Pourquoi ? Que veux-tu dire ?

— Je crois qu'il s'agit là de l'œuvre d'un certain Ormond Neville. Vous avez souvenance qu'il avait signé l'article réclamant diligence pour le procès et l'exécution de John Clayton, le poète[1].

— Tout à fait.

— Il en a publié d'autres, moins séditieux, qui vous ont causé quelque tourment. Vous vous rappelez l'article en faveur de la pendaison publique ?

— En effet. Il plaidait pour que les exécutions soient déplacées de Tyburn à Covent Garden. Il en était l'auteur ?

— Je puis vous l'affirmer, car nous nous sommes croisés par hasard à l'atelier de son imprimeur, Boyer, et M. Neville clamait avec fierté la paternité de l'article. Il a demandé avec effronterie ce que vous en pensiez.

— Il a fait cela, dis-tu ? Eh bien, je ne serai pas fâché de lui livrer mon opinion à propos de... sa dernière œuvre. Sais-tu où réside notre homme ?

— Non, mais je sais où je suis susceptible de le trouver.

— Excellent. Après que tu auras achevé ton heure en compagnie de l'agent Perkins...

Je le dévisageai d'un air interrogateur.

— Mais... articulai-je, incapable de continuer plus avant.

1. Cf. *Le Fer et le feu*, 10/18, n° 3051.

— Ah ! fit-il. Tu pensais sans doute que je ne savais rien de ton instruction, et pourtant je la connais. Et si je n'en approuve pas totalement le principe, le sergent m'a nonobstant convaincu de l'utilité de ce qu'il t'enseigne. Tu peux donc t'y rendre et lorsque vous en aurez tous deux fini, j'aimerais que vous fassiez un petit détour par Grub Street, si tel est l'endroit où tu dois le chercher, et me rameniez M. Ormond Neville, afin que lui et moi causions en tête à tête.

Dénicher M. Neville ou le persuader de nous suivre ne présenta aucune difficulté. J'ouvris la marche et me dirigeai tout droit au *Goose and Gander*, en face de l'établissement Boyer, dans cette artère abritant libraires, éditeurs et autres plumitifs qui leur étaient dévoués. Il s'agissait d'une auberge ordinaire, où l'on pouvait se restaurer, assez semblable aux nombreuses autres sises aux alentours de Covent Garden... sombre, confinée, et, à cette heure de la journée, grandement bruyante et bondée. Des hommes se tenaient debout au comptoir et se répandaient en masse autour des tables, qu'ils occupaient en cercles serrés, s'égosillant pour deviser l'un avec l'autre. On y apercevait peu de femmes, peut-être deux, hormis la servante, et elles me parurent davantage faire commerce de leurs écrits que de leurs charmes. Comme je supposais qu'Ormond Neville passerait au *Goose and Gander* le plus clair de son après-midi, j'ignorai les clients du bar et me mis en quête de l'individu en circulant parmi les tables. Et ce fut là que je le trouvai, entouré de ses compagnons, la gazette en question étalée devant lui. Ils devaient être au nombre de cinq ou six autour de lui, et l'humeur de la tablée se révélait festive... Chacun levait sa chope, lui rendait hommage avec exubérance, tandis que, couvrant cette cacophonie, M. Neville hurlait le texte de l'article, qu'il lisait à la lueur d'une bougie. L'un d'entre eux ne semblait point autant se réjouir que les autres.

— Est-ce lui ? s'enquit l'agent Perkins.

— Tout à fait, répondis-je.

— Ma foi, il prend du bon temps, n'est-ce pas ? Navré de lui gâcher sa fête... mais il le faut bien. Viens-t'en, Jeremy.

Il passa devant moi. Je remarquai qu'il avait sorti sa matraque armoriée et la tenait en l'air, afin qu'on la vît ; celle-ci et son gilet rouge ne faisaient aucun doute quant à son appartenance à la brigade des sergents de ville de sir John.

Comme nous nous frayions un chemin parmi les tables et la cohue, je criai à l'oreille de M. Perkins :

— Ils sont nombreux en sa compagnie. Je vous aiderai du mieux que je le puis.

— Cette bande-là ? me répliqua-t-il sur le même ton. Ils ne nous causeront aucune peine.

Bien que je fusse paré et me sentisse apte à prêter main-forte à l'agent, je fus néanmoins soulagé lorsque ses dires se vérifièrent. Il annonça notre présence en frappant de sa matraque la publication posée sur la table. Un silence tomba aussitôt sur les commensaux de M. Neville, avant d'envahir les tablées voisines. M. Perkins avait capté leur attention.

— Monsieur Ormond Neville ? demanda-t-il.

En réponse de quoi, le susnommé se borna à opiner du chef ; ses yeux trahissaient moins la crainte que la consternation.

— Êtes-vous l'auteur de cet article, dont vous faisiez la lecture ?

Il regarda à la ronde. Après avoir accepté les félicitations de ses confrères, il ne pouvait guère récuser pareille évidence.

— Je le suis, dit-il.

Je dévisageai le groupe attablé, en quête d'éventuels signes de résistance agressive... mais n'en perçus aucun. Ce que je vis, en revanche, me surprit vivement : l'un des individus, alors de dos à notre approche, nous faisait à présent face. Je croisai son regard et identifiai aussitôt Thaddeus Millhouse, tout comme il dut sans doute me reconnaître, car il s'empressa de détourner le visage et y porta une main, pour se protéger de ma vue.

— Je dois vous demander de m'accompagner au 4 Bow Street, monsieur, poursuivit l'agent Perkins à l'adresse de M. Neville. Sir John Fielding souhaite s'entretenir avec vous.

— Suis-je donc en état d'arrestation ?

— Seulement si vous résistez.

— Alors, je n'ai pas le choix ?

— Pas que je sache, monsieur.

À ces mots, Ormond Neville se leva lentement, se tourna à gauche et à droite vers ses camarades. Voyant qu'aucun d'entre eux ne lui apportait son aide, il hocha la tête en signe de résignation.

— Pourquoi ne pas emporter votre exemplaire de la gazette, monsieur, suggéra M. Perkins, puisqu'elle sera le sujet de votre discussion.

M. Neville la ramassa, la plia grossièrement, et la fourra dans la poche de son habit. Il redressa le menton.

Puis, de la manière la plus théâtrale qui fût, il prononça :

— Je suis prêt.

Toutefois, alors que nous nous mettions en route, l'un des hommes attablés finit par témoigner d'une certaine hardiesse. C'était celui-là même qui affichait une mine quelque peu revêche lorsqu'un toast avait été porté en l'honneur de M. Neville. S'il prit soin de demeurer assis et de ne point se lever pour défier le sergent de ville, il donna cependant de la voix avec véhémence. Il avait l'allure d'un Irlandais.

— Écoutez-moi un peu ! clama-t-il. De quel droit l'emmenez-vous de cette façon ? Neville n'est pas un criminel mais un pauvre écrivassier, comme nous le sommes tous céans. Est-ce un crime de vivre de sa plume ? La Grande-Bretagne n'est-elle pas un pays libre ?

L'agent Perkins s'arrêta et le fixa d'un regard glacial.

— Peut-être voudriez-vous nous accompagner et présenter votre point de vue à sir John ?

— N... n... non, bredouilla l'autre. Je crains qu'une affaire urgente ne m'attende ailleurs. J'étais sur le point de m'en aller.

— Alors, nous vous saluons, rétorqua M. Perkins. Suivez-nous, monsieur Neville.

Et ce dernier obtempéra, plus docile que jamais.

Dès que nous sortîmes du *Goose and Gander*, pour nous plonger dans la pénombre du soir et regagner Bow Street, Ormond Neville ne me lâcha pas d'une semelle et entreprit de converser au sujet du libelle, tandis que le sergent de ville l'ignorait froidement.

— Dis-moi, jeune homme, nous nous connaissons bien tous les deux, me lança-t-il en me flagornant tant soit peu. Nous avons bavardé à moult occasions. Peut-être pourrais-tu me dire quel passage de mon article lui déplaît ?

— Je crois ne pas le trahir en affirmant qu'il lui déplaît dans sa totalité.

— En *entier* ?

— Oui, monsieur.

— Oh...

Autant qu'il m'en souvienne, il ne trouva rien d'autre à dire pendant le reste du chemin. Nous avancions simplement côte à côte. Lorsqu'il devint nécessaire de cheminer l'un derrière l'autre, M. Perkins ouvrit la marche et je la fermai.

Quant à moi, je ressassais encore et encore en pensée ma rencontre inopinée avec M. Millhouse. Le découvrir là-bas, à la table d'Ormond Neville, m'avait surpris, bien sûr. Ce qui me paraissait d'autant plus singulier, c'était sa réaction. Pourquoi s'était-il détourné de moi, en cherchant à masquer sa face ? Je ne m'attendais certes pas à ce qu'il bondît de sa chaise, me serrât la main et me flanquât une bourrade dans le dos, en signe de bienvenue.

Cependant, faire mine de n'être point présent, en quelque sorte, me semblait pour le moins bizarre. On eût dit que je l'avais découvert... que je l'avais surpris en train de faire ce qu'il n'aurait point dû faire. Il avait bien le droit de se trouver là-bas, après tout. Il buvait, certes, mais n'était pas ivre. Le fait d'être en compagnie de M. Neville était-il la cause de son embarras ? À les voir ensemble, il paraissait grandement probable que M. Millhouse eût fourni à l'auteur de l'article le nom de la victime, puisque c'était lui-même qui avait identifié cette dernière. Mais, le cas échéant, pourquoi ne lui avait-il point fait part de la mutilation de son abdomen ? Je désirais interroger M. Neville à ce sujet, lui demander ce qu'il savait, d'une façon générale, au sujet de Thaddeus Millhouse, mais, suivant l'exemple de l'agent Perkins, je choisis de ne rien dire du tout.

À notre arrivée, nous trouvâmes le 4 Bow Street grouillant d'allées et venues. Sir John et M. Bailey se tenaient au centre de cette agitation, occupés à assigner les tours de garde pour la synagogue, à redistribuer les rues dont se chargeraient d'autres gardiens de la paix, afin d'équilibrer une formation réduite de deux agents toutes les trois heures. Cela n'allait pas sans créer des complications et même, à mon avis, quelque confusion. Nous nous aventurâmes donc au milieu de ce remue-ménage, avec M. Neville entre nous. La bousculade ambiante parut à juste titre l'intimider ; il avait l'air de quelqu'un qui eût apprécié de se trouver n'importe où, hormis en cet endroit. (Et il allait le souhaiter d'autant plus sincèrement avant que ne s'achève son épreuve.)

— Mais où sont donc les agents Langford et Brede ? tonitrua M. Bailey par-dessus la cohue. Quelqu'un les aurait-il vus ?

Apparemment personne. On entendit quelques réponses, mais toutes négatives.

M. Perkins escorta M. Neville et lui fit traverser le groupe en remous, pour le présenter à sir John, tandis que je leur emboîtais le pas.

— Voici votre homme Neville, déclara Perkins. Jeremy l'a trouvé et nous vous l'avons amené.

— Oh! fit le magistrat, non sans évoquer alors une sorte de hibou. Nous tenons donc notre auteur, n'est-ce pas? Vous êtes à l'origine de cette gazette qui est parue aujourd'hui, c'est bien cela?

— En effet, monsieur, marmonna M. Neville.

— Voyons, parlez plus haut, exprimez-vous, monsieur! On nous rebat les oreilles de la fierté consécutive à la création d'une œuvre. Vous devez assurément la ressentir quelque peu. Quiconque se voit capable de provoquer *toute cette confusion* doit s'avérer sans conteste un brillant auteur. Qu'avez-vous à déclarer à votre décharge?

L'autre ne répondit rien.

— Pas un mot? Eh bien, j'en ai moult à vous livrer... vous pouvez me croire... mais pour l'heure, tous les tracas que vous m'avez causés m'empêchent de les formuler, alors je dois vous retenir jusqu'à ce que je sois libre de le faire, et il se peut que cela ne se puisse avant demain. Aussi, monsieur... comment s'appelle-t-il déjà, Jeremy?

— Ormond Neville.

— Merci. Donc, Ormond Neville, je vous arrête pour ingérence dans une enquête criminelle et incitation à l'émeute. Votre affaire sera entendue en mon prétoire à midi.

— Une émeute? s'écria M. Neville. Quelle émeute?

— Monsieur Baker! interpella sir John. Enfermez-le dans la chambre de sûreté.

Si auparavant les mots manquaient à Ormond Neville, voilà qu'ils affluaient tout à coup à ses lèvres, tandis qu'on l'emmenait de force. Il protesta, en arguant de l'iniquité de toute cette affaire, de son injustice...

Sur ces entrefaites, un vacarme épouvantable éclata dans le vestibule. La porte donnant sur Bow Street s'ouvrit à toute volée. Des pas retentirent, des silhouettes se dessinèrent dans la pénombre, tandis qu'une clameur s'élevait de la rue.

— Verrouillez la porte ! Verrouillez la porte ! criait-on.

— Qu'est-ce donc ? hurla sir John. Que s'est-il passé ?

À l'instar de deux ou trois autres agents, je me mis à rebrousser chemin dans le long et sombre corridor et manquai heurter le rabbin Gershon de plein fouet. Il traînait dans son sillage un homme brun qui avait une vingtaine d'années, pleurnichant et gémissant de peur. Il s'agissait de Yossel, tristement célèbre, semblait-il.

— Il y a foule au-dehors, pantela le rabbin. Ils nous ont poursuivis, ils nous auraient tués si les hommes de sir John ne s'étaient trouvés là.

Il désigna les deux agents manquants à l'appel, Alfred Langford et Clarence Brede, en passant devant nous.

Je virevoltai, confus, et constatai que le religieux avait déjà rejoint le magistrat. Il devait l'avoir mis au courant de la situation. Voyant son prisonnier battre en retraite, je l'agrippai solidement par le bras et le fis avancer.

— À vos coutelas et vos matraques ! vociféra sir John. À vos coutelas et vos matraques !

Les sergents de ville saisirent les épées et libérèrent leurs massues, puis envahirent le vestibule.

— Sir John, dis-je, voici le détenu.

— Yossel Davidovich, précisa le rabbin.

— Vous avez été fidèle à votre parole, rabbin Gershon, déclara le magistrat. Monsieur Baker ! Si vous vous trouvez dans les parages, occupez-vous de l'individu qui accompagne le rabbin et mettez-le dans la geôle avec notre auteur. Voilà qui devrait leur offrir à tous deux matière à réflexion.

J'entendis la voix de Benjamin Bailey, le brigadier, résonner dans le corridor. C'était en pareilles échauffourées qu'il se révélait un véritable meneur d'hommes.

— Maintenant, quand la porte va s'ouvrir, nous fondrons sur eux comme les diables de gardiens de la paix que nous sommes. D'abord, les matraques, et s'ils ne cèdent point, servez-vous du plat de l'épée. Il suffit de me suivre !

Un silence, puis il tonna :

— *Ouvrez la porte !*

CHAPITRE VI

Où M. Tolliver découvre la troisième victime

La bataille attendue n'eut jamais lieu, en vérité. Les sergents de ville franchirent en masse la porte du 4 Bow Street, avec force cris guerriers et vengeurs, pour ne trouver aucune bande d'opposants. Les rares musards à lanterner encore détalèrent alors de plus belle dans toutes les directions. Hésitant entre la surprise et un réel amusement, les gardiens de la paix se dévisagèrent et partirent d'un gros éclat de rire à l'unisson.

— Qu'est-ce, Jeremy ? s'enquit sir John. Que trouvent-ils donc de si drôle ?

Nous nous tenions debout sur le seuil. Les agents déployés en arc de cercle continuaient à regarder alentour, tout en gloussant encore, à mesure que s'estompait leur hilarité.

— Ma foi, je ne sais trop, monsieur, à moins qu'ils ne soient sortis pour livrer combat et qu'il n'y en ait pas eu. La foule s'est dispersée.

— Eh bien, leurs souhaits peuvent encore être comblés.

Il haussa le ton, ajoutant :

— Holà, messieurs ! Mettez-vous en route pour le temple juif de Maiden Lane et ne lambinez point ! Un attroupement a très bien pu se reformer là-bas. Et... monsieur Bailey ?

Le chef de la brigade s'approcha en pressant le pas, tandis que les autres s'éloignaient.

— Oui, sir John ?

— Si aucune foule n'est regroupée à la synagogue, laissez-y deux hommes, comme convenu, et dépêchez le reste sur les itinéraires que vous avez modifiés.

— À votre guise, monsieur.

Ce disant, le brigadier s'en alla en courant pour rattraper les agents.

— Maintenant, Jeremy, j'ai une tâche d'adulte à te confier. D'ordinaire, je ne l'aurais pas fait, mais, comme tu peux le voir, nous sommes présentement quelque peu à court de main-d'œuvre.

— Quelle qu'elle soit, je l'accepte, dis-je.

— Je souhaite que tu raccompagnes le rabbin à la synagogue. Mais fais preuve de bon sens. Lorsque tu arriveras dans Maiden Lane, assure-toi qu'il n'y a pas de trouble avant de continuer.

Il hésita, puis poursuivit :

— Malgré moi, je crois qu'il vaut mieux que tu emportes une paire de pistolets. Ils devraient être chargés, mais tu dois y songer uniquement pour en faire montre. Si tu en utilises un, tâche que ce soit à bon escient... et, le cas échéant, tire en l'air. À présent, va-t'en quérir le rabbin et demande à M. Baker de t'armer comme il sied.

Comme nous cheminions dans Tavistock Street, nous devions former un singulier assemblage : le rabbin Gershon avec sa toge noire flottante et sa barbe sombre, et moi, un tout jeune homme à peine sorti de l'enfance, armé de deux grands pistolets et jouant les grandes personnes. Sans pour autant nous hâter, nous restâmes au début sur nos gardes, tout en prêtant l'oreille aux moindres bruits d'agitation. Mais aucun des passants que nous croisâmes ne nous parut notablement hostile, et si leur regard s'attardait quelque peu sur nos personnes, c'était par pure curiosité ou peut-être par un soupçon d'amusement.

Quoi qu'il en fût, nous devisâmes, car l'homme me fascinait totalement, et chaque fois que je pouvais être seul en sa compagnie (ce qui arrivait peu souvent), j'avais des questions à lui poser. À cette occasion, elles avaient trait à l'affaire d'alors. Je me souviens lui avoir demandé s'il avait connu des difficultés à retrouver le dénommé Yossel.

— Non point, répondit le religieux. Je savais où le chercher.

— Où était-ce, monsieur... si je ne suis pas indiscret.

— Jeremy, me dit-il — car il m'appelait ainsi[1] —, je m'en vais te confier quelque chose au sujet des Juifs. Lorsque l'un d'entre eux s'attire des ennuis... disons qu'il a tourné le dos à son peuple et à HaShem, à supposer qu'il soit un mécréant, un fieffé scélérat... enfin, peu importe, lorsqu'un d'entre eux a des ennuis, il court tout droit vers les siens, les prie de le recueillir, implore leur pardon. Et sa famille l'accueille... car qui donc pourrait tourner le dos à quelqu'un de son propre sang ?

— Et c'est là que vous l'avez découvert ?

— Oui, avec sa famille, qui ne compte que de braves et pieuses personnes, toutes rassemblées dans la prière pour la délivrance de Yossel. Mais...

Il s'arrêta net, plissant le front d'un air concentré.

— Écoute ! Qu'est-ce donc ?

Je perçus des éclats de voix braillardes... lesquelles n'étaient guère éloignées. Mais je remarquai alors que le *Shakespeare's Head* se trouvait devant nous, un établissement où l'on buvait, se restaurait, et qui attirait une clientèle pour le moins fruste.

— Regardez, répondis-je en désignant l'estaminet. Cela provient d'ici, je pense.

1. Cf. *Le Fer et le feu*, n° 3051.

— Alors empressons-nous de le dépasser.

Ce que nous fîmes, en reprenant notre chemin d'un pas alerte. Ce fut seulement à une certaine distance qu'il m'adressa de nouveau la parole :

— Où en étais-je ? Ah oui, je me souviens, à présent. Je suis allé en leur logis et je les ai trouvés en prière, Yossel y compris. Je leur ai dit que j'étais peut-être porteur de la délivrance qu'ils sollicitaient pour lui. Je leur ai aussi parlé de sir John, en le louant pour son équité. Ils m'ont écouté, peu convaincus, Yossel demeurant le plus sceptique de tous. C'est alors que son frère s'est approché et m'a flanqué dans la main ce terrible libelle, contenant tous ces vieux mensonges sur le peuple d'Israël, et il a dit : « Tenez, lisez, nous allons subir un pogrom... pas seulement Yossel, mais nous serons tous abattus ! » Je me suis donc mis à converser avec eux. Yossel a nié avoir lui-même tué la moindre personne... *menacé* d'assassiner, peut-être, *menacé* de trancher un nez ou une oreille. Je lui ai dit : « Regarde ce que tes menaces ont apporté à ta famille. Songe seulement à ce qu'elles pourraient causer à tous les Juifs de Londres ! » Oh, j'ai eu tôt fait de lui arracher des larmes ! Il a imploré notre pardon et a finalement accepté de me suivre. Nous avons jugé sage, toutefois, d'attendre la nuit tombée. Aussi, nous avons patienté une heure, et tu sais, Jeremy, ce qu'il s'est produit alors. Nous nous trouvions à mi-chemin de Bow Street, lorsqu'une de ces femmes qui arpentent le trottoir, une de celles qu'il avait menacées de son couteau, le voit et s'écrie : « Voilà Yossel ! C'est lui ! le voilà ! » Et il s'est alors livré à un acte déraisonnable... il s'est mis à courir. Ce qui a attiré la multitude. S'il ne s'était point réfugié dans les bras de deux de vos sergents de ville, je crois que la foule nous aurait tous les deux déchiquetés. Oh, ils ont fort bien réagi, ces deux agents de sir John... ils les ont affrontés, les ont repoussés, les...

— Euh... rabbin Gershon ?

— Oui, Jeremy ?

— Nous y sommes, monsieur.

Il était si emporté par son récit que, quelque part entre Tavistock Street et Maiden Lane, il en avait complètement oublié où il se trouvait. La synagogue se dressait au-devant dans la rue paisible. Les gardiens de la paix en gilet rouge rôdaient à proximité, discutant ferme des nouveaux parcours attribués par M. Bailey (il en est ainsi de l'animal humain qu'il abhorre tout changement dans sa routine établie). Le rabbin regarda autour de lui et, grandement rassuré par cette concentration d'agents à sa porte d'entrée, m'adressa un sourire perplexe.

— Il y en a autant ? s'enquit-il.

— Je crois qu'il en restera seulement deux pour la nuit, dis-je. Les autres doivent à présent s'en aller faire leur ronde.

— Deux est un nombre conséquent, ma foi. Je me souviendrai toujours de la manière dont ils nous ont sauvés de nos poursuivants.

Sur le seuil, il me salua d'un geste, en ajoutant :

— Je te souhaite donc une bonne nuit, Jeremy.

Je lui fis mes adieux en agitant la main, tandis qu'il bondissait sur les deux marches menant à sa porte. M. Bailey exécuta un salut dans sa direction. Le rabbin sortit une grosse clé, dont il se servit pour entrer. On entendit des cris d'enfants, la voix d'une femme, comme l'huis se refermait ; il était chez lui et n'avait plus rien à craindre.

Je rejoignis ensuite le brigadier et me présentai à lui, dans l'expectative de quelque autre mission. Ses hommes s'en allaient à présent, seuls ou deux par deux.

— Mais voyez-vous ça, jeune Jeremy ! Une paire de pistolets au flanc et tu es comme paré pour le combat. Il ne manque plus que le gilet rouge et te voilà l'un des nôtres.

Était-il sérieux ? Dans mon espoir qu'il ne badinait point, je sentis renaître en moi le désir fantasque de devenir sergent de ville à l'âge de quinze ans.

— Tu as accompagné le prêtre juif à son domicile, n'est-ce pas ?

— Oui, monsieur Bailey. C'est sir John qui a eu l'idée de m'armer de pistolets. Ce qui m'a pour le moins étonné.

— Sont-ils chargés ?

— Oui, monsieur.

— Cela n'aurait pas de sens de transporter une arme qui ne soit pas chargée. Aucun ennui en chemin ?

— Non, aucun, seuls quelques regards curieux.

— Cela attire les badauds, n'est-ce pas ? Mais écoute, Jeremy, mon garçon, si rien ne te presse, je me demande si tu n'aimerais pas flâner un brin avec moi dans Covent Garden, ne serait-ce que pour s'assurer qu'il n'y ait point de gros attroupements occupés à rôder dans les parages, en attente de leur heure, guettant l'occasion. C'est parfois le cas dans les rassemblements... les gens s'éloignent et se cachent un moment.

J'acceptai avec joie son invitation. Il lui fallut à peine quelques instants pour livrer les ultimes consignes aux agents Langford et Cowley, qui prendraient la première garde devant la synagogue, puis il me fit signe de le suivre et prit la direction de Bedford Street.

Cheminant d'un pas tranquille, nous obliquâmes à droite, une fois la rue atteinte, puis, de cette même allure paisible, atteignîmes Henrietta Street, l'une des artères qui débouchaient directement sur Covent Garden. Nous n'étions alors guère loin de la venelle qui donnait dans Bedford Street, où le sergent Brede avait découvert le corps mutilé de Priscilla Tarkin, contre la grille du cimetière. Mais au coin de Henrietta Street, M. Bailey s'arrêta pour tendre l'oreille. Que pouvait-il entendre, si ce n'était le tohu-bohu des bouges et gargotes de Bedford Street ? Ils n'étaient point aussi bruyants qu'ils le seraient plus tard dans la soirée, de même qu'il n'y avait pas encore foule dans les rues. Les promeneurs de la journée avaient alors déserté la grand-place, mais celle-ci n'était pas encore envahie par les noctambules.

M. Bailey hocha la tête en direction de Henrietta Street

et nous reprîmes notre route avec cette même cadence mesurée. Comme il venait de prêter l'oreille avec tant d'attention, je fus pour le moins surpris de l'entendre s'exprimer d'un air désinvolte, chemin faisant.

— Toi et moi, Jeremy, dit-il, nous formons quasiment une armée à nous deux... toi avec tes pistolets et moi avec cette grande épée dans son fourreau.

— C'est vrai, admis-je. Nous n'avons pas lieu de craindre le moindre individu ou la moindre foule.

— Néanmoins, j'ai hâte de m'en retourner à Bow Street et de me débarrasser de ce coutelas. C'est irritant de l'entendre cliqueter contre ma jambe gauche.

Nul doute qu'il cliquetait un tant soit peu. À mes yeux, toutefois, voilà un bruit qui me semblait rassurant. La rue était sombre, les réverbères se faisaient rares, quelques fenêtres étaient éclairées sur notre passage. Aucun piéton ne marchait devant ou derrière nous, pas plus que ne circulaient des attelages, de sorte que les lieux prenaient un aspect plutôt désert, pour ne pas dire sinistre. Brusquement, l'idée me vint que je n'aurais guère apprécié de me promener seul dans cette rue, encore moins dans des artères plus sombres, plus étroites et plus désertes, la nuit, avec une simple matraque pour me protéger. Peut-être n'étais-je pas aussi prêt que je l'eusse supposé à rejoindre la brigade des gardiens de la paix.

Comme pour corroborer cette déduction, un cri jaillit du bout de la rue.

— Holà, vous deux ! Êtes-vous des sergents du Curieux ? Par ici !

L'œil aux aguets, nous ne vîmes rien. Hormis un ténébreux passage entre deux bâtisses. L'appel pouvait uniquement provenir de là. Puis, alors que nous commencions à traverser la rue, j'aperçus vaguement une silhouette à croupetons dans l'ombre de la venelle. Ladite silhouette agita la main, se releva et s'avança vers nous, en nous faisant signe de la rejoindre.

— Prudence, Jeremy, conseilla M. Bailey. Il se pourrait qu'on nous tende un piège. Garde les mains sur ces pistolets.

Je fis ce qu'il me disait, jusqu'à ce que nous parvenions à proximité de celui qui nous avait hélés, car sous la faible lumière d'un réverbère je reconnus alors nul autre que M. Tolliver.

— Tout va bien, dis-je à M. Bailey. C'est notre boucher.

— Votre boucher, dis-tu ? En es-tu certain ?

Aux yeux de M. Tolliver, cela ne fit aucun doute :

— Jeremy ! Quelle chance que tu sois passé par là en compagnie d'un des sergents de ville... encore que je ne sois pas sûr que tu veuilles voir ce qui gît là-bas dans ce passage.

— Qu'est-ce donc, monsieur ? s'enquit M. Bailey.

Les deux hommes de belle stature se trouvaient à présent face à face. Les yeux du brigadier allèrent de M. Tolliver à l'espace sombre derrière lui. Quelque chose ou quelqu'un gisait recroquevillé au sol, à environ six ou huit pas de l'étroite allée où nous nous tenions.

— Ma foi, c'est une femme. Elle est morte, pour sûr, bien que je jure qu'elle est encore tiède au toucher. Venez donc voir par vous-même.

M. Bailey opina d'un bref hochement de tête.

— Je vais y aller, monsieur, et je vous remercie.

Il contourna le boucher, lequel s'écarta pour me barrer le passage. Je tentai d'emboîter le pas au chef de brigade.

— Jeremy, il n'est pas utile, assurément, que tu la voies aussi.

— Oh, je suis certain d'avoir vu pire.

De mauvaise grâce, il céda et je rejoignis tant bien que mal M. Bailey.

J'avais en effet vu pire. Cette femme — ou jeune fille, car elle ne devait guère être plus âgée que moi — se trouvait contre le mur, d'un côté de la venelle, quasiment en posture assise, légèrement affaissée, de sorte que son menton reposait sur sa poitrine, d'une façon quasi identique à celle de Priscilla Tarkin.

— Elle est décédée, c'est un fait, déclara M. Bailey au boucher, et son corps est encore chaud.

Il porta les yeux sur la défunte, ajoutant :

— Je me demande ce qui l'aura tuée.

Par nature, il n'était point homme à détecter quoi que ce fût.

— Relevez-lui la tête, suggérai-je, en souvenance de la veuve Tarkin, et regardez si on lui a tranché la gorge.

Il suivit mon conseil. On ne distinguait aucune blessure, pas plus que des traces de strangulation sur la gorge, quoique sa robe déboutonnée invitât à un examen plus approfondi.

— Lui a-t-on ouvert les entrailles? m'enquis-je. C'était le cas de la dernière victime.

— Eh bien, nous allons le voir...

S'agenouillant auprès de la morte, M. Bailey lui ouvrit sa toilette, laissant entrevoir une poitrine menue... mais pas le moindre ventre déchiqueté.

— Voyons, intervint M. Tolliver, ce n'est pas convenable. C'est indécent.

Il parut s'offusquer d'une procédure que je commençais à accepter comme tout à fait coutumière.

— Mais, monsieur, elle est morte.

L'explication se révélait-elle suffisante? Quelqu'un — je ne pus alors me souvenir qui — avait dit que les défunts s'en moquaient; un philosophe primaire, à tout le moins. Il me fallait fournir de plus amples arguments à M. Tolliver :

— Voyez-vous, si elle a succombé à quelque acte criminel, il doit y avoir une autopsie. Si elle s'est éteinte de sa belle mort, alors elle sera conduite à la fosse commune, pour y être inhumée... à moins que quelqu'un ne réclame son corps, bien sûr.

— Je vois. Eh bien, je suppose donc que cela doit être fait.

M. Bailey nous avait dévisagés l'un et l'autre, pendant notre discussion, comme s'il n'en saisissait pas pleinement le sens. Il me vint alors à l'esprit qu'on avait peut-être exécuté cette malheureuse de la même manière que Teresa O'Reilly.

— Vérifiez juste sous le sternum, dis-je au brigadier. Regardez s'il n'y a pas une petite blessure.

Il obtempéra, puis leva son doigt à la lumière.

— Dieu du ciel, c'est exact, Jeremy, comme tu l'as dit ! Il y a si peu de sang qui s'écoule que je n'y ai rien vu en premier lieu. On l'a poignardée avec une lame très fine... d'un seul coup. Et il lui a été fatal !

Je jetai un regard sur M. Tolliver. Il se penchait sur le cadavre, en proie malgré lui à une certaine fascination.

M. Bailey recouvrit la morte du mieux qu'il le put, se releva et revint à l'entrée de la venelle.

— Il s'agit sans conteste d'un assassinat, dit-il. À présent, monsieur... rappelez-moi votre nom, je vous prie ?

— Tolliver.

— À présent, monsieur Tolliver, pourriez-vous me dire par quel hasard vous avez aperçu le cadavre de cette pauvre fille ici présente ?

Le boucher réfléchit quelques instants.

— Ma foi, je ne saurais le dire au juste. J'ai fini tard, ce soir, à mon étal, le temps de laver mes ustensiles et tout ça. J'ai fermé à clé et me suis mis en route pour rentrer chez moi, en prenant cette rue, comme j'ai coutume de le faire. Tout bien considéré, je lorgne toujours dans cette ruelle, quand je passe dans le coin, à la nuit tombée... pour ne pas être surpris par un ruffian.

— Et c'est à ce moment-là que vous l'avez vue ?

— Disons que c'est à ce moment-là que j'ai vu *quelque chose*. Cela pouvait être aussi bien un ivrogne affalé, après avoir ingurgité trop de gin, et peut-être que la tête m'a semblé trop penchée ou je ne sais quoi, mais je me suis dit qu'il valait mieux y voir de près. J'ai tâté son pouls... elle n'en avait point, mais elle était encore tiède, comme vous l'avez découvert vous-même. Alors, j'ai regardé alentour pour demander de l'aide et je vous ai repérés tous les deux qui passiez par là. Comme vous m'aviez l'air de représenter une certaine autorité, je vous ai hélés.

— Et c'est tout? Vous n'avez vu personne dans le passage?

— Non. C'est assez sombre, comme vous le voyez, mais autant que je sache, il n'y avait personne.

— Et vous n'avez rien entendu?

— Non, pas dans la ruelle.

— Aucun bruit de pas, rien?

— Non... seulement les vôtres, quand vous êtes arrivés dans la rue.

— Où mène cette venelle, le savez-vous?

Le brigadier ne l'ignorait point, j'en étais sûr. Je me demandai pourquoi il posait cette question.

— Je crois qu'elle mène au cimetière de Saint-Paul. C'est du moins ce qu'on m'a dit, mais je n'ai jamais eu de raisons de l'emprunter.

Tout s'éclaircissait nettement. Polly Tarkin avait été retrouvée contre la clôture du cimetière de Saint-Paul, dans l'allée débouchant dans Bedford Street. Peut-être l'agresseur avait-il eu l'intention de porter ce cadavre jusqu'à la grille et de le découper, comme il l'avait fait avec celui de la veuve Tarkin. Le cas échéant, cela signifiait alors qu'il rôdait encore dans les parages... dans ce sombre passage, ou dans l'une des demeures agglutinées le long du chemin.

— Pardonnez-moi de vous le demander, monsieur, dit M. Bailey à M. Tolliver, mais qu'est-ce que contient ce ballot en cuir que vous tenez sous le bras?

Je l'avais moi-même remarqué, mais m'en étais peu soucié, au point de ne pas m'interroger sur son contenu.

— Eh bien, mes couteaux se trouvent dedans. Je les rapporte chaque soir chez moi, déclara M. Tolliver.

— Des couteaux, dites-vous?

— Oui-da, je suis boucher. Ce sont les ustensiles de mon métier.

— Ah oui, comme me l'a dit Jeremy. Voudriez-vous, monsieur, ouvrir ceci, afin que je puisse y jeter un coup d'œil ?

— Ma foi, je...

Nul doute que cela le dérangeait, mais pour montrer qu'il n'avait rien à dissimuler, il ôta le paquet de dessous son bras, en défit les liens et l'ouvrit avec soin. Sur la peau de chamois étaient disposés huit couteaux de tailles et de formes variées, chacun dans un étui séparé. Même sous la faible lumière, ils étincelaient, tandis que M. Bailey les ôtait l'un après l'autre, pour les examiner. Aucun ne portait la moindre tache de sang, ni n'était pourvu d'une lame assez fine pour avoir infligé la blessure que j'avais vue sur le corps de Teresa O'Reilly, et celle décrite par le brigadier, sur l'inconnue du passage. M. Bailey avait dû en effet le constater, car, lorsqu'il eut fini, il hocha la tête et remercia aimablement M. Tolliver pour sa coopération.

Il attendit ensuite que les couteaux fussent soigneusement enveloppés (allant jusqu'à prêter main-forte pour lier les attaches qui refermaient le ballot) et annonça au boucher que, bien qu'il le regrettât vivement, il devait le retenir encore quelque temps, jusqu'à l'arrivée de sir John, car le magistrat aurait sans doute des questions à lui poser.

Puis il se tourna vers moi et m'ordonna d'aller quérir sir John.

— Mais, Jeremy, je veux que tu t'en retournes par le chemin que nous avons pris. Arrête-toi à l'église juive et si tout est y paisible, demande à l'agent Cowley de venir ici, dans Henrietta Street. Dis-lui de voir s'il peut emprunter une lanterne au prêtre. Ensuite, je souhaite que tu te rendes dans Tavistock Street, et si le médecin se trouve là-bas, l'Irlandais...

— M. Donnelly, intervins-je.

— Comme de juste. Demande-lui aussi de venir ici. Après, bien sûr, va-t'en chercher sir John. Transmets-lui mes excuses pour le dérangement, mais compte tenu des circonstances, il voudra venir sur les lieux. Tu as tout saisi, dis-moi ?

— Certainement, monsieur Bailey.

— Oh ! Dis à M. Baker de te fournir également une lampe. Il nous faut de la lumière ici.

Il me congédia avec un signe de tête :

— Va-t'en, à présent.

Et je m'en allai.

Aucun trouble ne sévissait à la synagogue. Maiden Lane se révélait même plus calme que Henrietta Street. Le sergent Cowley semblait presque dormir debout.

— Allons, emmène-le, qu'il s'en aille, dit l'agent Langford. Si nous sommes assaillis par la foule, je crois bien qu'il serait capable de rester assoupi.

— J'ai besoin de me dégourdir les jambes, avoua Cowley.

— Tu as besoin de dormir le jour, au lieu de folâtrer au lit avec ta prétendue épouse.

— Nous nous marierons bientôt. Tu verras.

— Pourquoi acheter une vache, quand le lait coule gratis ?

Le sergent Langford crut sans doute avoir lâché quelque suprême mot d'esprit, car il en rit de bon cœur.

Je frappai vivement à l'huis. Une minute plus tard, les volets s'ouvrirent au-dessus et la tête du rabbin Gershon apparut.

— Toi, Jeremy ! Quelque chose ne va pas ?

— Oh non, je me demandais simplement, monsieur, si vous pourriez nous prêter une lanterne.

— Bien sûr ! Bien sûr ! Je t'en descends une tout de suite.

L'idée de laisser M. Langford seul ne m'enchantait guère, ne serait-ce que pour une heure, aussi lui offris-je l'un des deux pistolets que je portais.

— Si vous tirez en l'air, nous entendrons et viendrons aussitôt. Nous ne sommes qu'à une rue d'ici.

Il l'accepta et le glissa dans sa ceinture.

Puis la porte de la synagogue s'ouvrit et le rabbin Gershon me tendit la lampe. Je le remerciai et promis de la lui rendre, mais ne soufflai mot sur la raison de son usage. Cela l'eût grandement bouleversé de savoir qu'une autre femme avait été assassinée.

Je donnai la lanterne à l'agent Cowley et le pressai de se mettre en route. Quant à moi, je me dirigeai vers Tavistock Street et M. Donnelly.

N'ayant aucune idée sur la façon dont le praticien occupait ses soirées, je craignis qu'il ne fût sorti. Pourtant la lumière brillait sous la porte de son logement, qui lui tenait lieu de cabinet quand j'arrivai, tant soit peu pantelant. Je pris le temps de reprendre mon souffle puis frappai à l'huis.

Au bout de quelques instants, j'entendis des pas, puis sa voix à l'intérieur.

— Oui ? Qui est là ?

— C'est moi, Jeremy Proctor de Bow Street.

Il tira le verrou et ouvrit la porte.

— Quelle agréable surprise ! Mais entre, entre donc.

— Je ne le puis, quand bien même ce serait avec grand plaisir. On m'envoie vous dépêcher à Henrietta Street. Une autre femme y a été découverte morte.

— Ah, doux Jésus, quand cela s'arrêtera-t-il ? A-t-elle les chairs entaillées comme la dernière en date ?

— Non point, monsieur. L'assassinat s'apparente à celui de la première... une petite blessure juste au-dessous du sternum... un coup porté vers le haut, perforant la grande veine cardiaque.

Il ne put réprimer un rire.

— Ma foi, Jeremy, je crois bien que tu me cites. Tu étais présent à l'audience, n'est-ce pas ?

— Certes oui, monsieur, avouai-je, rougissant.

— Entendu, je m'en vais quérir mon sac et je suis à toi dans une minute.

— Navré, monsieur, mais je ne puis vous accompagner, car je dois m'en aller prévenir sir John. C'est M. Bailey et moi qui avons été appelés sur les lieux par celui qui a découvert le cadavre.

Je lui indiquai ensuite l'emplacement exact de la venelle, dans Henrietta Street, non sans lui conseiller de passer par Maiden Lane et Bedford Street.

— Couper par Covent Garden peut s'avérer périlleux la nuit.

— Je suivrai ton conseil.

— Et apportez une lanterne, si vous en avez une, lui dis-je en prenant congé, car il fait noir dans ce passage, malgré la pleine lune.

— Va-t'en, Jeremy, mais reviens me rendre visite, quand tu en auras le temps.

— Je n'y manquerai pas, monsieur ! Au revoir, monsieur !

Je tournai alors les talons et descendis l'escalier en trombe.

Il s'avérait malaisé de courir avec le pistolet et l'étui vide à ma taille, aussi ralentis-je mon allure pour cheminer seulement d'un pas vif. M. Bailey ne m'avait pas prié de galoper, puisqu'il m'avait de prime abord dépêché à la synagogue, puis chez le médecin. Si je me hâtais autant, ce n'était point parce qu'il m'en avait donné l'ordre, mais par égard pour M. Tolliver. Ce dernier devait en vérité se sentir sévèrement récompensé de son aménité, après s'être arrêté pour voir ce dont souffrait la malheureuse jeune fille dans le passage. Combien de temps le garderait-on ? M. Bailey n'allait tout de même pas croire M. Tolliver coupable d'un crime aussi abject ! S'il connaissait seulement les nombreuses prévenances dont le boucher avait témoigné à mon endroit — ainsi qu'envers lady Fielding, avant qu'elle ne portât ce nom —, le brigadier se serait borné à établir la pertinence des faits, puis l'aurait laissé s'en aller avec ses remerciements. Au lieu de quoi, il avait insisté pour inspecter l'assortiment de couteaux de M. Tolliver, comme s'il l'eût suspecté.

Enfin, un boucher possédait indiscutablement des couteaux ! Le dernier des benêts se rendrait à cette évidence. Benjamin Bailey n'était point sot, mais il trahissait parfois un certain manque de... de...

Tandis que j'étais plongé dans mes réflexions, je relâchai sans doute quelque peu ma vigilance. Je venais donc de traverser Russell Street, lorsque, de dessous un porche, une main jaillit et m'empoigna le bras gauche avec fermeté, puis, d'une secousse, me força à m'arrêter. Je fis vivement volte-face, me libérai de l'emprise, tout en saisissant le pistolet de ma main droite.

— Tout doux, l'ami, laisse c'te s'ringue ! Toi et moi, on a des choses à s' dire.

L'individu sortit de l'ombre pour apparaître sous la chiche lumière du réverbère sis au coin de la rue. Je reconnus à cet instant le « protecteur » de Mariah... celui-là même que j'avais surnommé le jeune butor. C'était bien la dernière personne que j'espérais — ou désirais — voir à ce moment-là. Mais alors que j'étais à le contempler, j'hésitais entre le devoir et la curiosité... celle-ci l'emporta.

— De quoi pourrions-nous deviser ? répliquai-je d'un ton glacial alors même qu'en mon for intérieur, je bouillonnais, à dire vrai.

— Ben d'abord, je m' suis laissé dire qu' t'avais d'mandé après moi. J' veux savoir pourquoi.

— Je puis te répondre. Je voulais savoir quels étaient tes liens avec Mariah, la jeune Italienne.

Je ne pouvais m'attendre à sa réaction, car il éclata de rire ; non point comme l'eût fait un gaillard de sa trempe, cependant, mais en lâchant quelque hennissement haut perché, qui évoquait presque un gloussement de fillette.

— Mes liens, dis-tu ? reprit-il, toujours ricanant. Ma foi, j' suis pas son père et j' suis pas son frère. J' suis même pas son cousin, alors j'imagine qu' c'est pas à ces liens-là qu' tu penses. J' me trompe ?

Je ne dis rien, mais le dégoût qu'il m'inspirait dut se

manifester alors que je me mis à reculer. Je tournai les talons et commençai à m'éloigner.

— Entendu, entendu... j' vais te l' dire tout net ! me cria-t-il. Elle *m'appartient.*

M'arrêtant aussitôt, je me demandai si j'avais bien entendu. Je revins vers lui.

— Qu'as-tu dit ?

— J'ai dit qu'elle m'appartenait... à mon grand r'gret. Maint'nant, écoute-moi.

Il s'exprimait avec gravité, tel quelqu'un souhaitant conclure une affaire.

— Quand sa famille s'en est r'tournée d'où elle v'nait, j' l'ai fait rester. On a gîté ensemble, comme des tourtereaux ; même que j' lui plaisais rud'ment. Ensuite, j' l'ai em'née chez Mme Gould — la meilleure maison du Garden —, juste au coin d' Russell Street. Y a des filles su' l' trottoir qui donn'raient n'importe quoi pour y rentrer... mais pas elle, pas not' Mariah. Bref, le fin mot d' l'histoire, c'est qu' Mme Gould m'a payé dix jaunets pour l'avoir, c' qu'est proprement généreux, sans savoir comment elle besogn'rait, comme qui dirait. Eh ben, elle a pas besogné dur. Même qu'elle boudait, crachait, griffait et hurlait sur tout l' monde. Mme Gould m'a mandé et elle a exigé qu' je lui rende son argent, en disant qu' j' pouvais r'prendre la donzelle. Diable ! Pas question d' jaspiner avec Mme Gould, car elle a qu'è'qu' fripouilles qui lui obéissent au doigt et à l'œil, alors j' lui ai rendu tout l' pactole, les dix jaunets, et j'ai r'pris Mariah. J' n'avais point d'aut' choix que d' la met' su' l' trottoir moi-même, et pour c' faire, y a ben fallu que j' la rosse et qu' j' lui achète des toilettes décentes. Alors, j'ai dépensé pour elle et j' l'ai nourrie. Elle m' rapporte qu'è'qu' shillings par jour, mais elle est guère vaillante, si tu veux mon avis. Bref, tout ça pour t' dire qu' si tu la veux, tu peux l'avoir, car j' sais qu'elle t'intéresse. Tout c' que j' demande, c'est d' récupérer mes dix jaunets. Moi, j' dis qu' tu f'rais une bonne affaire.

Comme vous devez vous en douter, cher lecteur, si auparavant j'écumais, mon exaspération atteignait à présent son comble. À ce moment-là, je ne trouvai d'autre subterfuge pour réprimer ma colère. Mes mains tremblaient ; je les joignis derrière le dos, afin qu'il n'en vît rien. En des circonstances différentes, la seule idée qu'on pût offrir un autre être humain, une femme, moyennant une somme d'argent, m'eût fait tressaillir de la tête aux pieds de manière incontrôlée ; mais il n'était pas question de laisser transparaître semblable signe de révulsion, car il l'eût sans doute interprété comme un aveu de faiblesse. Luttant de toutes mes forces pour maîtriser ma voix, je hasardai une réponse à cette harangue mercantile :

— Et que ferais-je d'elle, alors ?

— C'est toi qu' ça r'garde, l'ami. Laisse-la su' l' trottoir, si ça t' chante. Gîte avec elle dans vot' prop' p'tit nid d'amour. Prends-la pour femme, si c'est c' que t'as en tête.

— Je répondrai ceci : je n'ai pas cet argent, ni aucune richesse. Si toutefois je possédais ces dix guinées, je te les paierais sur-le-champ, ne serait-ce que pour la détourner de cette terrible existence à laquelle tu l'as contrainte.

— Rien n' me f'rait plus plaisir, l'ami, crois-moi.

Il s'approcha alors et murmura :

— Tu dis qu' t'as point l' sou et j' te crois, mais écoute-moi. T'es plutôt bien placé pour en avoir. Il doit sacrément couler à flots à Bow Street... amendes, butins saisis aux brigands, et tout le reste. Même que ça manqu'rait guère au Curieux si tu t' servais, ne s'rait-ce qu'un peu à chaque fois. Ce s'rait comme... (et il partit derechef de son ignoble gloussement)... comme voler à la barbe d'un aveugle.

Ce fut alors que je le plantai là. J'en avais assez entendu. En vérité, cher lecteur, j'en avais entendu plus que mon content.

Sir John avait insisté pour couper par Covent Garden,

quand bien même il m'avait souvent conseillé de ne pas m'y aventurer la nuit. Lorsque je le lui rappelai, il répliqua :

— Tu disposes d'une paire de pistolets, n'est-ce pas ?

Et je lui répondis que je n'en avais plus qu'un seul, pour avoir donné l'autre à l'agent Langford, afin qu'il pût appeler à l'aide. Il émit un grognement, suivi d'un long silence, avant de marmonner :

— Voilà une initiative fort sensée.

Après l'avoir arraché au souper — il venait à peine d'achever son repas —, j'avais attendu qu'Annie s'en allât quérir son chapeau et son habit. Pendant ce bref instant, ce fut lady Fielding, et non sir John, qui m'assaillit de questions. « Est-ce vraiment M. Tolliver qui a découvert le corps de la jeune fille ? me demanda-t-elle. Pourquoi le retient-on ? Le brigadier Bailey le soupçonne-t-il ? Comment le peut-il ? » Et ainsi de suite.

Le magistrat, qui était resté debout en silence pendant l'interrogatoire, s'avança et agita la main, pour couper court à d'autres requêtes.

— Il suffit, Kate, je te prie. M. Bailey a agi de façon responsable en le gardant jusqu'à mon arrivée. Il savait que je voudrais moi-même questionner le témoin.

— Mais, Jack, M. Tolliver est un homme si bon ! Il ne pourrait jamais...

— Et un merveilleux boucher de surcroît, comme je puis l'attester. Bien sûr qu'il ne le pourrait jamais... mais il *a découvert le cadavre*, et je dois l'interroger à ce sujet.

Tant soit peu radoucie, elle attendit qu'Annie eût correctement aidé sir John à enfiler son habit. Lady Fielding s'approcha ensuite, ajusta le tricorne sur la tête de son époux et lui déposa un baiser sur la joue.

— Je suis certaine que tu agiras comme il sied, Jack.

À ces paroles, nous partîmes, en passant par Russell Street ; j'espérais ne point entrevoir l'infâme gaillard qui m'avait fait cette proposition ignoble, et grâce à Dieu je vis mes espoirs comblés. Comme nous cheminions dans ladite rue, je me surpris à chercher parmi les imposantes bâtisses celle qui abritait la maison de tolérance de Mme Gould, de triste notoriété. Je m'y étais rendu une fois pour y porter une lettre. Je me souviens qu'à l'époque j'avais jugé fort amusant de me retrouver parmi les dames qui évoluaient en chemise. Désormais, tout cela ne me paraissait plus aussi badin. Qu'aurais-je pensé si j'avais perçu les cris de Mariah résonnant dans toute la demeure ? Ce que je savais à présent de son existence londonienne me pesait grandement.

Tandis que nous entrions dans Covent Garden, je pressai mon compagnon de contourner la place, plutôt que de tenter de la traverser. On apercevait un soupçon de lumière aux fenêtres des immeubles alentour et la lune brillait. Néanmoins, je n'étais pas mécontent d'avoir la lanterne que M. Baker m'avait octroyée. Je la tenais en l'air d'une main, alors que l'autre agrippait la crosse du pistolet sur ma hanche.

Sir John marchait à mes côtés, sa paume gauche posée sur mon épaule droite. Il ne s'exprimait guère, ce qui me surprenait quelque peu. Je songeai à lui livrer mon point de vue sur ce dernier homicide, puis décidai de ne point l'accabler avec cela, car il paraissait plongé dans ses pensées. À un certain moment, toutefois, après que nous eûmes obliqué à droite en direction de Henrietta Street, je perçus des murmures en provenance des étals. Le magistrat dut sentir ma réaction tendue, car il prit la parole, pour calmer mon appréhension.

— Des hommes et des femmes ensemble, déclara-t-il. Je doute que nous ayons à les craindre.

— Puisque vous le dites, monsieur.

— Combien de personnes seront présentes à notre arrivée ?

Je les lui nommai toutes, y compris M. Tolliver.

— Tu en as oublié une, répliqua-t-il.

— Oh ? Qui donc, sir John ?

— Le cadavre. Espérons qu'il aura un ou deux éléments à nous révéler.

Nous arrivâmes ainsi dans Henrietta Street, avec le passage à présent bien en vue. J'entrevis alors une carriole et son attelage que j'eusse reconnus entre mille.

— Il y a une surprise, dis-je.

— Que veux-tu dire, Jeremy ?

— Juste au-devant de nous, dans Henrietta Street, non loin de la venelle... le Faucheux est arrivé. J'aperçois son tombereau.

— Nul doute qu'on l'aura mandé dans quelque maison voisine, répondit sir John. C'est un être assez malchanceux, n'est-ce pas ?

Je réfléchis un instant à la question.

— Je suppose, oui. Mais il semble aimer sa besogne, aussi répugnante qu'elle puisse nous paraître. Il trône là-bas dans sa grange, dis-je en citant de nouveau M. Donnelly, tel un souverain en son royaume.

— Ne dirais-tu point qu'il s'agit là d'un être malchanceux ?

— Je comprends ce que vous voulez dire, monsieur.

Tout le monde, à l'exception de M. Cowley, s'était rassemblé à l'entrée de la ruelle. J'appris plus tard qu'on l'avait dépêché dans le passage avec sa lanterne, en quête de l'arme du crime. Une vive querelle avait éclaté entre le Faucheux et M. Donnelly, tandis que nous nous approchions. Me rappelant leur précédente entrevue, je n'étais pas le moins du monde surpris.

— Ah, vous voilà, sir John ! s'écria le médecin. Peut-être allez-vous régler ce différend pour nous.

— Je le ferai, si vous, messieurs, me laissez agir.

— Oui-da, vous êtes l'homme de la situation, monsieur. J' disais à ce gentleman ici présent, ce *mé-de-cin*, que c'était d' cette manière que ça s' passait avant ; vous examiniez l' corps, vous déclariez qu' c'était un meurtre ou qu' ça n'en était point, et j' l'emportais dans ma carriole. Il a nul besoin d' prend' celle-ci, d' l'emm'ner pour charcuter ses entrailles. C'est insultant pou' l' corps. C'est guère respectueux.

— Vous avez raison en ce qui concerne la façon dont nous procédions dans le passé, rétorqua sir John. Mais vous vous rappelez qu'il y a cinq ou six ans sir Thomas Cox convoquait un tribunal en sa qualité de coroner, de même qu'il vous demandait de déposer le corps chez un praticien ou un autre, afin qu'il puisse témoigner à l'audience.

— Oui-da, c'est ainsi qu' ça s' passait.

— Eh bien, nous voilà revenus à cette procédure.

— Et qui est le nouveau coroner?

— Moi-même... jusqu'à ce qu'on en nomme un officiellement.

— Alors, c'te *mé-de-cin* ici présent emporte le cadavre?

— Je crains que ce ne soit le cas, monsieur.

— J'imagine donc que j'ai plus qu'à m' mett' en route avec le vieux bougre que j'ai ramassé dans Half Moon Passage... pas de traces sur lui, et son propriétaire a dit qu'il était à son ch'vet, quand l'aut' est passé d' vie à trépas.

— Mais c'est le sujet de notre querelle! répliqua M. Donnelly. Il a dit qu'il attendrait le temps qu'il vous faudra pour décider de la destination du corps. Il refuse désormais de patienter les quelques minutes dont j'ai besoin pour vous communiquer mes premières découvertes. Il dispose d'un tombereau quasi vide, arrêté non loin. S'il s'en va avec, nous allons devoir louer une charrette et un attelage dans une écurie, ou Jeremy et moi serons forcés de transporter le cadavre à travers les rues, jusqu'à mon cabinet.

— Enfin, tout cela ne semble guère raisonnable, n'est-ce pas, monsieur? déclara sir John à l'adresse du Faucheux.

— Ma foi, c'est comme j' le disais, sir John, répondit l'autre en proie à la bouderie. Leur ouvrir l' ventre et r'garder c' qu'y a d'dans, ça m' semble pas correct... ça manque de respect, pardi. J' veux point êt' complice de c' genre de pratiques.

— Voyons, monsieur, ne vous ai-je point entendu déclarer à plus d'une occasion que les morts n'en avaient cure ?

— Certes... oui, mais c'était dans d'aut' circonstances... c'était pas la même chose.

— Je n'ergoterai pas à ce sujet avec vous. Vous et moi avons œuvré de façon satisfaisante dans le passé. Je vous demande cela comme une faveur à mon endroit.

— D' la manière dont vous l' présentez, monsieur, j' serais bien en peine de vous r'fuser.

— Bien. M. Donnelly et moi allons nous acquitter prestement de nos tâches, et vous pourrez ensuite vous en aller.

À ces mots, le groupe s'ébranla quelque peu. Le Faucheux s'en alla rejoindre en grommelant ses deux fantomatiques chevaux. M. Donnelly prit sir John à l'écart, afin de s'entretenir avec lui, tandis que moi — aucunement isolé de leur conciliabule — ne lâchai pas le magistrat d'une semelle. M. Tolliver, qui avait attendu dans son coin, pendant l'altercation avec le Faucheux, et montrait les signes d'une impatience croissante, fut éloigné encore davantage par M. Bailey, afin qu'il n'eût nulle occasion d'entendre les propos échangés entre le praticien et sir John.

Le compte rendu de M. Donnelly se révéla bref et concis. Il déclara au magistrat que la jeune défunte n'avait, semblait-il, que quinze ou seize ans. On l'avait assassinée de la même manière que la première victime, Teresa O'Reilly, et selon toute vraisemblance avec la même arme. Sur l'insistance de M. Bailey, il avait inspecté les couteaux du boucher, mais aucun de ceux-ci n'était de taille à infliger une si petite blessure. Le corps était tiède lorsqu'on l'avait découvert et le demeurait encore au moment du premier examen effectué par le brigadier. Puisque ce dernier avait consulté sa montre quand on l'avait appelé — il était sept heures et demie —, cela établissait l'heure du décès guère avant sept heures et quart. Selon lui, la jeune fille avait été tuée à l'endroit même où on l'avait trouvée, encore que l'agent qui fouillait la ruelle, sur les instructions de M. Bailey, pût découvrir des preuves indiquant le contraire.

— C'est tout ce que vous avez à me rapporter ?

— Pour l'instant, oui. L'autopsie peut nous révéler d'autres choses.

— En fait, le peu que vous m'avez livré suffit à lever les soupçons pesant sur notre ami Yossel, lequel, sachez-le, se trouve être notre hôte pour la nuit, au 4 Bow Street. Il était ravi, semble-t-il, d'accepter notre hospitalité, en voyant toute cette foule le pourchasser.

— À cause de cette ignominieuse gazette ?

— Exactement. Selon moi, compte tenu des horaires, Yossel n'aurait pu assassiner cette jeune fille, car à l'heure de son décès il se trouvait entre nos mains, sous les verrous. Puisque l'arme du crime correspond sans doute à celle qu'on utilisa pour occire la première victime — l'Irlandaise, Teresa O'Reilly —, voilà qui l'élimine également comme suspect dans cet homicide. Ce qui nous laisse seulement en présence de la seconde dans la série, celle pour laquelle on nous a signalé cet individu... et il se peut que nous lui découvrions un alibi pour ce meurtre-là.

Sir John se tut un instant, puis inclina la tête d'un air curieux.

— Dites-moi, monsieur Donnelly, ce couteau à fine lame — que vous m'avez décrit comme un « stylet », si je ne m'abuse —, ce couteau pourrait-il avoir tranché la gorge de la veuve Tarkin ?

Le praticien hésita.

— Eh bien, je vais devoir consulter mes notes concernant son autopsie, mais je dirais que c'est possible... quoiqu'improbable. On a mutilé la femme à l'aide d'une lame à dents de scie; je suis quasi certain qu'elle a également servi pour la gorge.

— Ma foi, il semble que nous ayons affaire à un assassin usant de deux armes.

— Pour deux méthodes distinctes. Mais il existe une autre possibilité, bien sûr.

— Je crois savoir ce que vous êtes sur le point de suggérer.

— Qu'il y a deux meurtriers en liberté dans Covent Garden.

— Je dois repousser cette hypothèse pour l'instant, dit sir John. C'est une perspective par trop effroyable à envisager.

Il soupira et tendit la main à M. Donnelly, qui la lui serra chaleureusement.

— Je vous remercie, monsieur, d'être venu, et je n'ai nul besoin de vous demander d'œuvrer sur son cadavre cette nuit. Je vais ouvrir une instruction judiciaire demain, concernant le décès de la veuve Tarkin. Nous devons en savoir davantage au sujet de cette dernière victime, avant de convoquer un jury... son nom, à tout le moins.

— J'y serai dans la matinée, avec mes notes.

— Je n'en doute point. Le Faucheux ne devrait plus vous causer de difficulté. Faites-le-moi savoir, le cas échéant.

J'espérais que sir John ne se trompait pas. M. Donnelly s'en alla alors quérir celui dont ils causaient.

Sur ces entrefaites, M. Bailey amena M. Tolliver au magistrat, en le présentant comme « celui qui a découvert le corps et nous a hélés, quand nous passions dans la rue ».

— Eh bien, monsieur Tolliver, déclara sir John, lady Fielding a brossé un portrait flatteur de votre personne. Jeremy, aussi, vous tient en haute estime, et j'ai moi-même eu grand plaisir à déguster vos viandes. À la lumière de tout cela, je ne puis que vous offrir mes excuses pour vous avoir retenu aussi longtemps. Vous m'avez sans doute entendu déployer moult efforts à jouer les Salomon, dans le litige opposant le médecin et le collecteur de cadavres... le Faucheux, comme on l'appelle communément ; j'ignore son véritable patronyme.

— J'ai entendu, en effet, répondit M. Tolliver.

Il semblait l'admettre à contrecœur, comme s'il était blessé.

— Cela m'a retardé ; cela m'a pris le temps que je vous devais sans nul doute, pour avoir été le premier sur les lieux de ce déplorable crime. Il s'agit, à propos, du troisième homicide de ce genre survenu sur une courte période. Nous sommes tous inquiets, comme vous devez le supposer.

— J'ai eu vent des deux premiers, évidemment. Rien n'échappe aux oreilles d'un boucher de Covent Garden.

— J'en suis certain, monsieur. Peut-être avez-vous appris en outre que cette malheureuse a trouvé la mort d'une manière semblable à la première victime.

— Cela, je l'ignorais, jusqu'à ce que Jeremy ici présent demande à l'agent de chercher cette fameuse blessure. J'ai toujours pensé que ce garçon était pétri de bon sens.

Il me décocha un regard. Je baissai modestement les yeux.

— En effet, reconnut sir John. Mais souffrez, monsieur, que j'entende votre récit... la façon dont vous avez découvert le corps, ce que vous avez pu voir ou entendre à ce moment-là, *et cætera*. Ne laissez de côté aucun détail, je vous prie, car ce sont les détails qui trahissent les vauriens et nous permettent de les appréhender. J'aurai probablement des questions à vous poser, lorsque vous en aurez fini.

Sir John recula alors d'un pas et pencha la tête, dans une attitude d'attention ; il s'appuya légèrement sur sa canne et effleura son menton, en massant sa barbe de la journée.

Le conte que narra le boucher ressemblait à celui qu'il avait livré plus tôt à M. Bailey, et les mots dont il usa s'avéraient sensiblement identiques. Je ne lui en tins pas rigueur, tout en me disant de ne point oublier qu'un individu pouvait se révéler excellent boucher et se trouver dépourvu d'imagination et du moindre talent oratoire. Mais ainsi relatée, l'histoire fut brève; et par deux fois, qui plus est, donc il n'y avait pas lieu d'en douter.

Sir John ne souffla mot pendant un long moment. Puis, n'entendant plus rien, il se lança dans son interrogatoire.

— Monsieur Tolliver, vous avez clairement exposé n'avoir rien vu ni entendu dans le passage, au moment où vous vous y êtes glissé, pour vous informer sur l'état du corps que vous aviez repéré. Mais dites-moi, en quelle condition se trouvait la rue?

— Monsieur?

À l'évidence, il n'avait aucune idée de ce que cela signifiait.

— Je m'explique... juste avant que vous ne la quittiez pour examiner le corps, y circulait-il de nombreux passants? Des fiacres? Des charrettes?

La question parut grandement déconcerter le boucher. Il grimaça, comme en proie à un douloureux effort de mémoire.

— Je dirais, monsieur, qu'il y avait très peu de gens dans la rue, ce qui n'est pas inhabituel à une heure pareille. Il se peut que les seuls à se trouver avec moi dans Henrietta Street à ce moment-là aient été le sergent et Jeremy ici présent, et ils étaient bien plus bas, de l'autre côté de la rue. Je les ai peut-être aperçus à la lueur d'un réverbère, car je n'ai pas été étonné de les voir venir. J'ai entendu leurs pas.

— Et des attelages?

— Ma foi, aucun n'est passé par là, mais j'en ai vu un derrière moi; ce qui m'a surpris, car je ne l'avais pas aperçu en passant.

— *Derrière* vous? Qu'est-ce qui vous a poussé à regarder?

— Ce sont les bruits de pas, avant que je n'arrive à la venelle. Je me suis retourné et j'ai jeté un regard, car une fois la nuit tombée, dans ces rues, mieux vaut avoir l'œil aux aguets. Mais je n'ai rien vu, personne, hormis la carriole, et je n'en ai vu qu'une partie... arrêtée dans Covent Garden.

— Ne l'auriez-vous point remarquée plus tôt ?

M. Tolliver réfléchit, puis répondit :

— C'est fort possible, je suppose. Une charrette, après tout... on en voit combien dans une journée ?

— Hmmm, eh bien... oui. Mais, monsieur, vous avez fort bien pu entendre les pas du meurtrier en train de fuir. Cela ne vous est-il pas venu à l'esprit ?

— Non, monsieur, je ne puis pas dire que j'y ai pensé.

— Et cette carriole ? Présentait-elle quelque chose d'inaccoutumé... ce que vous en avez vu, je veux dire ?

— Non, monsieur, c'était simplement un haquet. Je ne l'ai pas bien distingué, juste sa forme. C'est assez mal éclairé là-bas (il pointa l'index), comme vous pouvez le voir vous-même.

Puis, se rendant compte de la malencontreuse bévue qu'il venait de commettre, il ajouta :

— Oh, vous *ne pouvez* y voir, n'est-ce pas ? Navré, monsieur. Cela m'a échappé.

— Nombre de gens l'oublient, répliqua sir John, non sans une once d'ironie. Mais dites-moi, monsieur, combien de temps s'est-il écoulé entre le moment où vous vous êtes engagé dans le passage, pour constater que la jeune fille était morte, et celui où vous avez sollicité l'aide du brigadier Bailey et de Jeremy ?

— Peu de temps, une minute ou deux, guère plus.

Sir John se tourna vers moi :

— Cela correspondrait-il environ au temps qu'il vous a fallu pour venir de Bedford Street... ou seulement de ce côté-ci de la rue ?

— Oui, monsieur. Approximativement.

— Dans ce laps de temps, disons... lorsque M. Tolliver vous a hélés, as-tu aperçu cette carriole ?

— Non, monsieur.

J'en étais certain.

— Ainsi, durant ce bref instant, l'assassin aurait pu prendre la fuite. N'est-ce pas probable ?

— Eh bien... cela se pourrait, monsieur.

— Tout à fait, certifia sir John dans un hochement de tête. Il ne me reste plus qu'une question à vous poser, monsieur Tolliver, et elle est la suivante : connaissiez-vous la jeune fille que vous avez découverte morte ?

— Si je la connaissais... de quelle manière ?

— Peu importe, monsieur.

— Je l'ai vue quelquefois dans Covent Garden. Elle s'est servie à mon étal à deux ou trois reprises, ces derniers mois.

— Vous connaissiez son nom ?

— Oh, non. Je ne le lui ai jamais demandé et elle ne me l'a jamais confié.

— Était-ce une fille des rues ? Une prostituée ?

— Je n'en sais rien... peut-être, sans doute... Il y en a tant dans le voisinage. Je l'ai vue un jour en train de causer avec un homme, sous un réverbère, d'une certaine façon, disons...

— Était-ce par hasard ici, dans Henrietta Street ?

Le boucher médita un moment sur la question, avant de répondre :

— Ma foi, oui... juste au coin de Bedford Street.

— Fort bien, monsieur Tolliver. Nul doute que nous ouvrirons prochainement une enquête concernant sa mort. Je ne puis encore en fixer la date, mais je souhaiterais vous y voir présent et répéter ce que vous m'avez dit.

L'autre fronça les sourcils et opina du chef :

— Je comprends.

— Mais pour l'instant, vous êtes libre de vous en aller.

M. Tolliver ne perdit pas de temps en civilités.

— Merci, monsieur. Et au revoir, Jeremy.

Il tourna les talons et disparut à grandes enjambées dans Henrietta Street.

— Monsieur Bailey ? cria sir John à l'adresse de son chef de brigade. Vous avez l'adresse de cet homme ?

— Oui, monsieur... et bien sûr, on le trouve à son étal, à Covent Garden, tous les jours, sauf le dimanche.

— Parfait. J'aurai sous peu besoin de m'entretenir à nouveau avec lui. Il y a quelque chose de guingois dans son récit. Ou bien c'est le pire des témoins qu'il m'ait été donné de croiser depuis longtemps. Les deux... ou l'un ou l'autre... sont possibles.

— Voilà le Faucheux qui s'en revient avec M. Donnelly, annonça l'agent. Et j'aperçois la lanterne de Cowley qui se balance dans la ruelle, de ce côté-ci.

— Encore quelques minutes et nous pourrons nous en aller. Jeremy, murmura-t-il à mon adresse, je souhaiterais presque n'être jamais sorti.

CHAPITRE VII

Où Yossel est renvoyé et où l'on découvre un quatrième homicide

Il s'avéra que je manquai les meilleurs moments de l'enquête judiciaire pour déterminer les causes du décès de Priscilla Tarkin, car on m'avait confié la tâche de rédiger et de remettre à qui de droit une annonce décrivant la jeune fille découverte dans le passage par M. Tolliver, la veille au soir. Il s'agissait d'un appel à toute personne la connaissant, pour venir identifier son corps. En raison de l'état dans lequel je l'avais vue, je jugeai malaisé d'en brosser un portrait quelconque. Autant qu'il m'en souvînt, son visage ne présentait aucune marque distinctive, et la lumière diffuse ne m'avait guère permis d'en conserver une impression bien nette. Aussi, ne sachant trop que faire, je pris la direction du cabinet de M. Donnelly, afin de mieux examiner la défunte.

Peu avant huit heures du matin, je frappai à sa porte. Lorsqu'elle s'ouvrit, il exprima de nouveau sa surprise à me voir en ce lieu, mais ne me témoigna en aucun cas la moindre hostilité. Il me pria d'entrer et je lui exposai ma mission. Tout allait pour le mieux, mais il me rappela, en consultant sa montre, qu'il devait s'en aller une heure plus tard, afin d'assister à l'audience de sir John. Il m'entraîna ensuite dans sa salle d'examen, où le cadavre de la jeune inconnue gisait, recouvert d'un drap, allongé sur une longue table étroite.

— Je ne l'ai point encore découpée, dit-il. Elle demeure telle qu'elle était quand tu l'as vue hier au soir, bien qu'elle se soit raidie durant les heures qui se sont écoulées depuis.

— Comment devrais-je commencer sa description? m'enquis-je.

— Eh bien, par la taille et le poids, je présume. Je l'ai mesurée et elle atteint les cinq pieds; quant à son poids, il ne doit guère dépasser les cent livres, selon moi. Sans pour autant la qualifier de famélique, je dirais qu'elle n'a pas toujours mangé à sa faim... peut-être même jamais.

Je notai les chiffres au crayon sur l'une des feuilles que j'avais apportées, puis entrepris d'examiner son visage.

— Ses cheveux sont de teinte brune uniforme, poursuivit-il, et sa face est ovale et allongée. Il lui manque trois dents du fond, deux à gauche et une à droite. Je n'ai décelé aucune cicatrice, hormis sur la joue gauche... en forme de demi-lune : il pourrait s'agir de l'empreinte laissée par une bague, après un coup porté au visage. L'emplacement des deux dents manquantes se situe juste sous la balafre. Quant à son âge, je l'estimerais à quinze ou seize ans.

Tout cela, je le consignai également.

— Ces femmes, repris-je, en songeant à Mariah, ces jeunes filles... elles mènent une rude existence, n'est-ce pas, monsieur?

— Sans l'ombre d'un doute, et ce sont les hommes qui doivent en porter le blâme.

— Je... je vois ce que vous voulez dire, monsieur.

Je continuai à étudier le visage de la morte, en quête de quelque inspiration, mais en vain.

— Comment décrivez-vous une tête? demandai-je.

— Ah, voilà une bonne question, n'est-ce pas? répliqua le médecin. Qu'est-ce qui nous distingue les uns des autres? Hormis le fait qu'il soit long et ovale, en quoi son visage la différencie-t-il de tous les autres de Londres? C'est un grand mystère pour moi que Dieu ait doté chacun de nous d'une physionomie distincte de nos semblables. J'ai entendu dire que nous possédons tous, dans quelque contrée lointaine, un double... un jumeau, né d'un père et d'une mère différents des nôtres. J'ai pourtant passablement voyagé de par le monde, mais sans pouvoir attester cette théorie. En clair, Jeremy, je crains de ne pouvoir être pour toi d'un grand secours. Je n'ai ni l'art ni la tournure d'esprit pour décrire convenablement un visage.

Durant tout ce temps, il s'était tenu face à moi, les yeux baissés sur la défunte, comme je le faisais moi-même. Mais il releva soudain la tête et me regarda, en disant :

— Je dois me préparer pour mon audition avec sir John. Tu veux bien m'excuser, je te prie?

— Bien sûr, répliquai-je, et si vous me le permettez, je vais m'asseoir devant le secrétaire, dans la pièce voisine, et tâcher de composer une annonce qui puisse tous deux nous satisfaire.

Je le quittai donc, pour m'installer à l'endroit prévu, et tentai d'écrire ce qui devait être écrit. Je gâchai feuille après feuille, sous l'effort. Dans l'autre pièce, j'entendis le praticien se livrer à ses ablutions et fredonner, tandis qu'il s'apprêtait pour la journée. Il apparut enfin, rasé de frais et vêtu comme il se devait, puis je lui tendis la dernière (quoique pas nécessairement l'ultime) version du communiqué.

Voici ce que j'avais inscrit :

Sir John Fielding, magistrat près le tribunal de Bow Street, recherche l'identité d'une jeune femme, âgée de quinze ou seize ans, victime d'un homicide, et dont le corps a été retrouvé en la venelle qui débouche dans Henrietta Street, voilà deux soirs, à sept heures et demie. Elle mesure cinq pieds de haut et pèse environ cent livres. Ses cheveux sont brun foncé, de même que ses yeux. On distingue une petite balafre sur sa joue gauche, de la forme d'une demi-lune ; deux dents lui manquent de ce côté-là, ainsi qu'une autre dans la partie droite de sa bouche. Son visage, oblong et émacié, présente un long nez droit et une bouche plutôt grande. Lors de sa découverte, elle était vêtue d'une robe de gros drap, de couleur bleue.

Toute personne pensant la reconnaître peut examiner sa dépouille au cabinet médical de M. Gabriel Donnelly, 12 Tavistock Street, Cité de Westminster.

Après avoir lu le texte deux fois, M. Donnelly me gratifia d'un hochement de tête avisé.

— Cela devrait fort bien convenir, déclara-t-il. « Oblong et émacié »... la tournure est jolie.

— Merci, monsieur. J'avais tenté de placer çà et là d'autres expressions plus élégantes... mais elles m'ont semblé malséantes.

— Mieux vaut s'en tenir aux faits, en pareilles circonstances.

Il consulta de nouveau sa montre, puis ajouta :

— Nous partons ?

Et nous nous en allâmes en effet ensemble, lui ouvrant la marche, tandis que nous descendions l'escalier. Une fois dans la rue, il me tendit la main, comme il l'eût fait avec n'importe quel gentleman. Je la lui serrai vivement et longuement.

— Je suis heureux de voir imprimer le nom de mon cabinet, même à l'occasion d'une affaire comme celle-ci, dit-il. Qui sait ? Cela pourra peut-être m'amener un patient vivant ou deux. Dieu sait qu'ils seraient les bienvenus ! Jusqu'ici, ma clientèle s'est limitée à des défunts... non pas que je sois ingrat envers sir John, pour l'ouvrage qu'il m'a confié.

Je lui fis mes adieux, tout en sachant pertinemment que je risquais fort de le revoir sous peu, à l'audience. Puis je pris en grande hâte le chemin du *Public Advertiser*, situé à quelque distance, dans Fleet Street.

Si j'avais su les difficultés qui m'attendaient aux bureaux du journal susnommé, j'aurais jugé impossible de rentrer à temps à Bow Street afin d'assister ne serait-ce qu'à une partie de l'instruction concernant le décès de Priscilla Tarkin. L'employé qui avait pris mon annonce rechignait à accéder à ma requête, laquelle stipulait qu'on plaçât le communiqué bien en vue, en première page de l'édition du lendemain. Nous ergotâmes et ergotâmes encore, plus que nécessaire... me sembla-t-il. Au bout du compte, j'exigeai de voir le responsable... rédacteur en chef, directeur de la publication, quel que fût son titre. Lorsque M. Humphrey Collier apparut, il s'avéra qu'il cumulait les deux fonctions, et il eut tôt fait de régler l'affaire :

— Mais bien sûr, déclara-t-il, si cela a trait aux investigations de sir John, je puis t'assurer que l'annonce sera fort bien située. Nous l'imprimerons en haut de la page et en gros caractères, entourée d'un liséré noir. Nul ne pourra la manquer. Fais-le-lui savoir, je te prie.

Ainsi soulagé de cette lourde responsabilité, je m'en retournai au tribunal au galop. Mes jambes véloces me furent salutaires, car je découvris en arrivant que la procédure n'était pas aussi entamée que je l'aurais cru. (J'appris plus tard que M. Marsden avait eu quelque peine à rassembler un jury; la nouvelle s'était répandue qu'on recevait un shilling, aussi les prétendants en demandèrent deux.) Comme je pénétrais dans la petite salle d'audience, en prenant soin de ne pas faire de bruit, je vis que M. Donnelly venait d'achever sa déposition et regagnait sa place, sur le banc des témoins, placé de côté; plusieurs personnes y étaient assises, au nombre desquelles j'en reconnus certaines et d'autres point.

Parmi ceux qui m'étaient familiers, on appela M. Thaddeus Millhouse, mais il ne fit qu'une brève apparition à la barre. Sir John souhaitait seulement l'entendre décliner l'identité de la victime, à savoir : Priscilla Tarkin, communément surnommée « Polly ».

— Et quel était son métier, monsieur Millhouse ?

— Son métier, monsieur ?

— Sa profession. Comment gagnait-elle sa vie ?

— En se prostituant, monsieur. Elle n'en faisait aucun mystère.

— Il semble qu'elle ait complété ses gains professionnels par des larcins. Ou peut-être, à votre insu, monsieur, le vol représentait-il sa principale occupation. Nous en avons la preuve, après avoir fouillé son logis. Ce qui complique tant soit peu notre enquête au sujet de sa mort.

Le témoin parut totalement stupéfié par cette nouvelle.

— Vous pouvez disposer, monsieur Millhouse.

Ce que fit ce dernier, laissant M. Marsden se lever pour appeler le témoin suivant, qui m'était inconnu : une certaine Miss Sarah Linney. Dès lors qu'elle se plaça devant le magistrat, il se mit à la questionner.

— Miss Linney, vous étiez amie avec la femme, à présent décédée, répondant au nom de Priscilla Tarkin, n'est-ce pas ?

— En effet, Vot' Seigneurie, mais je...

— Souffrez que je vous interrompe et vous assure que je ne suis pas un personnage d'une si haute distinction qu'il mérite le titre dont m'avez à l'instant gratifié. Vous me contenteriez en m'appelant simplement « monsieur », lorsque vous m'adressez la parole.

— Oui, monsieur, dit-elle. Ben, c' que j' disais, *monsieur*, c'est que j' la connaissais seulement sous l' nom d' Polly. Dans not' partie, on s' sert pas trop d' nos vrais noms.

— Et quelle est donc votre partie, si je puis me permettre ?

— Polly et moi, comme la moitié des femmes de Covent Garden, on était comme qui dirait des pécheresses. Mais j' dois avouer que j' suis rud'ment surprise d'apprendre qu'elle volait.

— Ah, commenta sir John, vous faites usage du terme biblique de « pécheresse », toutefois je vous comprends fort bien et accepte l'appellation. Mais je vous demande à présent : quand avez-vous vu pour la dernière fois Priscilla Tarkin, connue de vous sous le nom de Polly ?

— Ça doit êt' à la tarde qu'elle y est restée.

— Voudriez-vous répéter en anglais châtié, je vous prie ? Si la cour agrée les mots qu'on peut trouver dans la Bible, elle ne reconnaît point l'argot.

— Oui, monsieur, c'était le soir où elle est morte.

— Narrez-moi en quelles circonstances, voulez-vous. Livrez-moi les faits dans leur ensemble, comme vous en avez souvenance.

— Ma foi, j'ai pas grand-chose à vous dire, mais c'était dans Bedford Street, d'vant l' *Dog and Duck*, juste au coin de c'te v'nelle où qu' c'est qu'elle y est restée... euh, qu'elle est morte. C'est pas l' genre d'endroit que j' fréquente, le *Dog and Duck*, aussi j' faisais juste que passer, comme qui dirait. Mais v'là qu' j'entends un diable de charivari... une chicane, monsieur, même qu'elle était terrible. Alors, j' jette un œil et j' vois c'te vieille Polly en train d'en découdre avec *lui* !

Elle désigna alors Yossel, assis à côté de M. Donnelly.

— Je présume, Miss Linney, que vous venez d'indiquer du doigt quelqu'un dans cette salle. Ne pointez pas l'index. Nommez cette personne si vous connaissez son nom.

— Oui, monsieur. Poll était aux prises avec çui-là qui s'appelle Yossel.

— Le connaissez-vous sous un quelconque autre nom ?

— Non, monsieur.

— Alors, celui-ci suffira.

— Enfin... j' suis donc allée vers elle et j' lui ai d'mandé si elle avait b'soin d'aide, et elle a répondu qu' non. Alors, v'là qu' lui — Yossel —, il lève la main sur moi, comme qui dirait pour m' frapper, puis il s' ravise, tourne les talons et s'en va dans Bedford Street, en direction du Strand. Alors, moi j' me r'tourne vers Poll et j' découvre qu'elle m'a plantée là, pour rentrer dans l' *Dog and Duck.* Comme j' vous l' disais, c'est point un lieu qu' j' fréquente, alors j'ai haussé les épaules et j' m'en suis allée dans Bedford Street, en m' disant qu' c'était pas mes affaires.

— Vous n'avez donc jamais réellement su la raison de leur querelle ?

— Que nenni, monsieur, mais j'avais ma p'tite idée, en voyant c'te Yossel, qui nous avait d'jà tourmentées, nous aut' pauv' filles, dans l' passé, en essayant d' nous dérober nos gains, comme qui dirait.

— Avait-il déjà tenté de le faire avec vous ?

— Pour sûr.

— Sans succès ?

— Non, monsieur, sans succès.

— Miss Linney, vous nous avez fort bien décrit l'altercation entre Priscilla Tarkin et le dénommé Yossel, mais il reste un point que vous n'avez pas éclairci, c'est l'heure à laquelle l'incident s'est produit.

— Ben, c'est un peu dur à dire, monsieur. Vous voyez, quand vous êtes dans la partie, à rôder ici et là toute la soirée, ben, vous avez tôt fait d' perd' la notion d' temps. Pis faut dire que j'avais un peu bu, c' soir-là, j' dois bien l'admettre, et l' gin ne vaut rien pour garder les choses en ord' dans vot' tête.

— Vous devez cependant être plus précise, insista sir John. Était-il tôt ou tard ?

— Qu'è'qu' part entre les deux, j' dirais. J' situerais ça entre mon deuxième et mon troisième client.

— Monsieur Millhouse ! tonna le magistrat en appelant le précédent témoin. Veuillez vous lever sans vous déplacer, et vous pourrez peut-être faire pour nous la lumière sur ce détail. J'ai souvenance de vous avoir entendu affirmer, lors de votre entretien avec moi, que vous aviez vu Priscilla Tarkin au *Dog and Duck*, avant sa mort, ce soir-là. N'y est-elle passée qu'une seule fois ?

— Autant qu'il m'en souvienne, monsieur, répondit Millhouse, qui s'était levé de son siège, comme on l'en avait instruit. Moi, du moins, je ne l'ai vue qu'une seule fois pendant que je m'y trouvais... et là où j'étais assis, je voyais bien la porte.

— En ce qui nous concerne, nous supposerons donc que ce fut la seule fois qu'elle se rendit au *Dog and Duck*, ce soir-là. Vous avez dit aussi, si je ne m'abuse, qu'elle a simplement traversé l'endroit, puis en est ressortie. Est-ce exact ?

— Oui, monsieur.

— Pouvez-vous indiquer l'heure de sa visite ?

— Certes oui, car peu après qu'elle a fait sa brève apparition, M. Goldsmith, qui se trouvait à notre table, a sorti sa montre, a dit qu'il était juste une heure passée et qu'il devait s'en aller, car de l'ouvrage l'attendait cette nuit-là. Il a alors généreusement réglé nos boissons, en nous conseillant à tous de suivre son exemple et de rentrer chez nous. Comme j'aurais dû l'écouter !

— En effet ! Vous pouvez vous rasseoir, monsieur Millhouse. À présent, Miss Linney, acceptez-vous cette estimation de l'heure ? Vous avez vu Polly entrer au *Dog and Duck*. M. Millhouse établit cette visite à une heure du matin, à quelques minutes près.

— Si vous l' dites, monsieur.

— Je l'affirme. Vous pouvez disposer, Miss Linney.

Il lui laissa le temps de regagner son siège d'un pas traînant, puis reprit :

— Donc, pour ce que nous savons jusqu'ici, Priscilla n'a point été vue ou entendue ensuite par qui que ce soit, jusqu'à ce que l'agent Brede retrouve son cadavre, non loin de là, à quatre heures du matin. Elle était déjà morte depuis quelque temps. Le sang qui s'écoulait de ses blessures avait commencé à sécher. Vous avez entendu M. Donnelly déclarer qu'un tel détail laisserait supposer qu'elle était décédée depuis une soixantaine de minutes. Donc, entre une heure et... disons... trois heures du matin, nous ignorons tout des faits et gestes de la victime. Pourtant, on l'a retrouvée à proximité du *Dog and Duck*, où elle a été aperçue pour la dernière fois. Est-ce un mystère ou une simple contradiction ? Procédons, si vous le voulez bien. Monsieur Marsden ?

Les douze hommes d'allure ordinaire, qui siégeaient ensemble à la droite du magistrat, prêtèrent une attention singulière au témoin suivant, que manda M. Marsden, car ce n'était autre que Josef Davidovich, que je reconnus sur-le-champ comme l'individu amené par le rabbin Gershon, la veille au soir. Des murmures se propagèrent parmi les jurés. Sir John les fit taire aussitôt, en les rappelant à l'ordre.

— Vous êtes Josef Davidovich, plus couramment connu sous le prénom de Yossel ? demanda-t-il à l'individu qui s'était posté devant lui.

— Oui, monsieur, c'est bien moi, répondit l'autre.

— Avez-vous rencontré Priscilla Tarkin, plus couramment connue sous le prénom de Polly, la nuit de son décès ?

— Oui, monsieur. En effet, monsieur.

Il s'exprimait avec vivacité et empressement, comme s'il souhaitait certifier sa coopération par la célérité de ses réponses.

Notre homme se révélait tant soit peu en piteux état, après sa nuit passée en la chambre de sûreté. Pourtant, en dépit de sa barbe de deux jours et de ses cheveux ébouriffés, il émanait encore de sa personne une sorte de charme fruste. Et je me risquai à penser que s'il avait soutiré de l'argent aux femmes, c'était plus en les séduisant qu'en les menaçant d'un couteau. En cet instant précis, il ne tentait point de conquérir sir John, toutefois ; ce qui eût été inutile, de toute façon. Il se tenait debout devant lui, pétrissant son chapeau de ses mains nerveuses.

— On vous a vu en train de vous quereller avec elle, déclara le magistrat. Quelle était, je vous prie, la raison de votre dispute ?

Yossel hésita.

— Ma foi, monsieur, il s' peut qu' ma tête glisse dans un nœud coulant, comme qui dirait, mais ce s'ra point pour un meurtre. Je savais qu' Polly était une voleuse, et grand'ment habile, qui plus est. Et si j' ne volais pas moi-même, j' la renseignais, pour ainsi dire, sur les meilleurs endroits où elle pouvait mett' à l'œuvre ses compétences... un certain lieu, une certaine demeure. Bon... moyennant quoi, j'avais l' droit à une part... oh, pas une grosse, pas la moitié, loin d' là. Maint'nant, j' savais d'jà qu'elle avait visité cette maison, d' manière que j' qualifierais d' particulière, et qu'elle y avait pris des objets d' valeur, alors j' voulais ma part, pardi, comme conv'nu. J' la vois donc dans Bedford Street, j' m'approche et j' lui réclame mon dû, car faut vous dire que j' devais partager ma part avec quelqu'un qui besognait en c'te d'meure. Alors, quand j'ai vu Polly, je...

Sir John l'interrompit :

— Pourriez-vous être plus précis quant à la résidence et ses occupants ?

— Euh... non, monsieur, j' pourrais point. Mais sachez qu' je volais pas moi-même. J' me contentais juste d' lui indiquer la bonne direction, si on peut dire.

— Il ne s'agit donc pas d'un aveu de culpabilité en la matière ?

— Oh non, monsieur, pas si j' peux m'en dispenser.

— Et si vous ne pouvez pas ?

— Vous n'allez quand même pas r'tenir ça contre moi, monsieur ?

— Poursuivez votre histoire, Yossel.

— Ma foi, autant faire les choses jusqu'au bout, comme j' dis toujours.

Il jeta un regard alentour, un sourire nerveux crispant ses lèvres. Puis, ayant pris sa décision, il enchaîna avec son récit :

— J'ai donc aperçu Polly dans Bedford Street, et y d'vait sans doute êt' autour d'une heure du matin...

alors j' suis allé vers elle et j' lui ai dit qu' j' voulais ma part, et elle m'a répondu qu'elle l'avait pas, qu'elle avait pas encore visité cette maison, et moi j' savais qu'elle mentait. Alors, on a commencé à s' disputer, on s'est lancé toutes sortes de noms, les pires insultes. Pis v'là qu'arrive Biddy, c'est sous c' nom-là qu' j' la connais — cette Linney avec qui vous causiez à l'instant —, et elle d'mande à Polly si elle a b'soin d'aide, et Polly répond qu' non. Malgré tout, v'là qu' Biddy brandit son rasoir et qu'elle vient vers moi... comme qui dirait, d' façon fort menaçante. Alors, faut voir comment qu' j'ai détalé dans Bedford Street ! J' me suis arrêté une fois, pour r'garder derrière moi et j'ai vu Polly entrer dans l' *Dog and Duck*, et Biddy toutc seule, sa lame à la main.

Il s'interrompit à ce moment-là, vraisemblablement dans l'espoir que ce témoignage suffirait. Ce qui parut le cas un instant, car sir John dévia alors de son interrogatoire pour se tourner vers le jury.

— Messieurs les jurés, vous êtes sans doute choqués d'apprendre cette apparition subite d'un rasoir entre les mains de notre précédent témoin, Miss Linney, mais je crains que ladite apparition ne soit par trop crédible. Vous l'avez entendue dire à deux reprises qu'elle se gardait de fréquenter le *Dog and Duck*. En vérité, ce que l'agent Brede a découvert après enquête, c'est que l'aubergiste dudit estaminet en avait interdit l'entrée à la jeune femme quelques mois plus tôt, parce que, au cours d'une altercation, elle avait brandi un pareil rasoir. N'est-ce pas le cas, Miss Linney ?

Elle poussa un grognement, tout en marmonnant des paroles inintelligibles, tandis qu'elle s'enfonçait dans son siège, comme dans l'espoir de se rendre invisible.

— Plus fort, je vous prie !

— Oui, monsieur !

— Merci.

Il revint vers le témoin :

— À présent, monsieur Davidovich... Yossel, si vous

préférez... j'ai cru comprendre que vous portiez un couteau sur vous. À vrai dire, l'agent Baker vous en a confisqué un, lorsqu'il vous a mis sous les verrous dans la geôle de Bow Street. Quand Miss Linney s'est approchée de vous avec ce rasoir, pourquoi n'avez-vous pas tout bonnement brandi ce poignard pour vous expliquer séance tenante là-bas, dans Bedford Street ?

— Je n' f'rais jamais une chose pareille, monsieur.

— Oh ?

— Non, vraiment pas. J'ai abandonné c'te pratique barbare voilà quelques mois, pardi. De plus, j'ai jamais donné d' coup d' couteau à qui qu' ce soit. Moi, j' m'en suis toujours servi pour menacer. Vous pouvez d'mander alentour, monsieur, et vous verrez qu' je dis vrai.

Au même moment, Miss Linney bondit de son siège, fermement décidée à être entendue.

— S'il est parti, hurla-t-elle, c'est parce que j' lui ai fait une belle estafilade dans l' bras ! Même qu'il saignait comme un goret !

Elle acheva sa tirade par un gloussement, lequel fut entendu par quelques-uns, car un tonnerre de rires explosa parmi les jurés. Sir John frappa du plat de la main la table placée devant lui, puis chercha à tâtons le maillet qui lui servait de marteau. Dès qu'il le trouva, il en heurta le plateau avec une violence telle qu'il entailla la surface en bois dur.

— Monsieur Fuller ! aboya-t-il à l'adresse de l'agent. M. Fuller est-il présent dans la salle ?

Il l'était.

— À votre service, monsieur.

— Veuillez expulser cette femme du prétoire.

— Je m'en charge, monsieur.

Elle n'offrit aucune résistance ; en vérité, elle continua à rire de plus belle, comme M. Fuller la poussait sans ménagement vers la porte... et même après l'avoir franchie. Il ne revint pas aussitôt. La salle eut vite fait de recouvrer le silence.

— Nous en resterons donc, reprit le magistrat en s'adressant à Yossel, au fait que vous aviez de bonnes raisons de partir, lorsque cette femme s'en est prise à vous. La question qui se pose est la suivante : où êtes-vous allé, ensuite ? Vous n'ignorez plus désormais qu'on a établi l'heure de l'assassinat de Priscilla Tarkin aux environs de trois heures, à quelques minutes près. Où vous trouviez-vous entre une heure et trois heures du matin ?

— J'ai passé c' temps en compagnie d'une dame, monsieur.

Sa réponse était prompte et formelle.

— Pouvez-vous nous en apporter la preuve ? Témoignerait-elle en votre faveur ?

— Elle est ici. Vous pouvez l' lui d'mander sans entremise.

Une vague de murmures parcourut de nouveau les jurés. Sir John les fit taire d'une redoutable grimace.

— Vous pouvez disposer, monsieur Davidovich. Monsieur Marsden, appelez le témoin suivant.

— Lady Hermione Cox ! claironna le greffier d'une voix bien plus sonore que celle dont il avait usé pour mander les témoins précédents.

La raison de cet éclat nous apparut lorsque, par une porte dérobée, surgit une silhouette féminine. Toute de noir vêtue dans ses effets de deuil, elle arborait un voile qui assombrissait son visage, sans en masquer complètement les traits. À en croire sa démarche, non dénuée de grâce, quoique accusant une certaine raideur, je la jugeai plus proche des soixante-dix que des soixante ans.

L'effet de son entrée sur les membres du jury me sembla digne d'attention. Si, saisis par la surprise, ils avaient tantôt cédé aux murmures et aux chuchotements, allant jusqu'à rire parfois, ils restaient à présent assis en silence, comme dans l'expectative, avides d'entendre les nouveaux rebondissements de cette affaire.

La femme prit place devant sir John, s'appuyant légèrement sur une canne, laquelle lui avait tenu lieu jusque-là de simple ornement et non de support, tandis qu'elle s'approchait de la barre.

— Vous êtes Hermione Cox, veuve récente de feu sir Thomas Cox ?

— Comme vous ne l'ignorez point, répondit-elle d'une voix vibrante qui démentait toute faiblesse inhérente à la vieillesse.

— Et vous êtes venue porter témoignage à la décharge de M. Davidovich ?

— Yossel, vous voulez dire ? Bien entendu. Sinon pourquoi serais-je ici présente ? Je souhaite lui fournir un alibi, John Fielding... telle est l'expression consacrée, je crois.

— Tout à fait. Et comment vous proposez-vous de le faire, sans causer à vous-même un profond embarras ?

— Je m'y propose en disant la vérité, sans me soucier des conséquences. Pour être franche, je suis trop âgée pour me soucier d'un quelconque embarras.

— À votre guise, alors, lady Cox. Livrez-moi votre version des faits, je vous prie.

— Je puis m'en acquitter brièvement. M. Davidovich — est-ce bien ainsi que vous l'avez nommé ? — s'est présenté à ma résidence de Duke's Court, St. Martin's Lane, entre une heure et une heure et quart du matin. Je puis être certaine de l'heure, car j'attendais sa visite avec impatience et j'étais assez froissée qu'il soit si tardivement venu. J'ai entendu la pendule du vestibule sonner une heure, mais ce n'est que peu de temps après qu'il est arrivé. Je l'ai moi-même fait entrer. J'avais congédié les domestiques en leurs quartiers au sous-sol, pour la soirée. Il est resté une grande partie de la nuit. Je dirais qu'il devait être peu après quatre heures, lorsqu'il s'en est allé.

— J'espère, milady, que vous me dites la vérité et qu'il ne s'agit pas de quelque plaisanterie destinée à laver cet individu de tout soupçon.

— Je ne changerai pas mon récit d'un iota, car il est authentique, affirma-t-elle.

Et comme pour certifier ses dires, elle heurta le sol de sa canne.

— La honte peut en éclabousser vos enfants.

— Je n'en ai point.

— Ou votre défunt époux, alors.

— Voilà au moins dix ans que feu mon époux ne servait plus à rien, dans tous les sens du mot. Le plus clair de son existence, ce fut un homme ennuyeux. Vers la fin de sa vie, non content d'être ennuyeux, il fut de surcroît malade. En tout état de cause, il ne pouvait s'acquitter de sa tâche en qualité de coroner de la Cité de Westminster, mais il n'a pas eu la grâce de démissionner de ses fonctions, ce qu'il aurait dû faire, comme nul ne l'ignorait. Il m'a laissé une demeure et suffisamment d'argent pour la diriger, une rente, et de terribles insomnies. Yossel m'a soulagée de ce mal. Il n'a jamais manqué de me distraire, et c'est bien plus que je ne puis présenter en faveur de feu sir Thomas. J'ai toujours pu m'endormir, après le départ de Yossel.

Peut-être fus-je le seul à remarquer que l'agent Fuller venait de revenir dans la salle, car tous les yeux, hormis les miens, étaient rivés sur lady Cox, tandis qu'elle tenait les propos rapportés ci-dessus, lesquels seraient répétés à l'envi dans les salons et restaurants des quatre coins de Londres; la société s'en amusa pendant près d'un mois, avant qu'elle trouvât nouvelle matière pour alimenter les potins. Si je notai l'arrivée de M. Fuller, ce fut parce qu'il le souhaitait, en fait. Il agita la main, jusqu'à ce qu'il captât mon attention, puis me fit signe de le suivre. Je quittai ma place au dernier banc et, sur la pointe des pieds, le rejoignis à la porte, où il se tenait.

— Jeremy, me chuchota-t-il, je souhaite que tu dises à sir John qu'un autre homicide a eu lieu... une femme dans un logis situé au 6 King Street. Il désirera sans doute s'y rendre, comme le médecin, car à en croire la description, c'est à ce jour le meurtre le plus horrible. Je dois y aller avant tout le monde, car on m'a dit qu'une multitude de badauds s'était rassemblée autour du cadavre et collectait des souvenirs.

— Mais il va être *furieux* !

— Je n'en doute point, et c'est pourquoi je pars en tête pour y mettre de l'ordre, autant que faire se peut. Va l'en informer sans plus tarder, car je dois me sauver.

M. Fuller, dont les tâches diurnes n'excédaient guère celles de geôlier du tribunal de Bow Street, avait peu l'occasion de prouver ses qualités de gardien de la paix. Il arborait nonobstant son gilet rouge avec fierté, mais les besognes les plus exigeantes qu'il devait accomplir consistaient à s'occuper des prisonniers tapageurs ou récalcitrants, ainsi que de leur transport en prison. À l'aide d'une solide corde et de menottes, il pouvait manœuvrer ainsi toute une bande de malfaiteurs.

Ce qu'il avait fait, lorsque nous parvînmes tous les trois, sir John, M. Donnelly et moi, au 6 King Street. Il devait exister moult personnes logeant à cette adresse, car le numéro était inscrit sur un écriteau au-dessus d'un passage menant à une arrière-cour immonde, encombrée et surpeuplée, une véritable « colonie de freux », comme on l'eût alors qualifiée.

Nous nous engageâmes cahin-caha dans la venelle, moi ouvrant la marche, la main de sir John sur mon épaule, et M. Donnelly sur nos talons. En arrivant dans la cour, nous fûmes accueillis par de multiples murmures. La population bourdonnante de l'endroit semblait être disséminée de toutes parts, assise sur les marches et penchée sur les pas de porte... à l'exception d'un groupe de cinq individus, qui se tenaient silencieux et renfrognés, devant l'un des perrons du rez-de-chaussée. Chacun d'entre eux avait une corde autour du cou... qui les reliait les uns aux autres ; le premier et le dernier portaient en outre des menottes. M. Fuller tenait les extrémités du cordage dans l'une de ses mains puissantes. De l'autre, il nous fit signe de nous approcher.

— Je perçois un grand nombre de gens dans les parages, me dit sir John.

— Ils nous entourent et observent, répondis-je. M. Fuller en a appréhendé cinq et les a ligotés, parés pour être emmenés tambour battant.

— Parfait, commenta le magistrat. Guide-moi vers lui.

(J'avais agi selon les instructions pressantes de l'agent dans la salle d'audience et m'étais présenté tout à trac à sir John, à la surprise de M. Marsden et à la plus vive irritation de lady Cox, laquelle semblait goûter le scandale qu'elle lâchait en pâture à l'auditoire. J'avais murmuré ce qu'on m'avait dit à l'oreille du magistrat, puis reçu en réponse un grave hochement de tête Œuvrant le plus promptement qu'il put, sir John se vit contraint de conclure la procédure en près de quinze minutes, libérant Yossel Davidovich et arrachant aux jurés un verdict d'homicide « par un ou plusieurs tiers non identifiés ». Il entraîna ensuite M. Donnelly dans son sillage et nous nous mîmes tous les trois en route, laissant à M. Marsden le soin de régler les détails. Ainsi, M. Fuller n'avait guère disposé de plus d'un quart d'heure, voire sans doute moins, pour traiter la situation qu'il trouva au 6 King Street.)

Il se présenta à nous armé de pied en cap. Il arborait une paire de pistolets ainsi que, au flanc gauche, un coutelas dans son fourreau. Dans la main qu'il agitait vers nous, il tenait une matraque, son arme de choix ; à en juger par la mine de ses prisonniers, il en avait usé avec libéralité sur deux d'entre eux à tout le moins.

— Je n'ai jamais rien vu de pareil, déclara-t-il en guise de salutation.

— Vous faites allusion à ces badauds que je perçois alentour, en ce moment ?

— Nenni, monsieur, je veux parler de ce qui se déroulait à mon arrivée.

— Expliquez-vous, monsieur Fuller.

— Avec votre permission, monsieur, j'aimerais que ceux que j'ai arrêtés s'expriment à ma place, car je suis curieux de voir s'ils pourront se justifier devant vous de meilleure façon qu'avec moi.

L'agent empoigna alors le mieux vêtu des cinq hommes par la peau du cou et le poussa devant le magistrat ; je notai qu'il s'agissait d'un des deux individus portant des menottes. Dans le même temps, M. Donnelly contourna tout le groupe et gagna la porte restée béante. Divaguai-je ou ne suscita-t-il pas davantage de murmures de l'assistance, lorsqu'il entra ?

— Allez-y, reprit le sergent de ville à l'adresse du prisonnier malchanceux. Dites à sir John qui vous êtes et ce que vous avez fait.

— Je m'appelle... commença l'autre en tâchant de recouvrer tant soit peu de sa dignité perdue, Albert Palgrave, et je suis un homme de biens... de ce bien, en vérité. Je possède la bâtisse, toute la cour, en l'occurrence.

Il parla sans doute trop fort, car dans sa tentative d'impressionner Sir John il avait été entendu par tous ceux qui se trouvaient autour de nous. Son préambule fut accueilli par force cris, sifflets et autres huées.

— Il semblerait, releva sir John, que vos locataires ne vous tiennent point en haute estime.

— Quel propriétaire peut s'en prévaloir ? Ces gueux espèrent vivre céans sans rien débourser. C'est un effort constant de collecter les loyers qui me reviennent de droit. À dire vrai, la moitié de ceux qui lanternent alentour et nous observent accusent des retards de paiement.

— Venez-en à votre version des faits, mon brave, et soyez bref.

— Oui, monsieur. Eh bien... j'étais précisément occupé à cette tâche, à recouvrer des arriérés, lorsque je suis arrivé à cette porte... vous voyez ? Là, derrière moi ?... Oh ! Je suis navré, vous ne pouvez...

— Poursuivez donc !

Plus qu'une simple exaspération, le magistrat éprouvait une réelle colère.

— Oh... eh bien, soit. Je me suis donc dirigé vers cette porte ; une certaine Miss Tribble... me devait sept shillings de loyer en retard et, sacrebleu, j'étais décidé à les avoir, ou à la chasser d'ici. J'ai frappé et personne n'a répondu... mais je l'ai soupçonnée de feindre, alors j'ai scruté par la fenêtre, qui était si souillée que je ne pouvais y voir distinctement. J'ai pu constater, cependant, qu'elle se trouvait sur son lit, alors je suis entré dans la pièce. Bien entendu, en qualité de propriétaire, j'avais la clé. Il m'a suffi d'un seul regard — il faut bien dire qu'elle est assez horrible à voir — pour crier au meurtre, ce que je n'aurais pas dû faire. Et ils sont tous sortis... la cour entière faisant écho à mon appel. J'ai cru bon de fermer la porte à clé, au cas où ils envahiraient la pièce. Mais ils voulaient entrer. Ils voulaient voir. D'instinct, les gens sont curieux de tels spectacles, mais je les ai sermonnés, en leur disant de regagner leur domicile, jusqu'à ce qu'un gaillard, que j'ai reconnu comme étant le... le protecteur de Miss Tribble, dise qu'il débourserait un shilling si on le laissait pénétrer. Il m'est venu à l'esprit que ce serait toujours un shilling de moins qu'elle me devrait. D'autres ont affirmé qu'ils paieraient la même somme. Ma foi, en tant que possesseur des lieux, j'avais tous les droits d'admettre à l'intérieur qui bon me semblait. S'ils souhaitaient payer pour ce privilège, il m'était permis d'empocher leur argent. Mais je n'ai pas pu faire sortir ce premier individu de la pièce. Il ne voulait tout simplement pas...

— *Silence !* tonna sir John. J'en ai suffisamment entendu.

— Votre homme m'a arrêté, persista l'autre. Je jouis du droit de propriété ! Lorsque je le lui ai dit, il m'a passé les menottes aux poignets, sans m'annoncer ce dont on m'accusait ; il m'a tout bonnement ligoté. Impossible de lui faire entendre raison.

— Monsieur, reprit le magistrat, si j'avais été présent, je lui aurais ordonné d'agir tout à fait à l'identique. N'ayez aucun doute à cet égard. Ce dont on vous accuse vous sera clairement communiqué en mon tribunal.

Un grand hourra s'éleva dans la foule qui tendait l'oreille.

— Monsieur Fuller, vous avez agi à bon escient. Je n'ai jamais rien connu de pareil, moi non plus. À présent, qui avez-vous à me présenter ? J'espère que c'est celui que le propriétaire Palgrave a nommé comme étant le protecteur de la jeune femme.

L'agent Fuller choisit sans ménagement un autre individu dans le groupe des cinq, et le tira cette fois par le double nœud coulant qui entourait son cou. Il était jeune, ayant à peine trois ou quatre ans de plus que moi. Sa face se renfrognait en une grimace, censée à l'évidence exprimer le dédain. Outre une ecchymose au visage, il portait lui aussi des menottes.

— N'ayant point la maîtrise du langage du propriétaire, déclara M. Fuller, je qualifierais ce gaillard de maquereau. C'est ainsi que me l'ont défini les gens qui vivent ici. Ils ont ajouté qu'il battait régulièrement cette pauvre femme.

— Pour sûr que j' la battais, lança le proxénète d'un ton rageur. C'était ma catin, pardi.

— Tu causes seulement quand on te le demande, rétorqua M. Fuller, en le calottant sur sa joue bleuie. Tu peux décliner ton identité à sir John.

— Edward Tribble.

— Vous étiez l'époux de cette femme ? s'enquit le magistrat, grandement surpris.

— D'une certaine façon, j' suppose. C'était un mariage à la Fleet[1]. J'suis point certain qu' c'était légal,

1. Mariage célébré par un ecclésiastique emprisonné à la prison de la Fleet, sans publication de bans, ni délivrance de certificat. La pratique fut abolie par le *Marriage Act* en 1753. *(N.d.T.)*

mais j' la laissais utiliser mon nom. On logeait dans des endroits différents, malgré tout.

— Un mariage à la Fleet ? Et quel est l'infortuné pasteur qui a célébré la cérémonie ?

— Aucune idée. J' me rappelle plus son nom.

— Dis plutôt à sir John ce que tu faisais là-haut, intervint le sergent Fuller.

— J' vendais des souvenirs de l'événement.

Le magistrat se tut un moment, puis il secoua la tête :

— Je... je ne comprends pas.

M. Fuller reprit alors la parole, sur un ton des plus bas et des plus sombres :

— Il la vendait par morceaux, monsieur. Vous n'êtes pas encore entré dans ce logis, pas plus que je ne vous l'ai décrite, mais elle est découpée de part en part, vidée de ses entrailles qui sont éparpillées dans la pièce. Notre homme proposait les organes et le reste à ceux qui pénétraient... et il trouvait preneurs... comme ces trois autres du groupe. J'ignore combien il y en a eu encore.

J'assistai alors à une scène que je n'avais jamais vue, pas plus que je n'en serais le témoin par la suite. Sir John brandit sa canne et, en dépit de sa cécité, se mit à frapper Edward Tribble. Il le rossa ainsi pendant une bonne minute ou davantage, jusqu'à ce qu'il eût épuisé sa rage et finît par abandonner. Si l'on considère qu'il assenait ses horions dans ce qui, chez lui, devait s'apparenter au noir le plus complet, ceux-ci furent remarquablement bien placés. Et Tribble n'eut d'autre choix que de se tapir et se protéger la tête avec les mains, jusqu'à ce que la bastonnade cessât.

Quand ce fut fait, ce dernier se montra assez malavisé pour tenter de se défendre :

— Vous n'avez aucune raison d' faire ça, pleurnicha-t-il. C'était ma femme *et* ma catin.

— Alors, vous clamez vous aussi le droit à la propriété ? C'était un être humain, jeune crapule !

Ce disant, sir John bâtonna une dernière fois la silhouette redressée de Tribble, sans lui causer de mal, mais s'allégeant ainsi du poids de son propre outrage. Je notai que tout au long de la rossée du magistrat à l'endroit de Tribble, la foule des témoins se garda de la moindre acclamation ou du moindre applaudissement. Ils étaient assis ou debout, observant le plus grand calme, visiblement impressionnés par ce qu'ils voyaient. Leur silence tenait lieu d'approbation, car les murmures ne reprirent qu'après que les coups eurent cessé de pleuvoir.

M. Albert Palgrave intervint alors en se lamentant :

— Je n'ai point souscrit à sa démarche. J'ai tenté de le chasser de la pièce. Je l'ai poussé à s'en aller.

Mais il se trouvait hors de portée de la canne punitive de sir John. Le magistrat recula, en proie à l'écœurement.

— Monsieur Fuller, dit-il, veuillez les emmener. J'en ai assez entendu... bien assez, à vrai dire. Je les retrouverai à mon audience de midi.

— Avec plaisir, répondit le gardien de la paix.

Puis, dans une forte secousse, il tira sur la corde qui les reliait tous par le cou et entraîna le groupe dans son sillage, telle une singulière créature à dix pattes.

Ils s'éloignaient à peine que sir John s'écria :

— Monsieur Fuller, arrêtez-vous un instant, je vous prie. Comme vous semblez avoir la situation bien en main, pourriez-vous laisser une arme ou deux à Jeremy ? Il se peut qu'il doive monter la garde, et je crains qu'il n'ait besoin de quelque instrument pour tenir les curieux à distance.

— Alors, viens par ici, Jeremy, me dit le sergent Fuller, et prends ces pistolets.

Je le rejoignis vivement et le soulageai de la paire de pistolets qu'il portait à la ceinture.

— Ils sont chargés, me prévint-il. Ne commets point de bévue.

— Je serai prudent.

— Tâche de l'être. Allons-y, les gars !

Et il tira derechef sur la corde et, bon gré, mal gré, les

détenus suivirent. Quant à moi, je revins vers sir John, tout en attachant les armes à ma taille, non sans plastronner quelque peu pour le bénéfice des spectateurs.

— Jeremy, déclara le magistrat, mène-moi à la pièce en question. Je crois qu'il y a deux marches et un petit porche.

Il avait évidemment raison.

— Je vais m'adresser, ajouta-t-il, à ceux qui ont assisté à l'odieux spectacle que nous avons offert. Ils sont toujours dehors à regarder, n'est-ce pas ?

— En effet, monsieur.

Je le conduisis sous le porche, en haut des marches, où il se retourna et s'exprima à haute et intelligible voix, comme il l'eût fait en son prétoire :

— À tous ceux qui sont rassemblés céans, je formule à présent la requête suivante. Si vous disposez du moindre renseignement pouvant conduire à l'arrestation du meurtrier de votre malheureuse voisine, alors je vous demanderai de le communiquer à ce jeune homme ici présent. Si vous avez vu un visiteur se présenter chez elle, la nuit dernière, je vous serai reconnaissant de le décrire. Si vous connaissez les habitudes de la défunte, veuillez, je vous prie, les exposer. Quand bien même il ne s'agirait que de soupçons, soulagez votre conscience. Rapportez-lui tout détail qui pourrait nous venir en aide. Il nous faut absolument mettre la main sur cet assassin des plus abominables.

Ayant conclu sa harangue, il martela le sol de sa canne, comme en guise de point final, pivota sur ses talons et, avec précaution, pénétra dans la pièce, en avançant seulement de deux pas. Comme je prenais sa place sous le porche, je jetai un coup d'œil par-dessus l'épaule du magistrat pour découvrir ce qui gisait sur le lit. On aurait eu peine à employer le terme de cadavre, encore moins celui de femme. Cela ressemblait davantage aux carcasses de bœuf ou de porc que j'avais vues exposées au marché de Smithfield... les côtes à nu, le blanc des autres os saillant par de grandes entailles dans les chairs, tandis qu'on apercevait un trou béant et rouge à la place du ventre. Je détournai le regard : j'en avais assez vu.

Faisant face à la cour, je croisai les bras de telle sorte que les doigts de chaque main pussent reposer sur la crosse d'un pistolet. J'arborai un visage grave, songeant ainsi avoir l'air redoutable, puis, me rappelant que je devais être à l'écoute de quiconque souhaitait porter témoignage, je pris une mine de circonstance... bienveillante et accorte. Mais à en croire celle des gens assis et des musards alentour, ils ne seraient pas nombreux à se présenter à moi ; un par un, puis deux par deux, ils commencèrent à s'en aller... certains quittèrent la cour, d'autres regagnèrent leur chambre et refermèrent leur huis ; leur distraction matinale était achevée.

Aussi, alors que je demeurais là, je n'eus rien d'autre à faire que d'écouter la conversation sérieuse qui se déroulait entre sir John et M. Donnelly.

Après être entré doucement dans la pièce, le magistrat n'avait pas soufflé mot pendant quelques instants. Puis il avait demandé :

— Est-ce aussi affreux que l'a décrit l'agent Fuller ?

— J'ignore ce qu'en a dit le sergent, mais c'est une horreur, monsieur, une horreur absolue. Depuis que j'exerce la profession de médecin, je n'ai jamais vu un corps humain saccagé à ce point. Le monstre qui a accompli ce méfait aura passé plus d'une heure à ce labeur.

— Je respire le sang et toutes sortes d'odeurs insoutenables.

— Il y a du sang partout où l'on porte le regard. Sur le mur, au-dessus de sa tête, où il a jailli et s'est écoulé, au moment où on lui a tranché la gorge... c'est ce qui a causé sa mort immédiate, à propos ; il en a souillé le lit et s'est répandu de cette énorme entaille qu'on a pratiquée dans son ventre, de même qu'il a maculé le sol, en gouttant des organes que l'assassin a arrachés au corps de la victime. Tout ceci aura bientôt complètement séché.

— Ce qui signifie donc qu'elle est morte depuis quelques heures.

— Oh oui, je dirais depuis six bonnes heures, au moins, probablement plus. La rigidité cadavérique l'a figée dans la posture charnelle, nue, bien sûr. On l'a sans doute assassinée tard dans la nuit, à trois heures du matin environ.

— S'il a passé aux alentours d'une heure à entailler et à découper les chairs, il sera parti à quatre heures du matin... où il fait encore nuit noire, à cette période de l'année. Malgré tout, à en croire vos dires, le sang l'aura éclaboussé de la tête aux pieds.

— Un manteau pouvait le cacher. Ou alors... autre possibilité... il aura lui-même agi dans le plus simple appareil. Il y a de l'eau mêlée à du sang dans une cuvette, ainsi que des traces écarlates sur une robe, posée par terre, non loin. Il se peut qu'il l'ait utilisée pour se laver et se sécher.

— Épouvantable, commenta sir John. Puis-je m'avancer quelque peu, sans laisser d'empreintes ensanglantées au sol ?

— Inutile de vous en soucier. On a en éparpillé dans toute la chambre. Vous êtes en ce moment même debout dans une de ces traces.

Je perçus quelques mouvements dans la pièce derrière moi. Un silence suivit.

— Quels sont les organes manquants ? s'enquit sir John, au bout d'une minute environ.

— Pour l'heure, répondit le praticien, il est difficile de se prononcer. Je vais devoir la transporter à mon cabinet et tenter de la remettre en état, pour ainsi dire. Quoi qu'il en soit, certaines parties feront défaut, je présume.

— Cela étant dû, sans conteste, au trafic auquel s'est livré son souteneur. Je n'avais jamais entendu une chose pareille ; je ne saurais même la concevoir.

— Peut-être pas seulement à cause de lui. L'assassin a fait un feu dans la cheminée... à moins qu'elle ne l'ait allumé elle-même, pour qu'ils aient chaud, pendant leur... transaction. En tout cas, dans les cendres du foyer, j'ai découvert des restes de ce qui semble être sa langue, laquelle lui fut tranchée dans la bouche. Ses yeux aussi ont été délogés de la tête. Ils auront eu tôt fait de fondre dans la flambée.

— Dieu du ciel ! Que lui a-t-il laissé ?

— Peu de choses, je le crains. Il lui a arraché le cœur et celui-ci se trouve intact dans l'âtre. C'est un muscle important, qui ne brûle pas facilement. Le foie, le pancréas et l'utérus sont tous trois retirés. L'estomac et les intestins sont au complet, et c'est une chance car la digestion permet souvent d'établir l'heure du décès de façon plus précise.

— Je ne sais trop que dire. Peut-être seulement qu'en la circonstance je suis soulagé de n'être point forcé de contempler ce dont vous me faites la description. Comme vous l'avez qualifié, monsieur Donnelly, c'est une horreur.

Un long et funeste silence s'écoula, durant lequel aucun des deux hommes ne prononça le moindre mot. Puis M. Donnelly finit par reprendre la parole.

— Sir John, dit-il, je pense que vous devez sérieusement réfléchir à mon hypothèse d'hier au soir. Vous vous souvenez, bien sûr ?

— Oui, et je me rappelle avoir dit que c'était là une perspective par trop effroyable, ne serait-ce qu'en pensée.

— Allez-vous à présent l'envisager ?

— Je crains de le devoir.

— Ce que nous observons dans ces quatre homicides, ce sont deux méthodes d'assassinat divergentes. Le premier et le troisième ont été perpétrés de manière à infliger la plus faible lésion externe possible à la personne assaillie. Celui-ci et le second sont le fruit d'une débauche de chairs entaillées et découpées. Je crois qu'il est fort probable que le meurtrier de la deuxième victime ait été interrompu, ou qu'il ait craint de l'être. Ce que nous voyons aujourd'hui n'est autre que ce dont il est capable, lorsqu'il a le temps et l'opportunité de mener à bien son diabolique dessein. Je suis stupéfait de constater qu'un acte de folie furieuse ait pu se prolonger au travers de ces horribles mutilations. En bref, cet assassin — devons-nous l'appeler le second? — désirait causer les dommages les plus cruels qui soient au corps de ses victimes.

— Entendu, dit sir John, supposons qu'il existe deux meurtriers. Comment brosseriez-vous le portrait de chacun?

Le premier signe d'une hésitation apparut chez M. Gabriel Donnelly qui, dès l'instant où il avait de nouveau soumis cette question au magistrat, s'était exprimé rondement et de manière fort persuasive. Ce ne fut qu'après avoir marqué une longue pause qu'il répondit, mais alors il réitéra ses dires et alla même jusqu'à balbutier quelque peu.

— Co... comment je dépeindrais chacun? Oui, eh bien, c'est-à-dire que... si je devais parler de... Prenons le premier... celui qui tue avec la fine lame.

— Allons-y, en effet. Que savons-nous de lui?

— De prime abord, nous savons qu'il utilise un stylet, et il s'agit là d'une arme de gentleman.

— Vous pensez donc que c'est un gentleman?

M. Donnelly ignora la déduction de sir John.

— Et nous savons qu'il en use avec la connaissance et la dextérité d'un médecin. Ces coups sont tout bonnement trop bien placés pour avoir été portés par un tiers ignorant l'anatomie humaine, et trop précis, pour qu'une main non aguerrie s'en soit chargée.

— Je présume que je dois accepter ce que vous avancez. Vous appartenez au corps médical, après tout. Mais qu'en est-il de sa force? Rappelez-vous qu'il a tenu et assassiné une femme de cent soixante-dix livres, puis il l'a soulevée et déplacée à quelque distance, pour la dissimuler.

— Ah oui, c'est vrai.

— Aussi devons-nous trouver un médecin gentleman de la taille et de la force d'un singe. Ces particularités forment un ensemble pour le moins curieux, n'est-ce pas ?

— Je vois ce que vous voulez dire.

— Mais qu'en est-il de celui que vous nommez le second meurtrier ? s'enquit le magistrat. Comment le décririez-vous ?

— Comme un aliéné.

— Son œuvre plaide en ce sens, déclara sir John avec quelque assurance. Mais même dans sa folie, il peut témoigner d'une certaine logique. Hier au soir, vous souteniez de manière convaincante que le même poignard n'aurait pu être utilisé dans tous les assassinats... qu'on avait fait usage de ce que vous appelez un stylet, dans les premier et troisième homicides, et d'un couteau à lame en dents de scie dans le second. J'en déduis que cette arme blanche, à lame épaisse et plus grossière, fut également utilisée dans ce meurtre ?

— Certes oui, j'en mettrais ma main au feu.

— Peut-être a-t-il utilisé cette arme horrible pour faire subir d'horribles tourments à ces victimes, lesquelles l'avaient mécontenté d'une façon ou d'une autre. Peut-être Polly Tarkin avait-elle tenté de le détrousser, de lui faire les poches... car nous savons désormais que c'était une voleuse. Peut-être cette pauvre femme, Tribble, a-t-elle prononcé quelque parole qui l'aura offensé. Alors, non content de tuer, il la mutile de surcroît. Il les a châtiées.

— Vous suggérez donc que je me fourvoie... qu'il pourrait, après tout, n'y avoir qu'un seul assassin.

— Oui, j'y ai songé, mais je suis loin d'en être certain. Vous pourriez avoir raison et moi tort. Mais réfléchissez à ceci : nous tous, sommes-nous, dans nos parties internes, tellement dissemblables du bœuf, du porc et du mouton ?

— Ma foi, il y a certes des différences, mais en général, je suppose que non, c'est vrai.

— Vous m'accorderez donc qu'un homme pourrait se familiariser avec l'anatomie humaine par analogie, pour ainsi dire, si des années d'expérience lui avaient permis de bien connaître l'anatomie de ces animaux ?

— Je commence à voir où vous voulez en venir.

— Qui besogne couramment avec des couteaux en dents de scie ?

— Eh bien, un boucher, bien sûr.

— Et qui, parmi ceux que vous avez vus récemment, serait assez grand et assez robuste pour porter une femme de cent soixante-dix livres sur l'épaule et s'éloigner ainsi avec elle ?

— Toujours le boucher... d'hier au soir, bien sûr. Il est aussi grand que votre brigadier Bailey, et sans doute aussi robuste, à force de manier des pièces de bœuf quotidiennement. Mais rappelez-vous, sir John, que j'ai examiné ses couteaux, et aucun d'entre eux n'était pourvu d'une lame assez fine pour infliger la blessure causée à cette jeune fille dans la venelle.

— Oui, certes, mais M. Bailey a omis de le fouiller, comme il me l'a avoué par la suite. Il n'est pas toujours aussi minutieux qu'il devrait l'être. Et même s'il l'avait fait, le stylet aurait très bien pu être dissimulé quelque part dans le passage. Une inspection nocturne à la lanterne n'allait pas révéler grand-chose. Je crois que je vais dépêcher Jeremy sur les lieux cet après-midi, afin qu'il les explore à nouveau, et qu'incidemment il fasse aussi un saut à l'étal du boucher, pour l'inviter à une causerie en soirée.

Ah, cher lecteur, vous devez vous douter combien semblable tâche ne m'enchantait guère. Si j'avais pu seulement m'entretenir un certain temps avec sir John, j'aurais peut-être réussi à le persuader de l'innocence de M. Tolliver. Mais il se révélait si intimidant qu'il m'était délicat de l'aborder de la sorte. Dans des circonstances pareilles, le poids de ma jeunesse me pesait grandement.

— À propos, monsieur Donnelly, vous possédez une

montre, si je ne m'abuse ? Pourriez-vous m'indiquer l'heure ?

Un instant s'écoula, puis le praticien répondit :

— Il est presque midi.

— Alors, Jeremy et moi devons nous en aller, car je suis attendu pour mon audience et elle devrait être intéressante. La clé est sur la porte. Je présume que d'autres tâches vous retiennent ici ?

— Pour un certain temps encore.

— Je vous ferai envoyer une charrette funéraire. Ils apporteront un cercueil. Il ne conviendrait point de la transporter dans un tel état.

— Entièrement d'accord avec vous.

CHAPITRE VIII

Où sir John dispense la justice avec diligence et sévérité

Parmi tout ce qu'on a dit de sir John Fielding ces dernières années, depuis qu'il est passé de vie à trépas, le propos le plus souvent entendu demeure aussi le plus fondé : c'était un homme juste.

Dans le domaine de la loi, il s'agit là d'une vertu, hélas, bien plus rare qu'on ne saurait le supposer. En sa qualité de magistrat, il incombait à sir John d'inculper les malfaiteurs. Ce qui s'avérait parfois malaisé, car il pouvait arriver qu'un méfait soit considéré comme une infraction, sans qu'il existe un texte précis, en matière de crime ou de délit mineur. En de semblables circonstances, et dans l'intérêt du droit, le magistrat devait témoigner d'ingéniosité en trouvant une loi adéquate à la faute particulière qui avait été commise. Et nul n'a jamais surpassé sir John, lorsqu'il était question de rendre justice avec sévérité.

Je ne vois de meilleur exemple à vous présenter, cher lecteur, que la manière dont il traita ces prisonniers appréhendés par M. Fuller au 6 King Street. Chacun avait sans contredit commis un délit plus ou moins grave, mais existait-il dans le droit commun anglais le moindre libellé correspondant à leur inconduite ? Je n'en savais rien... mais je n'étais alors qu'un garçon qui hantait le prétoire, pour y apprendre ce qu'il pouvait. Aujourd'hui, si j'ai mûri depuis et exerce la profession d'avocat, j'affirmerais encore ne pas connaître de lois pleinement adaptées aux délits commis par ces individus.

Que leurs actes aient été les plus scandaleux et les plus inconvenants qui fussent, la réaction du public au tribunal l'attesta, lorsque, à la requête de sir John, M. Fuller relata ce qu'il avait découvert, en arrivant sur les lieux de l'assassinat de Miss Tribble. On perçut des murmures dans l'auditoire et, ici et là, sans relâche, ce bruit de respiration que l'on reprend vivement et qui constitue l'expression la plus courante d'un étonnement horrifié. Comme il parvenait à la fin de son récit, alors qu'il narrait les actes de l'époux putatif de la victime, les spectateurs laissèrent échapper grognements et cris de rage. Une fois n'est pas coutume, mais sir John n'usa point de son marteau. Gageons qu'il souhaitait que les prisonniers prissent conscience du sentiment d'indignation général à leur endroit.

Lorsque le sergent de ville en eut terminé, sir John flanqua enfin un coup de marteau et rappela le public à l'ordre.

— Monsieur Fuller, déclara-t-il, restez où vous êtes, si vous le voulez bien, car j'aurai sans doute quelques questions à vous poser, tandis que j'examinerai le cas de chaque prévenu que vous m'avez amené.

Il marqua une pause, puis enchaîna :

— Prisonniers, veuillez vous lever.

Les cinq individus se levèrent tant bien que mal, et sans doute avec quelque inconfort, car ils étaient toujours attachés par le cou, et l'un à l'autre, par la double longueur de corde épaisse ; le premier et le cinquième portaient encore des menottes.

— Avant toute chose, vous devez décliner vos identités, afin que M. Marsden puisse les consigner dans les minutes de cette audience.

Ce qu'ils firent, en se nommant à tour de rôle : Albert

Palgrave, Ezekiel Satterthwait, Thomas Coburn, Lemuel Tinker et Edward Tribble. M. Marsden eut quelque peine avec le second patronyme ; il demanda à M. Satterthwait de l'épeler, ce dont était incapable le détenu. Le greffier s'en arrangea.

— À présent, reprit le magistrat, chacun de vous s'est comporté de manière ignominieuse. Cela ne fait pas l'ombre d'un doute. À moins que quelqu'un parmi vous veuille sérieusement contredire le compte rendu que vous venez d'entendre de la bouche de l'agent Fuller ? L'occasion vous est offerte de parler à votre propre décharge, si tant est que vous ayez quelque chose à dire. Je vous conseille donc de vous exprimer présentement.

Un silence des plus brefs suivit. Puis les cinq hommes se mirent à causer en même temps.

D'un coup de marteau, sir John les enjoignit au silence.

— Vous avez donc tous matière à récriminer ? Fort bien, je vous entendrai donc l'un après l'autre... Monsieur Palgrave, pour commencer. Monsieur ?

— Eh bien, la raison de ma présence en ce lieu m'échappe totalement, dit-il. On ne m'a même pas informé des charges qui pèsent sur moi, lorsqu'on m'a conduit ici de manière si incivile. Il est vrai que j'ai découvert le corps de cette traînée, mais...

— Et avez-vous alors fait prévenir Bow Street de votre découverte ?

— Certes non, mais...

— Non, vous ne l'avez point fait. M. Fuller m'a affirmé en avoir eu vent par un gamin de la cour, qui connaissait la défunte, et qui s'est présenté à lui de son propre chef. Alors, monsieur, si vous désirez un motif d'accusation, en négligeant de rapporter le meurtre de votre locataire, vous avez empêché l'enquête destinée à établir les causes de son décès. Mais cela, je dirais, n'est que le premier de vos manquements. Avez-vous, oui ou non, demandé un shilling par personne à tous ceux qui souhaitaient contempler son cadavre ?

La réponse de M. Palgrave fut étouffée par les cris des quatre autres qui se tenaient à ses côtés. Ils assurèrent vivement le magistrat que Palgrave les avait en effet laissés entrer, moyennant le versement de ladite somme.

— Y en avait qu'è'qu's-uns d'vant nous, brailla l'un des prévenus, peut-être Satterthwait. Il a dû gagner une somme rond'lette su' l 'dos d' la fille.

— Vraiment ? répliqua sir John. Combien ont payé pour contempler le corps ? Combien cette entreprise insolite vous a-t-elle rapporté ?

— Pas grand-chose... ma foi, une dizaine en tout et pour tout. Mais comme je vous l'ai dit auparavant, cette catin, Tribble, me devait sept shillings d'arriérés de loyer. Je me suis dit qu'il était de mon bon droit, en qualité de propriétaire, de me dédommager comme il se devait. Et puisque je possédais le logis — la cour entière —, j'avais le droit d'y accepter qui bon me semblait.

— Monsieur Palgrave, il y a quelque chose que j'aimerais savoir. Vous avez fait référence à Miss — ou peut-être Mme — Tribble en usant d'épithètes indiquant que vous la croyiez engagée dans la prostitution. À moins que vous ne les employiez de façon assez libre, uniquement pour signifier qu'il s'agissait d'une femme aux mœurs légères, une femme de basse extraction ?

— Que nenni, grand Dieu ! C'était bel et bien une putain !

— En êtes-vous certain ?

— Bien sûr que je le suis ! Je l'ai vue amener des hommes chez elle, à n'importe quelle heure du jour et de la nuit. Je les ai espionnés quelquefois aussi. Un jour, j'ai même vu de l'argent changer de main. Si ce n'est pas la preuve qu'elle vendait ses charmes, alors je me demande ce qu'il vous faut ! Tout le monde le savait.

— Et pourtant vous l'avez laissée continuer à vous régler le loyer et à occuper une chambre dans la cour ?

— Et alors ? rétorqua M. Palgrave sur la défensive. Il faut bien percevoir une rente de ses biens. Ce n'est que ces derniers temps qu'elle accusait du retard. La première année, elle me payait tout à fait régulièrement.

— Alors, ma foi, déclara sir John, nous tenons là le second chef d'accusation à votre encontre, monsieur. Vous dirigiez une maison close, en sachant pertinemment que vous louiez votre bien à des fins de prostitution, et en tiriez profit. Mais poursuivons. Dites-moi, lorsque vous avez posé les yeux pour la première fois sur le corps de cette femme, ce matin, comment l'avez-vous trouvée ? En quel état ?

— Eh bien, morte, évidemment.

— Vous n'avez pas bien compris. Était-elle assise ou allongée ? Vêtue ou dévêtue ?

— Disons que son corps se trouvait sur le lit et qu'elle était dénudée, encore que ce que j'aurais pris d'emblée pour une couverture quelconque n'était autre qu'un grand trou creusé dans son ventre.

— Et vous avez exigé un shilling de chacun de ces hommes et d'autres encore, pour qu'ils puissent voir cela ?

— Oui.

— Puisque vous l'admettez, je vous accuse à présent d'avoir présenté au public un spectacle lubrique et obscène, et d'avoir reçu de l'argent au titre de droit d'entrée au spectacle en question.

Albert Palgrave bredouilla quelque peu, tout en cherchant les mots idoines pour contester ces dires.

— Ce n'était pas un spectacle, contra-t-il après s'être ressaisi. Il s'agissait davantage d'une exposition... comme qui dirait... scientifique et non un divertissement.

— Elle était nue, n'est-ce pas ? Et découpée de manière indécente ? Non, monsieur, je réfute vos arguments. L'accusation est maintenue, je vous déclare coupable et vous condamne à quatre-vingt-dix jours d'arrêt à la prison de la Fleet.

— À la Fleet ? Je n'ai point de dettes, je n'ai point fait banqueroute !

— Cela risque de vous arriver avant que vous n'en soyez libéré, car je n'en ai pas encore fini avec vous. Je vous inculpe aussi pour avoir sciemment dirigé une maison close et perçu les recettes de la prostitution, et à cet égard vous inflige soixante jours d'emprisonnement à la Fleet; enfin, pour avoir entravé l'enquête judiciaire concernant le décès de Miss Tribble, je vous incrimine aussi et vous condamne à trente jours de prison à la Fleet. Les peines se cumulant... cela vous fera six mois en tout. Et si vous souhaitez ajouter à vos condamnations, il vous suffit de continuer à protester, de sorte que je puisse vous juger coupable d'outrage à la cour.

Muet de stupeur, M. Palgrave s'en mordit la langue. Quant à sir John, satisfait de lui avoir réglé son compte, il flanqua un coup de marteau, signifiant ainsi que l'affaire était close.

— Et maintenant, occupons-nous d'Edward Tribble. Nous avons entendu l'agent Fuller déclarer que cet homme, qui clame être le mari de la victime, proposait des parties du corps de la défunte à la vente, en guise de « souvenirs ». Monsieur Fuller, comment cela est-il parvenu jusqu'à vos oreilles? Qu'avez-vous vu et entendu, au juste?

Le sergent de ville se caressa le menton, tout en méditant.

— Eh bien, monsieur, répondit-il après quelques instants, en arrivant dans la chambre du meurtre, il y avait trois hommes entre moi et ce Tribble, de sorte qu'on ne m'a pas reconnu tout de suite comme étant un gardien de la paix. Je n'ai pas pipé mot pendant quelque temps, car j'étais si choqué de l'état de la victime que j'avais peine à en croire mes yeux. Mais je me suis rendu compte qu'un négoce quelconque se déroulait entre Tribble et cet individu, qui s'appelle Lemuel Tinker, je crois. Il m'a semblé qu'ils marchandaient le prix de quelque chose. Étant plus grand que les autres, je me suis placé dans un coin où je pouvais mieux observer leurs manigances. Alors, j'ai vu

Tribble lui montrer un objet assez petit et tout couvert de sang. Tinker lui a demandé : « C'est quelle partie d' son corps ? » Et Tribble de lui répondre : « J' ne connais rien à ses entrailles, mais pour trois shillings, en quoi ça aurait d' l'importance ? » « Si je dois l'ach'ter, a répliqué l'autre, alors faut qu' je sache comment ça s'appelle. » À ce moment-là, dès lors que j'avais compris ce qu'ils complotaient, j'ai dégainé épée et pistolet, pour appréhender tout ce petit monde.

— Vous n'avez donc point assisté à l'achat proprement dit, vous n'avez pas vu l'argent changer de main, ou la partie du corps passer de l'un à l'autre, ne fût-ce que pour être examinée ?

— Non, monsieur, en effet. Mais je n'avais jamais vu ou même entendu une chose pareille, et je souhaitais y mettre un terme sur-le-champ.

Sir John branla du chef d'un air approbateur.

— Je suis sûr, déclara-t-il, qu'à votre place j'aurais agi de même. Mais à présent, monsieur Tribble, il vous appartient de parler. Acceptez-vous la version de l'agent ?

— Pas un traître mot, non ! rétorqua le prévenu d'un ton des plus impudents. J' sais bien comment qu' fonctionne la justice. Faut qu' vous prouviez que j' suis coupable. Alors, j' nie tout en bloc !

Les personnes présentes dans la salle n'apprécièrent guère ces propos, pas plus qu'elles n'aimaient Tribble, à dire vrai. Un bourdonnement amer s'éleva dans les bancs. S'il avait alors été livré à l'auditoire, je doute qu'il eût survécu plus de quelques minutes.

— Je serais enclin à penser, reprit le magistrat, que nous étions près de le prouver, grâce au témoignage de M. Fuller. Lequel s'est révélé plausible. Il n'a pas prétendu en avoir vu ou entendu davantage qu'en réalité. Mais peut-être cela a-t-il été le cas d'un autre témoin. Logiquement, je devrais porter mon choix sur Lemuel Tinker. Alors, je vous écoute, monsieur Tinker ; le récit de M. Fuller, concernant ce qui s'est passé entre vous et

M. Tribble, était-il fidèle ? Voudriez-vous l'étoffer, au besoin ?

— Il était d'une fidélité remarquable jusque dans les termes utilisés, répondit l'interrogé, un petit individu au visage de fouine. Ce qui s'est produit auparavant, c'est que cet homme se trouvait dans la pièce, quand nous autres y avons tous trois pénétré, après avoir versé un shilling chacun au propriétaire. Il nous a dit : « C'est un crime infâme que celui qui vient d'être commis céans. Il restera dans l'Histoire. Cette pauvre chérie était ma femme et, bien que cela m'attriste de le faire, je vais proposer à la vente les parties de son corps découpées par celui qui a commis ce crime crapuleux. J'agis ainsi pour récolter de l'argent, afin de lui offrir un enterrement digne d'une chrétienne. » Il nous a fait croire qu'en achetant un morceau de la victime nous accomplirions un geste charitable. Je jure devant Dieu qu'il l'a fait, monsieur. Son cœur, il en demandait beaucoup, en le proposant au prix d'un jaunet ; le foie à dix shillings, quant à ce petit organe, il me le cédait contre cinq shillings. Je le lui ai fait baisser jusqu'à trois. J'étais le seul d'entre nous susceptible de dépenser quelque argent. Tout ce qui a été dit ensuite s'est déroulé exactement comme l'agent l'a décrit.

Sir John intervint alors :

— Il ne reste plus qu'un de vous trois, trouvé sur les lieux en compagnie de Tribble, que nous n'avons pas encore entendu ; il s'agit de M. Thomas Coburn. Alors, permettez-moi de vous demander, monsieur Coburn, avez-vous eu la preuve *de visu* que Tribble ait vendu le moindre organe, avant que vous n'entriez dans la pièce ?

Le prévenu s'exprima à voix basse et d'assez mauvaise grâce... ou du moins eus-je cette impression. Il commença une première fois, puis reprit, lorsque sir John lui ordonna de parler plus haut.

— Monsieur, dit-il, j'éprouve une grande honte à me trouver ici, et je me sens d'autant plus méprisable de m'être rendu dans ce lieu d'épouvante. J'aurais souhaité n'y avoir jamais mis les pieds, monsieur. Mais je vais faire de mon mieux pour répondre à votre question.

Il s'arrêta ensuite, prit une profonde respiration, puis poursuivit :

— Nous sommes restés tous les trois en file indienne, retenus par le propriétaire, jusqu'à ce que les autres aient libéré la chambre. Deux sont sortis. L'un d'eux, monsieur, était un robuste gaillard, presque aussi large que grand, avec un bandeau sur un œil. Il brandissait à la vue de tous une sorte de petit morceau ensanglanté, puis il a fait mine de le manger, avec force badinerie, le bougre. Certains ont ri, d'autres non. Ayant vu cela, je n'aurais pas dû pénétrer à l'intérieur, et je ne l'aurais pas fait, si je n'avais pas déboursé mon shilling.

Sir John hocha la tête, satisfait.

— Vous trois vous êtes montrés des témoins tout à fait coopératifs. Je prends bonne note et vous en suis reconnaissant, mais ne serait-ce que pour calmer mes doutes tenaces à votre endroit, messieurs Satterthwait, Coburn et Tinker, pourriez-vous tendre les bras, en présentant les paumes ? À présent, monsieur Fuller, voudriez-vous les examiner et me dire si vous y voyez la moindre trace de sang séché ?

L'agent obtempéra aux ordres de son chef et prit sa tâche avec le plus grand sérieux. Il alla devant chaque prisonnier et inspecta scrupuleusement chacune de leurs mains, dessus et dessous. Puis, lorsqu'il eut terminé, il tourna aussitôt les talons et s'avança vers le centre, devant le magistrat.

— Faites votre rapport, monsieur Fuller.

— Eh bien, monsieur, aucun d'entre eux n'a ce que j'appellerais des mains propres, mais je n'y vois aucune trace de sang.

— Parfait. Maintenant, je vous saurais gré d'examiner les mains de M. Tribble, s'il vous plaît.

Ce qui fut fait également, encore que l'agent dût quelque peu faire usage de la force, pour examiner l'accusé avec soin.

— Elles sont fort souillées et fort cramoisies, monsieur... les deux mains. Il y a même du sang coagulé sous les ongles, pardi.

— Merci, monsieur Fuller, dit sir John. À présent, en ce qui vous concerne tous les trois — Satterthwait, Coburn et Tinker —, je veux bien croire que vos faits et gestes à l'intérieur de cette pièce se soient avérés tels que vous les avez présentés. Vous vous trouviez surtout là pour jouer les badauds. M. Tinker a été tenté d'acheter l'une des infâmes reliques proposées par Tribble, moyennant de l'argent. Heureusement pour lui, il s'est abstenu. Eût-il passé à l'acte, son châtiment eût été plus grand. Certes oui, châtiment il y aura, car si M. Palgrave a offert un spectacle lubrique et obscène à des fins lucratives, vous avez tous les trois déboursé de l'argent et assisté audit spectacle. Pour y avoir été présents, je vous condamne chacun à trente jours à la prison de la Fleet. Il est tout aussi vrai que par votre présence même sur les lieux, vous avez entravé l'enquête judiciaire au sujet du décès de la victime de cet épouvantable assassinat. Je vous inculpe donc de surcroît à ce titre tous les trois. La peine, comme la première, en est de trente jours à la Fleet, mais elle sera purgée conjointement avec celle-ci. En d'autres termes, en même temps. L'un d'entre vous a déjà exprimé ses regrets et sa vergogne au sujet de ses actes. Je conseillerais aux deux autres de mettre à profit le mois qui les attend, pour méditer sur le préjudice moral que vous avez causé.

À ces paroles, sir John donna un coup de marteau, pour clore ainsi l'affaire.

— À présent, c'est à vous, monsieur Edward Tribble, déclara-t-il. Votre délit s'avère de loin le plus grave, comme en conviendront, je n'en doute point, toutes les personnes ici présentes. Lorsqu'on m'a rapporté pour la première fois ce que vous aviez fait, mon esprit a vacillé devant ce que mes oreilles entendaient. J'ai pensé que j'avais sans doute mal compris. Ainsi se trouve-t-on plongé dans l'ahurissement face à la nature de votre méfait. Lorsque vous comparaîtrez devant le juge, je vous conseille d'user pour votre défense de cette charlatanerie que vous avez éprouvée sur ces trois hommes malavisés. Dites-*lui* que vous vendiez les morceaux de cette femme afin de pouvoir lui offrir une sépulture chrétienne convenable. Qui sait ? Il se peut qu'il accepte l'argument. Il se peut que les jurés vous croient. Moi, en tout cas, je le conteste. Ce qui, de toute façon, importe peu, car, en la matière, mon seul devoir consiste à vous inculper et à vous déférer au parquet.

— Quoi ? hurla le prisonnier. Vous voulez dire que j' vais pas à la Fleet, avec les autres ?

— Non, vous n'y allez point. Vous êtes envoyé à Newgate, où vous attendrez de passer en jugement à l'Old Bailey.

— Sous quelle accusation ?

— Profanation des défunts.

Un silence envahit immédiatement la salle.

— Mais...

Tribble cherchait ses mots, incapable pendant un instant de formuler une phrase.

— Mais c'est comme qui dirait profaner les sépultures, pas vrai ? J' n'ai jamais fait ça. Elle était pas enterrée.

— Non, répliqua le magistrat, vous n'avez même pas attendu qu'elle soit sous terre pour faire offense à sa dépouille. À mon sens, ce à quoi vous vous êtes livré s'avère au moins aussi répréhensible et sans doute pire.

— Profanation des morts... c'est passible de pendaison !

— En effet, mais je vous laisse un espoir. Si vous coopérez avec mes agents, en les aidant à récupérer les organes que vous avez vendus — et je crois que vous connaissez les acquéreurs —, alors je recommanderai la transportation. Les juges de l'Old Bailey acceptent mes avis en matière de condamnation... presque toujours.

Edward Tribble lança un regard féroce alentour, mais ne pipa mot.

— Monsieur Fuller, reprit sir John, conduisez ces cinq hommes à la chambre de sûreté et amenez-moi celui qui s'y trouve. Pendant que vous vaquez à cette tâche, je déclare l'audience suspendue, de même que j'autorise les conversations et les déplacements dans la salle. Par ailleurs, j'appelle à la barre MM. Oliver Goldsmith et Jeremy Proctor.

Pareille occurrence survenait fort rarement. On ne m'avait jamais mandé en séance, hormis le jour de notre première rencontre, alors que j'avais treize ans, sur l'accusation fallacieuse de larcin. Et à présent, être convoqué en la compagnie d'un personnage aussi illustre qu'Oliver Goldsmith témoignait de l'élévation de ma condition au cours des deux années écoulées. J'ignorais cependant ce que lui et moi pouvions avoir en commun.

Lorsque je parvins devant sir John, quelque peu retardé par la foule qui grouillait dans la salle, je reconnus l'individu penché vers le magistrat avec lequel il était en grande conversation. Était-ce donc lui, Oliver Goldsmith ? Celui-là même qui avait pris la défense d'Ormond Neville, lorsque l'agent Perkins avait arrêté ce poète-journaliste au *Goose and Gander*. S'il s'agissait véritablement de Goldsmith, il avait environ ma taille, présentait une calvitie quasi totale (qu'il ne s'évertuait point à dissimuler sous une perruque), et offrait une physionomie des plus irlandaises.

L'homme en question me vit arriver du coin de l'œil et déclara à sir John :

— Est-ce ce garçon, monsieur ?

— Jeremy, est-ce toi ?

— Tout à fait, sir John.

— Ah, parfait. J'ignorais si tu te trouvais céans, lorsque je t'ai mandé. M. Goldsmith et moi avons besoin de cette gazette fielleuse dont ce Neville est l'auteur... tu te souviens de lui, bien sûr ?

Avant même que je pusse répondre oui ou non, M. Goldsmith m'adressa un vif signe de tête.

— Je suis certain qu'il s'en souvient. Il était avec le sergent de ville, lorsque Neville fut appréhendé.

— Ah, il y était donc ! s'exclama sir John. Mais, Jeremy, voudrais-tu à présent quérir mon exemplaire de ce libelle ? Il est dans mon cabinet, dans le tiroir du bureau. Tu ne devrais avoir aucune peine à le trouver.

— Certainement. Je reviens tout de suite.

Je les laissai sans un mot de plus et m'empressai de gagner la porte latérale du tribunal, que M. Fuller venait de franchir avec ses cinq détenus encordés. Celle-ci, bien sûr, menait à cette partie du rez-de-chaussée consacrée aux coulisses de la cour : la chambre de sûreté, l'armurerie des sergents de ville, l'alcôve de M. Marsden et les casiers à archives, ainsi que le sanctuaire de sir John. J'en connaissais alors les moindres recoins, comme n'importe quel endroit du 4 Bow Street.

J'y trouvai M. Fuller en train de conduire ses prisonniers dans la cellule, et retrouvant ainsi sa fonction de geôlier. Mais lorsqu'on faisait appel à lui, il prouvait qu'il était un sergent de ville digne de ce nom. Nul n'aurait su le surpasser dans son exploit de ce matin-là. Quand me manderait-on comme lui, pour faire mes preuves ? Oh, en cas de besoin, on m'assignait éventuellement la garde d'une porte, ou l'escorte d'une personne comme le rabbin, que j'avais dû raccompagner chez lui en traversant des rues susceptibles de présenter quelque danger. Mais à vrai dire, on ne m'avait jamais mis à l'épreuve. Qu'étais-je donc de plus que le jeune commissionnaire qu'on envoyait quérir ceci ou cela, porter une missive ou notifier sa comparution à un témoin ?

Et de nouveau, on m'avait envoyé chercher cette publication abjecte dans le cabinet du magistrat. N'aurait-il pu confier cette tâche à M. Marsden ? Non, pareille course eût été dégradante pour le greffier. Mieux valait diligenter Jeremy ; il faisait tout ce qu'on lui demandait de faire.

(Il en est souvent ainsi des garçons n'ayant pas encore atteint l'âge adulte, en proie à de telles crises de désappointement, tandis qu'ils surestiment leur valeur et mésestiment la bonne fortune qui leur échoit.)

Je franchis en trombe l'huis ouvert et entrai dans la pièce que sir John réservait aux interrogatoires privés et non officiels, aux réunions avec les agents ou autres. Je savais précisément où se trouvait l'objet de la quête qu'on m'avait assignée. Le bureau était pourvu d'un seul tiroir et ressemblait en vérité davantage à une table, mais cet appendice de rangement lui suffisait amplement. Le magistrat n'avait nul besoin d'amasser les documents ; pour cela, il faisait confiance à M. Marsden. J'ouvris ledit tiroir et en sortis la gazette repliée en raison de son grand format.

Tandis que j'allais le refermer, je m'interrompis, car mon œil avait aperçu un objet familier à l'intérieur. Il s'agissait de la bourse en cuir que j'avais trouvée sous le parquet de la chambre de Polly Tarkin. Malgré moi, j'en défis les liens et constatai avec satisfaction qu'elle contenait intact le même monceau de guinées et de souverains, comme le jour où je l'avais rapportée à sir John. Selon moi, il ne faisait par ailleurs aucun doute que personne n'en avait compté la somme. C'était vrai. Le magistrat se souciait peu de l'argent qui circulait dans le tribunal. Les paroles prononcées la veille au soir par le jeune butor me revinrent en mémoire : « Même que ça manqu'rait guère au Curieux si tu t' servais, ne s'rait-ce qu'un peu à chaque fois. »

Je plongeai la main dans le sac et laissai le trésor se répandre entre mes doigts. Il ne serait point nécessaire d'en prendre un peu à chaque fois. Dix guinées passeraient inaperçues dans un tel butin. Et n'avais-je pas découvert la bourse ? À ce titre, ne m'appartenait-elle pas autant qu'à sir John ? L'eussé-je gardée par-devers moi, nul ne s'en serait aperçu, mais je la lui avais remise, en songeant qu'elle aurait quelque importance pour l'enquête... pourtant ce ne fut pas le cas. Le magistrat l'avait négligemment glissée dans le tiroir. Comment ce sac pouvait-il me laisser indifférent, quand une simple portion de son contenu pouvait racheter la liberté de Mariah et l'arracher à cet ignoble arsouille qui gloussait à l'envi ?

Tout cela, cher lecteur, me traversa l'esprit l'espace d'une minute à peine. Je me remémorai toutefois les propos caustiques que ce souteneur m'avait adressés en dernier lieu : « Ce s'rait comme voler à la barbe d'un aveugle. » Et je vis au même instant l'image de l'affable et généreux visage de sir John Fielding — lui qui m'avait offert le gîte, le couvert et de nouveaux effets —, et je sus alors que je ne pouvais prélever une seule guinée dans cette bourse. Écartant tout sophisme et autre prétexte illusoire, je refermai l'aumônière par ses lanières et le tiroir dans un claquement. M'emparant de la gazette, je m'enfuis de la pièce et regagnai directement la salle d'audience.

Le bruit des conversations m'indiqua, comme j'ouvrais l'huis, que la séance n'avait pas repris... et je le constatai, en voyant le public fourmiller. Sir John s'entretenait toujours avec Oliver Goldsmith et s'exprimait avec flamme.

— ... si cela est nécessaire, oui, monsieur Goldsmith, car il doit être clairement stipulé que ce petit escroc de Yossel a été relâché pour des raisons valables et suffisantes. Vous n'avez pas besoin de préciser. Il vous suffit de dire que quelqu'un a rendu compte de ses faits et gestes cette nuit-là. Nous n'avons pas lieu de gloser sur la personne qui s'est portée garante de lui, ni d'étudier comment elle s'y est prise. Cette histoire aura tôt fait de se propager dans Londres, de toute façon.

— C'est fort possible, reconnut M. Goldsmith. Euh... le garçon s'en est revenu, monsieur.

— Ah, Jeremy, bien. As-tu cette maudite feuille dans les mains ? Donne-la-moi. Elle me sera utile lorsque je devrai la brandir.

Il tâtonna pour s'en saisir et je la lui plaçai dans la main.

M. Fuller réapparut, avec Ormond Neville dans son sillage.

— Le prisonnier est présent, annonça-t-il.

— Alors, nous pouvons commencer. Monsieur Goldsmith, ne vous asseyez pas trop dans le fond. Je vais vous convoquer à la barre. Et encore une fois, monsieur, je vous sais gré de votre proposition.

— Vous me voyez ravi de vous rendre service, monsieur.

Sur ces entrefaites, le magistrat heurta vivement la table de son marteau.

— L'audience du tribunal de Bow Street reprend ! proclama M. Marsden en se levant. Que chacun regagne sa place et se taise, car sir John Fielding, en sa qualité de magistrat, va entendre à présent la dernière affaire à l'ordre du jour.

Il fallut à peine une minute aux spectateurs pour se répartir sur les bancs et les chaises prévus à cet effet. Je remarquai avec intérêt qu'en regagnant sa place, qui se trouvait en fait à l'avant, Oliver Goldsmith s'installa auprès de M. Millhouse, le voisin de la seconde victime, Polly Tarkin. Pour ma part, je fis des pieds et des mains pour trouver un siège mieux situé que celui que j'occupais précédemment, et finis par en dénicher un sur le côté, derrière M. Fuller et son détenu, Ormond Neville.

— Silence, silence ! clama sir John, et l'auditoire obtempéra. Monsieur Marsden, veuillez appeler le prisonnier.

Le greffier l'appela donc par son nom. Tandis que M. Neville se présentait à lui, le magistrat annonça à voix haute :

— Je mande également M. Benjamin Nicholson.

Quelle ne fut pas ma stupéfaction, cher lecteur, de voir surgir du fin fond de la salle le jeune associé de l'éditeur William Boyer, qui s'approcha tête basse de la barre.

C'était un homme réputé dans Grub Street, et tenu en si haute estime par son partenaire aîné que l'enseigne avait été récemment changée de « Boyer » en « Boyer et Nicholson ». Cet individu ne faisait pourtant guère parade d'orgueil, tandis qu'il s'avançait d'un pas traînant pour se placer aux côtés du prévenu.

— Monsieur Neville, reprit sir John en s'emparant de la gazette pour l'agiter devant lui, êtes-vous l'auteur de cette scandaleuse concoction de conjectures, soupçons, inventions et autres mensonges ancestraux ?

— Ah... eh bien, oui, je suppose, en effet. Oui.

— Tant d'hésitation ! Qu'est donc devenue la fierté de l'auteur ? Et vous, monsieur Nicholson, ne l'avez-vous point publiée ?

— Ma foi, nous l'avons imprimée.

— Vous semblez faire ce que j'appellerais une « distinction erronée ». N'avez-vous pas rétribué M. Neville pour son écrit ? N'avez-vous pas pris en charge son impression dans l'atelier même de Boyer et Nicholson ? N'avez-vous pas engagé une compagnie de colporteurs pour distribuer la gazette à travers toutes les rues de Londres, et la vendre au prix que vous aviez fixé ? Votre maison de commerce n'a-t-elle tiré enfin aucun bénéfice de cette petite entreprise ?

M. Nicholson poussa un profond soupir.

— Oui, sir John, admit-il.

— Le processus que j'ai décrit ne constitue-t-il pas une publication, telle qu'on a coutume de l'entendre ? Je réitère donc ma question, monsieur... ne l'avez-vous pas publiée ?

Le témoin soupira encore, puis répondit :

— Si, sir John.

— À présent, dites-moi, l'un ou l'autre, à qui revient l'idée de créer ce... (sir John hésita)... ce tissu de conclusions hâtives et d'absolues calomnies ?

Les deux hommes s'exprimèrent à l'unisson, chacun désignant l'autre de l'index :

— C'est lui.

— Eh bien, dit le magistrat, je constate qu'il subsiste ici une divergence d'opinions. Souffrez que je vous interroge et que j'apprécie vos réponses. Monsieur Neville, pourquoi affirmez-vous que M. Nicholson est l'initiateur du projet ?

— Disons, monsieur, que c'est parce qu'il m'a appelé à son bureau et suggéré de mener une enquête au sujet du meurtre de Polly Tarkin, dont je n'avais pas même eu vent. Selon lui, il y avait matière à écrire un article.

— Parfait, dit sir John, et par quelle entremise avez-vous été au courant de l'assassinat, monsieur Nicholson ?

— Je l'ai appris de la bouche de Giles Ponder, pasteur de Saint-Paul, à Covent Garden, qui a un ouvrage en préparation avec nous. Il a dit avoir été réveillé par du vacarme — des éclats de voix, des lanternes, et autres — à la grille au fond du cimetière. Il est descendu pour se renseigner et un agent lui a annoncé qu'une femme avait été découverte assassinée à cet endroit. Le sergent et un garçon étaient alors en train de déplacer le corps.

J'étais le garçon en question, bien entendu. Et je me souvins qu'un homme d'Église à demi vêtu s'était présenté à nous, la chemise de nuit pendant par-dessus sa culotte, et nous avait questionnés sur ce que nous faisions. (À ce moment-là, sir John se trouvait à l'écart, conversant avec Miss Linney et consœurs.) Toujours aussi peu bavard, l'agent Brede avait simplement répondu à l'ecclésiastique qu'une femme avait été assassinée, avant de lui souhaiter une bonne nuit... ou le bonjour, car l'aube se levait alors.

— Et c'est fort de ce renseignement que vous avez mandé M. Neville, n'est-ce pas ?

— Oui, en effet.

— Et vous, monsieur Neville, vous êtes mis en quête de tout ce que vous pouviez glaner sur cette macabre affaire ?

— Oui, monsieur, répondit Ormond Neville.

— Et comment avez-vous déniché les informations que vous avez couchées par écrit ?

— Eh bien, j'ai découvert à ma grande surprise et avec bonheur qu'un homme de ma sphère d'accointances était voisin de la victime, à savoir qu'il logeait littéralement à une porte de chez elle. Il m'a confié le nom de la femme, sa profession, et l'endroit où je pourrais chercher celles qui, parmi ses sœurs écarlates[1], pourraient m'en dire davantage. Je me suis donc rendu à Bedford Street, je leur ai offert quelques verres et j'ai eu tôt fait de collecter une grande partie des renseignements nécessaires.

— Permettez-moi de vous interrompre, monsieur, intervint sir John. Ce membre de votre cercle devait être M. Thaddeus Millhouse, poète de son état, tel qu'il se définit lui-même. Il se trouvait ce matin-là dans la chambre de sûreté, ici à Bow Street, en attente de comparaître à l'audience, pour refus d'obtempérer, lorsque j'avais donné l'ordre de quitter la venelle où le meurtre avait eu lieu. Lui avez-vous parlé dans sa geôle ?

Lorsque Ormond Neville avait prononcé : « un homme de ma sphère d'accointances », mon attention s'était aussitôt portée sur Thaddeus Millhouse. Je crains même de l'avoir fixé du regard. J'ignore s'il éprouvait un sentiment de honte ou de culpabilité, mais il se recroquevilla sur place, aux côtés de M. Goldsmith, et quand on fit mention de son nom, il tenta réellement de masquer son visage. Mais pourquoi ? Seules cinq ou six personnes présentes l'auraient reconnu, encore que l'une d'elles fût aveugle. Certes, nul ne désirerait entendre prononcer son patronyme en audience publique, et en de telles circonstances. Quoi qu'il en fût, son attitude semblait étrange.

1. Allusion à *L'Apocalypse*, dernier livre du Nouveau Testament ; dans ce passage (17, 1-5) dit de *La Prostituée fameuse*, cette dernière est décrite comme une femme vêtue de pourpre et d'écarlate, chevauchant la Bête. (*N.d.T.*)

M. Neville m'étonna par la réponse qu'il formula au magistrat.

— Oui, je lui ai parlé. Ayant eu vent de son infortune, la femme de M. Millhouse m'avait demandé de lui apporter une chemise propre, afin qu'il ait l'air plus présentable pour son apparition devant la cour. Ce que j'ai fait, et votre gardien m'a laissé entrer à cette fin. J'ai alors eu un bref conciliabule avec M. Millhouse, où j'ai fait allusion à mon investigation pour la rédaction de l'article.

— Hmmm... fit sir John, voilà qui est des plus intéressant. Puis vous vous êtes adressé à ces femmes des rues pour en savoir davantage. Ce sont elles qui vous ont appris l'existence de Yossel Davidovich et son altercation avec la victime.

— Oui, monsieur.

— Parmi celles avec qui vous avez causé, s'en trouvait-il une qui aurait en effet assisté à la querelle ? Je puis presque répondre à votre place, car je tiens cela pour hautement improbable, à moins que vous n'ayez devisé avec Sarah Linney, puisqu'elle était le seul témoin.

— Il s'avère que je n'ai pas noté leurs noms. Elles n'étaient que deux.

— L'une ou l'autre de ces femmes a-t-elle *prétendu* avoir assisté à la dispute ?

— Pas à proprement parler, non, mais elles affirmaient que ce Yossel *avait été vu* en pareille situation avec la victime. Elles ne l'aimaient aucunement ; l'une d'elles jura même qu'il l'avait volée, qu'il avait brandi un poignard, en la menaçant de lui trancher le nez. Il m'a semblé être un individu fort néfaste.

— Pourtant, en ce qui concerne la querelle entre Yossel et la victime, vous avez accepté l'ouï-dire.

— Ma foi, je ne pouvais me mettre en quête d'autres témoins ou renseignements. L'article devait être écrit le jour même !

— Et compte tenu de cette urgence, vous étiez prêt à l'accuser de meurtre, sans davantage de preuves pour étayer vos griefs que l'hypothèse selon laquelle il *aurait pu* retourner à cet endroit, entraîner la victime dans le passage et l'assassiner. Laquelle hypothèse, qui plus est, se fondait uniquement sur l'ouï-dire. Monsieur Neville, *cela ne saurait me convenir.*

Sir John avait prononcé ces paroles non sans une profonde gravité. Peu après, en revanche, il parut réprimer un sourire.

— Vous avez affirmé, monsieur, qu'à en croire ce qu'on vous avait rapporté, Yossel Davidovich semblait un individu des plus néfastes. Mais dites-moi, quelle impression vous a-t-il faite ?

— *Mon* impression ? Enfin, comment pourrais-je...

— Vous avez passé la nuit en sa compagnie.

— Dois-je comprendre, monsieur, que cet avorton pleurnicheur n'était autre que lui ? Il a tremblé la moitié de la nuit, parce qu'*ils* étaient à ses trousses... sans jamais expliquer qui *ils* étaient, en fait. Il disait ne plus jamais être capable d'arpenter à nouveau les rues de Londres. Cette *chose-là* était donc Yossel ! Vous ne plaisantez point, j'imagine ?

— Que nenni, monsieur. Et en vérité, ses craintes étaient justifiées, car *ils* étaient effectivement à ses trousses. Lui-même et le rabbin qui l'avait persuadé d'obtempérer à mon assignation, en vue de son interrogatoire, ont été pris en chasse et harcelés tout au long du chemin jusqu'à Bow Street, par des citoyens que votre texte incendiaire avait déchaînés. Si deux de mes sergents de ville ne s'étaient pas interposés pour les protéger, les malheureux auraient pu subir des dommages corporels... l'un pour avoir été diffamé à tort par vos soins, et l'autre parce qu'il était à l'évidence de confession juive. Les charges pesant sur vous sont donc prouvées. Par votre ingérence, vous avez entravé mon enquête concernant le décès de Polly Tarkin, en désignant à tort, quoique avec une profonde certitude, Yossel Davidovich comme son assassin. Au cours de l'enquête judiciaire de ce matin, un témoin a rendu compte des faits et gestes de votre accusé, en apportant ainsi la preuve qu'il n'avait pu se livrer à cet acte. Quant à l'incitation à l'émeute, cette charge demeure également incontestable, puisque ce qui aurait pu se transformer en sédition fut évité grâce à un prompt déploiement de force des gardiens de la paix. Aussi, monsieur Ormond Neville, vous êtes coupable sous ces deux chefs d'accusation. Mais selon moi, monsieur, il y a plus flagrant et plus préjudiciable ; ce sont les antiques calomnies contre les Juifs dont vous vous êtes fait l'écho dans l'article. Que vous a-t-il donc pris d'agir ainsi ?

— Euh... eh bien... monsieur, vous devez comprendre qu'une grande quantité de mots sont nécessaires pour remplir une gazette, et j'ai pensé combler le vide par un peu d'histoire.

— De l'*histoire*, dites-vous ? Et comment diable vous est venue cette « histoire » ? Vous l'a-t-on enseignée à l'école ? L'avez-vous lue dans quelque ouvrage ?

— Non, mais j'ai œuvré pendant une certaine période en qualité de secrétaire du consul britannique, sir Anthony Allman, dans la cité de Saint-Pétersbourg, en Russie. J'ai eu alors de nombreux entretiens avec les Russes, au sujet des Juifs, et ils paraissaient tout à fait sûrs des faits concernant les pratiques secrètes des Israélites. Disons que je tenais ces renseignements de source sûre.

— Je conteste cette source, rétorqua sir John, tout autant que je réfute vos prétendus faits. Par ailleurs, avez-vous jugé ces Russes bien informés ? Faisaient-ils montre d'une grande connaissance en d'autres domaines ?

— Ils m'ont paru fort cultivés, répondit Neville, car ils parlaient tous le français.

— Et c'est là votre critère ? *Bah!* vous dis-je et le répète, bah ! Les Russes forment une population d'ignares qui prétendraient que la terre est plate s'ils n'en possédaient pas une si grosse portion. Je récuse votre « histoire », monsieur, et s'il existait une loi contre la calomnie à l'endroit de tout un peuple, je vous inculperais aussi bien à ce titre, car vous êtes clairement coupable d'avoir diffamé les Juifs.

À ces mots, le magistrat marqua une pause, comme pour reprendre son souffle.

— Mais il n'existe aucune loi semblable, aussi devons-nous nous tourner à présent vers M. Benjamin Nicholson. Dites-moi, monsieur Nicholson, lorsque M. Neville vous a apporté ce qu'il avait rédigé, l'avez-vous lu de bout en bout ?

— Eh bien, oui, certes.

— Vous ne l'avez point montré à M. William Boyer, votre associé ?

— Non, il s'intéresse aux ouvrages et à leurs ventes, en dehors de toute autre chose. Je m'occupe de l'impression de ces livres, ainsi que de celle des gazettes, annonces et autres textes qu'il nous arrive de publier.

— Je vois. Et lorsque vous l'avez lu, vous n'y avez rien trouvé qui soit sujet à controverse ? Rien de factieux ?

— Ah, ma foi, sir John, je ne suis pas homme de loi, pas plus que M. Neville n'excelle en la matière. Il m'a semblé que l'article contenait des informations que le public était en droit de connaître. Il nommait un malfaiteur, peut-être avec trop de certitude, mais le public aime la certitude. Les subtilités du droit lui échappent.

— Je ne le sais que trop, admit sir John. Mais ne nourrissiez-vous aucun doute quant aux pratiques abominables attribuées aux Juifs... les meurtres d'enfants chrétiens et ce genre de faits ?

— À cet égard, je n'ai aucune compétence de quelque sorte que ce soit. Disons que je n'ai rien à leur encontre, hormis ce qui nous est dit dans les Saintes Écritures. Mon propre conseiller en matière de finances est un Juif et je le tiens pour mon ami. Cependant, s'il existe un principe qui nous est cher chez Boyer et Nicholson, c'est la liberté d'expression de l'auteur. Nous n'imposons pas notre volonté à l'écrivain.

— Vous voulez dire qu'il aura le droit d'affirmer ce que bon lui semble, et vous vous contenterez de le publier tel quel ?

— Eh bien, il y a des limites, naturellement.

— Quant à — comment l'appeler ? — l'essai ?... de M. Neville, n'a-t-il point franchi ces limites ?

— Non, je suppose que non.

— Certes non, puisque vous l'avez publié. Par conséquent, je vous tiens coupable au même titre qu'Ormond Neville des charges qui pèsent sur lui, à savoir : ingérence et entrave au bon déroulement d'une enquête judiciaire, et incitation à l'émeute.

— Mais...

— Il n'y a pas de « mais », monsieur. Il a enfreint la loi en écrivant ce qu'il a écrit, et vous en le publiant. Mais la tâche qui m'incombe à présent s'avère délicate, laquelle consiste à vous punir tous deux comme il convient. Conformément à la loi, vous devriez l'un et l'autre purger une peine de prison... d'un minimum de trente jours, je dirais. Mais en arrivant ici à Bow Street pour présider les audiences d'aujourd'hui, j'ai trouvé une lettre en provenance de M. William Boyer. Il s'agissait, en fait, d'un appel à la clémence pour M. Nicholson, exprimé en des termes on ne peut plus concrets. Il y disait être un peu trop âgé et avoir perdu tout contact avec les domaines de son établissement concernant l'impression et la fabrication. Et si M. Nicholson venait à s'absenter pour quelque période prolongée, M. Boyer devrait cesser toutes ses activités, hormis celle de la librairie ayant pignon sur rue. Les typographes et les relieurs se retrouveraient sans emploi pour la durée de l'absence de son associé. Je connais M. Boyer. Il a rendu service à la cour dans le passé et je n'ai nulle raison de douter du bien-fondé de la situation qu'il décrit. N'ayant aucun désir de priver d'honnêtes gens de leur labeur, je m'abstiens donc d'infliger une peine d'emprisonnement à M. Nicholson. Pourtant, comme je l'ai jugé coupable au même titre que

M. Neville, je ne puis alors frapper uniquement ce dernier. Pas plus que je ne puis laisser leurs méfaits impunis.

Sir John se tut et s'adossa un moment à son siège, comme plongé dans ses réflexions. Il demeura ainsi pendant près d'une minute. Puis il s'exprima à nouveau, et l'on eût dit qu'il considérait encore l'affaire :

— J'ai particulièrement à cœur que l'acte délictueux auquel vous avez tous deux collaboré ne génère aucun bénéfice. Dites-moi, monsieur Neville, combien vous a-t-on rémunéré pour la rédaction de cet article ?

— Deux guinées, monsieur.

— Tel sera le montant de votre amende. Et vous, monsieur Nicholson, quels profits votre établissement a-t-il tirés de la diffusion de la gazette dans toute la ville ?

— Vous livrer un chiffre exact s'avère délicat, monsieur, mais cela devrait avoisiner peu ou prou les vingt-cinq guinées.

— Ah, les auteurs pourraient tirer la leçon d'une telle disparité, n'est-ce pas ? Mais là n'est pas la question. Vingt-cinq guinées sera donc le montant de votre amende, monsieur Nicholson.

— Mais, sir John, il s'agit là des finances de notre maison de commerce, et non des miennes.

— Vous êtes associé, n'est-ce pas ? Trouvez un arrangement avec M. Boyer. Toutefois, la faute n'a pas été réparée, et tandis que j'étais en proie à ce dilemme, je ne voyais aucune issue, jusqu'à ce que M. Oliver Goldsmith se présente à moi et me fasse une offre des plus généreuses. Monsieur Goldsmith, voudriez-vous venir, à présent, et la réitérer ?

S'approcha alors Oliver Goldsmith, du pas souple de celui qui a coutume de se déplacer à pied dans la capitale ; l'homme avait du jarret, ou plutôt en avait-il deux, et il en usait à bon escient. Il prit place auprès d'Ormond Neville.

— J'ai cru comprendre, monsieur, déclara le magistrat à l'adresse de M. Goldsmith, qu'en premier lieu vous souhaitiez exposer clairement les scrupules qui sont les vôtres ?

— Certes oui, monsieur. D'ordinaire, je partage l'avis émis par M. Nicholson, à savoir qu'un auteur doit rester libre de ses propos, et que s'il est dans l'erreur, celle-ci sera corrigée par d'autres écrits qui le contrediront. Telle est la nature intrinsèque de la controverse, et la controverse se trouve au cœur même de la vie intellectuelle. Néanmoins, lorsque j'ai lu l'article de M. Neville, je me suis vivement inscrit en faux à propos de certains passages, notamment ceux qui traitaient de manière générale des Juifs, de leur histoire et des pratiques criminelles. Tout comme vous, je conteste ses sources, et nous en discutions avec flamme, attablés au *Goose and Gander*, avant que votre agent n'arrive pour l'emmener.

— Et que suggérez-vous alors, monsieur Goldsmith ? s'enquit sir John.

— La seule réponse à une semblable gazette serait un autre article faisant état — comme vous les avez qualifiées — des conjectures, inventions et calomnies ancestrales de M. Neville, et s'employant à les rectifier. Mon offre consiste simplement à le rédiger, afin qu'il puisse paraître le plus tôt possible et pour le plus grand bien de tous.

— Votre généreuse proposition est acceptée, monsieur, et M. Nicholson, soyez-en sûr, sera ravi de publier votre écrit, aux conditions qui restent à établir entre vous deux.

Je m'en revins de Covent Garden passablement abattu et inquiet. Le magistrat m'avait assigné une course que j'appréhendais plus que toute autre. La boucherie du meurtre de King Street renvoyait les soupçons de sir John sur la personne du boucher, M. Tolliver. En définitive, lorsqu'on m'avait confié le soin d'inviter ce dernier à une causerie au sujet de l'affaire, j'étais parvenu à balbutier quelques paroles à sa décharge.

— C'est, déclarai-je à sir John, un homme bon, incapable de faire le moindre mal à âme qui vive. Il...

Et le magistrat m'avait alors interrompu tout net, en répliquant :

— En l'occurrence, ce n'est pas le tourment des âmes qui nous concerne, Jeremy, mais plutôt de graves agressions sur des personnes physiques. Va-t'en et tâche de le trouver. Invite-le à venir me voir. Je souhaite m'entretenir avec lui.

(Sir John se montrait rarement aussi sec avec moi... mais je ne lui offrais guère matière à l'être. Pour sa défense, si toutefois il devait en avoir besoin, il serait bon de noter qu'il s'était plaint, peu de temps auparavant, de n'avoir jamais connu de journée plus épuisante en séance. Celle-là semblait l'avoir affaibli, et cela se voyait.)

Je m'étais donc rendu à Covent Garden, pour transmettre l'invitation à M. Tolliver, en me frayant un chemin parmi la foule de l'après-midi, sans porter mon regard très loin, pensant peut-être un peu trop à mon propre malaise, causé par la mission qu'on m'avait confiée. Je fus donc grandement stupéfait, lorsque je parvins à l'étal du boucher, de le trouver fermé.

Je regardai alentour. Était-il possible que je me fusse trompé d'emplacement ? Non, bien sûr que non. J'y étais venu trop souvent acheter de la viande pour la maisonnée. Mais je me trouvais là, où j'avais toujours l'habitude de venir, et M. Tolliver n'y était point ; aucune pièce de viande suspendue, en attente de découpe, rien qu'une échoppe aux volets clos, bouclée par un gros cadenas. Où était-il donc passé ? Nul doute qu'il avait fermé boutique tôt, ce jour-là. Mais pourquoi ?

Je me dirigeai vers le maraîcher voisin. Derrière l'étal, une femme s'affairait à disposer son assortiment de carottes, pommes de terre et autres légumes. Je restai planté là, en attendant qu'elle me remarque, mais cela tardait à venir. Elle leva enfin le nez sur moi et grommela quelque chose.

— Je me demandais, madame, si vous pouviez me dire où M. Tolliver s'en est allé.

— Aucune idée.

Elle revint à sa besogne d'agencement de ses marchandises.

— Alors, quand est-il parti ?

— Il n'est jamais v'nu, dit-elle, sans relever la tête.

— N'a-t-il laissé aucune indication sur le lieu où il se rendait ?

— Pas un mot. Lui et moi, on n'a pas grand-chose à s' dire. Parce qu'il est l' seul boucher du Garden, il pense qu'il est au-d'sus des autres. Sa place n'est pas ici et il devrait l' savoir. L' Garden, c'est pour les fruits et les légumes, et Smithfield, c'est pour la viande, comme chacun sait.

Puis elle leva encore les yeux sur moi... non, elle me fustigea du regard, en ajoutant :

— Maint'nant, si tu n'as rien à m'ach'ter, j' te saurai gré de vaquer et d' laisser la place aux vrais clients.

Indigné, quoique toujours déconcerté, je n'en dis pas plus, mais obtempérai. En vérité, songeai-je, à la place de M. Tolliver, j'aurais moi-même peu envie de deviser avec une telle harengère. Je tâchai de me renseigner auprès du commerçant qui tenait l'étal suivant. Bien que plus éloigné de celui de M. Tolliver, il serait peut-être en meilleurs termes avec le boucher. Mais, s'il se montra nettement plus civil — il me reconnut comme un de ses clients occasionnels —, il ne me fut guère plus utile que la mégère d'à côté. Pour autant qu'il le sût, M. Tolliver ne s'était pas montré de la journée ; son échoppe était restée telle qu'alors : fermée au cadenas. Et si les deux marchands causaient parfois, en se saluant le matin ou le soir, leur relation n'allait guère plus loin, certainement pas au point qu'il puisse expliquer l'absence du boucher, ce jour-là.

Décrétant qu'il serait vain de poser d'autres questions, je traversai Covent Garden, en direction du 4 Bow Street. Si j'avais connu l'adresse de M. Tolliver, je m'y serais rendu et l'aurais cherché. Nul doute, me dis-je, cet homme était souffrant ; mais le cas échéant, ce serait, autant qu'il m'en souvînt, la première fois... et il paraissait en parfaite santé, la veille au soir. Tout en cheminant, son absence me tracassait, surtout qu'elle risquait de peser lourd contre lui, dans l'esprit de sir John. On pourrait sans doute rencontrer le boucher en son logis, sinon, il se montrerait dans un jour ou deux.

Je trouvai le magistrat confortablement installé dans son cabinet, une bouteille de bière sur son bureau, que M. Marsden avait dû aller quérir pour lui de l'autre côté de la rue. Il me pria de m'asseoir pour livrer mon rapport et je m'exécutai. Il écouta, ne trahissant quasiment aucune réaction. Il semblait à vrai dire apathique et quelque peu distrait, comme si son esprit errait ailleurs. Et il se trouva que c'était le cas.

— Jeremy, déclara-t-il, je crains de t'avoir donné un mauvais exemple, aujourd'hui.

J'étais pour le moins surpris d'entendre pareils propos. Bien qu'il se fût plaint que sa journée d'audience l'avait exténué, je l'avais jugé particulièrement perspicace et astucieux en séance.

— De quelle façon, monsieur?

— De la manière dont j'ai traité ce jeune scélérat, Tribble.

Il soupira, avant d'enchaîner :

— En premier lieu, je n'aurais point dû le rosser. Si l'agent Fuller — ou M. Bailey, ou Perkins, ou qui que ce soit parmi eux — avait agi ainsi, il aurait reçu un sévère reproche de ma part. Mais, Dieu du ciel ! as-tu entendu ce qu'il a dit? « C'était ma femme et ma catin », comme si cela lui octroyait le droit de faire d'elle ce que bon lui semblait, qu'elle fût morte ou vive.

— Oui, monsieur, j'ai entendu cela.

— Tout au long du chemin qui me ramenait à Bow Street, j'ai cherché sans relâche un chef d'accusation pour ce qu'il avait fait, et aucun ne m'est venu à l'esprit, si ce n'est celui dont j'ai fait usage à son encontre. Certes, la profanation des défunts est *en effet* un crime passible de pendaison, pour décourager les détrousseurs de sépultures... mais elle ne devrait pas l'être. Le meurtre, oui, je suppose... encore que même dans le cas d'homicide volontaire, il existe davantage de circonstances atténuantes que la cour n'en accorde en général. L'acte auquel on se livre sur un corps après la mort n'est pas aussi grave que l'assassinat. Peut-être que, dans son esprit corrompu, il avait réellement la vague intention d'offrir à la victime une inhumation convenable, grâce au produit de ses ventes ; idée révoltante s'il en est, mais pragmatique, si j'ose dire. Qui peut apprécier de telles affaires ?

Il se tut, haussa les épaules, puis reprit :

— Eh bien, c'est le devoir d'un juge et des jurés. Ils seront choqués, sans nul doute, et tout aussi horrifiés que moi... et peut-être se prononceront-ils tous pour le gibet. Mais il ne devrait pas être pendu... pas pour l'acte qu'il a commis. Ce serait injuste. Demain matin, Jeremy, nous rédigerons une lettre pour le président de la Haute Cour, lui exposant les faits, tout en insistant quelque peu sur le projet de funérailles cité par l'accusé. Je plaiderai en faveur de la clémence, suggérerai la transportation pendant quelques années. Peut-être parviendront-ils à le purger tant soit peu de sa perfidie, dans les colonies.

— Vous avez déjà dit que vous le feriez, s'il aidait à retrouver les... organes manquants.

— Oh, il s'en est acquitté... il a livré deux noms et même une adresse. Il s'est montré plus coopératif que jamais. Je dépêcherai deux agents pour les amener ici ce soir.

— Je pourrais me rendre chez M. Tolliver en soirée et lui transmettre votre convocation. Je crois que M. Bailey sait où il réside.

— Non, je confierai cette tâche à l'un des sergents de ville... et il s'agira, comme je te l'ai promis, d'une simple invitation à venir converser... demain, à un moment ou un autre.

Je me levai de mon siège :

— Y a-t-il autre chose que je puisse faire pour vous ?

— Non. Pourquoi ne pas aller voir M. Perkins ? Il m'a confié que tu étais un élève grandement doué, et que tu devenais plus redoutable de jour en jour.

J'éclatai de rire, pour masquer mon embarras.

— Il exagère, monsieur.

— Quoi qu'il en soit, Jeremy, dit-il, tâche de ne jamais devenir une brute.

La mention de ce mot me rappela soudain l'épisode que j'avais vécu plus tôt ce jour-là, dans cette même pièce.

— Oh, sir John, il y a une chose dont je dois vous informer, me semble-t-il. Lorsque tantôt vous m'avez envoyé quérir cette gazette dans le tiroir de votre bureau, j'ai remarqué que vous aviez laissé cette bourse contenant le butin, rapportée par mes soins de la chambre de Polly Tarkin. J'ai pensé que vous aviez peut-être oublié qu'elle s'y trouvait. J'ignore la somme d'argent qu'elle contient, mais elle doit être assez coquette.

— Tu as raison. J'avais oublié. Je la remettrai à M. Marsden, afin qu'il la place dans le coffre-fort, jusqu'à ce que nous décidions quoi en faire. Et...

— Oui, sir John ?

— Merci de me l'avoir rappelé.

CHAPITRE IX

Où sir John attend avec impatience la veille de la Toussaint

M. Tolliver avait complètement disparu. L'agent Langford revint ce soir-là de l'endroit où logeait le boucher, avec cette consternante révélation, alors que nous quatre — sir John, lady Fielding, Annie Oakum et moi — étions à table. Nous achevions notre repas, quand les pas du sergent résonnèrent dans l'escalier, et il frappa à la porte. Je bondis pour ouvrir et le gardien de la paix en gilet rouge demanda la permission d'entrer. Sir John le pria de s'avancer et M. Langford ôta son couvre-chef, pénétra dans l'office, puis lâcha la nouvelle. Telles furent les paroles qu'il employa : « Il a disparu, pardi, monsieur. Il y a pas la moindre trace de lui nulle part. »

Dans ma surprise, je regardai lady Fielding. Elle écarquillait les yeux, tout comme je dus le faire aussi. M. Tolliver n'aurait tout de même pas pris la poudre d'escampette, à l'instar de quelque fugitif. Je ne pouvais ni ne souhaitais y croire.

Le sergent de ville poursuivit son rapport :

— J'ai tambouriné violemment à son huis et je n'ai pas réussi à le réveiller. Bien sûr, cela ne voulait rien dire ; il avait très bien pu sortir souper ou s'abreuver le gosier, ou les deux. Alors, je me suis mis à interroger les voisins vivant dans la même maison, et c'est ainsi que je suis tombé sur son propriétaire, qui loge à la même adresse, juste au-dessous de ce Tolliver. Il m'a dit qu'il était sorti hier au soir et qu'à son retour il avait croisé son locataire, une grosse valise à la main, et grandement pressé. « Où partez-vous donc ? » lui a-t-il demandé. « Cela ne regarde que moi, pas vrai ? » a répondu Tolliver, qui, au dire du propriétaire, est d'ordinaire peu enclin aux confidences. Il a noté que le boucher prenait la direction de Covent Garden. Sachez par ailleurs que le maître des lieux — il s'appelle Coker, j'ai tout consigné dans mon carnet — était proprement dérouté, car il affirme que, depuis toutes ces années où ce Tolliver a vécu là-bas, il ne l'a jamais vu partir ainsi en voyage, et à en croire la façon dont ce bagage était gorgé, notre homme projetait de s'absenter quelque temps. Ma foi, sir John, j'ai demandé à ce Coker s'il possédait une clé du logis de M. Tolliver, et je l'ai convaincu que cela revêtait de l'importance pour vous... « ça relève de la justice », que je lui ai dit...

— Et vous avez eu tout à fait raison d'agir ainsi, monsieur Langford, intervint sir John.

— Il m'a ouvert le domicile, continua l'agent, et m'a accompagné à l'intérieur, qui était très propre, je dois avouer. Pour sûr que la taille du logis m'a surpris. Il y avait deux grandes pièces — une pour le séjour et une pour le coucher — et un coin séparé pour cuisiner... Ce qui m'a frappé, monsieur, c'est ce séjour et — comment l'appeler ? — la cuisine était propre comme un sou neuf. On voit rarement cela chez un homme qui vit seul. Pour la chambre à coucher, c'était différent. Le lit était fait, sans aucun doute, mais des effets étaient jetés dessus, pêle-mêle. J'ai inspecté l'armoire ainsi qu'une commode au pied de la couche, et j'ai vu qu'il les avait vidées, le bougre, et qu'il avait simplement pris les atours prévus pour son voyage, en laissant les autres tels quels. Alors, j'ai dit au propriétaire : « On dirait que votre locataire s'en est allé en grande hâte. » Et il m'a répondu : « Oui, en effet. »

— Avez-vous par hasard remarqué un assortiment de couteaux ? s'enquit sir John. Ils devaient être emballés dans... Dans quoi étaient-ils emballés, Jeremy ?

— Dans de la peau de chamois, répondis-je, en ayant l'impression de jouer les traîtres.

— Non, monsieur, je n'ai rien vu de semblable, mais faut dire que je n'ai pas passé l'endroit au peigne fin ; d'une part, parce qu'on ne me l'avait point ordonné, et d'autre part, parce que je n'avais aucune idée de ce que je devais chercher. En tout cas, voilà comment cela s'est passé, et je suis parti en disant au maître des lieux qu'il risquait d'avoir de vos nouvelles par la suite.

— Sans l'ombre d'un doute, approuva le magistrat.

Hormis les remerciements dont il gratifia le sergent Langford, en louant son esprit d'initiative et en lui souhaitant une bonne nuit, ce furent les seuls commentaires de sir John. Autant dire en termes clairs qu'il se refusait à nous causer davantage de l'affaire.

Dès que les pas de l'agent se furent estompés dans l'escalier, lady Fielding tenta d'aborder le sujet, en commençant de la manière la plus suave qui fût :

— Jack, je suis certaine qu'il existe une explication tout à fait légitime au départ inopiné de M. Tolliver.

Mais le magistrat ne voulut rien entendre. Après avoir repris sa place à table, il se borna à secouer la tête en disant :

— Je t'en prie, Kate.

Ce soir-là, l'affaire était close, et on ne m'en reparla pas non plus avant quelque temps.

Le lendemain, il y avait deux missives à rédiger, dont celle destinée au président de la Haute Cour, en faveur d'Edward Tribble. De plus en plus, sir John comptait sur moi pour écrire sous sa dictée, soulageant ainsi M. Marsden, pour qu'il se consacrât aux multiples autres tâches qui lui incombaient en sa qualité de greffier. Souvent, lorsqu'il s'agissait d'envoyer des lettres de moindre importance, le magistrat se contentait de me résumer brièvement ce qu'il souhaitait y voir inscrit, puis me laissait seul me charger de leur rédaction. Après que je les lui avais lues, il les signait. En dépit de sa cécité, dès lors que je glissais la plume dans sa main et plaçais celle-ci sur le papier, il se révélait d'une belle adresse. Si d'aucuns pouvaient prétendre qu'il s'agissait d'un griffonnage, celui-ci n'en demeurait pas moins impressionnant, et bien plus lisible que celui de certains hommes dotés du sens de la vue.

Ainsi donc nous retrouvions-nous souvent l'un en face de l'autre, à cette même grande table qui lui servait de bureau ; moi, jouant les scribes, et lui en pleine cogitation. De temps à autre, il lui arrivait peut-être de se lever et de faire les cent pas en silence dans cette pièce, dont il connaissait par cœur les dimensions et la disposition.

Nous y étions ce matin-là, lorsqu'on frappa à la porte ouverte, et M. Marsden annonça M. Oliver Goldsmith. Sir John, surpris dans l'une de ses flâneries en son cabinet, invita l'auteur à entrer et s'empressa de regagner sa place derrière le bureau. À mon tour, je m'écartai pour que M. Goldsmith pût s'installer en face du magistrat. Après avoir échangé une vigoureuse poignée de main avec sir John, le visiteur sortit de son habit une liasse de feuilles et s'assit.

— Eh bien, monsieur, commença le magistrat, êtes-vous venu glaner d'autres renseignements au sujet de ce coquin, Yossel Davidovich ?

— Non, sir John, votre greffier, M. Marsden, s'est montré plus que coopératif à cet égard. Il m'a livré l'essentiel de l'enquête judiciaire d'après ses notes, et j'ai rédigé l'article.

— Déjà ? fit le magistrat non sans étonnement.

— En effet, monsieur. Il me plaît d'œuvrer la nuit. J'ai pensé qu'il valait mieux m'en débarrasser, si je puis dire, afin de me consacrer à des affaires qui me concernent au premier chef. Puisque vous teniez tant à ce que cette gazette non seulement stipule qu'on avait relâché Yossel, mais qu'elle explique aussi les tenants et aboutissants de tout cela, j'ai pensé vous la lire, pour être certain d'avoir observé vos desiderata, tant sur le plan formel que légal.

— Mais faites donc, répondit sir John, tout à fait enchanté. Allez-y, je vous prie.

M. Goldsmith sortit une paire de lunettes et les chaussa. Ce faisant, il s'adressa derechef au magistrat :

— À propos, la déposition du praticien, M. Donnelly, m'a fortement impressionné. Étant moi-même médecin...

— Je n'en ai eu vent que récemment, monsieur Goldsmith.

— Ah oui, Trinity College, Dublin... bien que je n'aie jamais pratiqué cette discipline à Londres.

— Vous êtes sans conteste un homme fort doué.

— Mais pour en revenir à M. Donnelly... Puisque je le suppose irlandais, comme moi, j'aimerais faire sa connaissance.

— Et je ne doute point qu'il souhaite faire la vôtre. Cela peut certainement s'arranger. Mais veuillez procéder à votre lecture, je vous prie, monsieur.

— Ah oui.

Oliver Goldsmith porta alors son attention sur les documents qu'il avait en main et commença à lire. En guise de préambule, une phrase annonçait que ce qui suivait était « à la fois une réponse et un rectificatif aux erreurs, méprises et déformations exposées dans une parution ayant trait à la communauté juive, et à un de ses membres en particulier, laquelle a été distribuée un peu plus tôt dans la semaine. En ce qui concerne ce Juif, un certain Josef Davidovich, plus connu sous le prénom de Yossel... ». M. Goldsmith présentait ensuite un compte rendu concis et pertinent de l'enquête judiciaire au sujet de la mort de Priscilla Tarkin, dans Half Moon Passage. Les témoins étaient nommés, à l'exception d'un seul, et leurs dépositions résumées en quelques phrases élégamment troussées. Le texte insistait notamment sur le fait que M. Donnelly avait établi l'heure du décès « avec une précision remarquable ». Enfin, il en venait au témoin dont on taisait l'identité, à savoir lady Hermione Cox, qu'il dépeignait comme « une dame d'un courage considérable, à la parole irrécusable ». Son témoignage, écrivait M. Goldsmith, « a certifié que Josef Davidovich se trouvait en sa compagnie, durant le laps de temps où l'assassinat a été commis. Ce dernier a donc été remis en liberté, et les jurés ont rendu un verdict unanime de "meurtre par agresseur inconnu" ».

L'auteur s'arrêta ensuite, posa la liasse de feuilles, dont il n'avait lu que la première, et attendit.

— Excellent, excellent, commenta sir John. Je n'ai qu'une seule correction à apporter, et uniquement à la fin. L'expression consacrée, monsieur Goldsmith, est la suivante : « homicide volontaire perpétré par un ou plusieurs tiers non identifiés ».

— Ah, merci. Voilà qui offrira la pointe d'authenticité que je recherche.

Il brandit alors un crayon et s'empressa de rectifier son texte, posé sur la table.

— Mais continuez, je vous prie, dit le magistrat. J'aimerais l'entendre en entier.

Ayant procédé à sa correction, M. Goldsmith replia les feuilles et les glissa dans sa poche.

— Non, sir John, déclara-t-il avec fermeté.

— Non ? Vous refusez de lire le reste ?

— Je regrette de devoir vous décevoir, mais, par principe, je dois rejeter votre requête.

— Je... je ne comprends pas. En vertu de quel principe la déclinez-vous ?

— En vertu du droit de l'auteur. Si j'en poursuivais la lecture jusqu'au bout, vous pourriez demander d'autres changements plus substantiels. Par respect envers vous, je devrais sans doute me sentir tenu de les effectuer. Mais puisque M. Nicholson a spécifié que mon nom devait apparaître sur la publication, c'est moi et moi seul, en ma qualité d'auteur, qui dois me porter garant de son contenu. Il ne conviendrait point d'appeler l'article « La vérité à propos des Juifs » — qui est le titre que j'ai choisi —, par Oliver Goldsmith et sir John Fielding, ne trouvez-vous pas ?

— Mais vous n'avez pas hésité à solliciter mon avis pour la partie que vous avez lue.

— J'ai seulement fait appel en l'occurrence à votre point de vue juridique. Je n'étais pas présent à l'instruction. Je souhaitais m'assurer de la véracité des faits. Par ailleurs, je puis vous garantir que j'ai suivi vos recommandations et suis allé m'informer auprès du rabbin Gershon, de la synagogue de Maiden Lane, un homme remarquable, selon moi. Il a volontiers collaboré et s'est montré d'une grande utilité, d'autant qu'il m'a fourni tant de renseignements que j'aurais pu développer cet article pour en faire un opuscule. Mais il ne m'a pas demandé de lire ce que j'écrirais. Il a placé sa confiance en moi. Je vous demande d'agir de même. Je suis venu requérir votre aide dans une certaine mesure. Je ne suis pas venu solliciter votre *imprimatur*.

Fait exceptionnel s'il en fut, sir John se trouvait à court de mots. Je vis à deux reprises sa réponse se former sur ses lèvres, jusqu'à ce qu'elle sortît enfin.

— Je crois que vous avez mal interprété mon intérêt, monsieur Goldsmith. Je n'avais nulle intention de censurer ce que vous auriez pu écrire. Je souhaitais entendre la suite parce que je n'ignorais point que c'était là que résidait votre véritable attachement à cette entreprise. Je voulais seulement savoir ce que vous en aviez fait.

— J'ai plaisir à l'entendre, sir John, et je vous promets que vous aurez un exemplaire de la gazette dès sa sortie des presses.

L'auteur soupira, puis ajouta :

— Toutefois, je suppose que vous seriez plus heureux si aucun journaliste ne venait entraver la bonne marche de vos enquêtes.

— C'est vrai, mon expérience du journalisme n'a pas été heureuse. Cependant, ceux qui exercent cette profession se montrent rarement aussi consciencieux que vous l'avez été, en consultant en premier lieu M. Marsden, puis le rabbin Gershon. Quant à l'idéal auquel vous avez fait allusion au prétoire... le duel des idées et des opinions qui conduirait à la vérité...

— La controverse, oui.

— Semblable idéal n'est possible qu'au sein d'une société parfaite d'hommes intelligents et non point, comme la nôtre, gouvernée par l'ignorance et le trouble. En ma qualité de magistrat, c'est à moi qu'il incombe de traiter les effets d'un journalisme irréfléchi.

— Sir John, déclara Oliver Goldsmith en se levant, j'apprécie votre position, tout comme vous semblez apprécier la mienne. Disons qu'il s'agit d'un point de divergence pour des hommes raisonnables, et restons-en là.

Le magistrat l'imita et tendit la paume à son visiteur. Ils échangèrent une chaleureuse poignée de main.

— Nous nous en contenterons pour l'heure, mais je ne doute pas que nous en reparlerons lors de nos futures discussions.

— Je les attends avec impatience, monsieur. Mais pour l'instant, je vous souhaite le bonjour.

Ce disant, M. Goldsmith tourna les talons et quitta prestement la pièce.

— Jeremy ? Tu es toujours là, je présume.

— Toujours, monsieur.

— Qu'as-tu pensé de notre entretien ?

— Fort enrichissant, monsieur... même si j'ai senti que vous l'emportiez sur lui.

En vérité, je n'en étais pas aussi sûr que je l'affirmais.

— Peut-être. Diable ! Ces Irlandais peuvent se montrer aussi tracassiers que les Écossais. Je pense que je vais demander à Kate d'organiser un souper avec Goldsmith et M. Donnelly... nous devrions passer une intéressante soirée, ne crois-tu pas ?

Cela ne devrait guère vous surprendre, cher lecteur, mais lorsque, plus tard dans la journée, on apporta au magistrat un exemplaire de *La Vérité sur les Juifs*, en provenance de Boyer et Nicholson, sir John Fielding en fut presque aussi ravi que s'il avait lui-même rédigé l'article. Que dis-je ? Plus encore, car il était fort enclin à critiquer ses propres efforts à composer les textes que j'écrivais sous sa dictée. Il fut transporté par la brève histoire des Israélites narrée par M. Goldsmith, de même qu'il s'émerveilla du style employé.

— Peux-tu imaginer, me dit-il, écrire autant de phrases d'une aussi admirable beauté en une seule nuit ?

Lesdites phrases décrivaient tout à la fois l'histoire des Juifs et les pratiques inhérentes à leur culte. Elles tenaient violemment pour mensongers les effroyables récits de sacrifices humains rapportés par M. Ormond Neville. M. Goldsmith les réfutait comme étant « des inventions notoires puisant leurs origines en Europe de l'Est ». Il concluait ainsi :

> « D'aucuns vous affirmeront que les Juifs n'ont aucun droit d'être ici, ce qui, dans l'absolu, est vrai, car Édouard Ier les a chassés en 1290, et cet ancien bannissement médiéval n'a jamais été levé. Toutefois, si leur présence sur notre sol s'avère illégale, alors il en va de même des catholiques irlandais qui se trouvent parmi nous en un nombre encore plus important, bien qu'ils ne puissent légalement pratiquer leur religion. Je déclare à la nation anglaise et à ses représentants au Parlement qu'il est temps d'abroger ces lois archaïques et désuètes à l'encontre de peuples entiers, afin de nous conformer à la réalité actuelle. »

— Bien dit, commenta sir John, tandis que j'achevais de lire l'article. Fort bien dit. Ce sont les lois — et les châtiments draconiens qu'elles prescrivent — qui sont fautives, et non les juges et magistrats à qui il appartient de les faire appliquer.

Pleinement satisfait, il dicta le lendemain des invitations destinées à M. Goldsmith et à M. Donnelly, pour qu'ils vinssent souper une semaine plus tard. Je me chargeai moi-même de les leur porter.

Les jours passèrent ainsi. Nous étions en octobre. Il faisait encore presque nuit lorsque je me levais chaque matin, pour allumer le feu du fourneau à l'office, et la lumière déclinait si vivement en fin d'après-midi que les journées paraissaient excessivement courtes. Sir John comptait pourtant chaque jour à la fois comme une défaite et une victoire ; une défaite, puisqu'il était loin d'avoir découvert l'identité de celui qui avait assassiné quatre femmes ; une victoire, parce qu'une cinquième femme n'avait pas rejoint la liste des victimes.

Au titre de coroner suppléant, le magistrat instruisit en moins d'un mois les enquêtes judiciaires au sujet des troisième et quatrième décès. Nell Darby, la jeune femme (à peine sortie de l'adolescence) dont M. Tolliver avait retrouvé le corps, fut identifiée grâce à l'annonce que j'avais rédigée ; ayant fui la domesticité d'un fermier du Kent, elle résidait à Londres depuis peu, et, comme le boucher l'avait deviné, elle pourvoyait sans doute à ses besoins en se livrant à la prostitution. Elizabeth Tribble, plus connue sous le nom de Libby, était celle dont le corps avait été horriblement mutilé par le meurtrier. Deux de ses organes avaient été vendus par son époux (si toutefois il avait cette qualité) ; on les avait retrouvés, de sorte que M. Donnelly, d'une certaine façon, avait pu la « remettre en état »... exception faite de ses yeux, qui, selon lui, avaient brûlé dans la cheminée. L'instruction de l'affaire Tribble attira une foule nombreuse au prétoire, composée pour la plupart de femmes des rues, lesquelles n'eurent de cesse de conspuer Edward Tribble lorsqu'il apparut pour témoigner, tant et si bien que sir John se vit contraint d'en faire évacuer une dizaine parmi les plus bruyantes. Ce fut la dernière fois que nous vîmes le sieur

Tribble, lequel se montra plus docile que par le passé ; le lendemain, il était mis aux fers, à bord d'un navire en partance pour la ville de Savannah, dans la colonie de Géorgie, où il purgerait une peine de sept ans de travaux forcés. Mais aucune des deux audiences de coroner ne révéla, lors des témoignages, le moindre élément dont sir John pût faire usage dans ses investigations. Et dans les deux cas, il dut imposer aux jurés un verdict d'« homicide volontaire par un ou plusieurs tiers non identifiés ».

M. Tolliver restait introuvable, ce qui suscitait en moi tout à la fois du dépit et une sorte de soulagement constant. J'étais certain qu'il existait une explication plausible à son absence, et sir John admettait ne pas avoir trop insisté sur le fait que le boucher devait demeurer en ville pour l'instruction... Qui aurait jugé cela nécessaire ? Il était clair, en revanche, que dans l'esprit du magistrat l'absence de ce témoin plaidait fortement en sa défaveur. Sir John me confia la tâche de vérifier de temps à autre l'étal de M. Tolliver à Covent Garden. De même que M. Langford était chargé de passer chaque soir au logis de Long Acre, au cas où le boucher s'y serait manifesté. Les agents qui connaissaient le marchand de vue devaient expressément garder l'œil aux aguets. Mais le temps s'écoula et ce dernier ne réapparaissait toujours pas.

Les quatre assassinats, notamment celui de l'infortunée Libby Tribble, freinèrent le commerce de la chair dans le quartier de Covent Garden. Durant les soirs qui suivirent l'audition où furent rendues publiques les atroces mutilations de son corps, on ne croisa aucune ou si peu de prostituées dans les rues. Elles se cantonnèrent aux bouges et aux estaminets, dépensant en boisson le peu d'argent qu'elles pouvaient posséder, jaugeant d'un œil soupçonneux les hommes qui les abordaient, pour les repousser tous, à l'exception de ceux qu'elles connaissaient déjà.

Lady Fielding me confia incidemment que le nombre des femmes cherchant asile au Foyer Marie-Madeleine, dont elle avait le contrôle, s'était tant accru qu'on y affichait presque complet.

— J'ignore, me dit-elle, s'il s'agit de véritables repenties ou si elles sont seulement en quête d'un refuge provisoire, jusqu'à ce que l'épouvante soit passée. Certaines me laissent franchement méfiante.

Elle employait le mot « épouvante » et à fort juste titre... encore que celle-ci prît un aspect silencieux et menaçant, peut-être proche de l'effroi. Lorsqu'une nuit s'écoulait sans qu'on annonçât un nouveau meurtre, le soulagement n'envahissait pas pour autant les habitants de Covent Garden, mais c'était plutôt la sensation d'une crainte grandissante de ce qu'apporterait la nuit suivante. Nul ne doutait que l'assassin rôdait encore parmi nous; personne ne suggéra qu'il eût pu sauter à bord de quelque navire faisant route vers les colonies et s'en fût allé faire subir ses atrocités aux catins de Boston ou de Philadelphie. Non, il se trouvait toujours parmi nous, et ce n'était plus qu'une affaire de jours, avant qu'il ne frappât encore. Les sergents de ville en avaient conscience, et leur chef, sir John, avec une acuité plus intense que tout le monde. Il leur avait ordonné de sortir chaque soir, armés de pied en cap — avec coutelas et pistolets —, et de rester particulièrement vigilants, d'explorer les venelles et les cours sombres. Pour les aider dans leur recherche, chacun était tenu de porter une lampe à huile, laquelle devint pour eux une source d'irritation. Certains prétendaient qu'elle les réduisait au rôle de l'ancien veilleur de nuit, d'autres affirmaient qu'elle les transformait en cible idéale, au cas où le meurtrier eût possédé une arme à feu; et tous semblaient s'accorder sur le fait que l'épée et les pistolets se révélaient par trop encombrants à transporter. Ainsi, de soir en soir, les agents devinrent de plus en plus renfrognés et hargneux.

Quant à sir John, il ne trahissait aucun de ces signes de malaise. Il se murait seulement dans le silence pendant des journées entières. Oh, bien sûr, il disait tout ce qu'il lui fallait dire; il siégeait en son tribunal chaque jour, donnait les instructions qui devaient être données à

M. Marsden, à M. Bailey et aux gardiens de la paix ; en bref, il accomplissait son devoir. Pourtant, dans les moments où, avant et après ses audiences journalières, il avait coutume de flâner dans les coulisses, pour ainsi dire, en conversant de mille et un sujets... eh bien, ces moments-là, il les passait désormais en son cabinet, à huis clos. À table, matin et soir, alors qu'auparavant il nous abreuvait toujours avec libéralité de ses propos, voilà qu'il en endiguait à présent le flot, et nous nous demandions ce qui pouvait bien concerner les meurtres de Covent Garden ou chacun de nous, dans ce vaste réceptacle qu'il gardait en lui. En se refermant sur lui-même, il observait une distance qui ne lui était point coutumière. Aux yeux de quiconque ne le connaissait pas aussi bien, il aurait même paru tant soit peu léthargique.

À l'instar du reste de la maisonnée, j'attendais avec impatience le souper auquel M. Donnelly et M. Goldsmith avaient été invités, car nous supposions que ces deux messieurs volubiles allaient sans conteste aiguillonner le magistrat et restaurer en lui son habituelle disposition d'esprit. Entre-temps, je n'avais guère de tâches à accomplir pour aider sir John dans ses fonctions officielles. Je pouvais donc consacrer tout mon temps à lady Fielding, qui fit pleuvoir sur moi ces corvées domestiques que je commençais à détester, les jugeant indignes de ma condition. Mais je ne m'en plaignis pas et m'employai du mieux que je le pus à frotter les sols, à battre les tapis, à faire rutiler la table à manger et l'argenterie. Bientôt, elle n'eut plus de besognes à me confier et je me retrouvai livré à moi-même.

Dès qu'une telle occasion se présentait à moi, j'allais rendre visite à l'agent Perkins, pour une autre de ces leçons où il m'enseignait avec rigueur comment me défendre. Il semblait pleinement ravi de mes progrès, tant sur le plan de mes connaissances que sur la manière dont mes muscles se développaient au fil de mon apprentissage. Mon endurance s'était également accrue. Au début, j'avais à peine frappé quelques minutes son gros sac rempli de terre que j'étais épuisé et ruisselant de sueur. À présent, au bout d'un mois d'exercices, j'avais aisément triplé voire quadruplé cette durée, et n'étais plus aussi exténué. En général, M. Perkins mettait un terme à mes fantastiques assauts alors que j'étais encore prêt pour d'autres épreuves.

J'avais informé mon vieil ami, Jimmie Bunkins, de mes séances avec le sergent de ville, et il avait hâte de m'y accompagner pour voir de quoi il retournait.

— Quand j' barbotais, me dit-il, j'ai toujours compté sur mes quilles pour m' calter du pétrin. Mais j' suis plus un gamin, et y arrive un moment où un daron doit savoir en découdre avec ses louches ou r'cevoir les torgnoles.

(Ce qui, pour les lecteurs non accoutumés au parler de la rue, pourrait se traduire comme suit : « Lorsque j'étais voleur, j'ai toujours compté sur mes jambes pour me tirer d'un mauvais pas. Mais je ne suis plus un enfant et il arrive un jour où un individu doit se battre avec ses poings ou se faire rosser. »)

Le jour arriva donc où, après avoir accompli les tâches que lady Fielding m'avait confiées en début d'après-midi, et elle-même étant partie pour le Foyer Marie-Madeleine, je fus libre d'occuper mon temps comme bon me semblait ; je lançai donc mes *quilles* en direction de St. James Street, où mon camarade, Jimmie Bunkins, vivait dans une relative opulence, en compagnie du *daron d' la place*, Black Jack Bilbo.

Sachez au passage que ce dernier possédait à l'époque la plus prestigieuse maison de jeu de Londres. Il arborait une effroyable barbe noire, d'où son surnom, et on le créditait (si tant est que le terme puisse convenir) d'un passé presque aussi sombre, car on disait de lui que la fortune lui ayant permis de débuter sa lucrative entreprise provenait de ses années de piraterie dans les Caraïbes et dans les eaux territoriales des colonies d'Amérique du Nord. Telle était sa réputation, mais l'homme lui-même n'était point aussi féroce que la rumeur le laissait entendre. Sir John le comptait parmi ses amis, tout comme moi, de même qu'il n'était rien de moins qu'un sauveur pour Jimmie Bunkins, qu'il avait arraché à la rue, pour lui offrir une éducation et le traiter, à sa manière bourrue, comme son pupille.

Je parvins à la majestueuse demeure de St. James Street, laquelle appartenait auparavant à lord Goodhope, avec quasiment tout l'après-midi devant moi. Je frappai à la grande porte à deux battants et attendis, puis heurtai l'huis à nouveau. Qui allait ouvrir si ce n'était le daron de la place en personne ? Black Jack n'entretenait qu'une faible domesticité à son service et n'avait guère l'usage d'un majordome ; dans la maisonnée, la règle voulait que le premier entendant frapper allât répondre.

— Ma foi, c'est toi, Jeremy, hein ? Entre, mon garçon, entre. Tu sais que tu es toujours le bienvenu dans cette maison.

— Je pensais inviter Bunkins pour une promenade, répondis-je, si cela lui chante et s'il est disponible.

Il laissa la grande porte se refermer en claquant dans mon dos, puis gratta son crâne chauve d'un air perplexe.

— Je n'en sais rien, au juste. Qu'il en ait envie, c'est toujours le cas. Qu'il soit disponible, ce n'est pas à lui d'en décider, mais plutôt à son précepteur, M. Burnham. Sans crier gare, voilà qu'il s'est mis à bien travailler. En ce qui concerne le calcul, il n'a jamais eu de difficulté. N'importe quel bon détrousseur peut additionner ou soustraire. Mais la lecture lui a toujours échappé... jusqu'à ce que le dénommé Burnham se présente. Il a apporté avec lui un abécédaire, comme celui avec lequel nous avons tous appris à lire, et Bunkins a saisi sur-le-champ. Les autres professeurs que j'ai fait venir ne songeaient qu'à lui enseigner le latin et le grec en même temps. C'en était trop pour ce garçon. À présent, il lui fait déchiffrer le *Public Advertiser* et ce genre de publications. Bientôt, selon lui, il attellera Bunkins à de véritables ouvrages.

— Il n'a nul besoin du latin, répliquai-je, et sachez que le grec reste un mystère pour moi.

— C'est ce que m'a confié M. Burnham. Je suis si satisfait de ses bons offices que je lui ai offert une chambre privée à l'étage. Il y gîte, de même que je lui assure le boire et le manger.

Sur ces entrefaites s'ouvrit la porte d'une pièce donnant dans le vestibule, dont je savais qu'elle servait de salle de classe. Bunkins apparut, tout sourire, en compagnie de celui que je tins pour être son nouveau précepteur. M. Burnham était un grand jeune homme d'une vingtaine d'années, aux manières affables. Comme je remarquai par ailleurs qu'il était métis, son passé m'intrigua.

Jimmie Bunkins fit les présentations et nous échangeâmes une poignée de main. M. Bilbo m'adressa un signe de tête m'autorisant à présenter ma requête et je demandai si Bunkins pouvait être libéré de ses cours pour le reste de l'après-midi.

— C'est à M. Bunkins d'en décider, répondit le professeur sans l'ombre d'une hésitation, car nous avons terminé pour la journée.

Puis, à l'adresse de M. Bilbo, il ajouta :

— Mieux vaut s'arrêter quand la leçon procure encore du plaisir.

M. Burnham s'exprimait dans un anglais parfaitement châtié, avec des inflexions mélodieuses qu'on eût prêtées à un Gallois. (Ainsi en suis-je venu à reconnaître l'accent des îles Caraïbes.)

— Y voyez-vous un inconvénient, monsieur ? s'enquit Bunkins auprès de Black Jack Bilbo.

— Va donc te promener, mon garçon, répondit son maître, hochant la tête et le gratifiant d'une œillade.

— Le temps d' quérir mon chapeau ! me cria Bunkins, qui filait déjà dans l'escalier.

— Il fait des progrès avec vous, confia Black Jack à M. Burnham. Même ses manières se sont améliorées. Il ne me donnait pas aussi couramment du « monsieur », auparavant.

— Ah, j'insiste là-dessus.

— Et vous faites bien, monsieur.

Bunkins revint alors, couvre-chef en main, plus tôt que je ne l'aurais cru ; il ne s'arrêta que pour s'incliner brièvement devant les deux hommes, en guise d'au revoir, puis me saisit par le poignet et m'entraîna vers la porte. Je les avais à peine salués d'un geste de la main que je me retrouvai dans la rue avec mon ami.

— C'est un brave gaillard, pas vrai ?

— Il en a l'air, admis-je.

Nous prîmes la direction que j'avais empruntée pour venir, vers Covent Garden. Londres nous appartenait et nous disposions d'une bonne heure de flânerie, avant de nous présenter chez M. Perkins.

— Il vient d' Jamaïque. Il m'a montré où c'est sur l'une des cartes du daron.

— Comment est-il arrivé ici ?

— Oh, ben ça, c't' une longue histoire !

— Vraiment ? Alors, conte-la-moi.

Et chemin faisant, il me relata le passé de M. Burnham, tout comme on le lui avait narré.

Robert Burnham grandit dans une plantation à quelques lieues de Kingston. Son père, fils cadet d'un châtelain du Shropshire, possédait ladite plantation et était alors célibataire ; sa mère était la cuisinière de la propriété. Bien qu'elle fût une esclave, son maître la tenait en haute estime ; il accepta son fils comme le sien et s'attacha de bonne heure à l'éduquer. Comme il possédait une bibliothèque considérable, mais aucun texte en latin ou en grec, le garçon étudia seulement l'anglais, apprit à écrire d'une belle main, et le maximum de mathématiques que son père put lui enseigner. Quoi qu'il en fût, ce qu'il étudia, il l'étudia fort bien ; il se cultiva en lisant les ouvrages paternels et son père le prit à son service comme secrétaire, mais aussi comme précepteur, chargé d'enseigner la lecture et l'écriture aux jeunes enfants, noirs et métis. Lorsque son père ramena d'Angleterre une veuve et ses trois jeunes enfants, et qu'il l'épousa, Robert dispensa également des cours à ces derniers. Finalement, le jour vint où le maître dut rentrer au pays pour affaires — des raisons familiales et d'autres ayant trait au négoce du café — et Robert l'accompagna en qualité de secrétaire. Pendant que tous deux se trouvaient à Londres, Robert lut par hasard une annonce parue dans le *Public Advertiser* et émanant de M. Bilbo, qui cherchait un nouveau précepteur pour Jimmie Bunkins... le cinquième en deux ans venait d'être remercié. À l'insu de son maître, il y répondit, convainquit M. Bilbo de ses qualifications, et fut engagé. Le jeune Robert Burnham, qui n'ignorait point la loi, revint vers son maître et réclama sa liberté, car si l'esclavage était permis aux colonies, il était banni dans toute la Grande-Bretagne depuis des siècles. Son maître en fut quelque peu offensé, blessé d'apprendre que Robert attachait davantage de prix à sa liberté qu'à son existence en Jamaïque, mais il ne pouvait guère l'empêcher de demeurer à Londres. Et même s'il en avait eu le pouvoir, il est peu probable qu'il en eût usé, car, après tout, maître et esclave étaient aussi père et fils. Au moment de leur séparation, ce fut en tant que père qu'il octroya à Robert suffisamment d'argent pour qu'il pût subvenir à ses besoins à Londres pendant plusieurs mois ; et ce fut en tant que père et fils qu'ils se répandirent en larmes.

Robert Burnham entra donc au service de Black Jack Bilbo en qualité de maître d'école de Jimmie Bunkins. Je n'irai pas prétendre, cher lecteur, que tout ce que je vous ai révélé ci-dessus, je l'ai glané dans le premier récit que mon ami me livra, lequel était parsemé de lacunes. Mais j'allais mieux connaître le jeune gentleman de Jamaïque et en apprendre beaucoup plus à son sujet que je ne vous en ai confié ici.

Disons simplement du conte de Bunkins qu'il s'acheva

presque comme il avait commencé... avec mon ami proclamant que son précepteur était un « brave gaillard », et ajoutant que M. Burnham était le seul professeur avec lequel il eût jamais appris quelque chose.

— Oh ? fis-je. Et qu'en est-il de cette dame française qui t'enseignait sa langue ? Tu n'as rien appris avec elle ?

— Mme Bertrand ? C' que j'ai appris d' son parler d' France, c'est juste à répéter c' qu'elle disait comme un perroquet... bien qu'elle m'ait enseigné deux ou trois aut' choses que j' f'rais bien d' garder dans ma caboche. C'était une brave daronne, pour sûr, mais pas une vraie maîtresse d'école ; d'ailleurs, c'était pas dans ses intentions.

— En quoi M. Burnham est-il différent de tous les autres ?

— Ben, d'abord, il te cause comme à un vrai daron et pas comme à n'importe quel benêt. Et j' me rappelle qu'une fois, y m'a emm'né en balade, et y m'a montré qu'y avait des écritures partout dans Londres... des noms d' rues, d'échoppes, et tout ça, des annonces et des affiches sur les murs, des tas d' choses qu' j'avais pas pris la peine de r'marquer. Il m'a montré tout c' que j'avais manqué, pardi. Et il m'a expliqué aussi que j' pouvais en lire certaines tout d' suite, comme ça. C'était pas seul'ment c' qu'y avait dans l' livre. Alors, j' m'entraîne... comme qui dirait, chaque fois qu' M. Bilbo m'envoie faire une course.

Entre-temps, comme Bunkins avait achevé le long récit de l'arrivée de M. Burnham dans la capitale, nous étions parvenus à Chandos Street, où abondaient échoppes et négoces de toutes sortes. Je songeai à le mettre à l'épreuve et lui demandai de me prouver ses talents récemment découverts. Il ne recula pas devant mon défi, mais s'arrêta devant la boutique suivante et en examina l'enseigne avec soin.

— Ma foi, dit-il, à c' que j'y vois à l'intérieur, j' sais d' quoi il s'agit, mais c'est pas c' que dit l'écriteau. C'est écrit : « a-po-thi-cai-re... » (il épela les syllabes ainsi)... c' qui d'vrait donner, en r'groupant l' tout : « apothicaire ». Et ça doit être un nom r'cherché pour une officine de pharmacien, parce que c'est tout bonnement ça. C'est-y point vrai, l'ami ?

J'étais pour le moins favorablement impressionné.

— Vous avez réussi, monsieur Jimmie ! répliquai-je en rime et en le saluant.

Ce à quoi il réagit en me tirant la langue.

— Ça, c'est pour toi, rétorqua-t-il en tentant de me répondre en vers, parce que tu m'croyais pas.

— Ça ne rime point, dis-je.

— Bien sûr que si !

— Mais non !

Et, tout en riant, nous continuâmes ainsi en descendant presque la moitié de la rue. Puis, songeant à lui jouer un bon tour, je m'arrêtai soudain devant l'atelier de couture de Mary Deemey.

— Tiens, déclarai-je, lis-moi cela.

Et je désignai l'inscription délicatement imprimée sur la vitrine du commerce.

Le nom ne lui posa aucune difficulté, bien qu'il achoppât quelque peu sur « couturière » ; au-dessous, en revanche, l'expression « *Modes Élégantes*[1] » le rendit perplexe. Il la lut sans coup férir, mais les mots ne lui semblaient pas corrects.

— Ça d'vrait êt' dans l'aut' sens... « elegant modes », qu'e'qu' chose dans c' goût-là. J'ai pas raison ?

Une étincelle d'incrédulité se mit à briller dans ses yeux.

— 'spèce de saligaud ! C'est du langage de France ! T'as cru m'embrouiller avec du français !

Je m'enfuis alors en riant et il se lança à ma poursuite, tout en m'injuriant si fort que les têtes se retournèrent sur notre passage :

1. En français dans le texte. *(N.d.T.)*

— Saligaud ! Saligaud !

Et nous galopions parmi la foule. Chaque visage que nous croisions affichait une mine réprobatrice. Il me rattrapa dans Half Moon Passage et nous fîmes semblant de nous bagarrer. Puis nous cessâmes bientôt notre petit jeu et repartîmes, bas dessus, bras dessous, tels deux jeunes gars en baguenaude dans la ville. Nos pas nous menèrent dans Bedford Street, où j'aperçus quelque chose — ou plutôt quelqu'un — qui me força à m'arrêter, et, dans la foulée, Bunkins aussi.

— Qu'est-ce que c'est ? dit-il. Pourquoi tu t'arrêtes ?

— Ce gaillard, de l'autre côté de la rue... celui qui lanterne devant la porte de cette gargote, en train de deviser avec un autre qui nous tourne le dos. Qui est-ce ?

Je lui avais désigné celui que je surnommais le jeune butor. Tandis que Bunkins regardait, j'en profitai pour balayer l'artère du regard, mais point de Mariah en vue.

— Ç'ui-là ? Faut pas lui chercher noise. C't' un drôle de bestiau, et pour c' qui est d' savoir manier l' poignard, il a pas son pareil.

— A-t-il déjà poignardé quelqu'un ? Qui a-t-il blessé ?

— J' suis pas certain qu'il ait blessé qui qu' ce soit. Malgré tout, pour sûr qu'il adore le brandir et effrayer les gens avec.

— Qui, par exemple ?

— Qui ? Les catins, en général, et moi, une fois, quand j'étais gamin. J'avais barboté une bague qu'il guignait. J'ai essayé d' la lui vendre. V'là qu'y m' sort le couteau et s'avance brusquement vers moi, sans doute juste pour m' faire peur. Eh ben, ça a marché. J' me suis calté et il a gardé la bague.

Cela me rappelait Yossel qui avait coutume de menacer de trancher un nez ou une oreille, et de voler ainsi leurs gains aux femmes des rues. Il jurait n'avoir eu recours qu'aux menaces, n'avoir jamais balafré qui que ce fût. Peut-être le jeune butor était-il de la même trempe... mais rien n'était moins sûr.

— Dirais-tu de lui que c'est un fieffé détrousseur? demandai-je à Bunkins.

— Tu peux bien l'app'ler comme ça t' chante, mais c't' un arsouille. C'est tout c' que j' peux t' dire.

— Comment s'appelle-t-il?

— Jack... quelque chose...

Bunkins réfléchit un instant, puis reprit :

— Jackie Carver[1]... mais c't' un nom qu'y s'est fabriqué... comme s'il allait t' balafrer, tu vois?

Tandis que nous causions de lui, Jackie Carver acheva sa conversation à la porte de la taverne, quitta son compagnon en lui faisant un signe de la main, et disparut dans l'établissement... hors de notre vue.

— Comment qu' ça s' fait qu'il t'intéresse autant? s'enquit Bunkins.

— J'ai eu affaire à lui, répondis-je, ne souhaitant pas alors lui en confier davantage.

Si nous fîmes un détour — depuis St. James Street jusqu'à Little Russell Street, en passant par Covent Garden —, c'était à cause de Jimmie Bunkins, qui désirait ardemment voir les lieux des deux derniers meurtres, car il connaissait déjà ceux des premiers. Il n'était point la proie de quelque curiosité morbide, car ses années passées dans les rues du voisinage lui avaient permis de connaître mieux que quiconque, si j'ose dire, les chemins secrets du quartier. Mon ami souhaitait se rendre utile et il s'avéra qu'il le fut.

Lorsque je le conduisis à la venelle débouchant sur Henrietta Street, où l'on avait découvert Nell Darby, il observa qu'il connaissait fort bien l'endroit.

— Les nuits de froidure ou de pluie, j'avais l'habitude d' gîter ici, déclara-t-il.

— Ici même? En plein air?

— Tu m' prends pour un nigaud, ma parole! Non, l'ami, y a un coin un peu plus bas. J' m'en vais t' le montrer.

1. *Couteau à découper*, en anglais. *(N.d.T.)*

Il me fit faire quelques pas dans l'allée, jusqu'à un endroit de la bâtisse qui formait le mur est du passage. Il s'agissait d'un bâtiment qui jadis devait être grandiose, construit dans le goût ancien mêlant bois et stuc. La partie basse était entièrement en bois.

— Tu vois ? dit Bunkins. Y a une porte ici.

Il en dessina les contours ; sa surface occupait environ trois pieds carrés, et s'avérait quasi invisible à l'œil nu, même en plein jour, tant elle était étroitement enchâssée dans la paroi.

— Suffit d' savoir où faut cogner, ajouta-t-il.

Il frappa le panneau à trois endroits différents, avant de heurter le bon. L'huis s'entrouvrit d'à peine deux pouces. Il le poussa, révélant un espace sombre au-dessous.

— C't' une vieille cave à charbon, tu vois ? Les... comment t'appelles ça ?... les gonds s' trouvent à l'intérieur, si bien qu'on s' rend pas compte qu' c'est une porte en passant d'vant. C'est une de ces grandes demeures d'autrefois, où habitait quelqu'un d' riche. Aujourd'hui, y a sans doute entre vingt et quarante personnes qui y vivent, alors qu'avant y en avait que quatre ou cinq. Et tous ceux qui logent ici doivent s' procurer leur prop' charbon, alors ce cellier sert plus à rien. Ils y rangent le mobilier et c' genre de choses.

— Où est-ce que cela mène ? m'enquis-je. Existe-t-il une autre porte de l'autre côté ?

— Pour sûr, qu'y en a une. Ça débouche sur un vestibule, puis sur une aut' porte qui donne sur Henrietta Street, mais elle est fermée d' l'intérieur par un cadenas.

— Tout s'explique alors.

— Ça explique quoi ?

— Pourquoi M. Tolliver a entendu des bruits de pas derrière lui, juste avant de découvrir le corps de cette jeune fille, Nell Darby. Mais en se retournant, il n'a rien vu.

— Entre ici et l' Garden, y a des endroits où on peut aisément s' glisser et s' cacher.

— Je dois en informer sir John.

Lorsque nous parvînmes aux écuries, au pied de Little Russell Street, nous trouvâmes M. Perkins en pleine « culture physique », assenant avec violence coups de poing et coups de pied dans le sac en toile à voile. Par cette fraîche journée d'automne, il était torse nu et inondé de sueur. À le voir ainsi, j'estimai qu'il devait s'exercer depuis près d'une heure.

Placés sur le côté, nous restâmes à le contempler, jusqu'au moment où il nous remarquerait.

Jimmie Bunkins était fort impressionné. Il observait tous les puissants mouvements du sergent de ville et semblait particulièrement subjugué par l'agilité de ses jambes... en raison des coups qu'il lançait, bien sûr, mais aussi parce que ses pieds paraissaient s'agiter sans cesse, en avant, en arrière, à gauche, à droite, comme dans une danse interminable.

— J' n'ai jamais rien vu d' pareil, me chuchota Bunkins. Et dire qu'il n'a qu'un bras. Il pourrait choper n'importe quel homme qu'en possède deux.

— Il pourrait, en effet, admis-je.

Comparé à son torse pâle, le moignon du bras gauche de l'agent, amputé juste sous le coude, semblait congestionné. Je notai toutefois que le bras ne s'était point atrophié. Il devait œuvrer durement, d'une manière bien spécifique, pour conserver sa force dans ce bras-là aussi. Cet homme me fascinait.

Ses pieds cessèrent enfin de s'agiter. Il resta un long moment immobile, en respirant profondément. Puis il s'avança vers une branche basse du même arbre, où le sac en toile à voile était suspendu, et y décrocha un linge de corps en laine. Il l'enfila en quelques gestes et s'approcha de nous.

— Juste à l'heure pour ta leçon, Jeremy, comme le brave élève que tu es, déclara-t-il. Et c'est sans doute ton camarade, que tu devais amener avec toi quand l'occasion se présenterait.

— Oui, monsieur Perkins. C'est mon ami, Jimmie Bunkins.

Ils se serrèrent la main non sans gravité.

— Ma foi, s'il est ton ami, je m'en accommode, mais il me semble déjà le connaître, pour l'avoir maintes fois pourchassé dans le Garden. S'il se retournait, il se pourrait que je le reconnaisse encore mieux. Je ne l'ai jamais vu que de dos.

— C'est rien de l' dire qu' j' suis ravi qu' vous m'ayez jamais chopé ! gloussa Bunkins. Maint'nant qu' j'ai vu c' que vous faisiez à c' gros sac !

— J'ai ouï dire que tu t'étais amendé, à présent. Sir John lui-même te tient pour un brave garçon. Et je crois bien que tu as grandi quelque peu, depuis l'époque où tu volais.

— Dieu soit loué ! J'avais peur d' garder une taille de marmot toute ma vie.

Tous deux se souriaient à belles dents. Pour ma part, je soupirai de soulagement. Ils allaient s'entendre, comme je l'avais espéré.

En vérité, Bunkins et M. Perkins sympathisèrent on ne peut mieux. Après qu'il m'eut fait accomplir mon quart d'heure d'exercices avec le sac, ce qui constituait alors ma limite, le sergent de ville demanda à mon compagnon s'il voulait s'y essayer. Bunkins enleva son habit et s'en alla prendre ma place avec ardeur. Peut-être un peu trop ardemment, sembla-t-il, car M. Perkins jugea nécessaire de lui enseigner la méthode convenable pour assener des horions avec ses poings, comme il me l'avait appris presque un mois plus tôt. Bunkins avait hâte de frapper avec son pied, mais le sergent continua à lui faire heurter le sac avec ses poings, en lui conseillant de mettre toute la force de son corps, de se déplacer sans cesse, et ainsi de suite. J'observai la leçon avec intérêt, car cela me permit de me rendre compte de mes progrès.

Cinq minutes plus tard à peine, Bunkins était exténué, alors je pus à nouveau m'exercer au sac. Lorsque j'eus fini, M. Perkins nous rassembla pour nous enseigner certains détails particuliers.

— Imaginons une situation, Jeremy, de l'ordre de celles qui peuvent survenir dans une rue sombre.

— Comment cela, monsieur ?

— Commence par marcher d'un pas habituel et je vais te montrer.

J'obtempérai et m'éloignai de lui, jusqu'au moment où — n'ayant rien perçu dans mon dos — je fus arrêté dans mon élan par une poigne d'acier enserrant ma gorge tel un étau, et ledit étau n'était autre que le bras gauche mutilé de M. Perkins. Ce membre détenait une force que je n'aurais jamais imaginée. Le moignon m'agrippait précisément à la gorge. Je ne pouvais ni bouger ni crier.

— Alors, que peux-tu faire dans une situation pareille ? s'enquit M. Perkins en me libérant.

— Pas grand-chose, répondis-je en reprenant mon souffle.

— Ah, mais si, contra-t-il. Tu peux toujours agir. Changeons de place et considérons les possibilités.

Et sous le regard totalement fasciné de Bunkins, ce fut ce que nous fîmes. Comme l'agent et moi avions presque la même taille, je pus passer mon bras par-dessus son épaule et le serrer comme il convenait... mais pas sur la gorge, car il avait baissé le menton afin de la protéger. Puis il me surprit en me mordant le bras.

— Aïe ! m'écriai-je, plus étonné que blessé.

— Je ne t'ai pas fait mal, n'est-ce pas ? Navré, si c'est le cas.

— Non, monsieur, c'est seulement que je ne m'y attendais point.

— Eh bien, lui non plus. Si tu entends du bruit dans ton dos, ou si tu sens qu'on pourrait t'assaillir par-derrière, la première chose à faire consiste à protéger ta gorge avec ton menton. Mords ensuite avec toute ta force. S'il plaque sa main sur ton visage, c'est encore mieux. Essaye de l'amputer d'un doigt — cela peut se faire —

ou arrache-lui la peau de la main. Il te lâchera alors. Je te l'assure ! Ensuite, tu pourras l'affronter de face, comme il sied.

— Oui, monsieur.

— Maintenant, repasse ton bras autour de moi, mais ne serre pas, afin que nous puissions causer.

J'agis selon ses consignes.

— À présent, disons qu'il t'a pris par surprise... avant que tu ne puisses baisser le menton. Il a passé son bras autour de ton cou, peut-être sa main, et il comprime. Il te reste encore des armes. Tu disposes de tes coudes...

Et ce disant, il appuya son coude gauche dans mes côtes.

— Il va alors changer de position, s'il le peut, et tu le frappes fort avec l'autre coude. Et quand je dis fort, je veux dire d'un coup sec, avec toute ton épaule. Entraîne-toi la nuit. Tu peux arriver à le faire sans réfléchir. Cela viendra tout seul, tu verras.

— Oui, monsieur, je m'exercerai.

— Brave garçon. Maintenant, si cela ne permet pas de te libérer, tu as tes talons. Essaye de viser ses tibias, et cela peut causer de graves lésions, crois-moi, mais il est plus facile d'atteindre les pieds. Appuie de toutes tes forces avec ton talon... pas sur les orteils, car ça lui fera moins mal, mais sur la partie plate de son pied. Tâche de lui briser tous les petits os qui s'y trouvent, et si tu y parviens, il ne parviendra plus à s'appuyer sur celui-là. Il perdra l'équilibre et tu pourras lui échapper. Tu peux lâcher, à présent, Jeremy.

Ce que je fis en croisant par hasard le regard de Bunkins. Il écarquillait les yeux, dans une concentration teintée de crainte révérencielle.

— Ce n'est pas parce que je t'ai enseigné ces astuces l'une après l'autre que tu devras procéder ainsi. Tu dois agir simultanément : mordre, flanquer une bourrade dans les côtes, planter le talon dans son pied. Tu dois lui faire croire qu'il est aux prises avec le diable en personne.

— Monsieur Perkins... monsieur ?

— Oui, Jimmie Bunkins, qu'as-tu à me dire ?

— Une question, monsieur. Et si l' gaillard a un couteau ?

— Une question fort sensée, car ceux qui attaquent par-derrière en possèdent un, c'est une arme de poltron. En premier lieu, je dirais à ce sujet que la plupart des possesseurs de poignard ne savent point en faire usage. Mais pour te répondre, si l'on t'agresse par-derrière avec un couteau, il y a des chances pour qu'on le plante dans ton dos, auquel cas tu n'as plus qu'à prier pour que le coup n'atteigne pas tes organes vitaux ; sinon, tu fais volte-face et tu l'affrontes de plein fouet. Ce n'est guère connu, mais l'agent Brede a été poignardé dans le dos, il s'est libéré, puis il a maîtrisé le malfaiteur avec sa matraque. La lame toujours dans l'échine, il l'a ramené tambour battant à Bow Street, avant de se rendre chez un médecin pour se faire retirer le poignard.

Les yeux exorbités, Bunkins et moi nous dévisageâmes sans piper mot.

— Puis il y a ceux qui veulent te trancher la gorge. Mais pour ce faire, ton assaillant doit d'abord l'atteindre. Alors, avant tout, baisse le menton. Ensuite : mords-le comme un fou, frappe avec tes coudes et essaye de lui briser le pied. Fais feu de tout bois, pour te libérer de son étreinte et l'affronter.

— Mais il a toujours son couteau, pas vrai ? intervint Bunkins. Comment agir, si vous n'en avez point ?

— La meilleure défense contre un poignard, ce n'est pas un autre poignard, mais une solide matraque et des pieds lestes. Nous en causerons plus tard, mais pour l'instant, je dois me laver et m'habiller pour aller prendre mon service. Jimmie Bunkins, je t'accueillerai avec plaisir, chaque fois que tu auras envie de venir à cette heure-ci.

Le jour du souper prévu en l'honneur de MM. Goldsmith et Donnelly, Annie Oakum et moi traversâmes non sans peine une bonne partie de Londres, pour gagner le marché de Smithfield, afin d'acheter de la viande pour l'occasion. Non moins que nous deux, lady Fielding attendait ce repas avec impatience, certaine qu'il sortirait sir John de son silence léthargique. Aussi avait-on envisagé un grand festin. Et comme les grands festins exigent une belle pièce de viande, et que M. Tolliver était mystérieusement absent de Covent Garden, nous n'avions d'autre choix que de faire le voyage jusqu'à Smithfield.

Annie et moi étions devenus fort liés. Bien qu'elle ne daignât point m'en causer, son cœur battait toujours pour le fils que lady Fielding avait eu d'un premier lit, Tom Durham. Pendant près d'un mois après que Tom eut embarqué en qualité d'aspirant à bord du navire de Sa Majesté *Léviathan*, elle traîna son ennui, en négligeant tout sauf la cuisine où elle excellait. En ce domaine, elle mettait un point d'honneur à ne jamais faillir. Au fil des jours, sa bonne humeur revint, en dépit du fait qu'au bout d'une année d'absence, il ne lui avait jamais adressé la moindre missive. Tom écrivit souvent à sa mère, deux fois à sir John, et une fois même à moi. Pour lui accorder le bénéfice du doute, puisque Annie était illettrée, disons qu'il avait dû songer inutile de lui écrire une lettre personnelle, qu'un tiers aurait dû lui lire de façon impersonnelle. Dans les missives qu'il nous envoyait, il glissait certes des messages destinés à la jeune fille — « Dites à Annie ceci, dites à Annie cela » —, à propos des mets exotiques qu'il avait goûtés en Égypte ou en Grèce, ou au sujet de quelque contrée lointaine. Cependant, je savais qu'elle se languissait d'une correspondance plus directe de la part de celui qui lui était si cher. Mais à mesure qu'il s'éloignait d'elle, Annie et moi nous rapprochâmes peu à peu, tels des amis et confidents. Elle devint pour moi ce que je n'avais jusque-là jamais eu ou connu : une sœur.

Aussi semblait-il des plus naturel qu'à un certain moment, au cours de notre longue marche jusqu'au marché de Smithfield, je lui ouvrisse mon cœur, pour lui parler de Mariah. Je lui contai tout : comment je l'avais aperçue pour la première fois, alors qu'elle était acrobate, et moi nouveau venu à Londres ; comment, lorsque sa famille s'en était retournée en Italie, on l'avait séduite pour qu'elle demeurât en Angleterre, puis vendue pour qu'elle se livrât à la prostitution ; comment elle était ensuite revenue vers Jackie Carver, puis avait rejoint le pavé ; et enfin, la manière dont il m'avait proposé de me la « céder », moyennant dix guinées.

Le temps de narrer toute l'histoire, nous avions parcouru près d'un mile. Annie avait écouté avec attention, sans souffler mot, en me lançant un regard de temps à autre, lorsque, par deux fois, j'avais réprimé un sanglot et songeais à ne plus pouvoir poursuivre. Enfin, comme je me taisais, elle conclut à juste titre que j'en avais fini. Elle me regarda alors droit dans les yeux.

— Jeremy, fit-elle, dis-moi la vérité. Est-ce que tu l'aimes ?

— Je crois que je ressens pour elle exactement le même sentiment que tu éprouves pour Tom. N'est-ce point de l'amour ?

Elle détourna les yeux, son visage se fit beaucoup plus grave. Après avoir hésité un moment, elle reprit la parole :

— Je n'en suis pas sûre.

Tout à coup, nos narines frémirent sous la violente odeur de sang du marché de Smithfield, où l'on abattait, débitait en morceaux et vendait des animaux de toutes sortes et de toutes tailles. Il ne faisait pas l'ombre d'un doute que nous étions dans les parages, et là, juste au-devant de nous, dans Gilt-Spur Street, se profilait l'entrée du marché.

— On a une tâche à accomplir ici, me déclara-t-elle alors. Laisse-moi y réfléchir pendant qu'on s'en occupe. On en r'caus'ra au r'tour. Ça t' convient ?

— À ta guise, Annie.

Je l'entraînai à l'étal où, en l'absence de M. Tolliver, j'avais récemment acheté de la viande pour la maisonnée. On m'y reconnut et m'y salua. Mais Annie exposa clairement au boucher que c'était elle qu'il lui fallait contenter ce jour-là. Elle voulut voir ce qu'il proposait en bœuf à rôtir. Il le lui montra et, ce faisant, porta aux nues la tendreté et la saveur de sa viande. Tout en faisant la moue, elle l'examina d'un air sceptique et en demanda le prix. Lorsqu'il fixa celui-ci à cinq shillings, elle recula et considéra le marchand d'un œil mauvais.

— Nous allons voir un peu c' qu'on nous propose ailleurs, décréta-t-elle. Viens-t'en, Jeremy.

Comme nous partions, le boucher m'adressa un regard froissé. Mais je n'aurais en aucun cas tenté de la contredire ou de la persuader. C'était effectivement elle la cuisinière et elle serait mise à l'épreuve, ce soir-là. Le choix de la marchandise lui appartenait.

— C'était un assez beau morceau, commentai-je, songeant qu'elle ne pourrait me contester ce point.

— Bien plus que ce qu'il nous faut, répondit-elle. De même qu'il n'était pas débité de frais.

Annie se révéla difficile à satisfaire. Nous passâmes presque une heure à errer parmi les étals, à contempler ce que nous offraient les uns et les autres, jusqu'à ce que nous parvenions enfin à un éventaire, sis à proximité d'une des tentes où l'on abattait les animaux, laquelle exhalait une vive pestilence. Pour cette raison même, les clients n'étaient guère nombreux alentour ; Annie demanda s'il y avait du bœuf à rôtir et le boucher lui montra d'un geste les quartiers de viande suspendus derrière lui. Il l'invita à le rejoindre pour jeter un coup d'œil, comme l'eût fait M. Tolliver. Ils s'accordèrent aussitôt sur la taille et la découpe du morceau, mais marchandèrent quelque peu le prix ; tous deux semblaient y prendre du plaisir. Ils s'entendirent enfin sur le tarif, lequel s'élevait à cinq shillings pour une pièce avoisinant la taille de celle proposée par le premier commerçant. Ce qui me laissa perplexe. Je lui en fis la remarque, comme nous quittions la halle (moi avec dix belles livres de viande emballée, os compris, sous mon bras), et elle m'adressa le même regard dur que je l'avais vue décocher aux commerçants dont nous avions examiné les étals.

— Jeremy, expliqua-t-elle, ce premier morceau était trop gros, parce qu'il n'aurait pu se conserver. Il y avait du verdâtre sur le d'sus, qu' le vendeur essayait de cacher avec la main. C' que nous avons acheté se gard'ra pendant plusieurs jours, après l' repas d' ce soir. T'es en train porter d' la viande fraîchement abattue, encore pleine de sang qui coule.

Sans doute certaine qu'elle s'était bien acquittée de sa tâche, en acquérant ce que Smithfield pouvait offrir de meilleur, Annie se mit à marcher d'un pas allègre, tandis que nous regagnions Bow Street. Tout en allongeant sa foulée, elle sifflota un air. À la voir d'humeur aussi guillerette, elle me surprit en abordant aussitôt le sujet que je lui avais péniblement exposé à l'aller.

— J'ai fait c' que j' t'avais dit, déclara-t-elle tout à trac.

— Pardon ? m'exclamai-je, sans comprendre au juste de quoi elle causait. Tu veux dire que tu as acheté de la viande pour ce soir ?

— Non, Jeremy, pendant qu'on s' promenait dans l' marché, j'ai bien réfléchi à toi et à cette jeune Italienne.

— Oh ? Et qu'en penses-tu ?

— Eh bien, pour commencer, tu n' dois absolument pas donner d'argent à son sout'neur.

— Je n'en ai point.

— Comme de juste ! T'as raison ! Et il n'y a qu'un seul endroit où tu pourrais t'en procurer, mais tu n' dois même pas y penser... pas même une seule minute.

— Je suis d'accord, répondis-je, encore que j'y eusse songé ne fût-ce que pendant ce laps de temps.

— Comme si je n' connaissais pas les gaillards du

genre de Jackie, à l'époque où j' traînais dans la rue ! Il ne la laissera jamais partir, jusqu'à c' qu'elle soit épuisée, vérolée ou morte.

J'avais envisagé semblables possibilités, mais à les entendre citées aussi froidement, les larmes me vinrent aux yeux.

— Allons, Jeremy, ressaisis-toi, me gourmanda-t-elle. Tu dois faire face à la réalité.

— Mais tu affirmes qu'il n'y a rien que je puisse faire pour elle.

— Oui, c'est vrai. Elle ne peut compter que sur elle-même. C'est à elle de se sauver toute seule.

— Mais comment ?

— Qu'elle entre au service d'une maison, comme j' l'ai fait. Ces dames et ces messieurs de la haute société trouvent qu' c'est raffiné d'avoir des servantes françaises et italiennes.

— Elle ne saura jamais comment s'y prendre.

— Elle s'habille comme il sied et s'en va frapper aux portes de St. James Street, de Bloomsbury, partout où il y a d' grandes demeures. Le majordome viendra lui ouvrir et c't' auprès d' lui qu'elle devra solliciter un travail. Une fois engagée, son sout'neur ne pourra alors plus la toucher.

Le fait qu'Annie eût mentionné St. James Street me fit réfléchir. Peut-être que M. Bilbo pourrait trouver une place pour Mariah.

— Et en tout dernier r'cours, poursuivit Annie, elle peut s' présenter au Foyer Marie-Madeleine. La moitié des filles y sont v'nues pour échapper à un gars comme ce Jackie. Aucune personne non inscrite ne peut franchir la porte, gardée par cette vieille mégère.

Mais bien sûr ! J'avais sous mon nez une issue pour Mariah. Toutefois, que disait-on ces derniers temps au sujet dudit foyer ?

— Mais, objectai-je, lady Fielding n'a-t-elle pas prétendu que le refuge était presque au complet, en raison de ces monstrueux assassinats ?

— Elle m'a confié la même chose. Mais si t'arrives à convaincre ta belle... c'est comment son nom, déjà ?

— Mariah.

— Exact... j' vais tâcher d' m'en rapp'ler. Si tu peux convaincre Mariah d' se rendre au Foyer Marie-Madeleine, j' dirai à lady Fielding qu' c'est une amie à moi qui souhaite changer d' vie. On lui f'ra d' la place ensuite, j' te promets.

— Merci, Annie, répondis-je avec une sincérité non feinte.

— Mais, Jeremy, sache que c'est à elle d' se prendre en charge. C'est elle qui doit décider. Les catins sont cossardes, pour la plupart. Il s' peut qu'elles n'aiment pas leur existence, mais elles manquent de volonté pour l'abandonner. Comme si j' le savais pas ! J' détestais ma vie, et ça m'a pris presque un an pour en changer.

Le souper de fête, organisé ce soir-là pour que MM. Goldsmith et Donnelly se rencontrent, se révéla en l'espèce tout à la fois un éclatant succès et un terrible échec.

Annie accomplit de réelles merveilles avec la pièce de bœuf qu'elle avait soigneusement choisie à Smithfield. Elle la fit cuire dans le vin, avec de petits morceaux d'ail, du sel et du poivre à profusion... ainsi qu'un soupçon de cette épice rouge, le paprika, qu'elle avait gardée pour le jour où l'occasion se présenterait. Il y eut quatre bouteilles de bordeaux pour nous six, des légumes bien assaisonnés pour le plaisir de tous, ainsi qu'une tarte succulente au dessert. Après avoir porté un toast à l'hôte et à l'hôtesse de céans, M. Donnelly s'avoua muet de saisissement devant les talents culinaires d'Annie et leva son verre en son honneur. M. Goldsmith affirma ne s'être jamais si bien restauré... et nul n'ignorait que moult grandes maisons londoniennes l'avaient invité à leur table. Annie connut un véritable triomphe.

Et la conversation alla bon train à table, grâce au duo

de pipelets qui n'eurent de cesse de l'alimenter avec bonheur pour leur plus grande joie, et certainement la nôtre. On nous offrit un magnifique spectacle mis en scène dans un flamboyant style irlandais. Deux authentiques natifs d'Irlande, l'un catholique, l'autre protestant, quoique témoignant tous deux d'un même esprit et d'un même amour du rire. Installés chacun de part et d'autre de la table, contant histoire après histoire, ce fut à celui qui l'emporterait sur l'autre. S'ils se disputaient en effet la vedette, je n'aurais su désigner un vainqueur. Ce furent nous les gagnants, à vrai dire, comme ils nous narraient d'invraisemblables souvenirs de leurs études médicales — dont une assez inconvenante, à propos de laquelle lady Fielding manifesta son déplaisir (après avoir ri de bon cœur) en toussotant et en haussant les sourcils. M. Donnelly en prit note, mais, non intimidé pour autant, se lança dans une série de réminiscences, certes moins licencieuses mais tout aussi comiques, de ses nombreux propriétaires viennois (car il avait étudié la médecine à la faculté de Vienne) ; M. Goldsmith riposta avec des anecdotes ayant trait aux Français, pour lesquelles il était réputé (comme je l'appris plus tard) ; puis son compatriote revint à la charge avec d'autres expériences de son séjour dans le Lancashire (Annie me confia par la suite qu'il ne répéta aucune histoire, parmi celles qu'il avait précédemment relatées en notre office). Et, tout au long du repas, nous passâmes ainsi sans relâche d'un sujet à l'autre, jusqu'au dessert, et même au-delà, une fois le vin achevé, alors que nous dégustions le cognac. Le lendemain, nous admîmes tous ne pas nous rappeler avoir jamais eu l'occasion de rire aussi longtemps, ni aussi fort.

Et sir John partageait notre avis. Il gloussa et pouffa lui aussi, et, en maître de cérémonie digne de ce nom, encouragea de temps à autre ses histrions par une question ou une raillerie de son cru. Mais ensuite, après avoir félicité M. Goldsmith pour son article et refusé de répondre aux interrogations concernant les meurtres de Covent Garden, il demeura la plupart du temps à l'écart du vif tourbillon de la conversation. Autrement dit, il observa dans la mesure du possible un silence poli, compte tenu des circonstances. En ce sens, le souper échoua lamentablement, car nous autres de sa maisonnée avions escompté qu'en si joviale compagnie il aurait pu se détendre et participer de façon plus active. Mais il s'y refusa. Il laissa le champ libre à ses invités. Le lendemain, il se révéla plus renfermé et taciturne que jamais, ce qui fâcha grandement lady Fielding, qui craignait le voir sombrer dans la mélancolie. Pour ma part, en revanche, je l'avais déjà connu en pareil état, et l'idée me vint qu'il était peut-être bel et bien en train d'échafauder un plan d'action.

Un détail, toutefois, reste inscrit dans mon esprit, à propos de ce repas. Vers minuit, nos invités se levèrent alors de table à contrecœur et remercièrent l'hôte, hôtesse et la cuisinière. À son tour, lady Fielding leur sut gré de nous avoir offert « une soirée fort gaie et pleine d'entrain », compliment que sir John appuya. Puis il me pria de raccompagner les deux gentlemen jusque dans la rue, ce que je fis, bien entendu, avec la plus grande joie.

Une fois dans Bow Street, MM. Donnelly et Goldsmith restèrent quelques instants à deviser, tout en découvrant qu'ils allaient devoir se séparer. Je demeurai attentif, comme ils échangeaient leurs cartes, et écoutai M. Goldsmith aborder le sujet que le magistrat avait refusé de discuter à table.

— Dites-moi, monsieur Donnelly, déclara-t-il d'un ton plus grave que celui dont il avait fait montre au cours des heures précédentes, le cadavre de King Street se trouvait-il dans cet état effroyable que rapporte la rumeur ?

— C'était indescriptible, répliqua son compatriote.

Puis il procéda bien sûr à la description dudit cadavre :

— Le tronc était découpé et l'on avait retiré deux grands lambeaux de peau. Les organes étaient arrachés... le cœur gisait dans la cheminée, en partie brûlé ; le foie, l'utérus, le pancréas, ainsi que d'autres morceaux étaient éparpillés dans la pièce.

— Cela me semble l'œuvre d'un boucher.

— Vous ne croyez pas si bien dire, car on en suspecte un à Covent Garden. Il a disparu.

Je crus défaillir. Sir John ne m'avait jamais nommé M. Tolliver en tant que tel.

— Dieu du ciel ! fit M. Goldsmith. Disparu, dites-vous ? Peut-être est-ce la fin du cauchemar.

— On ne peut que l'espérer. Mais, à propos, il y a un sujet qui risque de vous intéresser en tant que praticien. Connaissez-vous un individu du nom de Carr ? Un médecin de l'armée en retraite, je crois.

— J'en ai entendu parler, mais ne l'ai jamais rencontré.

— Il m'a encore rendu visite — c'est la seconde fois, figurez-vous — en me pressant d'examiner les yeux de la victime à travers mon microscope. Il est convaincu que l'image de l'assassin est gravée sur la pupille.

— Cette histoire de bonne femme... incroyable ! Et de la part d'un médecin, qui plus est !

— J'ai dû lui dire que les yeux aussi avaient été retirés et qu'ils avaient sans doute brûlé dans l'âtre. Ma nouvelle a paru vivement le décevoir.

M. Donnelly hésita, comme s'il débattait avec sa conscience de ce qu'il devait confier ensuite.

— J'ai remarqué chez lui, reprit-il, les signes de la vérole à son dernier degré... le chancre. Je crains que son esprit ne soit également affecté.

— Sans aucun doute. Mais...

M. Goldsmith tendit la main à M. Donnelly, qui la lui serra en guise d'adieu.

— Je dois m'en aller, car de l'ouvrage m'attend. Venez me rendre visite, monsieur. Ma porte vous est ouverte, mais je vous avoue que la fin d'après-midi et le début de soirée me conviennent mieux.

Puis, dans un geste d'au revoir, il prit congé. M. Donnelly se tourna vers moi et, lui aussi, me tendit la paume.

— Navré de t'avoir retenu sur le perron, Jeremy. Je te

souhaite une bonne nuit, et remercie encore tous ceux qui sont à l'étage pour cette merveilleuse soirée.

— Mais monsieur, dis-je, est-il vrai que sir John considère M. Tolliver comme suspect de ces meurtres ?

— Le boucher ? Je crois savoir que tu le connais ? Ah, je crains que sir John ne m'ait dit cela, en effet. Une triste affaire, hein ? Ma foi, je dois me sauver.

Et, sur ces mots, il s'éloigna brusquement en direction de Tavistock Street, tout en agitant sa canne et en sifflotant. Je l'observai jusqu'à ce qu'il atteigne Russell Street, puis remontai l'escalier, pour rejoindre la montagne de plats et de casseroles qui m'attendaient à l'office.

Dans les jours qui suivirent, je transportai avec moi un morceau de papier, sur lequel j'avais inscrit en lettres capitales les noms de M. Bilbo et de Jimmie Bunkins, ainsi que leur adresse dans St. James Street. Le lendemain de ma conversation avec Annie en rentrant du marché, Bunkins et moi avions causé, après notre leçon avec M. Perkins. En lui confiant toute l'histoire, je demandai à mon ami si l'on pouvait trouver une place pour Mariah au sein de leur maisonnée, ne fût-ce qu'à titre provisoire. Le jour suivant, il me rapporta la réponse de M. Bilbo, lequel acceptait que la jeune fille logeât chez lui, à la condition qu'elle besognât pour gagner son gîte et son couvert. J'estimai l'offre honnête, mais si, pour la moindre raison, elle craignait le nom de Black Jack Bilbo (comme certains), j'inscrivis aussi celui de lady Fielding et l'adresse du Foyer Marie-Madeleine pour prostituées repenties.

Ce bout de papier en poche, je sillonnai le quartier de Covent Garden, en quête de Mariah. Cela faisait presque un mois que je ne l'avais vue. Comme la plupart de ses consœurs, elle avait disparu lorsque la nouvelle de la mort de Libby Tribble s'était répandue dans le voisinage. Mais à mesure que les jours s'écoulaient sans incident, la nécessité attira de nouveau ces femmes sur le pavé. Comme depuis près de trois semaines aucun meurtre n'avait eu lieu, certaines avaient dû reprendre espoir et décider qu'il n'y en aurait plus. D'autres se montraient tout à fait fatalistes. Annie me confia avoir croisé une vieille catin qu'elle connaissait, laquelle arpentait de nouveau le trottoir. Lorsque Annie lui demanda si elle ne craignait point d'être la prochaine victime, l'autre lui répondit :

— Ma chérie, j' n'ai guère le choix. Si j' tombe pas aux mains d' celui qui charcute, alors ce s'ra dans l' fleuve. En attendant, j'ai b'soin d'argent pour mon gin.

L'apathie ou l'espoir injustifié régnaient donc dans les rues, tandis que j'étais à la recherche de Mariah. Mon regard se posait le plus souvent aux endroits où j'avais coutume de l'apercevoir en plein jour et aux premières heures du soir. Mais je revins chaque fois déçu, après avoir arpenté Drury Lane et New Broad Court de haut en bas. Je longeai le périmètre de Covent Garden au crépuscule... mais en vain. J'inspectai Duke's Court, Martlet's Court, et même Angel Court, et des lieux où il s'avérait presque insensé de s'aventurer seul et non armé, au déclin du jour. Finalement, je confiai mon problème à Bunkins, et lui, toujours aussi pragmatique, me fit observer que c'était dans Bedford Street que j'avais vu Jackie Carver, aussi avais-je de fortes chances de la trouver quelque part à proximité.

— Les sout'neurs aiment bien déplacer leurs filles, expliqua-t-il, essayer d' nouveaux coins, comme qui dirait.

Aussi, un certain soir que je rentrais de chez M. Perkins pour regagner Bow Street, je déviai quelque peu de mon itinéraire pour traverser Bedford Street d'un bout à l'autre. Je m'apprêtais à m'en aller, lorsque je l'entrevis et me hâtai de la rejoindre, non loin de l'entrée du *Dog and Duck*.

— Mariah ! lui criai-je en m'approchant.

Je craignis aussitôt de l'avoir effrayée au point de la faire fuir, mais c'était un cri de joie pour l'avoir enfin retrouvée.

Elle me vit, me reconnut, et ne s'éloigna point, cependant. Elle parut s'efforcer de sourire, en attendant que je parvinsse jusqu'à elle.

— Holà ! Comment t'appelles-tu, déjà ? J'ai oublié.

— Jeremy, répondis-je. Jeremy Proctor.

Elle hocha fermement la tête.

— C'est vrai... Jeremy. J' me souviens maint'nant. T'as apporté l'argent ? Tu m' le donnes et j' le lui donne.

— Non, Mariah. Je n'ai pas apporté l'argent pour Jackie. J'ai mieux... pour toi.

— Pour *moi* ?

Elle détourna les yeux. Puis, sans chercher à masquer son exaspération, elle leva les bras au ciel et donna libre cours à sa déception.

— Qu'est-ce qui pourrait êt' mieux que quitter tout ça ? Il dit qu' si t'as pas l'argent, tu peux l' voler. Pourquoi tu l'as pas volé ?

— Je ne pouvais pas, je ne voulais pas, dis-je.

Puis, cherchant à me justifier :

— Même si je pouvais payer la somme qu'il demande, je n'aurais pas d'argent pour t'entretenir.

— Tu pourrais en voler davantage.

Cette fille n'avait-elle aucun sens du bien et du mal ? Dans sa profession, pareille notion avait tôt fait de disparaître, supposais-je. Il était temps à présent de lui exposer ma proposition... et sans lanterner, au cas où Jackie Carver rôderait dans les parages. Je sortis le morceau de papier que j'avais en poche. Je lui expliquai que deux maisons étaient prêtes à l'accueillir et à la nourrir. Dans la première, dis-je, elle besognerait parmi la domesticité. Dans la seconde, on lui enseignerait un métier séant... cuisinière, couturière ou autre.

— Mais le plus important, précisai-je, c'est que tu ne seras plus dans la rue, mais en un lieu où Jackie Carver ne pourra t'atteindre.

— Comment ça s' fait qu' tu connais son nom ? répliqua-t-elle, franchement suspicieuse.

— Un ami me l'a dit.

— Il aime pas qu' les gens d' Bow Street sachent comment il s'appelle.

— Peu importe, déclarai-je. Tout ceci ne te coûtera rien d'autre qu'une course en fiacre; guère plus de dix pence pour la première adresse, et pas plus d'un shilling pour la seconde. Tu as assez sur toi, n'est-ce pas ?

Je plongeai de nouveau la main dans ma poche et ajoutai :

— Je peux te les offrir.

— Tu m' donnes douze jaunets pour lui. Et c'est tout.

— J'ai cru que c'était dix.

— Le prix a augmenté, rétorqua-t-elle, furieuse, en me faisant face. Tu crois qu' moi j' vais laver le parquet pour les gens ? Tu crois qu' j' vais coudre pour eux ? Tiens, r'prends ton papier.

À ces paroles, je la plantai là, sa main tendue vers moi, qui tenait le papier. En me hâtant de quitter Bedford Street, je me consolai à l'idée qu'elle avait le billet avec les deux adresses en sa possession. Je priai pour qu'elle ne s'en débarrassât point, mais le conservât pardevers elle, pour plus tard, peut-être, en faire bon usage. J'avais fait ce que je pouvais, n'est-ce pas ?

Ce même soir, je me mis en quête de sir John dans la petite pièce voisine de sa chambre à coucher, qui lui tenait lieu de bureau. Comme par le passé, chaque fois qu'il était tourmenté ou couvait quelque dessein, il avait coutume d'y rester assis dans le noir, derrière son lourd secrétaire de chêne, pendant plusieurs heures d'affilée. Lady Fielding s'était retirée tôt. À l'office, Annie se distrayait, comme elle le faisait souvent, en chantant les ritournelles du jour, qu'elle avait entendues au hasard de ses flâneries dans Covent Garden. Lorsque je songe aujourd'hui à la brève visite que je rendis alors au magistrat, je me souviens non seulement de nos propos, mais aussi des bribes de chanson qui s'élevaient de l'étage au-dessous, au cours des fréquentes pauses qui jalonnèrent notre entretien.

Je frappai à la porte ouverte de la petite pièce.

— Qui est là ?

— C'est moi, Jeremy.

— Entre, mon garçon, assieds-toi.

J'obéis et m'installai dans l'un des deux fauteuils placés en face de sir John.

— Il n'est pas dans mes intentions de me renfermer ainsi sur moi-même, déclara-t-il. C'est seulement que, ces temps-ci, ces effroyables meurtres hantent à tel point mon esprit que je me sens inapte à entretenir des relations normales avec mes semblables. Peut-être pourras-tu m'arracher à cette torpeur, comme tu l'as si souvent fait dans le passé. En tout cas, causons.

J'hésitai.

— Ce que j'ai à vous dire risque de vous froisser, car cela concerne M. Tolliver. J'ai surpris M. Donnelly affirmant que vous le suspectiez dans ces assassinats.

— Il ne devrait point bavarder avec toi ou quiconque de ce que j'ai dit à ce sujet. Mais... parle donc, tant que tes propos présentent quelque intérêt pour cette affaire, et qu'il ne s'agit pas de me présenter une nouvelle fois notre homme sous le meilleur jour, ce dont Kate s'est chargée à foison, je serais ravi d'entendre ce que tu as à déclarer au sujet du boucher.

Je lui parlai donc de la porte donnant sur la cave à charbon, que Bunkins m'avait montrée, dans ce passage où M. Tolliver avait trouvé le corps de Nell Darby, et lui précisai que ladite cave menait à un vestibule et à une seconde porte, fermée au cadenas de l'intérieur, laquelle s'ouvrait sur Henrietta Street.

— Tu suggères, déclara sir John, que le meurtrier aurait pu s'enfuir de cette façon ?

— Oui, monsieur, dis-je. Et semblable fuite expliquerait les bruits de pas en direction de Covent Garden, que le boucher a entendus juste avant de découvrir le cadavre.

Le magistrat se mura dans le silence. Je ne pus guère faire autre chose que de respecter celui-ci, car j'étais certain qu'il confrontait mes dires aux soupçons qu'il nourrissait à l'endroit de M. Tolliver. Vinrent enfin les objections que j'avais prévues.

— Comment expliques-tu alors, reprit-il, ce que notre homme a effectivement déclaré à propos de ces bruits de pas ? Qu'il avait fait volte-face, regardé et qu'il n'avait vu personne alentour. Et qu'en est-il de cette mystérieuse carriole qui se trouvait subitement là où elle n'était point auparavant... ou peut-être y était-elle, car il ne pouvait le garantir.

— Bunkins m'a appris qu'il existait des endroits où se cacher, là-bas, dans Henrietta Street, et j'en ai eu la confirmation... deux grosses poutres contre la demeure, qui pouvaient dissimuler un homme ; elles sont espacées l'une de l'autre, le long du chemin. Quant à la charrette, je ne puis fournir plus d'explications que M. Tolliver. Mais je vous ai entendu dire, sir John, qu'il y a toujours des raisons de se méfier d'un récit totalement dépourvu d'incohérences.

— Tu sous-entends donc que si un témoignage peut être défendu en partie, alors on doit l'accepter en totalité. Tu perçois sans doute l'erreur d'un tel raisonnement. Mais que dire de ce répugnant homicide de King Street ? Il faut bien reconnaître que rien ne prouve que le boucher s'y soit trouvé, mais son départ subit, tu dois l'admettre, plaide gravement en sa défaveur.

— Vous ne lui avez pas formellement spécifié de rester à votre disposition.

— *Évite* de me rappeler ce que j'ai dit ou n'ai point dit. J'en suis fort conscient.

Il me parlait d'un ton sec comme jamais. Je m'apprêtai à lui faire mes excuses, avant de prendre congé. Mais il souhaitait me retenir.

— Je n'ignore pas que j'ai omis de lui ordonner expressément de demeurer en ville. Je lui ai tout de même confié qu'il y aurait une instruction judiciaire. Sans préciser quand elle aurait lieu.

Il s'interrompit, puis ajouta :

— Si je considère ton M. Tolliver comme suspect, c'est par défaut, pour ainsi dire... à cause de son absence. S'il réapparaît un jour et peut justifier celle-ci, il ne sera plus soupçonné. Alors je n'aurai plus personne à incriminer.

« Une parole prononcée par ce niais d'Ormond Neville m'a fait songer qu'il existerait peut-être d'autres raisons de suspecter Thaddeus Millhouse. Te souviens-tu ? Il a prétendu avoir porté à M. Millhouse une chemise propre pour sa comparution devant la cour. Puisqu'on m'avait assuré que ladite chemise ne présentait aucune tache, lorsqu'il s'est présenté à moi, j'ai pensé qu'il y avait quelque chose de compromettant sur celle qui était sale. Mais il n'en fut rien. M. Fuller m'apprit qu'elle se révélait simplement souillée. Néanmoins, j'ai mandé à nouveau le témoin pour l'interroger plus amplement, car toi et moi savions qu'il dissimulait quelque chose. Cet homme-là manque totalement de franchise. Toi, je crois, tu étais sorti pour une course, et c'était aussi bien. Le secret qu'il me cachait, et qu'on pouvait aisément deviner, c'était qu'il avait eu une relation charnelle avec Polly Tarkin. Il en ressentait une grande honte, ce dont on ne pourrait le blâmer, et telle était l'origine de sa culpabilité. Il savait qu'il avait mal agi ; il savait qui elle était ; ce fut pourtant, de manière perverse, ce qui l'attira vers elle. Il a pleuré à chaudes larmes et exprimé son chagrin en gémissant devant moi ; mais il m'a également convaincu qu'un homme aussi faible n'aurait jamais pu commettre ces horribles crimes, en particulier le dernier en date. Quoi qu'il en soit, il m'a certifié qu'il avait passé toutes les nuits, hormis celle de son arrestation, en compagnie de sa femme, ce dont elle pourrait témoigner, j'en suis certain.

« En bref, je me retrouve sans aucun suspect, à l'exception de M. Tolliver, et faute de mieux, je dois m'en tenir fermement à lui. Cependant, je ne suis pas convaincu de sa culpabilité au point de n'avoir pas ordonné aux sergents de ville d'être prudents et vigilants comme jamais. Ils le sont, certes, et vont continuer à l'être. Mais en suivant cette démarche, je me prémunis simplement contre sa prochaine agression... quel qu'il puisse être. Je préfère élaborer un plan, grâce auquel nous pouvons anticiper son attaque et le prendre la main dans le sac. J'ai remarqué que les deux derniers meurtres se sont produits la même nuit, à savoir à la pleine lune... ou du moins M. Donnelly me l'a-t-il certifié. Il semble que la pleine lune affecte les déments de manière pernicieuse. Je ne puis expliquer pourquoi, mais c'est ainsi. Quel qu'il soit, le meurtrier n'a pas frappé depuis lors. Je soupçonne qu'il va se manifester à nouveau à la pleine lune, laquelle revient la semaine prochaine, la veille de la Toussaint[1]. L'événement peut très bien exercer un attrait macabre sur des personnes telles que lui. Cela exigera une organisation dans le détail et moult préparatifs, mais avec l'aide du Tout-Puissant, cela pourrait fonctionner.

Ses propos trahissaient davantage un grand espoir qu'une véritable certitude. J'attendis d'en savoir plus, mais il ne dit rien. Finalement, incapable de me contenir, je lui demandai :

— Quel est ce plan, sir John ?

— Tu le connaîtras bien assez tôt, Jeremy. Je t'en ferai part le moment venu.

1. Fête païenne d'*All Hallows Eve*, devenue aujourd'hui *Hallowe'en*, qui a lieu le 31 octobre, soit le dernier jour de l'année du calendrier celtique, et durant laquelle la légende veut que sorcières et esprits malins se manifestent. (*N.d.T.*)

CHAPITRE X

Où je suis blessé et où l'on appréhende un meurtrier

Placardée dans les rues, une affiche proposait une récompense pour la capture et la condamnation du Tueur de Covent Garden, ainsi qu'on l'avait surnommé. Ce qui produisit un effet salutaire sur les sergents de ville de sir John Fielding, qui redoublèrent de vigueur en se livrant à leurs inspections des coins sombres du quartier. On ne les entendit plus se plaindre de transporter des coutelas cliquetant dans leurs gaines, de même que le port des lanternes ne sembla plus les déranger autant. Toutefois, les vingt guinées promises par le Parlement, à celui qui livrerait l'assassin à la justice, eurent aussi une influence négative : Covent Garden vit affluer toute une horde de chasseurs de voleurs indépendants, des rustres opérant parfois dans le cadre de la loi et, le plus souvent, dans l'illégalité, pour parvenir à leurs fins. J'avais moi-même été la victime de l'un d'eux, en arrivant à Londres, et je n'avais que faire de ces individus, et sir John encore moins ; quant aux gardiens de la paix, ils les considéraient en l'occurrence comme des braconniers chassant sur leur territoire. Mais ils vinrent semer la panique dans les bouges et les gargotes, proposant de partager la récompense avec celui ou celle qui leur fournirait des renseignements susceptibles de conduire à l'arrestation et à l'inculpation du meurtrier. Les sergents de ville s'étaient déjà adressés à tous les mouchards fiables du quartier et savaient que l'assassin, quel qu'il pût être, accomplissait ses sombres méfaits en solitaire, de même qu'il ne s'en vantait ensuite ni ne confiait ses exactions à qui que ce fût. Les chasseurs de primes manquaient d'organisation et ne possédaient pas, contrairement aux agents, une connaissance approfondie de Covent Garden. Ce qui leur faisait surtout défaut, en l'espèce, c'était le plan de sir John.

À mesure que les jours passaient et que nous nous rapprochions de la veille de la Toussaint, il devint clair que le magistrat avait vu juste en prédisant qu'il n'y aurait plus d'autres agressions jusqu'à cette nuit funeste, où les gens croyaient naguère que les sorcières volaient dans les airs, pour s'en aller rejoindre le démon et célébrer un effroyable sabbat. Si cette fameuse nuit se déroulait sans incident, alors sir John se serait trompé, les sergents de ville reprendraient leurs patrouilles vigilantes, et l'absence de M. Tolliver pèserait d'autant plus lourd en sa défaveur. Ce fut cette dernière éventualité qui sans nul doute me poussa à prier pour le succès du plan et, finalement, à me porter volontaire pour y participer.

Celui-ci se déroulait en deux temps. On allumerait tout d'abord un grand feu de joie au beau milieu de Covent Garden, une fois les étals fermés, les charrettes déplacées et la nuit tombée. Selon sir John, l'événement allait attirer tous les vauriens et les individus sans foi ni loi, de même que les prostituées quitteraient leur trottoir pour célébrer la fête.

— Ce sont des gens frustes, dit-il en exposant son plan à ses agents, la veille de son exécution, et ils ne pourront résister au plaisir de folâtrer devant les flammes. La dernière fois qu'on a brûlé une sorcière, c'était au début de ce siècle. Ils ont entendu des récits à ce sujet. Nous leur donnerons tout ce qu'ils voudront faire rôtir, hormis une magicienne... tout, y compris des châtaignes. M. Marsden, veuillez en prendre note. Prévoyez une profusion de marrons. Un grand nombre d'entre vous sera nécessaire pour maintenir l'ordre. Je me suis arrangé pour qu'une brigade de pompiers soit présente, afin de maîtriser le feu comme il se doit. Si d'aventure le vent se levait, nous devrions repousser nos projets. Mais j'escompte une nuit claire et paisible.

Un murmure approbateur parcourut le groupe qui emplissait le cabinet de sir John. La seconde partie de son plan ne recueillit point la même adhésion, toutefois. Il supposait que certains agents sortissent armés, certes, mais vêtus en femmes, alors qu'un petit détachement serait chargé de les suivre à pas feutrés, de sorte à pouvoir intervenir sans crier gare, au cas où les appâts seraient assaillis.

— L'idée, voyez-vous, poursuivit sir John, consiste à attirer les victimes éventuelles hors des rues, ou à réduire leur nombre de manière significative, et à placer nos propres hommes là-bas, ainsi travestis en femmes, afin qu'ils puissent rencontrer l'assassin et le maîtriser.

Un silence absolu suivit les propos du magistrat. Il apparut bientôt qu'aucun d'entre eux ne manifestait le désir de se déguiser. Lorsqu'il en appela à leur bonne volonté, nul ne s'avança.

— Voyons, messieurs. Ce n'est pas le moment de jouer les timides. La situation exige des leurres et il nous faut des volontaires.

De nouveau, le silence. L'absence de réaction m'embarrassa... pour sir John ou pour les gardiens de la paix, je ne sais, mais le fait est que je me sentis gêné.

M. Benjamin Bailey, leur brigadier, prit la parole :

— Sir John, je vous demande pardon, mais je ne pense pas qu'un seul parmi nous soit susceptible de tromper votre homme comme il convient, peu importe qu'il arbore de la soie et de la dentelle. Nous sommes tous diablement trop grands.

Je regardai autour de moi. Il disait juste, en réalité. Les

individus debout dans la pièce paraissaient tous mesurer six pieds ou davantage... à deux exceptions près, toutefois, et j'en faisais partie. Je savais que M. Bailey tenait compte de la stature dans le choix de ses agents. Sans réfléchir plus avant, je quittai donc ma place contre le mur et m'avançai.

— Je me porte volontaire, déclarai-je, car je suis d'une taille qui convient.

— C'est toi qui as parlé, Jeremy ? s'enquit le magistrat.

— Oui, monsieur.

— Alors, regagne ta place, répliqua-t-il. Cette tâche n'incombe pas à un garçon.

— Je ne me retirerai point, monsieur. En cas d'agression, je suis aussi apte à me défendre que n'importe qui ici présent.

Ma forfanterie suscita quelques rires moqueurs. Un seul prit ma défense.

— Monsieur, déclara M. Perkins, le garçon n'a pas encore été mis à l'épreuve, mais il a appris aussi bien que n'importe qui. Acceptez-le et vous aurez deux volontaires, car autant je répugne à l'idée de me promener en jupes, je les porterai quand même, pour veiller à ce qu'on ne lui fasse aucun mal.

— Et vous êtes M. Perkins, si je ne m'abuse ?

— Oui, monsieur, et d'une stature qui pourrait mystifier un assaillant. L'Irlandaise qui fut la première victime n'était pas plus petite que moi.

Derrière son bureau, le magistrat observa un silence posé. Puis, tout à coup, il le heurta du plat de la main.

— Par Dieu ! cela me déplaît, car j'escomptais poster cinq ou six hommes dans des rues distinctes. Et qui plus est, l'idée ne m'enchante point d'utiliser un garçon de quatorze ans pour cette mission. Mais la nécessité nous contraint quelquefois à nous débrouiller avec les moyens dont nous disposons. J'accepte donc que MM. Perkins et Proctor jouent le rôle d'appâts... mais c'est bien malgré moi.

Ses paroles ne provoquèrent ni hourras ni applaudissements. La seule réaction des agents consista à piétiner sur place, d'un air embarrassé. Ce fut pourtant le moment que je choisis pour reprendre la parole.

— Sir John ?

— Qu'est-ce donc, Jeremy ?

— Je souhaite vous corriger, monsieur. Je n'ai pas quatorze ans. J'en ai quinze.

Il nous arrive parfois de regretter nos gestes par trop impulsifs... ou, plus précisément, d'en douter. J'en fis l'expérience lorsque, seul dans ma mansarde, je revêtis la vieille robe usée que m'avait fournie lady Fielding, en puisant parmi celles collectées pour les pensionnaires du Foyer Marie-Madeleine pour prostituées repenties. Elle m'allait assez bien, hormis aux entournures, qu'on avait dû modifier pour plus d'aisance, de même qu'on avait décousu l'ourlet, afin qu'elle couvrît mes chevilles et dissimulât mes pieds. Tandis que j'évoluais dans la pièce, en remuant les épaules qui étaient encore un peu à l'étroit, je remarquai que la toilette entravait tant soit peu ma démarche, et commençai sincèrement à douter du plan de sir John et du rôle que j'y incarnerais. Je savais toutefois que pareilles pensées n'y changeraient rien. La nuit tombait, on allait bientôt allumer le feu de joie dans Covent Garden, la foule ne tarderait pas à s'y rassembler, à présent. Je n'avais d'autre choix que de descendre les marches pour aborder la seconde phase de mon déguisement... celle que je redoutais le plus.

La longueur de la jupe s'avéra périlleuse dans l'escalier, jusqu'à ce que je me souvinsse de l'astuce permettant aux femmes de s'en accommoder, et je soulevai donc délicatement l'étoffe jusqu'à mes chevilles. J'arrivai ainsi à l'office, pour y retrouver lady Fielding, Annie et l'agent Perkins.

Je vis en lui le sort qui m'attendait. Outre ses joues et ses lèvres fardées, on l'avait affublé d'une coiffe de coton, du genre de celles qu'affectionnait alors la gent féminine, lesquelles sont aujourd'hui quelque peu passées de mode. Malgré les changements qu'on avait opérés sur lui, cela n'adoucissait en rien la virilité de ses traits prononcés. À dire vrai, il ressemblait tout bonnement au sergent Perkins, maquillé et coiffé d'un couvre-chef grotesque.

— Oh, Jeremy, assieds-toi, me pressa lady Fielding. On m'a dit que nous devions nous hâter. Annie va te maquiller.

— Tu n' te r'connaîtras plus quand j'aurai fini, déclara la cuisinière.

Sa phrase me fit l'effet d'une menace.

M. Perkins se tut. Il détourna les yeux, feignant de regarder par la fenêtre, où il n'y avait rien à observer, si ce n'était la lune orangée qui se levait.

Tandis que je m'asseyais, Annie trempa deux doigts dans le pot de fard et s'attela à la tâche. Au bout d'un moment, elle me tapota le front d'un air agacé.

— Ne gigote pas ainsi. Je n'arriverai jamais à t' l'appliquer comme il faut.

Je m'immobilisai donc avec docilité. Je souhaitais seulement la voir achever le plus prestement possible.

— L'agent Perkins nous a causé quelques problèmes, reprit lady Fielding. Le pauvre homme a des poils jusqu'au creux du cou. Nous avons dû le raser.

— Et elles m'ont proprement coupé, grommela-t-il.

— Nous n' pouvions pas l' laisser sortir tel quel, renchérit Annie. Il n'aurait dupé personne.

Tant bien que mal, Annie termina sa besogne. Elle me proposa un miroir, mais je déclinai son offre.

— T'as l'air d'une vraie catin, me confia-t-elle. Un peu rustaude, comme une fille d' ferme, mais on en connaît beaucoup comme ça dans la rue.

— Et ceci devrait parfaire ta toilette, déclara lady Fielding en brandissant une coiffe identique à celle qu'arborait M. Perkins.

Elle la plaça sur ma tête et en noua les liens sous mon menton.

— Je crois que nous avons fait tout le nécessaire, n'est-ce pas, Annie ? ajouta-t-elle.

— Oui, m'dame, répondit la cuisinière en jetant un regard sur M. Perkins, ou du moins tout c' qu'on a pu.

Le sergent de ville prit alors la parole d'une voix tant soit peu bourrue :

— Fort bien, Jeremy. Au travail, à présent.

Ainsi, non sans avoir salué ces dames d'un hochement de tête, je le suivis dans l'escalier. Au rez-de-chaussée nous attendaient sir John et les quatre sergents de ville chargés de nous suivre discrètement à distance.

Si je lus de la surprise et de l'amusement sur leurs visages, nul ne fit de commentaire ni ne gloussa. Le regard furieux et menaçant que leur décocha M. Perkins leur interdisait la moindre réaction.

— Êtes-vous prêts ? s'enquit sir John.

— Autant qu'on puisse l'être, répondit l'agent Perkins.

— Mais il vous faut une arme quelconque. Monsieur Baker ? cria sir John à l'adresse du gardien de nuit. Donnez-leur chacun un pistolet et une matraque... à moins que vous n'ayez la vôtre, monsieur Perkins ?

— Glissée dans ma ceinture, sous la jupe. Je ne m'en sépare jamais, monsieur.

— Parfait, dit le magistrat. Mais je pensais qu'il aurait mieux valu que vous ayez l'arme à feu en main, sergent, puisque votre tâche consiste en premier lieu à protéger Jeremy.

— Je ne risque point d'attirer qui que ce soit, même celui qui souhaiterait m'assassiner. Mais je ne puis me promener avec un pistolet en main.

— Vous le pouvez s'il est bien dissimulé. Agent Cowley ? Avez-vous ce châle que votre amie nous a prêté ?

Le jeune sergent Cowley s'avança et présenta un vieux fichu de couleur bleue, effrangé sur les bords et tout effiloché, mais suffisamment ample pour ce à quoi sir John le destinait.

— Monsieur Baker, vous avez les pistolets ? Donnez-en un à M. Perkins. À présent, monsieur Cowley, entourez sa main et l'arme avec le châle, puis recouvrez le mieux possible le moignon de son bras gauche.

Je regardai, fasciné, le pistolet disparaître sous un enchevêtrement de laine bleue.

— Rentrez bien le bord, de façon qu'il tienne, précisa sir John à l'adresse de M. Cowley. Il n'est pas question qu'il se défasse, hormis si l'agent le souhaite. Pouvez-vous dégager le pistolet, en cas de besoin, monsieur Perkins ?

— Oh, je me débrouillerai, monsieur.

— J'en suis certain, mais, monsieur Perkins... et toi aussi, Jeremy, sachez, je vous prie, que si je dis *en cas de besoin*, c'est précisément ce que je veux dire. Considérez avant tout les pistolets comme des outils d'alerte. Pas question d'abattre le premier marin ivre qui mettrait la main sur Jeremy. Quant à vous qui les suivrez, dès que vous entendrez un coup de feu ou un cri en provenance de M. Perkins ou de Jeremy, tâchez de les rejoindre sans tarder, car vous saurez qu'ils ne badinent pas. Restez à cinquante mètres derrière eux... mais pas plus. Et efforcez-vous de passer le plus inaperçu possible... quoique harnachés comme vous l'êtes, cela risque de s'avérer malaisé.

Ils étaient en vérité armés jusqu'aux dents ; chacun portait une paire de pistolets, ainsi qu'un coutelas dans son fourreau.

Comme le magistrat faisait ses dernières recommandations, M. Baker me tendit à la fois une arme à feu et une matraque. Je soulevai la volumineuse jupe, pour les glisser dans la ceinture qui tenait ma culotte, puis laissai retomber l'étoffe. Elles étaient bien dissimulées, mais je me demandai si je pourrais les atteindre aisément. Quoi qu'il en fût, me raisonnai-je, je disposais de cinq sergents de ville pour me protéger.

— Alors, allez-y, maintenant, ordonna sir John. Le

brasier est allumé à Covent Garden. Ils vont tous s'y précipiter pour danser et chanter. Les rues devraient être désertes pour vous. Puisse Dieu favoriser le succès de notre entreprise.

À ces mots, nous sortîmes l'un derrière l'autre dans Bow Street.

Le flot humain, prévu par sir John, à destination de Covent Garden tenait davantage du raz de marée. En obliquant vers Russell Street, nous fûmes ballottés et bousculés par ceux qui avaient hâte de rejoindre les festivités. Ils ne nous prêtèrent aucune attention. Nous ne sentîmes nul besoin de nous séparer, tant que les rues grouillaient de monde, et, tous les six, nous fîmes donc le chemin de conserve, puis attendîmes dans Russell Street, l'un des principaux accès à Covent Garden, que la vague de badauds décrût quelque peu.

Depuis l'endroit où nous étions, à la croisée des chemins, nous pouvions voir le feu se consumer. C'était un brasier de belle taille, mais pas aussi grandiose que ce qu'il deviendrait bientôt. On avait empilé du bois, mais les flammes n'effleuraient pas encore toutes les bûches. Et il y en avait en réserve, qui seraient jetées sur le tas, pour entretenir le foyer. Aucun des feux de joie qui brûleraient pour la fête de Guy Fawkes[1], la semaine suivante, ne serait susceptible de le surpasser, pas plus qu'il n'attirerait une telle multitude. Les gens fourmillaient de toutes parts, ils restaient à regarder, quelques-uns s'étaient mis à danser. Dieu que le peuple aimait le feu !

L'afflux massif se tarit. Nous traversâmes Russell Street ensemble, puis, voyant Charles Street presque déserte devant nous, nous nous séparâmes, selon les sug-

1. Le 5 novembre, les Anglais commémorent la Conspiration des Poudres, en brûlant l'effigie de Guy Fawkes (1570-1606), un catholique qui avait prévu de faire sauter le Parlement le 5 novembre 1605, et qu'on arrêta la veille de l'exécution du complot. *(N.d.T.)*

gestions de sir John. L'agent Perkins prit la tête et je le suivis à une distance de vingt mètres. Les quatre autres sergents marchèrent sur mes brisées, à moins de cinquante mètres, deux de chaque côté de Charles Street.

Nous avions pour dessein de quadriller Covent Garden, et si rien de malencontreux ne se produisait dans un premier périmètre, alors nous devrions en délimiter un second, mais si de nouveau rien ne survenait, nous concentrerions notre attention sur ces endroits réputés parmi les plus périlleux... autrement dit, nous tenterions le diable.

Je regardai devant moi. Même au loin, M. Perkins évoquait ni plus ni moins qu'un homme en jupes. Si le fard appliqué par Annie n'avait certes pas réussi à le grimer et à adoucir sa physionomie virile, lui-même ne faisait aucun effort pour modifier sa démarche. Il arpentait Charles Street à grandes enjambées, portant son regard vigilant de tous côtés, comme l'eût fait précisément n'importe quel gardien de la paix. Nul doute que si l'assassin l'entrevoyait, de près ou même à distance, il devinerait que quelque chose clochait.

Derrière moi, l'escorte jouait un peu mieux son rôle. Si l'on pouvait déceler leurs mouvements, ainsi que les brefs chatoiements de leurs fourreaux, ils se déplaçaient néanmoins en silence et dans l'ombre, pour n'apparaître que sous la lumière des réverbères, la lune ne baignant pas encore Charles Street.

Quant à moi ? Je tentais de marcher à petits pas mignards, sans trop me presser, cherchant à donner l'impression que j'étais disponible, en quelque sorte, comme j'avais observé certaines femmes le faire.

Ce fut de cette manière que notre singulier cortège obliqua dans Tavistock Street, descendit la rue jusqu'en bas, traversa Southampton, et poursuivit dans Maiden Lane. La lune éclairait davantage cette portion. Derrière moi, les agents ne pouvaient plus se dissimuler autant, en passant d'ombre en ombre. Ils se débrouillèrent cependant pour masquer leurs intentions en flânant, pour ainsi dire, en feignant de ne point s'intéresser à M. Perkins et à moi. De rares piétons circulaient dans Maiden Lane, et aucun ne parut nous remarquer; ils nous croisèrent sans le moindre soupçon, et même sans témoigner de curiosité.

Nous arrivâmes ensuite dans Bedford Street, laquelle semblait présenter quelque menace, car c'était dans une venelle débouchant sur cette large artère, jalonnée de bouges et de tavernes de mauvaise réputation, que l'on avait découvert le corps mutilé de Poll Tarkin. Avec ses foulées allongées, M. Perkins semblait vouloir prendre de la distance, à tel point qu'il se trouvait à présent presque aussi éloigné de moi que les agents qui me suivaient.

Je me souviens que je n'avais pas avancé de plus de dix pas dans Bedford Street, laissant provisoirement mon escorte dans Maiden Lane, lorsqu'un couple sortit à l'aveuglette de l'un des débits de gin et me heurta de plein fouet. J'allais poursuivre mon chemin mais, tout à coup, la main d'un homme me repoussa avec rudesse.

— Hé, toi ! T'es donc quel genre de daronne pour point t'excuser quand tu bouscules un daron ? J' m'en vais t' botter l'arrière-train pour t'apprendre !

Je connaissais cette voix. Ces paroles débitées dans une pluie de postillons, avec une haleine empestant l'alcool, ne pouvaient qu'émaner de Jackie Carver. Il me suffit de jeter un coup d'œil à sa face pour en avoir la confirmation. D'un mouvement, je tentai de me libérer de son emprise, mais il m'empoigna derechef.

— Attends un peu et...

Il s'interrompit et lâcha soudain un gloussement.

— Non, mais r'garde ça, r'garde donc qui qu' c'est, Mariah ! C'est ton gars d' chez l' Curieux. Même qu'il est attifé comme une donzelle... avec les lèvres et les joues peintes en rouge, tout comme toi.

Mariah se trouvait effectivement à ses côtés. Après s'être tenue en retrait, elle s'avança, titubant quelque peu sous l'effet du gin qu'elle avait bu. Elle avança la tête vers moi et, non sans peine, plissa les yeux et me rit au visage.

— *Dio mio, è vero!* s'écria-t-elle. C'est bien vrai qu' c'est lui !

Et elle rit de plus belle.

Elle tendit la main vers ma figure, comme pour en ôter le fard. Je reculai. Il tira sur mon bras, et je passai enfin à l'action en lui assenant un solide horion dans la poitrine, qui le fit chanceler en arrière. Il me dévisagea, incrédule.

— Tu sais qui j' suis, l'ami ? brailla-t-il. Et c' que j' pourrais t' faire ?

Juste au moment où il mettait la main dans son dos, prêt à fondre sur moi, moult bras robustes l'immobilisèrent, car mon escorte m'avait enfin rattrapé. M. Perkins m'avait rejoint tout aussi soudainement, et me demandait si j'allais bien. Le pistolet qu'il tenait était sorti de son enveloppe de laine.

Mariah regarda à la ronde, confuse, les yeux exorbités, sans rien dire.

Jackie Carver comprit sur-le-champ de quoi il retournait.

— Entendu, messieurs, arrêtez, calmez-vous. C'est juste une p'tite méprise, comme qui dirait. J'ai cru qu' c'te daronne f'sait l' trottoir. Si ça concerne le Curieux, ça m' regarde point. Laissez-moi tranquille, maint'nant.

— Poursuis ton chemin, Jeremy, répliqua l'agent Cowley. Nous allons nous occuper de lui.

— Viens-t'en, mon garçon, dit M. Perkins. Peut-être que nous devrions cheminer côte à côte.

— Je ne pense pas, monsieur. Mais restons groupés.

— Tu marches trop lentement.

— Non, monsieur, si je puis me permettre, c'est vous qui vous pressez trop... comme le ferait un homme. Ne pourriez-vous pas adopter une allure plus... plus féminine ?

Il me décocha un regard féroce et sembla sur le point

de parler. Mais ensuite, pendant un long moment, il retint sa langue.

— Je vais tâcher, déclara-t-il enfin.

Tournant les talons, il se déplaça prestement jusqu'à un point situé à quinze ou vingt mètres en bas de Bedford Street, s'arrêta, puis me fit signe d'avancer. Je le suivis, en marchant comme je l'avais fait jusque-là, pleinement conscient que Mariah et son protecteur m'observaient. L'idée me faisait honte, mais je continuai tout de même, car, après tout, il s'agissait d'une affaire « concernant le Curieux ».

Pauvre M. Perkins ! Il faisait de son mieux. Incapable de marcher avec afféterie, car je doute qu'il sût comment s'y prendre, il faisait toutefois des pas plus courts et non plus ses longues foulées de hussard. Il en résulta qu'on eût dit qu'il traînait les pieds... ce qui s'avérait certes un progrès. Toutefois, le châle fourni par le sergent Cowley le gêna un peu plus loin, et il tenta d'en couvrir le pistolet. Il s'arrêta et se pencha, chercha à faire usage de son moignon pour envelopper l'arme... ce qui était impossible, bien sûr. Je le rejoignis à la hâte pour l'aider, mais il me chassa en agitant la main. En définitive, il se contenta de laisser le fichu pendiller sur le pistolet. Celui-ci était sans conteste recouvert, mais il ne le resterait guère longtemps. Quoi qu'il en fût, nous poursuivîmes notre route.

De toute mon âme, je regrettais de ne pas avoir réagi plus vivement avec ce bougre de Jackie. Pourquoi étais-je resté planté là comme un nigaud, en lui permettant de me houspiller ? Pourquoi avais-je laissé Mariah se moquer de moi ? Pourquoi ? Pourquoi ? Pourquoi ? J'en vins à trembler de colère, en songeant à l'incident qui avait eu lieu quelques minutes plus tôt. Mieux valait, décrétai-je, le chasser de mon esprit. Plus tard, lorsque j'en aurais l'occasion, j'y réfléchirais le plus froidement possible.

Tandis que je regardais alentour, en passant devant la ruelle qui menait au cimetière de Saint-Paul, j'entrevis la lueur jaune rougeâtre du feu de joie de Covent Garden, et m'aperçus que la clameur de la foule grandissait encore là-bas. Tout en observant, je fus surpris de voir une carriole arrêtée dans le passage, sans charretier... ce qui n'avait rien d'étonnant en soi, mais cette charrette se révélait sans contredit celle du Faucheux. J'en étais certain. Bien que je ne pusse distinguer la tête de mort grossièrement peinte sur le côté du tombereau, j'eusse reconnu entre mille ces deux chevaux squelettiques et somnolents. Chacun était d'un gris spectral et se tenait tête baissée sur des jambes flageolantes. Je me demandai où le Faucheux lui-même pouvait bien être, encore que je n'eusse aucun doute sur l'objet de sa visite en ces lieux. Peut-être se trouvait-il précisément dans cette bâtisse devant laquelle sa carriole était arrêtée. Quelque âme infortunée, vivant derrière l'une de ces fenêtres, avait succombé à la maladie ou à la pauvreté. Cela valait mieux, songeai-je, que de s'éteindre victime d'un assassin. Et ce fut alors qu'un frisson me parcourut l'échine.

Au bout de Bedford Street, M. Perkins traversa pour entrer dans King Street. Je ralentis, car je le vis s'arrêter directement devant le numéro 6... Queen's Court, lieu du dernier homicide qui s'avéra le plus inhumain. Je me demandai s'il avait l'intention de pénétrer dans la cour, afin de l'inspecter. Avait-il entendu quelque chose ? Vu quelque chose ? Non, il tentait à nouveau d'enrouler ce châle autour du pistolet... à l'aide de ses dents, cette fois-ci. Je m'approchai par-derrière, dans l'intention d'insister pour lui prêter main-forte.

Je me trouvais juste à la hauteur de la venelle menant à la cour adjacente, connue sous le nom de Three Kings, lorsque j'y fus poussé à bras-le-corps par un agresseur qui m'était invisible... et le demeura, du reste, alors qu'il me traînait le long de la ruelle plongée dans l'obscurité.

Une main se plaqua sur ma bouche, si bien que je ne pus hurler. On me tordit le bras derrière mon dos. La paume empestait et elle sentit d'autant plus fort lorsque je la mordis. J'enfonçai mes dents dans l'un des doigts, le broyai et le mastiquai sans répit. Et ce faisant, je frappai de toutes mes forces avec mon coude gauche dans les côtes de mon assaillant. Il était robuste, à en juger par la puissance de sa poigne, et sans doute presque aussi large que grand. Mes pieds ne me furent d'aucune utilité, comme il me tirait et me tirait encore vers la cour, mais son sang emplissait ma bouche et je savais qu'il ne pourrait me bâillonner plus longtemps. Nous nous arrêtâmes et je heurtai son pied du talon de mon soulier. Il me lâcha alors, tout en me maintenant le bras, et je me contorsionnai pour lui faire face.

Dieu du ciel, c'était le Faucheux ! Il m'apparut distinctement dans le clair de lune.

— *Perkins !* m'époumonai-je comme jamais.

J'entendis quelqu'un courir dans la rue, alors que l'agresseur libérait mon bras. Une lame brilla dans sa main droite. De son pas lourd, il s'avança vers moi et je l'esquivai. Il tournait à présent le dos à King Street, alors que M. Perkins entrait dans la venelle, pistolet au poing. Je reculai.

Le Faucheux dut sentir la présence d'un tiers, car il se rua sur moi, aussi vélocement que ses jambes arquées le lui permirent. Je compris qu'il n'entendait point s'arrêter. Je feignis de partir sur la gauche, puis bondis à droite... en évitant son poignard. Mais au passage, il me projeta contre le mur de la ruelle. Juste au moment où je perçus le coup de feu de l'agent Perkins, ma tête heurta la façade de brique et je sombrai dans un ténébreux néant.

Lorsque je revins à moi, je me trouvais complètement seul, mais plus du tout dans la venelle. J'en étais certain, car en promenant mes mains à tâtons, je découvris que j'étais couché dans un lit. Le mien ? Au prix de quelques efforts, j'ouvris les yeux et compris que, certes, il s'agissait bien de mon lit, dans ma propre mansarde. Je tentai de me redresser, mais la douleur subite qui m'envahit la nuque me força à reposer aussitôt la tête sur l'oreiller. J'effleurai celle-ci et m'aperçus qu'elle était enveloppée d'un gros pansement.

Depuis quand étais-je là ? Combien de temps ma pâmoison avait-elle duré ? Par quel miracle m'étais-je retrouvé là, au juste ?

Je me concentrai sur les événements qui avaient précédé ma perte de connaissance. Je m'en souvenais parfaitement et m'en réjouissais, car j'avais entendu dire qu'un coup sur la tête pouvait causer une perte de mémoire, parfois totale. Je ne me remémorais qu'avec trop de justesse tout ce qui s'était passé... la façon dont on m'avait traîné dans le passage, comment je m'étais débattu le mieux possible, le goût du sang dans ma bouche, puis comment je m'étais libéré et avais découvert, stupéfait, que mon agresseur n'était autre que le Faucheux. Je me revis aussi projeté par lui contre le mur, tandis que M. Perkins tirait un coup de pistolet. Avait-il pu m'atteindre ? Quelle était donc la cause de cette atroce souffrance à la nuque ? Non, il semblait plus vraisemblable que ma tête eût heurté quelque brique tranchante, à un endroit où le mortier s'était désagrégé. Peut-être que mon pauvre crâne s'était brisé. C'était bel et bien mon impression.

M. Perkins avait donc tiré sur le Faucheux. C'en était fini des meurtres. Satisfait, et ravi de me trouver dans mon propre lit, je sombrai de nouveau dans le néant. Mais cette fois, ce fut le sommeil qui m'envahit, et je l'accueillis de bonne grâce. Mes rêves se révélèrent des plus agréables. J'étais à bord d'un bateau, un solide vaisseau aux voiles gonflées, qui fendait l'écume avec l'ardeur d'un attelage de quatre chevaux caracolant sur une chaussée décemment pavée. Mariah se tenait auprès de moi. Nous arpentions les ponts ensemble, de la proue à la poupe, la brise nous fouettait la face. Elle ne se moquait pas de moi, mais me déclarait avec gravité son amour. Les marins nous traitaient avec grand respect, ôtant leur chapeau à notre passage. Quant au capitaine du navire, qui était mon frère d'adoption, Tom Durham, il nous invitait sur la dunette, où il occupait son poste de commandement. Il déployait un grand et long télescope, dans lequel il regardait au loin. « Terre ! s'écriait-il. Je vois les côtes du Massachusetts. » Ce fut alors qu'Annie Oakum apparut.

Oui, c'était bel et bien elle, et non point un personnage de mon songe. Elle était entrée dans la pièce. Ma tête était tournée vers la jeune fille et j'avais ouvert les yeux ; la lune éclairait encore suffisamment la chambre pour que je reconnusse la visiteuse.

— Tu t'es réveillé, dit-elle.

— À l'instant, répondis-jc.

— Tu criais : « Terre ! » C'était dans ton rêve ?

— Oh oui, mais c'est Tom qui disait cela.

— Tom Durham ? Je rêve souvent de lui, mais mes songes ne valent rien.

Je tentai de me lever, mais ressentis de nouveau cette douleur à l'arrière du crâne, quoique moins violente qu'auparavant. Annie me repoussa gentiment vers mon oreiller.

— Tu dois d'meurer tranquillement allongé, déclara-t-elle. C'est M. Donnelly qui l'a dit. Il a été très ferme sur ce point.

— Est-il venu me voir ?

— Oh, certes oui. Il a dit qu' t'avais eu une co... com...

— Commotion ?

— C'est ça. Et qu' tu d'vais rester au lit et qu' moi j' devais garder un œil sur toi. Alors me v'là, tu vois.

Ce disant, elle me gratifia d'une petite révérence et je constatai qu'elle portait sa chemise de nuit.

— C'est ma s'conde visite, ce soir, ajouta-t-elle.

— Quelle heure est-il, Annie ?

— Ça, je n' saurais dire, mais il doit être tard. Il reste plus rien du grand feu d' joie de Covent Garden, soupira-t-elle. J' peux t'assurer que quand c't' agent manchot t'a ram'né, j'ai bien cru qu' tu n' te réveillerais plus jamais d' la vie. Oh, Jeremy, j' suis si heureuse qu' tu sois vivant !

Et, à ces mots, elle se pencha pour déposer un baiser sur ma joue. À la voir de si près, je m'aperçus qu'Annie avait les larmes aux yeux.

— Pas autant que moi, dis-je.

— J' dois m'en aller dire à sir John qu' t'es réveillé. Il est tellement accablé... à l'idée qu' t'aies eu si mal et tout ça, pour rien.

— Pour rien ?

Sans réfléchir, j'essayai derechef de me lever, mais avec toujours le même résultat pitoyable.

— M. Perkins ne l'a point abattu ? m'enquis-je.

— Oh non, tous les sergents d' ville s'en voulaient, car ils l'ont laissé s'échapper. Ils n'ont même pas eu l' temps d' voir c'lui qui t'avait fait du mal.

— Annie, tu dois t'en aller dire à sir John que je connais l'agresseur. Je connais l'assassin !

Les yeux écarquillés et sans un mot de plus, elle quitta la pièce en trombe. Moins d'une minute plus tard, j'entendis une cavalcade dans l'escalier. Tout à coup, ma petite chambre fut envahie de visiteurs. Il y avait non seulement le magistrat, mais aussi M. Donnelly et l'agent Perkins, à présent vêtu comme il sied... et Annie les accompagnait.

— Ah, Jeremy, déclara sir John, les mots ne sauraient exprimer... c'est-à-dire que je... je suis à blâmer pour cette terrible mésaventure. Je te présente mes excuses les plus sincères. Mais Annie a dit que tu... tu...

— Oui, monsieur, répondis-je. C'était le Faucheux.

— Le Faucheux ! Grand Dieu, bien sûr ! Il était toujours dans les parages, n'est-ce pas ? Et je l'ai toujours tenu pour à demi fou. Mais tu es certain qu'il s'agit de notre homme ?

— Je l'ai vu comme je vous vois, monsieur, au clair

de lune, et il tenait un couteau... et puis, il n'a jamais été aussi près de moi, lorsqu'il m'a assommé. C'était le Faucheux, vous dis-je. Je ne saurais être plus affirmatif.

— Et dire qu'il avait un poignard. Nous pouvons nous réjouir de t'avoir en vie.

— Sans les conseils de M. Perkins, je n'aurais pu en réchapper.

— Brave garçon, intervint ce dernier, tu as conservé ton sang-froid.

— Je vous ai entendu tirer. J'ai supposé que vous l'aviez tué.

— Que nenni, Jeremy. Dans ma hâte, je l'ai manqué. J'avais peur de te toucher. Si j'avais pris le temps de viser, j'aurais fait mouche, tu peux me croire.

— Sergent Perkins... reprit le magistrat d'un ton impérieux.

— Oui, monsieur?

— Sortez et rassemblez un détachement de gardiens de la paix aussi promptement que possible. Tâchez de trouver M. Bailey... mais nous ne pouvons l'attendre. Quoi qu'il en soit, je dirigerai le groupe.

Sir John balbutia quelques instants, comme son esprit s'échauffait.

— Jeremy, dit-il ensuite, tu as certes vu le Faucheux, mais lui, t'a-t-il vu... bien sûr qu'il t'a *vu*, suis-je niais! Mais t'a-t-il *reconnu*? S'est-il rendu compte que tu l'avais reconnu, *lui*?

Je réfléchis un moment.

— Je ne puis vous l'affirmer, monsieur, répondis-je enfin. Il a dû comprendre que je n'étais point une femme, à la manière dont j'ai hurlé en appelant M. Perkins. Mais il m'a assailli par-derrière et nous nous trouvions la plupart du temps dans le noir. Il se peut donc qu'il ait cru s'être enfui sans que je le reconnaisse.

— Fort bien, dit sir John. Nous avons alors une chance de le dénicher dans ce sinistre charnier. Espérons, en tout cas, qu'il n'a pas disparu. Mettez-vous en route, monsieur Perkins... quatre ou cinq agents devraient suffire.

Le sergent partit sur-le-champ et descendit les marches quatre à quatre.

M. Donnelly, qui avait attendu que fussent réglées ces affaires urgentes, s'avança alors et demanda à Annie d'allumer une bougie.

Puis il me dit :

— Je puis constater que ton cerveau demeure intact, mais laisse-moi t'examiner de plus près, à présent que tu as rejoint le monde des vivants.

Bien que ma conversation avec sir John m'eût exalté et que j'eusse hâte de connaître la suite, dès lors que tout le monde eut quitté ma petite chambre, je ne gardai les yeux ouverts que quelques minutes. Si je rêvais, mes songes m'échappèrent quand je m'éveillai à la lumière du matin. J'effleurai avec précaution ma blessure, en me redressant de nouveau. La douleur s'était encore amoindrie. Je pus me tenir assis, poser le pied sur le côté et me soulager dans le pot de chambre au chevet du lit. Mais je n'osai point me lever pour autant.

À l'étage au-dessous, Annie et lady Fielding s'affairaient à l'office, et, en entendant les bruits du déjeuner qui se préparait, je me rendis compte que mon estomac criait famine... à moins qu'il ne se fût agi d'un état nauséeux ? Ou les deux ? Je fus en tout cas heureux d'entendre des pas dans l'escalier, et d'autant plus ravi de voir lady Fielding tenant en main un bol de ce que je pris pour du porridge. Ce n'en était point.

— Annie t'a préparé un bon bouillon fortifiant, Jeremy, déclara-t-elle dans un sourire chaleureux. Ce sont les ordres de M. Donnelly. Il a affirmé que tu ne pourrais supporter d'autre aliment plus consistant.

Je me redressai sur les coudes et annonçai que je pouvais m'asseoir sans peine. Mais elle disposa mon oreiller de sorte à surélever ma tête. Je m'y adossai à nouveau. Elle s'assit alors au bord du lit et insista pour me nourrir à la cuiller, tel un bébé. Bien que j'en fusse quelque peu marri, je jugeai nonobstant le bouillon des plus réconfortants, et il ne parut point tourmenter mon estomac. Je n'avais plus qu'à ouvrir la bouche et attendre qu'elle me la remplît, tout en l'écoutant me narrer ce qu'elle avait appris à l'égard des événements de la veille au soir.

— Tu veux sans doute savoir comment s'est déroulée la capture de cet homme monstrueux, dit-elle, puisque c'est toi qui l'as rendue possible.

— Le Faucheux ? répliquai-je, entre deux cuillerées. Est-il au rez-de-chaussée ?

— En effet... enfermé sous bonne garde, dans cette petite geôle dont ils disposent derrière la salle d'audience. Il comparaîtra devant Jack dans une heure, puis sera directement transféré à Newgate. Jack affirme qu'il a avoué, et en outre on l'a surpris dans... une posture compromettante... nul n'est besoin pour moi d'entrer dans les détails. Songe à ces crimes immondes et leurs desseins tout aussi ignobles ! Mon Dieu, Jeremy, Londres est un endroit sans foi ni loi et si effrayant ! J'en arrive à croire que Jack et ses sergents de ville demeurent les seuls remparts qui nous protègent de l'anarchie absolue.

— Du moins ils s'y emploient, dis-je.

— Certainement, et toi avec eux. Tu ne peux savoir combien nous sommes fiers de toi. Jack lui-même a déclaré qu'il ne connaissait aucun agent qui aurait pu se conduire plus bravement que toi. Il s'en veut beaucoup de t'avoir mis en danger. Je pense qu'il souhaite te voir lui pardonner.

Semblable idée me déroutait tant soit peu.

— Il n'y a pas lieu d'implorer mon pardon, voyons. J'aurais accompli cent fois ce que j'ai fait pour sir John. Je crois que je mourrais volontiers pour lui.

— Il le sait et semble penser qu'il a abusé de ta confiance. Toutefois, aucun d'entre nous n'imaginait qu'une telle menace pouvait mettre ta vie en péril. Après tout, avec cinq sergents de ville pour te protéger, que pouvait-il se passer ? Et si Annie et moi avons traité cela à la légère, lorsque nous t'avons préparé pour aller au-dehors, c'était parce que, nous aussi, nous pensions que tu ne courais aucun danger. Tu dois pardonner notre frivolité.

— Il n'y a pas lieu d'implorer mon pardon, réitérai-je. J'étais bien plus embarrassé que craintif.

— C'est ce que nous nous sommes dit, soupira-t-elle en raclant le fond du bol avec la cuillère. Bien, tu as tout avalé. Comment te sens-tu avec quelque chose dans l'estomac ? Tu n'as pas la nausée, j'espère.

— Non, pas du tout. Remerciez Annie pour moi. Dites-lui que c'est exactement ce qu'il me fallait.

— Toute cette histoire aura eu une issue bénéfique, dit-elle. Les aveux de cet homme terrible devraient laver M. Tolliver de tout soupçon. Toi et moi, nous savions qu'il n'aurait pu commettre de tels crimes.

— C'est vrai, en effet, admis-je.

— Mais laisse-moi donc arranger ton oreiller, afin que tu puisses être confortablement allongé.

Elle s'affaira à sa besogne comme si son esprit vagabondait ailleurs. Lorsqu'elle eut terminé, je m'étendis et la regardai.

Après un instant d'hésitation, elle reprit la parole :

— Jeremy, je m'en vais te confier quelque chose que je n'ai jamais dit à Jack, alors, que cela reste un secret entre nous.

Elle hésita encore, puis enchaîna :

— À l'époque où Jack m'a fait sa demande en mariage, M. Tolliver me courtisait aussi dans l'intention de m'épouser. Il me l'a annoncé sans détour. Il était veuf et, en tous points, m'apparaissait comme un homme convenable et probe. Je l'aurais volontiers pris pour époux, si Jack ne m'avait point sollicitée. Je ne crois pas être mauvais juge du genre humain au point d'avoir envisagé de me marier avec un homme coupable du moindre crime, et encore moins de telles abominations. Alors tu comprends pourquoi je te sais particulièrement gré d'avoir aidé à conduire cet individu à la potence. Je t'en remercie, et te dois aussi des remerciements pour avoir soutenu M. Tolliver en présence de Jack.

Tout ce qu'elle me confia, je l'avais deviné de longue date. Néanmoins, je lui répondis :

— Il reviendra et pourra expliquer son absence. J'en suis sûr.

— Que cela demeure notre secret, dit-elle.

Elle récupéra le bol vide, puis me quitta en me gratifiant du plus grave des sourires.

Peu après, Annie apparut à l'entrée de ma chambre pour me saluer, avant de s'en aller faire ses emplettes à Covent Garden, ce dont, en temps normal, je me serais chargé à sa place. Elle paraissait fatiguée et je le lui dis.

— Le contraire s'rait étonnant, déclara-t-elle, avec sir John qui montait et descendait l'escalier, et moi qui me suis l'vée deux fois encore pendant la nuit, pour voir si tu allais bien.

— Mais c'était inutile, Annie. Comme tu le vois, je suis en bonne condition.

— Oh, j' le vois pour sûr. Pas d' doute que tu aies l'air mieux... et que tu t' sentes mieux qu' moi, aussi. Enfin, j'en suis ravie, Jeremy, car tu l'as bien mérité. Peut-être que tu l'as point entendu, mais sir John pense que tu d'vrais recevoir cette récompense votée par le Parlement... vingt guinées, t' rends-tu compte d'une fortune pareille !

— Il a dit cela ?

— Ma foi, oui. Moi, j' prendrais volontiers un coup su' l' crâne pour vingt jaunets !

Cela dit, elle baissa aussitôt la tête, avant de s'amender :

— C'est pas c' que j' voulais dire, Jeremy. J' suis certaine que t'as mérité la prime.

Dans un soupir, elle ajouta :

— Jeremy, mon vieil ami, j' m'en vais au marché.

J'achèterai des pommes, car M. Donnelly dit qu' tu peux en manger.

Dans l'heure qui suivit la visite d'Annie, sir John vint me voir. Entre-temps, je m'étais mis à rêver à ce que je pourrais faire avec vingt guinées. La jeune cuisinière n'avait pas tort ; il s'agissait d'une somme rondelette. Je pouvais l'utiliser pour acheter à Mariah sa liberté et... et quoi ? L'amertume que je retirais de nos dernières entrevues s'était en quelque sorte envolée, grâce au rêve que j'avais fait. Après son affranchissement, la somme restante nous permettrait-elle de payer notre traversée jusqu'aux colonies ? J'en doutais... même si elle pouvait sans doute l'aider à regagner l'Italie et les siens. Était-ce ce que je souhaitais ? Bien sûr que non, encore que j'eusse préféré cela à la savoir à Londres sans métier, sans aucun travail digne de ce nom. Peut-être qu'une fois qu'elle serait libérée de cette fripouille, je pourrais la persuader d'entrer au Foyer Marie-Madeleine ou d'accepter l'offre d'emploi de M. Bilbo... oui, j'étais certain d'y parvenir. Dans le second cas, au moins, elle serait en sécurité, mènerait une vie ordonnée, et qui plus est, je pourrais la voir aussi souvent que je le souhaiterais. J'envisageais ces possibilités et ne prêtai guère attention aux pas de sir John dans l'escalier. Je fus donc surpris de le voir, debout à ma porte et quelque peu indécis. Impossible pour lui, bien entendu, de savoir si je dormais ou si j'étais éveillé.

— Entrez, sir John, dis-je, car j'ai hâte d'entendre tout ce que vous avez à me raconter.

— Ah, Jeremy, mon brave garçon ! Kate m'a confié que tu t'étais bien rétabli. Tu t'es sustenté, m'a-t-elle dit.

Il s'avança et se tint ainsi auprès de mon lit, les mains dans le dos. Pour ma part, j'avais rajusté mon oreiller et demeurais assis à présent, sans effet néfaste.

— Je me suis nourri, effectivement, dis-je, et avec plaisir, car j'avais grand-faim. Je vais bientôt pouvoir à nouveau m'alimenter comme avant, je crois.

— Avec quelque chose de plus consistant que le bouillon, hein ? Eh bien, cela dépendra de ce que dira M. Donnelly. Il va venir t'examiner plus tard.

Il s'interrompit. J'attendis. Puis il se lança dans son récit de l'arrestation du Faucheux. Au total, ils étaient parvenus à six à la nécropole près du fleuve : quatre agents dont M. Perkins à leur tête, ainsi que M. Donnelly et le magistrat en personne. Ils s'approchèrent en silence de la grange, dans laquelle brillait une faible lumière. Il n'y avait pas lieu d'agir discrètement, car, à leur arrivée, ils le trouvèrent en train d'accomplir un acte criminel, oublieux de tout, hormis ce à quoi il se livrait.

— Nous l'avons surpris *in flagrante delicto* ! tonna sir John. Il était si sûr de lui qu'après t'avoir assommé et s'être échappé par la cour adjacente, il a déniché une nouvelle victime et l'a occise avec le même unique coup de poignard au cœur. Cela faisait des mois qu'il s'exerçait sur les cadavres de sa grange. M. Perkins a placé un pistolet sur la tête du Faucheux et ce dernier a eu tôt fait d'abandonner ce qu'il faisait.

(Tout ceci, cher lecteur, me parut assez confus.)

Ainsi démasqué, le bougre ne tarda point à passer aux aveux et à présenter le mince stylet à longue lame, avec lequel il avait accompli son œuvre infâme. Il reconnut que les victimes étaient plus nombreuses que nous le supposions. Il en avait tué au moins une par mois, pendant presque une année. Il avait fallu attendre la découverte du cadavre de Teresa O'Reilly, qu'il n'avait pas eu le temps d'emmener dans sa carriole, pour que son abjecte besogne apparût au grand jour.

— J'aurais dû le soupçonner, j'ai été franchement niais, poursuivit sir John. Car, à deux reprises, il se trouvait sur les lieux, alors qu'on ne l'avait pas mandé, avec sa charrette. Mais on avait tant coutume de le voir, il faisait tellement partie du processus habituel que je n'ai pas songé à lui.

Et, tandis qu'un détail me revenait en mémoire, j'interrompis alors le magistrat pour la première fois :

— Je me souviens, sir John, d'avoir vu son haquet dans la ruelle qui donne dans Bedford Street, là où Poll Tarkin fut assassinée... et c'était juste avant qu'il ne m'agresse.

— Et cela ne t'a pas mis la puce à l'oreille ?

— Pas le moins du monde. J'ai seulement pensé qu'il était venu emporter le corps de quelque individu mort de cause naturelle.

— Alors je ne suis peut-être pas le balourd que je croyais être.

Il se tut un instant, puis reprit, songeur :

— Il s'est produit une chose tout à fait décevante ce matin, au tribunal. J'ai instruit en même temps l'enquête judiciaire concernant le décès d'hier au soir et l'audition du Faucheux. Certes, la procédure n'est peut-être guère acceptable, mais j'ai pu ainsi m'en acquitter sans tarder. Quoi qu'il en soit, il est apparu que, si cet aliéné a volontiers confessé trois des meurtres, il a nié avec flamme avoir agressé Poll Tarkin et Libby Tribble... à savoir, les victimes dont les corps furent si brutalement profanés. « Je ne traiterais jamais une femme ainsi », a-t-il déclaré... comme si sa méthode d'assassinat s'avérait plus clémente que celle opérée sur ces deux femmes. Je l'ai copieusement admonesté sur ce point, en lui rétorquant...

Il haussa les épaules, puis ajouta :

— Mais peu importe ce que je lui ai dit. Ce qui compte, c'est que je n'avais d'autre choix que de le croire. Ainsi, maintenant que nous avons appréhendé un assassin, il nous faut à présent en chercher un second.

— Et M. Tolliver est toujours considéré comme suspect.

— Puisqu'il n'y en a point d'autres en lice, oui.

— Lady Fielding va être amèrement déçue.

— Elle a déjà exprimé sa déception. Nul doute que tu es sur le point de faire de même.

— Non, monsieur, vous avez entendu tout ce que j'avais à dire à ce sujet.

— Et je t'en remercie. Il y a une autre affaire inhérente à ces aveux, et elle te concerne, Jeremy. J'avais l'intention d'avancer ton nom auprès du Parlement, au titre de récipiendaire de la récompense offerte pour l'arrestation du meurtrier. Mais puisque nous savons désormais qu'il existe non pas un seul mais deux assassins, tu recevras sans doute une partie, et non la totalité, de la prime. J'ignore comment le montant sera divisé, mais tu devrais recevoir une somme considérable.

Tout en masquant ma déconvenue, je répliquai d'une voix des plus enjouées :

— Mais, sir John, vous m'en voyez comblé.

— Tu la mérites plus que tout autre, dit-il. C'est toi qui as risqué ta vie. C'est toi qui l'as reconnu. Tu as tout fait, si ce n'est que tu n'as pas placé le pistolet sur sa nuque.

— Ma foi, je vous remercie, monsieur. Je ne sais trop que dire.

— Il n'y a plus rien à dire... sauf peut-être, en ce qui me concerne, que je réitère mes excuses pour t'avoir mis en péril comme je l'ai fait. Pardonne-moi, je te prie.

— M'est avis que vous n'avez pas à implorer mon pardon, mais si vous le souhaitez, je puis vous l'accorder un millier de fois.

— Je t'en sais gré, mon garçon.

Il se tourna pour s'en aller, puis, une fois à la porte, ajouta :

— Eh bien, au moins Hosea Willis se trouve à présent à Newgate, certain de rejoindre la potence dans les plus brefs délais.

— Hosea Willis ? Qui est... ?

— C'est le nom que nous a fourni le Faucheux. Je n'en avais aucune idée. Même lui dut réfléchir avant de pouvoir nous le livrer. Un homme étrange et infortuné, s'il en est... ou s'il en fut.

Et ce disant, il me quitta.

Il n'avait pas tort, en effet. Je me souvins de ce que

j'avais entendu au sujet du Faucheux... Hosea Willis, si tel était son nom. Ce métier singulier lui avait été légué par son père, qui lui même le tenait de son père, et il serait à présent le dernier de la lignée. Lors de mes nombreuses entrevues avec lui, le Faucheux m'avait toujours semblé, comme le décrivait sir John, à demi fou. Était-ce son labeur qui l'avait rendu ainsi ? Qui aurait su le dire ? Méritait-il Bedlam[1] plutôt que la corde du bourreau ? Une fois encore, qui aurait su le dire ?

La visite de M. Donnelly commença de la manière la plus professionnelle qui fût. Il me découvrit assis dans le lit, ce qui, à mon avis, lui déplut, bien qu'il n'en soufflât mot. Au lieu de quoi, après quelques paroles en guise de salutations, il entreprit de dérouler ce grand turban de pansement qui me ceignait la tête, afin de pouvoir examiner la blessure. Il effleura la plaie du bout du doigt et je tressaillis légèrement.

— Est-ce que cela fait mal ? s'enquit-il.

— Un peu, répondis-je.

— Je n'en doute pas.

Puis il sortit de son sac un flacon d'alcool, en imbiba un morceau de coton, qu'il appliqua sur la coupure. Ce qui produisit chez moi de violents picotements. Il s'empara ensuite d'un bandage propre et l'enroula à nouveau autour de ma tête, à la turque.

— Tu as de la chance d'avoir le crâne bien épais, Jeremy. Une fracture t'aurait mis sérieusement en danger. Qu'en est-il de la douleur à l'intérieur ? J'imagine qu'elle a dû se calmer, sinon tu ne serais pas assis comme tu l'es.

— Je ne la ressens qu'en tournant brusquement la tête.

— Eh bien, évite de le faire. Laisse-moi examiner ta vue, maintenant.

1. Surnom populaire de l'hospice pour aliénés *St. Mary of Bethlehem*. Le mot est resté dans le langage courant pour désigner un *chahut*, une *maison de fous*. *(N.d.T.)*

Il alluma une bougie et, comme la veille, la fit aller et venir, en me demandant de la suivre du regard. Puis il souffla sur la chandelle et scruta mes yeux.

— Ils ont l'air indemnes, commenta-t-il. Tu ne vois pas les choses en double ? Ou ta vision n'est pas floue par endroits, n'est-ce pas ?

— Non, monsieur.

— Parfait.

— Puis-je lire ?

— Rien ne s'y oppose, tant que tu ne fatigues pas tes yeux. Pas à la lumière d'une bougie, je dirais.

— Puis-je me lever et marcher ?

— Pas encore. Mais après un ou deux autres jours au lit, ce devrait être possible.

— Qu'en est-il de la nourriture ? m'enquis-je. Je n'ai avalé qu'un bol de bouillon, aujourd'hui.

— Tu l'as gardé ? Tu n'as pas eu de nausée ?

— Non, monsieur.

— Alors, tu peux t'alimenter comme les autres. Annie devra te préparer un plateau, afin que tu puisses manger au lit. Je lui en parlerai.

Puis il hocha la tête, apparemment satisfait.

— Tu t'es rétabli à merveille, Jeremy.

Il se mit à rassembler ses affaires, enroula le pansement souillé et remisa la fiole d'alcool. Cependant, je lui posai une question :

— Monsieur Donnelly, vous maîtrisez le latin, n'est-ce pas ?

— Je serais tenté de le penser, répondit-il. Le latin médical, le latin religieux, et que sais-je encore. Pourquoi me demandes-tu cela ?

— Pour décrire la capture du Faucheux, sir John a employé une expression latine qui m'a grandement dérouté. Il a dit que vous l'aviez surpris « *in flagrante delicto* ». Que voulait-il dire, monsieur ?

Le médecin, qui d'ordinaire paraissait toujours prêt à sourire ou à éclater de rire, me dévisagea d'un air grave.

— On pourrait grossièrement traduire ceci par : « pris sur le fait », dit-il.

— Mais que faisait-il donc, monsieur ?

Il s'éclaircit la voix, puis répondit :

— Eh bien, Jeremy, puisque tu résides ici à Covent Garden, tu ne dois pas ignorer ce qu'il se passe entre les hommes et les femmes, le commerce de la prostitution et tout cela ?

— Oh non, monsieur.

— Alors, je puis te dire que cette créature, le Faucheux, a été surpris en train d'avoir un rapport charnel avec le cadavre d'une femme.

— Une *défunte* ? Est-ce possible ? Peut-on accomplir une chose pareille ?

— Cela se peut et ce fut le cas. Même moi, qui en ai vu bien plus que je ne souhaiterais t'en confier, j'ai été vivement choqué par ce qui m'est apparu là-bas, dans cette grange. Tu vois, Jeremy, la fonction sexuelle s'avère très puissante chez les hommes — c'est une force considérable, en vérité — et si on la contrarie, il peut en résulter une forme de folie quelconque. Dans le cas du Faucheux, en raison de sa réputation horrible et des récits qui circulent à son sujet, sans parler de son apparence hideuse, même les prostituées le repoussaient. La méthode qu'il a choisie pour satisfaire à ses désirs n'est pas si bizarre, compte tenu de son accoutumance aux morts ; ils constituaient ses sujets, il était leur maître. Grâce à son petit stylet, il pouvait transformer celles qui l'avaient rejeté, ou risquaient de le faire, en partenaires complaisantes. Sir John se reproche de ne pas avoir compris plus tôt que le Faucheux était coupable, puisque ce dernier se trouvait à chaque fois sur les lieux. Je m'en veux de ne pas avoir saisi la signification de la singulière nature des blessures, qu'il infligeait sans quasiment faire couler le sang. Car, dans la mort, ses victimes semblaient toujours être en vie.

J'écoutai avec le plus grand sérieux tout ce que

M. Donnelly avait à confier. En mon for intérieur, j'étais très troublé, éberlué par la logique tortueuse qu'il m'exposait. Pourtant, ma réponse à son discours se révéla laconique.

— Je n'en avais aucune idée.

— Pas plus que le reste d'entre nous, en l'occurrence, dit-il.

Assis dans mon lit, je restai un long moment à réfléchir. Puis, songeant à détourner mon attention sur des aspects plus pragmatiques, je déclarai :

— Alors, si j'ai bien compris, il a eu une nouvelle victime... une nouvelle... partenaire ?

— Tout à fait.

— Sera-t-il nécessaire que je rédige une annonce pour le *Public Advertiser*, afin d'appeler ceux qui la connaissaient à venir livrer son nom exact ? J'ai peu d'activités pour occuper mon temps ici.

— Cela sera inutile, Jeremy. Le Faucheux lui-même la connaissait d'une certaine façon, car elle l'avait repoussé avec une telle férocité dans ses propos qu'il s'était renseigné comme il avait pu à son sujet, en se promettant qu'un jour il croiserait de nouveau son chemin. C'était une jeune Italienne du nom de Mariah... ou Maria, vraisemblablement. Nul ne semble connaître son nom de famille, dans le quartier.

Abasourdi, comme si l'on m'avait assené un violent horion, je tombai à la renverse sur l'oreiller, les yeux clos, luttant de toutes mes forces pour retenir mes larmes. Mais elles coulèrent, néanmoins.

M. Donnelly m'étreignit l'épaule.

— Jeremy, articula-t-il, j'étais loin de me douter... Tu devais la connaître, bien sûr.

CHAPITRE XI

Où M. Tolliver réapparaît
et où l'on crie haro sur l'assassin

Dès le lendemain, Hosea Willis comparut devant le président de la Haute Cour, à l'Old Bailey. La célérité remarquable avec laquelle il passa de l'état d'inculpé à celui de condamné était due au désir du comte de Mansfield de conclure le plus rondement possible cette affaire. Rien ne pouvait plaider en faveur de l'accusé, et ce dernier se montra du reste peu loquace. Il reconnut cependant sa culpabilité dans les trois homicides portés à son actif, puis avoua que quatre autres avaient eu lieu, à l'insu de tout un chacun. À ces paroles, le président lui demanda s'il ressentait quelque remords. On me rapporta que le Faucheux se contenta de le dévisager d'un air ahuri, en répétant le mot sous forme de question : « Du remords ? », comme s'il n'en avait point saisi le sens. On prononça ensuite le verdict de mort par pendaison et le marteau du juge retomba, mettant ainsi un terme à l'existence du Faucheux, avant que la sentence ne prît effet à Tyburn Hill.

Après la brève comparution de l'accusé devant la justice et son jugement, je reçus dix guinées en récompense de sa capture. La somme me fut remise par sir John, dans une bourse en cuir, semblable à celle dans laquelle Poll Tarkin avait dissimulé son butin. Il me l'offrit avec un sourire chaleureux, tout en regrettant qu'elle ne fût pas plus importante.

— À vrai dire, dit-il, m'est avis que douze ou treize guinées auraient été un partage plus équitable, mais puisqu'on l'a décidé ainsi...

— J'en suis grandement reconnaissant, monsieur, répondis-je en soupesant l'aumônière.

— Souhaites-tu les recompter?

— Non, monsieur, je tiens les membres du Parlement pour des hommes de parole.

— Alors, je devrais peut-être la porter au rez-de-chaussée, afin que M. Marsden la place à l'abri dans le coffre-fort. Il n'est point sage de conserver une aussi grosse somme au vu et au su de tout le monde, comme tu m'en as toi-même fait la remarque.

— Avec votre permission, je vais la garder par-devers moi. J'en ai besoin.

— Oh? Tu l'as déjà dépensée, n'est-ce pas?

— D'une certaine manière, oui, monsieur.

— Hmmm...

Il médita un instant, puis ajouta:

— Rien de frivole, j'espère?

— Non, à vrai dire.

— Eh bien, conserve-la, je t'en prie.

Il gagna la porte de ma chambre, puis se retourna vers moi.

— Puis-je te demander sur quoi tu entends jeter ton dévolu? Peut-être s'agit-il de quelque chose que nous devrions te fournir. Des effets... des livres... dans la mesure de nos moyens, nous tâchons de subvenir à tes besoins.

— Je le sais, sir John, mais il s'agit d'une chose bien particulière. Faites-moi confiance, je vous prie.

— Bien entendu, conclut-il.

Et, avec un vif hochement de tête, il me quitta.

Je m'assis sur le lit, avec un livre et le sac de guinées sous les yeux. En vérité, j'ouvris la bourse et regardai son contenu, sans pour autant en compter les pièces. Je la refermai ensuite et la jetai sur la couche, puis m'emparai du volume resté ouvert. C'était un exemplaire du roman sentimental de M. Goldsmith, *Le Vicaire de Wakefield*, offert ce matin-là par lady Fielding ; elle m'avait suggéré de le faire signer par l'auteur, la prochaine fois que je le rencontrerais. Je m'y plongeai d'emblée et fus captivé par le Dr Primrose et sa progéniture. Mais à présent que j'étais en possession de cette prime beaucoup plus tôt que prévu, je me voyais incapable de me concentrer sur les pages de l'œuvre, tant j'attendais l'arrivée de M. Donnelly avec impatience.

La veille, je lui avais tout dit de mes relations avec Mariah... depuis le premier jour où je l'avais aperçue, se livrant à des acrobaties à Covent Garden, jusqu'à ma dernière entrevue, quand elle avait éclaté de rire en me découvrant vêtu en femme. Je ne lui fis grâce d'aucun détail, pas même de mes fantasques velléités de fuite aux colonies d'Amérique. M. Donnelly ne rit pas de moi, pas plus qu'il ne lâcha le moindre sarcasme. Il m'avoua que des années plus tôt, à Dublin, alors qu'il avait mon âge, il avait été la proie d'une fascination semblable pour une fille des rues ; à tel point qu'il alla jusqu'à dérober de l'argent dans l'échoppe de son père, dans l'espoir d'aider ladite jeune fille à s'amender. L'histoire connut une malheureuse issue, lorsqu'on blâma un vendeur pour ce larcin, et le jeune Gabriel fut contraint de se confesser. Son père, loin de s'en offusquer, le prit en main et se débrouilla pour le convaincre que la belle n'en voulait qu'à son argent, car chaque fois qu'elle réclamait une somme, pour un motif quelconque, celle-ci se révélait supérieure à la précédente.

— Il avait raison, me dit M. Donnelly, car lorsque j'ai déclaré à la jeune fille que je ne pouvais plus lui en donner, elle refusa même de m'adresser la parole.

— Je ne puis affirmer que cela s'est passé différemment avec Mariah, répondis-je. Mais qu'elle ait ainsi gâché sa vie, puis qu'on y ait mis un terme, avant tout espoir de changement... où se situe la justice dans tout cela ?

— La vie n'est point juste, Jeremy. Il s'agit tout au plus d'un laps de temps qui nous est octroyé. Nous en faisons ce que nous pouvons.

— Qu'à cela ne tienne, contrai-je, j'aimerais faire quelque chose pour elle.

J'avais laissé en suspens le souhait que j'avais à l'esprit, bien que j'eusse échafaudé un projet subordonné à l'octroi de la récompense qu'on m'avait promise. À présent que sir John me l'avait remise, j'espérais réellement que mon dessein pût s'accomplir.

M. Donnelly arriva en fait peu après que sir John m'eut rendu visite. Il procéda à un examen sommaire — rien d'aussi approfondi que celui qu'il avait opéré la veille sur ma personne — et décréta que j'avais fait « de beaux progrès ».

— Puis-je me lever et marcher ? J'aimerais me vêtir et souper avec les autres.

— Peut-être, mais rien de plus pour aujourd'hui.

Un silence s'établit, puis je ramassai la bourse remplie de pièces d'or et la secouai.

— J'ai reçu ma récompense, annonçai-je, dix guinées en tout.

— Dommage qu'il n'y en ait pas davantage, commenta-t-il. Et dommage qu'il reste encore un assassin à capturer.

— Monsieur Donnelly, je souhaiterais que vous preniez cet argent et veilliez à ce qu'elle soit enterrée comme il sied.

— En es-tu sûr, Jeremy ?

— Certain. La somme suffira-t-elle ?

— Oh oui... mais il y a quelques difficultés.

Je l'avais envisagé.

— Elle vient d'Italie et doit sans doute être de confession catholique.

— Oui, certes, mais des prêtres officient à Londres. Ils n'ont point d'église et vivent plus ou moins dans la clandestinité, pour ainsi dire.

— Il n'existe aucun cimetière ?

— Il y a un champ, au-delà de Clerkenwell, dont l'usage demeure strictement secret. Aucun jalon ne permet de le délimiter, pas plus que ne s'y dresse le moindre monument, mais il s'agit là d'une terre consacrée.

— Alors, quelles sont donc ces difficultés ?

— Eh bien, en premier lieu, il faudra l'enterrer de nuit, à l'insu de tous, et sans véritable cérémonie.

— Oui, mais dans un cercueil et à l'endroit où elle aurait désiré reposer en paix.

— Certes, cependant, il reste à persuader le prêtre. Je n'en connais aucun ici, mais, à Dublin, j'avoue qu'il serait malaisé de convaincre un curé qu'une femme exerçant pareil métier soit inhumée auprès de ceux qui ont eu toutes les chances de mourir en état de grâce.

Semblables subtilités dépassaient quelque peu mon entendement, mais j'en saisis toutefois le sens.

— Peut-être, déclarai-je, qu'en affirmant que son dernier geste consista à se refuser à celui qui la voulait... cela ne pourrait-il pas marquer la différence ? En montrant ainsi qu'elle était sur la voie de son amendement ?

— Oh, cela se pourrait. Jeremy, je vais voir ce que je puis faire. Je ne saurais t'en promettre davantage.

Et ce fut ainsi que, le lendemain soir, je me retrouvai à l'arrière d'une carriole ouverte, en train de rouler vers Clerkenwell. M. Donnelly s'était occupé de tout ; il avait réservé le haquet et l'attelage dans une écurie de louage, engagé un charretier irlandais pour l'occasion, et trouvé un prêtre qui officierait pour l'enterrement. Il avait même loué les services d'une femme, qui vint en son cabinet laver et vêtir décemment le corps de Mariah pour l'inhumation. À ma demande, aucun rouge à lèvres ou fard quelconque ne fut appliqué sur son visage. On me laissa la regarder une dernière fois, avant que le cercueil ne fût fermé. Elle ressemblait tout à fait à l'image que j'avais eue d'elle la première fois, lorsque, jeune acrobate dans Covent Garden, elle m'avait souri, puis avait embrassé mon shilling de manière si gracieuse. Ainsi allait-on l'enterrer. Je me penchai et déposai un baiser sur son front, mais ne versai aucune larme, tandis que le charretier posait le couvercle sur le simple caisson de forme oblongue, avant de le clouer. M. Donnelly et ce dernier se chargèrent ensuite de descendre la bière dans la rue. Elle ne pesait guère. Le voiturier affirma même qu'il eût pu la porter seul.

Tous deux s'assirent à l'avant de la charrette, et moi, sans vouloir faire offense à la défunte, sur le cercueil. J'arborais mes plus beaux effets, dont cet habit vert bouteille qu'elle admirait tant. Le seul détail qui gâtait l'ensemble n'était autre que le pansement ceignant ma tête. J'avais cru que mon tricorne le dissimulerait, mais en vain. Lorsque M. Donnelly s'en était venu me quérir à la tombée de la nuit et que j'étais apparu vêtu comme pour me rendre au bal, je m'attendis à ce qu'on me posât des questions. Mais aucun membre de la maisonnée ne fit le moindre commentaire sur mon apparence vestimentaire, ou sur ma destination que j'avais passée sous silence. Je soupçonnais fort le médecin de les avoir mis au courant du dessein de notre mystérieuse excursion. Quoi qu'il en fût, tout ce dont me gratifièrent sir John, lady Fielding, et même Annie, se résuma à des regards bienveillants et aux souhaits affables de bonne soirée. Il valait mieux que cela se déroulât ainsi. Je n'avais nul désir de fournir des explications ou de les esquiver.

Le charretier connaissait la route. Il avait été recommandé à M. Donnelly par le prêtre, comme quelqu'un ayant accompli le voyage à moult reprises auparavant, et d'une grande fiabilité pour garder l'emplacement du cimetière secret. Dans la circulation fluide du soir, il fit avancer les chevaux au petit trot. Quand bien même, nous roulâmes sur une longue distance. Dans St. John's Street, nous traversâmes Clerkenwell et ne tardâmes point à rejoindre la route d'Islington, en passant à travers champs. Nous risquions alors de croiser des bandits en maraude, prêts à nous dérober ce qu'il restait dans la bourse de cuir que M. Donnelly conservait dans sa poche. Mais avant de subir la moindre attaque, le voiturier ralentit l'attelage et le fit obliquer à gauche, pour l'entraîner sur un chemin de campagne, semblable à la douzaine d'autres devant lesquels nous étions passés sous la pleine lune. Comment avait-il pu le différencier, j'eusse été bien en peine de l'expliquer.

Néanmoins, il avait choisi le bon. Cela parut évident lorsque, peu après, je repérai la lumière d'une lanterne immobile, qu'on agita ensuite lentement, comme en signe de bienvenue. En arrivant là-bas, nous découvrîmes un portail ouvert et un gaillard solidement charpenté, en bras de chemise, malgré la fraîcheur de la nuit, et tenant sa lampe en hauteur. Je supposai qu'il s'agissait du fossoyeur. Sans prononcer un mot, il alla au-devant de l'attelage et ouvrit la marche, le long d'un sentier menant à une autre lumière, située non loin. En nous approchant, je discernai la silhouette d'un homme debout devant un gros monticule de terre et un trou à ciel ouvert.

Au signal du fossoyeur, le cocher ramena les montures au pas. Lui et M. Donnelly descendirent, tandis que je bondis à terre sur le côté. Comme les deux autres abaissaient le hayon et sortaient le cercueil, le médecin me prit à part.

— Jeremy, déclara-t-il, il y a un détail que j'ai omis de te confier. On doit lui donner un nom de famille, pour les besoins de l'office funèbre. Je sais que tu as dit n'en avoir aucune idée, mais peut-être pourrais-tu songer à quelque patronyme approprié ?

Ayant pensé que cela serait nécessaire, j'avais une réponse toute prête.

— « Angelo » pourrait peut-être convenir, répondis-je.

Même moi, je possédais quelques notions d'italien.
Il sourit.
— Cela devrait convenir à merveille.
Nous gagnâmes donc tous les quatre la tombe qui ne se trouvait plus qu'à quelques mètres de distance, M. Donnelly éclairant le chemin avec la lanterne, alors que le charretier et le fossoyeur transportaient la bière, et que moi, endeuillé solitaire, je fermais le cortège.
Le prêtre était vêtu comme l'eût été un journalier ordinaire. Jeune homme qui ne devait guère dépasser la trentaine, il semblait grand et tout aussi robuste qu'un des sergents de ville de sir John, mais son visage évoquait celui d'un érudit et arborait une expression accorte. M. Donnelly le rejoignit et ils devisèrent à voix basse. Le cercueil fut apporté jusqu'à la tombe et placé sur les supports, au-dessus de cet effroyable trou. Je restai en arrière, ne sachant quel rôle jouer dans tout ceci. Ainsi demeurai-je pendant une minute ou deux, jusqu'à ce que le praticien me fît signe d'aller vers lui. L'ecclésiastique souhaitait me rencontrer.
— Mon père, dit M. Donnelly à l'officiant, je vous présente Jeremy Proctor. C'est lui seul qui est à l'origine de notre présence ici ce soir. Je n'ai fait qu'exécuter ses souhaits.
— Ma foi, c'est un geste fort louable que tu accomplis, Jeremy.
Il me tendit sa main, laquelle se révéla rude et calleuse, et je la lui serrai, tout en enlevant mon chapeau de l'autre.
Le prêtre poursuivit :
— Nous allons simplement enterrer cette pauvre fille, et que celui qui n'a jamais péché lui jette la première pierre. Ainsi l'aurait voulu Notre-Seigneur.
À l'entendre, je compris qu'il était lui aussi irlandais.
Le médecin se plaça aux côtés du religieux et tint la lanterne en l'air. Le prêtre ouvrit un livre relié de cuir noir, lança un regard à la ronde, puis déclara d'un ton des plus solennels :

— Commençons...

Il se mit alors à lire l'office des morts en latin. Il poursuivit d'une voix monotone pendant plusieurs minutes. C'est une langue que l'on a peine à prononcer. J'en compris une bonne partie, encore que mes compétences en la matière fussent alors, et demeurent aujourd'hui, bien piètres. Le curé paraissait connaître des passages entiers par cœur, car il relevait parfois la tête et les psalmodiait d'une voix bourrue que l'occasion rendait suave. Il me regarda lorsqu'il confia à Dieu l'âme de « Maria Maddalena di Angelo », parant ainsi d'un ornement éloquent le patronyme dont j'avais gratifié la défunte. Il brandit ensuite une sorte de baguette, dont il se servit pour asperger d'eau le cercueil. Enfin, il nous adressa à tous un signe de tête. M. Donnelly posa sa lanterne et désigna les sangles sous la bière. Je saisis la plus proche de moi, laquelle était tenue, de l'autre côté de la tombe, par le voiturier. Le prêtre lui-même retira les cales, puis nous commençâmes à faire descendre lentement le cercueil dans le profond trou. Tandis que nous besognions, le religieux jeta une poignée de terre sur la bière et entonna encore quelques paroles en latin. Ce fut alors seulement, comme Mariah rejoignait son ultime demeure, que les larmes me vinrent. Je les séchai du revers de ma manche, toussotai, reniflai, et pus ainsi les contrôler. Le fossoyeur et le cocher enroulaient les sangles en tirant fort pour les sortir de la tombe.

Le prêtre se tourna vers moi :

— Je regrette, Jeremy, qu'on soit contraints de la porter en terre en de telles circonstances : dans l'obscurité, en plein champ, sans une messe pour l'accompagner. Je t'assure, en revanche, que j'en dirai une pour le repos de son âme, demain matin, et je ne l'oublierai jamais dans mes prières ensuite.

— Merci, mon père.

M. Donnelly m'avait indiqué comment m'adresser de manière séante à l'ecclésiastique.

— Tu es un bon garçon. J'aimerais te compter comme l'un des nôtres.

Puis, à l'endroit de M. Donnelly :

— Vous pouvez vous en aller, à présent. M. Dooley et moi nous occuperons de tout ce qu'il reste à faire.

Ainsi congédié, le médecin me prit par le bras et nous regagnâmes ensemble la carriole.

C'en était donc fini. Bien qu'il restât à écrire un nouveau chapitre dans l'histoire de ma relation avec Mariah, je l'ignorais alors, et éprouvai à ce moment-là un sentiment d'achèvement, de devoir accompli, une paix intérieure, mâtinée d'une impression de vacuité.

Après avoir laissé M. Donnelly devant chez lui, à Tavistock Street, je regagnai Bow Street à pied, riche d'une bourse de cinq guinées qui tintaient dans ma poche. Comme je ne m'attendais pas à ce qu'il me reste le moindre argent, j'avais exhorté le médecin à en prendre la totalité, ou du moins une partie, car il s'était occupé de tout. Mais il avait décliné mon offre.

— Non, Jeremy, dit-il, j'ai eu plaisir à t'aider dans ta démarche... et un grand plaisir, même.

— Mais que suis-je censé faire avec une telle somme ?

— Eh bien, épargne-la, évidemment. Tu pourrais en avoir besoin dans l'avenir.

Il était presque dix heures du soir, lorsque j'entrai au 4 Bow Street. J'y perçus les bruissements d'une agitation inopinée. Des éclats de voix me parvinrent de plus loin, peut-être en provenance du cabinet de sir John, tandis que, plus près de moi, on discutait à mots couverts. En m'avançant, je constatai qu'il s'agissait de MM. Langford et Baker en conciliabule non loin de la chambre de sûreté. Le second s'interrompit et s'approcha de moi. Le brouhaha allait toujours bon train dans le cabinet du magistrat. Outre la voix de sir John, j'en entendis une autre — une basse caverneuse encore plus profonde que la sienne et qui m'était familière — et toutes deux vociféraient à l'envi en se querellant.

— Jeremy, mon garçon, me dit le sergent de ville, tu vas être ravi d'apprendre que M. Langford a aperçu cet individu, Tolliver, en train de quitter le relais de diligence. Il l'a retenu, puis l'a amené ici à sir John.

Étais-je heureux d'une telle nouvelle? Rien n'était moins sûr.

L'agent Langford nous rejoignit d'un pas nonchalant. Visiblement fort satisfait de son exploit, il m'annonça :

— Il s'est quelque peu rebiffé, ma foi. Il était avec cette femme... il a dit que c'était son épouse. Mais tout ce que j'ai eu à faire, c'est utiliser ma matraque, en lui rétorquant qu'il devait me suivre de gré ou de force, que cela m'était bien égal... mais il a *bien voulu* venir. Il a regardé sa petite dame qui disait : « Oh, mon chéri, qu'est-ce que cela signifie? Qu'est-ce qu'on peut bien te vouloir? »... et des choses dans ce goût-là; alors, il a décidé de ne plus faire de difficultés. Et je n'en étais pas mécontent, car c'est un solide gaillard, faut bien l'avouer. Il a porté deux grosses valises depuis le relais du coche, sans se fatiguer.

— A-t-il dit où il s'en était allé? m'enquis-je.

— Et comment! Il n'a pas cessé de le répéter, pardi. Il a dit avoir passé tout le mois à Bristol, pour faire la cour à cette femme, qui avait répondu à une annonce qu'il avait postée ici. Elle est plutôt charmante, comme qui dirait, encore qu'elle ne soit plus de la première jeunesse. Elle s'est interposée, en disant : « Vous ne vouliez tout de même pas que j'épouse un homme que je ne connaissais pas, n'est-ce pas? »

— Eh bien, dis-je, il se peut que cela se soit passé comme ils vous l'ont narré. M. Tolliver est veuf. J'ai des raisons de croire qu'il désirait se marier.

— Et elle est veuve aussi. Ne te méprends pas, Jeremy. Je suis certain qu'il aura tôt fait de dissiper le moindre doute chez sir John. Je ne compte plus les fois où je lui ai acheté de la viande et il m'a l'air comme il faut. Mais tu dois admettre que son départ soudain se révélait fort étrange. Et quand sir John dit qu'il souhaite voir un individu pour un petit entretien, alors, j' me charge de le lui amener, sacrebleu !

— Je présume que c'est M. Tolliver qui se trouve avec lui présentement, dis-je.

— Oh, ça, tu peux en être sûr ! Ils beuglent tous les deux comme des veaux. Le boucher ne veut pas céder. Il dit que c'était son droit le plus strict de s'en aller où et quand bon lui semblait... qu'il n'avait pas besoin de demander la permission.

— Ils n'arrêtent pas depuis au moins une demi-heure, intervint l'agent Baker.

— Sa femme se trouve-t-elle avec lui ?

Je n'aurais pas souhaité qu'elle entendît les détails du meurtre d'Elizabeth Tribble et les brutalités qu'on avait fait subir à son corps défunt. Elle aurait quelque peine à entendre que l'homme qu'elle venait d'épouser était suspect dans un tel crime.

— Non, répondit l'agent Langford, et n'est-ce pas bizarre, d'ailleurs ? Quand je suis monté annoncer à sir John que j'avais appréhendé son homme pour qu'il l'interroge, lady Fielding est descendue avec lui et elle a invité Mme Tolliver à prendre une tasse de thé... même qu'elle était rudement amène. « Appelez-moi Kate », qu'elle a dit. Je peux dire que le boucher l'a regardée d'un air fort obligé. En ce moment, les deux femmes sont là-haut à l'office, si je ne m'abuse.

— Il vaudrait peut-être mieux que je reste ici, alors, hasardai-je.

— Oui, cela vaudrait mieux, admit M. Baker.

Je n'eus guère à patienter. Tandis que j'écoutais M. Langford me livrer non sans fierté son rapport, les voix qu'on entendait en fond sonore s'étaient considérablement calmées. Si on les percevait encore, elles ne semblaient plus belliqueuses. Ce qui me parut encourageant.

Les deux hommes finirent par apparaître. Ils n'échangèrent aucune parole en s'approchant de nous, mais donnèrent l'impression que tout avait été dit. À l'évidence, ils avaient aplani la moindre dissension, mais ne souriaient point pour autant.

— Agent Langford, déclara sir John, je viens à l'instant d'avoir un échange de vues des plus francs avec M. Tolliver. Je lui ai déclaré qu'il était fautif de n'avoir pas été disponible pour un autre interrogatoire et pour témoigner à l'instruction concernant le décès de Nell Darby. Il m'a tenu quant à lui fautif de ne lui avoir pas spécifié ceci, et de n'avoir pas insisté sur l'importance du devoir dont je le chargeais. Quoi qu'il en soit, il a présenté la missive qui l'a conduit à Bristol et m'en a donné lecture. Il s'en est revenu marié, il est vrai, aussi ne peut-il subsister aucun doute quant à la nature et au succès de sa mission. Il m'a laissé la lettre pour un examen complémentaire. Par conséquent, je vous demande de les accompagner, son aimable épouse et lui, jusqu'à leur domicile de Long Acre. Et vous pourriez, cette fois-ci, lui prêter main-forte pour le transport de ses bagages.

Puis, se tournant vers M. Tolliver :

— Voilà. Cela devrait vous satisfaire.

— Complètement. Vous êtes un gentleman, monsieur.

— Bien sûr que je le suis, répliqua sir John, quelque peu cassant. C'est ce que le « sir » placé devant mon nom est censé indiquer. À présent, qui va monter quérir Mme Tolliver à l'étage ?

— Je m'en charge, sir John, déclarai-je.

— Oh ? Jeremy ? Tu es de retour ? Bien. Tu devrais sans doute la trouver à l'office, seule à seule avec lady Fielding.

À ces mots, je gagnai l'escalier à grandes enjambées, tout en songeant que M. Tolliver m'avait à peine salué en hochant la tête d'un air maussade. Il aurait assurément pu mieux faire. Une fois à la porte, je décidai de frapper, ne fût-ce que par respect pour l'invitée de lady Fielding. De l'autre côté, une voix enjouée m'invita à entrer.

Après qu'on m'eut présenté à Mme Tolliver, que je

saluai en m'inclinant avec civilité, j'annonçai que le magistrat et le boucher avaient conclu leur entretien.

— Vous voyez? déclara lady Fielding à la visiteuse, comme elle se levait. Cela n'a pas duré longtemps. Jack désirait lui parler, voilà tout. J'espère sincèrement que vous pourrez un jour prochain nous rendre visite au Foyer Marie-Madeleine. Nous sommes si fières de l'œuvre que nous y accomplissons.

Mme Tolliver, qui, selon l'appréciation fondée de l'agent Langford, se révélait charmante, plus que véritablement jolie, sourit d'un air reconnaissant.

— Un dimanche, peut-être. J'ai promis d'aider à l'étal pendant la semaine, au moins durant un certain temps.

— Un dimanche, alors.

Elles échangèrent encore moult invitations et remerciements, jusqu'à ce que Mme Tolliver se dirigeât enfin vers la porte. Je lui proposai de l'accompagner jusqu'en bas, car l'escalier s'avérait sombre et abrupt.

Elle s'en alla au bras de son mari, pépiant gaiement sur la gentillesse que lui avait témoignée lady Fielding. Le sergent Langford leur emboîta le pas, luttant sous le poids de la plus grosse des valises.

Lorsqu'il entendit le claquement de l'huis se refermant derrière eux, sir John se tourna vers l'agent Baker et moi, puis déclara avec une irritation évidente :

— C'est l'individu le plus chicanier que j'aie jamais rencontré. Dame ! il aurait dû être avocat. Mais je ne pouvais tout de même pas le mettre sous les verrous, simplement à cause de cela, n'est-ce pas?

Dès le lendemain, et bien que sir John eût renvoyé M. Tolliver dans ses foyers, il parut manifeste qu'il n'avait pas complètement abandonné ses soupçons à l'endroit du boucher. Dans la matinée, le magistrat m'invita à descendre en son cabinet, et me demanda de lui relire la missive qui avait conduit M. Tolliver à Bristol. Il s'agissait d'une réponse assez compassée à l'annonce (« rubrique : mariage ») qu'il avait fait paraître dans le *Bristol Shipping News*, tout à fait dans le style qu'on prêterait volontiers à une respectable veuve, dont la situation pécuniaire s'avérerait tant soit peu délicate. Elle affirmait en toute sincérité n'avoir guère à offrir sur le plan financier, encore qu'elle ne fût pas totalement démunie. Depuis la mort de son mari, commis dans une compagnie de navigation, deux ans plus tôt, elle s'était débrouillée pour subvenir à ses besoins en exerçant le métier de couturière pour les dames à la mode de la ville. Elle n'avait plus d'enfants, les deux siens ayant succombé à la variole qui avait elle-même emporté son époux. Sans se trouver dans sa prime jeunesse, elle n'en était pas trop âgée pour autant et n'avait aucune raison de croire qu'elle était stérile. Si de nouvelles épousailles la tentaient, elle aussi, elle ne saurait les envisager avant une certaine période pour lier connaissance. Or donc, si M. Tolliver était prêt à séjourner le temps qui conviendrait, il pouvait venir se présenter à elle. Comme elle abritait un grand port maritime, la ville de Bristol regorgeait d'auberges et de pensions de famille. Elle concluait sa lettre de la formule : « Avec tous mes respects », plutôt que de manière plus distinguée ou plus personnelle.

— Je ne trouve rien à y redire, sir John.

— Non, mais voyons seulement de quand elle est datée — dix jours entiers avant l'assassinat Tribble, non, onze. Il ne faut pas si longtemps à un pli pour parvenir jusqu'à Londres ; deux jours, trois, tout au plus. M. Tolliver explique cette bizarrerie en prétendant que sa promise a gardé la missive avec elle pendant près d'une semaine, avant de la poster, tant elle hésitait à s'engager dans cette aventure. Il affirme l'avoir trouvée sous sa porte, en rentrant à son domicile, après notre entretien sur les lieux de l'homicide Darby. Il dit avoir été si empressé de gagner Bristol qu'il en a oublié ses responsabilités envers moi, et il a fait sa valise en grande hâte, avant de prendre la diligence de nuit pour cette ville, à dix heures du soir.

— Mais je ne vois pas...

— Vraiment ? S'il avait effectivement pris le coche de nuit, il aurait dû se trouver sûr la route au moment du meurtre Tribble. Note au passage que son propriétaire a déclaré l'avoir vu partir en direction de Covent Garden. Le relais de diligence se situe dans la direction opposée... mais King Street se trouve sur le chemin de Covent Garden, et c'est dans King Street que la dénommée Tribble fut assassinée et si horriblement charcutée. Tu saisis, à présent ?

— Certes oui, mais M. Donnelly n'a-t-il pas établi l'heure du décès comme étant postérieure à dix heures du soir ?

— Absolument ! Il a dû s'en aller à Bristol le lendemain, dans la matinée.

Je poussai un soupir. Il semblait peu courant que sir John échafaudât de façon si ingénieuse autant de suppositions et d'éventualités. Et si son adresse à raisonner de la sorte était tout simplement le fruit de son désappointement ? Je le savais fort désireux d'appréhender le second meurtrier avant qu'il ne pût à nouveau tuer.

— Ainsi, monsieur, selon vous, la culpabilité ou l'innocence de M. Tolliver repose sur le fait qu'il ait pris la diligence de nuit pour Bristol ou voyagé de jour, le lendemain ?

— C'est peut-être une façon abrupte de présenter la chose, mais s'il n'a point pris le coche de nuit, contrairement à ce qu'il affirme, alors j'aurai de bonnes raisons de le suspecter, plutôt que de réagir comme je le fais en ce moment. Si je prouve qu'il a menti, alors je lui soutirerai la vérité.

— Comment escomptez-vous y parvenir, sir John ?

— J'ai songé à une autre faille probable dans son récit. Dis-moi, es-tu retourné à son échoppe, depuis sa disparition ?

— Oui, monsieur, comme vous l'aviez demandé... mais pas récemment, je l'avoue.

— Mais tu t'es approvisionné en légumes chez les marchands voisins ?

— Non, j'achète en général chez ceux qui se situent plus près.

— Eh bien, j'aimerais que tu te rendes là-bas à sa baraque et que tu renifles bien. S'il est parti en grande hâte, comme il le prétend, il a dû laisser de la viande enfermée à l'intérieur, laquelle aura pourri et exhalé une grande puanteur. Les gens alentour s'en plaindront sans doute. Si tu ne sens aucune pestilence, alors j'ai trouvé une autre erreur. Je vais dépêcher M. Fuller chez M. Tolliver, pour qu'il l'emmène jusqu'au relais du coche, afin que ce dernier prouve qu'il a bel et bien pris cette diligence de nuit.

— Mais...

— Non, Jeremy, fais ce que je te dis. Je sais ton affection pour cet individu, mais il est juste sept heures. Il risque fort de ne point se trouver là-bas. Il doit se prélasser au lit avec sa nouvelle épouse. Il te suffit d'aller à son échoppe et d'y respirer un grand coup.

Je partis donc encore accomplir une tâche qui me déplaisait. Mais on me l'avait confiée, et j'allais m'en acquitter, quoique avec une certaine appréhension. Je traversai prestement Covent Garden, car rares y étaient les promeneurs pour entraver mon chemin. On préparait et l'on disposait étals et charrettes pour le flot des clients qui ne tarderaient pas à envahir l'immense place déserte. Les concurrents s'apostrophaient les uns les autres, encore que ces échanges se fissent la plupart du temps sur son ton badin. Les commerçants ambulants remplissaient leurs carrioles et leurs voitures des quatre-saisons, en marchandant avec leurs fournisseurs. Ainsi Covent Garden s'éveillait-il sous les cris et les éclats de voix.

La baraque de M. Tolliver se situait à l'extrémité, non loin de Henrietta Street, où il nous avait interpellés, M. Bailey et moi, pour nous annoncer qu'il avait vu un corps dans la venelle. Je l'avais inspectée plusieurs fois depuis son départ pour Bristol, dont la première lors d'une mission que j'avais aussi jugée déplaisante. L'échoppe se trouvait telle que je l'avais vue alors, fermée et cadenassée. J'en fis le tour avec soin, usant avec libéralité de mon organe olfactif, reniflant tel un limier sur la piste d'un quelconque gibier. À vrai dire, je me sentis assez nigaud d'agir ainsi, en particulier lorsque je remarquai que j'avais attiré l'attention de la marchande revêche qui vendait des légumes à l'étal voisin.

— Dis donc, toi ! me cria-t-elle de la manière la plus inconvenante qui fût. Qu'est-ce que tu mijotes ? Si tu crois qu' tu vas t'approprier c'te baraque, elle est point disponible. Celui qui la loue s'en est allé, mais y r'viendra. Sois-en sûr.

Visiblement, elle n'avait pas souvenance de notre précédente conversation. Il était clair qu'elle voyait en moi un concurrent possible, et souhaitait me tenir à l'écart.

— Vous vous méprenez, répondis-je. Je viens de la part du Curieux de Bow Street. Cette échoppe a-t-elle dégagé des odeurs désagréables ?

— Des odeurs ? répliqua-t-elle, suspicieuse. De quelle sorte ?

M'étant réclamé de l'autorité du magistrat, je fis en sorte de l'utiliser :

— Veuillez répondre à la question, madame.

— Aucune odeur, dit-elle. Il est boucher, pour sûr, même si j' sais pas pourquoi il vend pas à Smithfield avec les autres. En vérité, c'est qu' ça sent meilleur qu'avant, d'puis qu'il est parti.

Ceci, bien sûr, à la lumière du raisonnement de sir John, constituait une nouvelle décevante pour moi. Je la remerciai et tournai les talons. Mais, ce faisant, voilà que j'aperçus M. Tolliver qui venait dans ma direction. Il m'avait vu aussi ; en fait, il me gratifia d'un vague signe de la main. Je n'avais pas lieu de feindre de ne l'avoir point vu. J'avançai donc pour le saluer, ne sachant trop comment agir autrement... ni même quoi lui dire de plus.

— Tu m' cherchais, n'est-ce pas ? dit-il. Je suppose que Sa Majesté me mande pour un nouvel entretien. Il a dit qu'il n'en avait pas fini avec moi.

— J'ai pensé que vous seriez ouvert pour les clients, répondis-je, en évitant un mensonge plus grave.

— Pas aujourd'hui, mais demain. Il va me falloir nettoyer. Puis je vais devoir acheter ma viande et m'occuper de la livraison. Cela prend une journée pour recommencer. Mais pour tout t'avouer, Jeremy, je ne suis pas mécontent de t'avoir croisé.

— Oh ? Pourquoi donc ?

— J'ai peur d'avoir été un peu brusque avec toi, hier au soir. Brusque ? Je ne t'ai pas salué du tout ! Le magistrat m'avait mis hors de moi. Pour être franc, il n'a pas l'air de me croire. Ma foi, j'en sais trop rien... à moins qu'il m'en veuille personnellement.

— Oh, je ne pense pas, déclarai-je. C'est parce que, après avoir capturé un assassin, il a fini par découvrir qu'il y en avait un autre.

— Il m'a dit que tu as agi en héros dans cette affaire... tu as reçu une récompense et tout cela.

— La moitié de la prime, car il en reste encore un à attraper, et sir John pense qu'il y a grande urgence à ce qu'on l'appréhende, avant qu'il ne frappe à nouveau.

— Ma foi, tu peux le lui confier pour moi, sauf le respect que j' lui dois, je ne suis pas son homme.

Il tonna si fort de sa voix caverneuse que la mégère de l'éventaire voisin se tourna pour regarder.

— Je vous crois, monsieur Tolliver, déclarai-je tout net. Je ne voudrais pas ni ne pourrais vous tenir coupable de quoi que ce soit. Pas plus que ne le pourrait lady Fielding. Elle et moi avons maintes fois plaidé en votre faveur.

Il grommela à part lui de sa voix de basse.

— Je dois admettre qu'elle a fort bien traité mon épouse. Tu peux dire à Kate que je n'oublierai pas son geste, et Maude non plus.

— Maude ? répétai-je un peu sottement.

Mon esprit, cher lecteur, était alors occupé à une affaire bien plus grave. J'œuvrais à prendre une décision.

— Ma femme, dit-il, expliquant une évidence. Elle s'appelait Maude Whetsel et à présent, c'est Maude Tolliver. Sache, Jeremy, que c'est bien triste d'amener celle que tu viens d'épouser dans une telle pagaille.

Il secoua alors sa grosse tête comme l'eût fait quiconque en proie à une atroce perplexité. Que devait-on faire ? Que pouvait-on faire ? À ce moment-là, je sentis que moi seul pouvais l'aider.

— Monsieur Tolliver, lâchai-je, comme cédant enfin à l'élan que je réprimais jusque-là, existe-t-il un moyen quelconque de prouver que vous étiez dans cette diligence de nuit cheminant vers Bristol ? Que vous n'avez pas attendu le lendemain pour vous rendre là-bas ?

Il me dévisagea d'un air singulier, comme si l'on venait d'ôter un voile troublant sa vue et qu'il discernait clairement ce qu'il percevait à peine auparavant.

— Tout se résume donc à cela, n'est-ce pas ? dit-il.

— Répétez-moi ce que vous avez confié à sir John, je vous prie. Qu'avez-vous fait après nous avoir laissés dans Henrietta Street ?

— Ma foi, je suis rentré chez moi.

— À Long Acre, donc. Poursuivez... livrez-moi tous les détails, s'il vous plaît.

— Eh bien, en rentrant à mon domicile, j'ai trouvé une lettre qu'on avait glissée sous ma porte. Elle provenait de...

— Un instant, je vous prie, interrompis-je. Savez-vous comment cette missive s'est trouvée là ?

— Pas avec certitude, mais j'ai ma petite idée. J'ai un voisin, M. Salter, qui s'occupe des coulisses du Théâtre Royal. Un homme dans une situation comme la sienne reçoit des lettres de partout, alors il passe au bureau du courrier deux ou trois fois par semaine, pour prendre son paquet. Comme on sait que j'habite à la même adresse, il arrive qu'on lui confie une missive qui m'est destinée. Alors, il la glisse sous ma porte.

— Bien, dis-je. Pourriez-vous demander à M. Salter s'il vous a effectivement déposé la lettre de Bristol de cette façon ?

— Je puis le faire, oui, s'il s'en souvient. Cela remonte à plus d'un mois.

— Parfait. Donc, vous découvrez la missive, vous l'ouvrez et la lisez. Pourquoi avez-vous décidé de partir avec autant d'urgence pour Bristol, afin de rencontrer la femme qui allait devenir votre épouse ?

— Sir John m'a posé la même question, et je lui ai répondu poliment que cela me regardait et que je ne tenais pas à en parler. Alors, nous nous sommes tant soit peu querellés, mais puisque c'est toi qui me le demandes, je m'en vais te le dire. J'ai connu nombre de déboires en tentant de me remarier. Un jour, j'étais sur le point d'y parvenir...

Il m'adressa un regard que je qualifierais d'éloquent, puis poursuivit :

— ... mais cela n'a pas abouti. En vérité, la plupart du temps, les femmes respectables ne veulent point avoir affaire à un boucher. Je ne sais pas pourquoi, car elles ont tôt fait de manger une bonne tranche de viande. Pourtant, j'en ai courtisé quelques-unes et cela revenait toujours au même... le fait que je sois boucher les dégoûtait plus ou moins. Alors, j'ai passé cette annonce dans le *Shipping News* de Bristol, où j'ai grandi, en y précisant sans détour que je besognais dans la boucherie, et je te jure, Jeremy, que c'est la seule lettre que j'ai reçue. Une bien belle lettre, pour sûr. J'ai compris que c'était une femme intelligente et qu'elle avait connu une terrible infortune, en perdant son mari et ses deux enfants, mais qu'elle s'était débrouillée pour subvenir à ses besoins et garder sa dignité. Voilà donc toute l'histoire... c'est une grande dame, ma Maude. Et puis... euh...

Il s'arrêta et détourna le regard.

— Et puis quoi ? Dites-moi ce que vous étiez sur le point de déclarer, monsieur Tolliver, s'il vous plaît.

— C'est ce qui venait de m'arriver, à savoir la découverte de cette jeune fille morte dans la venelle, qui m'a décidé à partir sur-le-champ. Comme je l'ai dit alors, je crois, je l'avais déjà aperçue dans le quartier — elle s'était servie à mon étal, une fois ou deux — et de la voir ainsi, alors qu'elle était encore une enfant, toute chiffonnée et anéantie, avec ces mains qui la palpaient pour trouver sa blessure... ma foi, j'en ai eu le cœur brisé. C'est une ville tellement impitoyable, Jeremy, avec si peu d'espoir et de bienséance, pour les femmes comme elle, que... ma foi, je voulais simplement m'en éloigner au plus vite. Peut-être que j'aurais dû réfléchir à la requête de sir John, qui souhaitait ma présence à l'audience, mais j'avais dit tout ce que je savais par deux fois. Je voulais seulement m'en aller.

À mesure qu'il s'exprimait, la tension s'était emparée de lui. Ses mains s'étaient refermées en deux gros poings et il baissait la tête. Je me souvins des objections qu'il avait formulées, lorsque M. Bailey cherchait la blessure que le Faucheux avait infligée à la victime, juste sous le sternum. Assurément, lady Fielding ne s'était point trompée en le jugeant, pas plus que moi : M. Tolliver n'aurait pu assassiner Libby Tribble et Poll Tarkin.

— Vous n'avez rien dit de tout cela à sir John, je présume ?

— Non... j'ai seulement parlé de Maude, que j'avais hâte de la rencontrer.

— Lorsqu'il vous interrogera de nouveau, et il le fera sans doute, vous devez lui répéter exactement ce que vous venez de me confier.

Je lus un certain désaccord sur son visage, alors j'insistai :

— Redites-le-lui mot pour mot. Mais à présent, poursuivez, je vous prie. Vous avez fait votre valise en toute hâte et vous étiez prêt à partir. Savez-vous à quelle heure vous avez quitté votre domicile, pour prendre la diligence de nuit ?

— Eh bien, autant qu'il m'en souvienne, il me restait un peu moins d'une heure pour me rendre au relais. Je peux en être tout à fait certain, car j'ai une pendule que je remonte tous les jours.

Un détail clochait, cependant.

— Si vous disposiez de près d'une heure, répliquai-je, pourquoi étiez-vous si pressé ? Vous auriez pu y aller à pied en un quart d'heure.

— Mais je devais retourner à mon échoppe, ici, à Covent Garden. J'avais de la viande à l'intérieur et c'était fermé à clé. Ne sachant pas quand j'allais revenir, je savais qu'elle pourrirait. Je ne pouvais pas la laisser.

— Comment vous en êtes-vous débarrassé ?

— Ma foi, je l'ai suspendue aux crochets en façade. Je savais qu'elle serait partie avant le lendemain matin. Le tout gratis, et il y en avait bien pour deux guinées. C'est te dire à quel point j'avais hâte de quitter Londres ! Voyons, Jeremy, tu dois savoir qu'un boucher ne laisserait jamais sa viande se gâter à l'étal. Diable ! Ça sentirait si fort ! Et plus question pour moi d'en revendre un seul morceau à Covent Garden. Mais le temps de revenir ici, de suspendre ce qui restait et tout cela, il n'était pas loin de dix heures, encore que j'ignore l'heure exacte, car je n'ai point de montre de gousset. Alors j'ai traversé le Garden, ce qui est dangereux la nuit, et j'ai pris un fiacre au Théâtre Royal.

— Une fois encore, intervins-je, en avez-vous fait part à sir John ? De tous ces détails que vous venez de me relater ?

— J'ai dû lui dire que j'avais pris un fiacre. Mais pour le reste, non. Nous n'avons quasiment pas cessé de nous disputer sur le fait que je n'étais pas présent à l'instruction et ainsi de suite. Il m'a pris à rebrousse-poil, comme qui dirait.

— C'est fort possible, mais lorsqu'il vous interrogera

à nouveau, vous devrez lui expliquer que vous êtes revenu ici, et comment vous avez suspendu la viande. Ce sont des détails très importants.

— Ah bon ? fit-il d'un air dubitatif.

— Oui, bien sûr.

Je prononçai cela avec toute la gravité et l'autorité qu'un garçon de quinze ans pouvait rassembler, mais en me demandant si je l'avais convaincu. Un homme qui, par nature, n'était pas observateur — et M. Tolliver ne l'était pas — n'avait que faire des détails, quand bien même il s'en souvenait. Aussi, en poursuivant, je fis tout mon possible pour observer cette même attitude de sévérité quasi hostile.

— Ainsi, continuai-je, quand vous êtes arrivé au relais de diligence, il vous restait peu de temps.

— Si peu, dit-il, que j'ai à peine eu le temps de payer et de sauter dans le coche.

— Je n'ai roulé que dans des voitures de louage, avouai-je. Est-ce qu'on vous vend un billet ? Où il serait inscrit : « Diligence de nuit pour Bristol » ou quelque chose dans ce goût-là ?

— Non, rien de ce genre. Tu paies et l'on te remet un talon avec une inscription dessus et tu le donnes au postillon... ou dans mon cas, en l'occurrence, au cocher.

Je sentis qu'il s'agissait là d'un détail d'importance, aussi m'empressai-je de l'exploiter :

— Pourquoi le cocher a-t-il pris votre souche, plutôt que le postillon ?

— Parce que l'autre était malade et le conducteur a dit qu'il devait faire le voyage tout seul. Je lui ai demandé s'il souhaitait avoir de la compagnie là-haut, sur son banc, et il a répondu qu'il acceptait volontiers, avec un grand gaillard comme moi. Il m'a alors demandé si je savais me servir d'une carabine, au cas où l'on aurait des ennuis en chemin. Je lui ai répondu que j'avais encore mieux dans ma valise, et j'ai sorti ma paire de pistolets. Je les ai conservés de la guerre contre les Français, et je m'en suis servi, aussi, même si j'étais sergent chargé de l'approvisionnement. On allait tous au combat, en cas de besoin, les Indiens et les autres. C'est là que j'ai appris la boucherie — dans l'armée —, trancher, débiter, et tout cela.

De nouveau, je l'interrompis :

— Attendez, attendez. Est-ce à dire que vous avez roulé tout le long du chemin jusqu'à Bristol à côté du voiturier ?

— Pour sûr, et même que c'était un brave compère, ma foi... un certain Ben quelque chose... Ben Calverton, voilà comment il s'appelait. Nous avons devisé de temps à autre, dans les portions de route où il ramenait les chevaux au pas.

J'avais peine à croire à notre bonne fortune.

— Eh bien, il se sourviendra sans doute de vous.

— Oh, pour sûr.

— Pourquoi ? Vous avez croisé des bandits en chemin ?

— Non, et j'en suis fort aise.

— Alors, pourquoi en êtes-vous si certain ?

— Parce que j'ai fait la sottise de lui confier mon prénom.

— Je ne crois pas l'avoir jamais entendu, dis-je.

— C'est Oliver, déclara-t-il. Le cocher a trouvé cela fort drôle.

— Oliver... Tolliver ?

Et ce disant, malgré tous mes efforts pour conserver un air solennel, je partis d'un grand éclat de rire.

Laissant M. Tolliver pour m'en aller au relais de la diligence, je l'avisai d'un air coupable de ne point souffler un traître mot de notre conversation à sir John, tout en l'enjoignant de lui narrer son histoire exactement telle qu'il me l'avait relatée. Si mon rire l'avait froissé — comme cela semblait être le cas —, j'en étais sincèrement navré et lui présentai mes excuses. Il me dit que tout le monde paraissait réagir comme moi, et que le cocher s'était mis à composer des vers pour plaisanter sur les rimes de son nom... ce qui, bien entendu, avait vivement déplu à Oliver Tolliver.

— Quoi qu'il en soit, me dit-il, il m'a paru un brave homme, et au relais du coche, ils te diront sans doute quand tu pourras le voir là-bas. Il ne roule que de nuit et effectue l'aller-retour de Londres à Bristol.

Je cheminai donc à travers les rues à présent envahies par un flot d'êtres humains. Tout le mal que M. Tolliver avait dit concernant Londres était vrai, bien sûr, mais de circuler parmi les gens du commun, à cette heure-là, ne fit que raviver ma foi en la grande cité. C'était et c'est encore de nos jours un endroit à nul autre pareil. Il existait en vérité deux villes en une : celle de la journée, où employés et travailleurs de toutes sortes vaquaient avec probité à leurs diverses besognes ; et celle de la nuit, peuplée d'ivrognes, de détrousseurs, de catins et autres souteneurs. Mais en cette heure matinale ensoleillée, je ne percevais aucun signe de ce Londres ténébreux.

Je me retrouvai ainsi au relais de la diligence et me dirigeai vers celui qui vendait les billets, pour l'interroger au sujet de Ben Calverton. Derrière sa vitre, le guichetier arborait un sourire et fredonnait un air quand je m'approchai de lui.

— Ben Calverton ? répéta-t-il en réponse à ma requête. Certes oui, jeune homme, c'est l'un de nos meilleurs cochers, c'est... un héros de grand chemin. Tous les deux jours, il effectue ce long trajet jusqu'à Bristol, à croire que cet homme possède un arrière-train en fer ! Nul ne connaît la route et ses périls comme lui... par trois fois, des bandits ont tenté de l'arrêter, et il a continué à rouler ; à deux reprises, il y a eu des échanges de coups de feu. Ah oui, jeune homme, c'est bien l'un de nos meilleurs cochers.

— Quand pourra-t-on lui parler ? Il s'agit d'une affaire qui relève du tribunal. Je viens de Bow Street.

À ces mots, l'employé fronça les sourcils pour la première fois.

— Tu ne veux pas dire qu'il s'est attiré des ennuis, n'est-ce pas ?

— Oh non, rien de la sorte. Cela concerne l'un de ses passagers, qui a pris le coche voilà quelque temps.

— Ah... eh bien, dans ce cas, tu as de la chance. Si Dieu le veut, Ben Calverton devrait rentrer de Bristol dans un quart d'heure environ.

Il consulta l'horloge sur le mur derrière moi.

— Oui, si rien de fâcheux ne s'est produit en chemin, alors il devrait arriver aux alentours de cette heure-là.

Une petite file d'attente s'était formée dans mon dos. Derrière sa vitre, l'homme fit signe à la personne se trouvant juste derrière moi qu'il en aurait bientôt fini.

— Où pourrais-je l'attendre ? m'enquis-je.

— Mieux vaut que tu patientes à côté, à l'auberge. En arrivant, les cochers doivent livrer leur rapport. Mais ensuite, Ben a coutume d'aller y prendre un verre d'ale avant toute chose. Je lui dirai que tu l'y attends pour deviser.

— Précisez que cela concerne Oliver Tolliver.

— *Oliver Tolliver*, dis-tu ? répéta-t-il en riant de bon cœur. Quel nom ! Oh, je n'y manquerai certainement pas ! Bien le bonjour à toi, jeune homme.

Et je me retrouvai dans la cour, où coches, chevaux et voyageurs attendaient. L'endroit bruissait de la fièvre et de l'attente du départ, tant et si bien que j'eusse aimé compter parmi cette communauté, valise en main, prêt à accomplir un long voyage vers quelque lointaine destination comme Bristol ou Édimbourg, voire au-delà de la mer, jusqu'à Dublin. Le monde se révélait si vaste, et j'étais décidé à en découvrir ma part avant de le quitter.

L'auberge du relais n'était qu'un modeste établissement où l'on pouvait boire et manger, et où les voyageurs ou ceux venus les rejoindre pouvaient passer le temps de manière plaisante. Bien qu'il ne fût pas si bondé, la fumée du tabac s'y avérait tellement dense qu'elle assombrissait l'endroit déjà mal éclairé, à tel point qu'on eût juré qu'il faisait nuit et non point jour à l'extérieur. Je pris place au comptoir, près de la cheminée, et le serveur s'approcha, en me demandant ce qui me ferait plaisir.

— Du café, monsieur, si vous en avez.

— Nous en avons. Tu le veux avec ou sans ?

Voilà qui me laissait perplexe.

— Avec ou sans quoi ?

— Avec ou sans une goutte de tonique... dans la tasse ou à part.

— Oh, non, sans.

Il revint avec une tasse fumante qui ne me coûta que deux pence. Le breuvage se révélait certes fort, quoique buvable... mais l'eût-il été avec du gin, comme le serveur l'avait proposé ? Comment pouvait-on boire les deux ensemble ? Cela revenait à associer deux boissons aux effets opposés, me semblait-il.

Une fois installé, je me livrai à un petit jeu auquel nombre de nos semblables s'adonnent en pareilles circonstances, à savoir celui qui consiste à observer les voyageurs, en tentant de deviner qui ils sont, ce qu'ils font et où ils peuvent bien aller. Dans le même temps, je gardai un œil vigilant sur la porte, en détaillant quiconque la franchissait, de crainte de manquer Ben Calverton.

Lorsque l'individu entra effectivement, il eût été impossible de s'y méprendre. C'était bel et bien un solide gaillard, encore qu'il n'atteignît pas une si haute stature. Il marchait en plastronnant quelque peu et tenait un fouet plus grand que lui, tels ceux utilisés par les conducteurs de diligence pour faire avancer leurs chevaux. À deux pas de l'huis, il se planta dans la salle et la balaya du regard. Puis il se mit à brailler : « *Oliver Tolliver !* » et partit d'un rire si vibrant qu'il faillit en ébranler les poutres du lieu.

Les têtes se tournèrent, les conversations cessèrent et, fort gêné, je lui fis signe de s'avancer vers moi. Alors, comme par magie, un grand verre d'ale apparut, avant même que l'homme n'arrivât au comptoir. Et lorsqu'il y parvint, la déception se lisait sur sa face mafflue. J'en étais, semblait-il, la cause.

— Tu n'es point lui, prononça-t-il, presque sur le ton d'une accusation.

— Certes non, monsieur, m'empressai-je de répondre. C'est *au sujet de M. Tolliver* que je souhaitais m'entretenir avec vous. Voyez-vous, je...

Il leva la main, m'enjoignant à me taire incontinent. Puis, posant son fouet contre le bar, il s'empara du verre de bière et le vida d'un trait. Il le tendit ensuite au serveur, qui lui en prépara aussitôt un second. Il paraissait sur le point de s'exprimer... mais non. À nouveau, il leva la main pendant un long moment, puis me gratifia d'une magistrale éructation.

— Alors, dit-il, tu souhaites me parler d' lui. Que veux-tu donc me dire ?

— En premier lieu, vous souvenez-vous de lui ?

— Pour sûr que j' m'en souviens. Bien charpenté, le bougre, une demi-taille de plus qu' moi. Il a roulé à mes côtés tout l' long du ch'min jusqu'à Bristol, pendant la nuit, v'là environ un mois. Oliver Tolliver ! Qui pourrait oublier un gars avec un nom pareil ?

Il ponctua ses propos d'un nouveau rire, quoique pas aussi bruyant qu'auparavant. Puis ses yeux se plissèrent, tandis qu'il se remémorait le passager :

— Ce benêt qui vend les billets m'a dit qu' c'était une affaire de justice. Est-ce qu'il a des ennuis ?

— Eh bien, cela se pourrait, monsieur Calverton... c'est-à-dire s'il ne peut prouver qu'il a pris le coche de nuit pour Bristol, ce soir-là précisément, et non pas le lendemain.

— Quel soir ? Quel jour ?

— C'est bien ce que j'escomptais apprendre de votre bouche. Quand a-t-il voyagé avec vous ?

— Oh, ben, faut qu' j'y réfléchisse tant soit peu. J' fais tellement d' voyages, pardi.

Il jeta alors un coup d'œil à ma tasse et vit qu'elle était presque vide.

— Serveur ! s'écria-t-il. Donnez donc à c' garçon une aut' tasse de c' qu'il est en train d' boire... du café, j' suppose.

— Avec ou sans ? demanda l'autre.

— Avec, bien sûr, répondit Ben Calverton, en m'ignorant, le regard perdu dans le vague. Bon, alors quand ça s'est-y passé ? s'interrogea-t-il à voix haute.

Le serveur flanqua une tasse pleine sur le comptoir et retira la vide. J'en goûtai le contenu par curiosité et trouvai qu'il différait moins par le goût, semblait-il, que par la force en arôme. Cela brûlait un peu... jusque dans mon estomac. Ce n'était pas aussi mauvais que je l'aurais cru. J'en bus une nouvelle gorgée.

— Je m' rappelle, reprit M. Calverton, qu'il voyageait jusqu'à Bristol, pour y rencontrer une dame qu'il espérait épouser. Tu n' saurais pas par hasard comment les choses s' sont passées, dis ?

— Oh, il l'a épousée, monsieur. À n'en pas douter.

— Tu m'en diras tant ! L'as-tu vue ?

— Certes oui. Elle a l'air... euh... fort gentille. Elle plaît certainement à M. Tolliver, en tout cas.

— Ma foi, c'est l' plus important, pas vrai ?

Il prit une grande lampée de son ale, ne vidant cette fois pas plus d'un quart de son verre.

— Comment qu'elle s'appelle ? Olivia ?

Il rit de plus belle ; cela s'apparentait davantage à un gloussement.

— Mais ça n' rim'rait point aussi bien, pas vrai ? P't'êt' qu'en l'app'lant Olivia Tollivia...

Et il gloussa derechef.

— Elle se prénomme Maude, dis-je, tout en souhaitant le voir cesser ses badineries.

— À cause de c' nom qu'il porte, persista-t-il, j' l'ai taquiné, pour sûr. Une fois qu'il m'a eu un peu causé, j'ai inventé un p'tit poème sur lui. Souvent, j' compose des vers dans ma tête, pour passer l' temps en ch'min. J' crois que j' peux m'en souv'nir par cœur. Tu veux l'entendre ?

— Eh bien, je...

Il avala une nouvelle gorgée de bière, se racla la gorge, puis, d'une voix de stentor, se mit à réciter :

« Oliver Tolliver,
À Bristol s'en est allé,
Emportant son pistolet.
Oliver Tolliver,
Par une belle nuit de pleine lune,
S'en allait chercher fortune.
Oliver Tolliver,
Dont le métier c'est boucher,
Va vers l'ouest pour se marier.
Oliver Tolliver
N'a que faire de vos histoires
Car... »

Puis, tout à coup, il s'arrêta et flanqua un grand coup de poing sur le comptoir.

— Diable ! j'y suis... Par une belle nuit de pleine *lune* !

— Monsieur ? dis-je, confus. Je ne comprends absolument pas.

— Eh bien, v'là qu' ça m' revient comme si c'était la nuit dernière. Il y avait une grosse lune bien pleine, ce soir-là. Oh, j' m'en souviens bien... c'est c' qu'on peut appeler « une lune pour les bandits d' grand ch'min ». C'est pour ça qu'avec mon postillon qu'était tombé malade de la cacade, j'étais rud'ment content d'avoir c' grand gaillard d' Tolliver et ses pistolets, là-haut, à mes côtés. Les brigands en maraude adorent la pleine lune, comme tu dois l' savoir.

— C'était donc la nuit de la pleine lune ? Vous en êtes sûr ?

— Aussi sûr que possible. Note bien qu' c'était point la dernière nuit d' la pleine lune. Celle-là, c'était la veille d' la Toussaint, comme le sait n'importe quel nigaud.

Mais j' me rappelle plus quel jour c'était, au juste. Tu d'vrais l'trouver dans n'importe quel calendrier, mais c'était la nuit d'la pleine lune, v'là un peu plus d'un mois.

— Seriez-vous prêt à le jurer au tribunal ?

— Pourquoi pas ? Vu qu' c'est comme la vérité, pas vrai ?

Je dénichai un morceau de papier dans ma poche et notai au verso son nom et son adresse, qu'il me confia en me précisant comment y trouver sa chambre. Puis, oublieux de sa teneur en alcool, je pris une grande lampée de café et m'apprêtai à prendre congé.

— La prochaine fois qu' tu vois Oliver Tolliver, déclara Ben Calverton, dis-lui qu' je lui souhaite bonne chance. Il peut voyager à mes côtés quand ça lui chante, et j' le taquin'rai plus sur son nom.

Je le remerciai. Il me flanqua une grande claque dans le dos, puis me laissa m'en aller.

Ce ne fut qu'une fois dans la cour que je ressentis toute la puissance du gin dont je m'étais imbibé avec tant de libéralité. La transpiration se mit à perler sur mon front, quand le reste de mon corps éprouvait la fraîcheur âpre de cette matinée de novembre. Ma tête semblait tout à la fois indolente et légère... mais cela n'avait rien à voir avec les deux ou trois fois où j'avais bu un verre de vin de trop. Je me mis en route pour Bow Street, dont je connaissais parfaitement l'itinéraire, pour découvrir, alors que j'avais parcouru la moitié d'une rue, que je partais dans la mauvaise direction. Je restai planté là, décontenancé, et tâchai de m'orienter, bousculé par la foule qui affluait de toutes parts.

Je m'étais trompé, bien sûr ! Après avoir quelque peu réfléchi, je fis volte-face et revins sur mes pas. Je retrouvai alors mon chemin, en empruntant celui que j'avais pris à l'aller, mais contournai à distance respectueuse l'échoppe de M. Tolliver au Garden. Selon moi, j'avais passé suffisamment de temps à deviser avec lui, ce matin-là, et bien trop avec Ben Calverton... encore qu'il s'agissait de temps bien employé dans les deux cas. Sir John s'attendait à me voir revenir au bout de quelques minutes, et je savais que je m'étais absenté plus d'une heure. De plus, je rentrais dans un état d'ébriété totale. Mes jambes me supportaient mieux et me conduisaient où je le souhaitais. Mon cerveau s'était passablement clarifié, au point que j'étais certain de disposer désormais d'un témoignage qui allait satisfaire le magistrat.

Lorsque je lui en fis part, toutefois, cela ne sembla point réellement l'enchanter. Je lui expliquai alors que j'étais allé à la baraque du boucher et n'y avais rien reniflé de ce qui pût s'apparenter à de la viande faisandée ou une pestilence quelconque. Mais, pour faire avancer la situation, j'avais pris l'initiative de me rendre au relais de la diligence, afin de savoir où l'on pouvait interroger les cochers de nuit... tout cela en omettant de mentionner mon entretien avec M. Tolliver, bien entendu. Par chance, dis-je, un certain Ben Calverton se trouvait sur place et confirma que le boucher avait voyagé à ses côtés, sur le siège du haut, tout le long du chemin jusqu'à Bristol, la nuit de la pleine lune, au début du mois d'octobre.

— Lui as-tu soufflé ses réponses ? s'enquit le magistrat.

— Non point, monsieur. Quand bien même j'en aurais eu grande envie, je m'en suis abstenu.

— Ben Calverton, dis-tu ? Je présume que tu lui as demandé à quel endroit on peut le joindre ?

— Oui, sir John.

— Parfait, dit-il. Bien que tu aies outrepassé mes instructions, tu m'as rapporté des renseignements fort importants. À ce titre, je te félicite.

La phrase fut prononcée, cher lecteur, non sans une certaine tiédeur.

— Que tu reviennes en empestant le gin, en revanche, j'estime cela moins louable.

— Je puis l'expliquer, monsieur. Lorsque je...

Il leva la main pour me faire taire.

— Une autre fois, peut-être. Pour l'heure, je pense qu'il vaut mieux que tu montes à l'étage et demandes à lady Fielding quelles tâches doivent être accomplies.

J'appris plus tard dans la journée que sir John avait diligenté M. Fuller, afin qu'il amenât M. Tolliver pour un nouvel interrogatoire. Moi, pendant ce temps, j'étais occupé à nettoyer ma mansarde. Lady Fielding avait remarqué, en venant me voir quand j'étais alité, qu'aussi consciencieux que je pusse être à faire le ménage dans le reste de la demeure, j'avais laissé ma propre pièce dans un effroyable état de négligence. Et c'était vrai : la poussière s'était accumulée en volutes dans les coins, de même qu'une jolie couche en recouvrait les livres que j'avais lus, empilés contre le mur, sans parler des toiles d'araignée rassemblées au plafond. Je ne l'avais jamais noté, jusqu'à ce que lady Fielding me le fît observer. Ainsi, ma journée fut bien remplie. J'eus seulement connaissance de la visite de M. Tolliver lorsque sir John en fit mention au souper.

Tandis qu'il mâchonnait un morceau de viande, du ragoût bien épicé qu'Annie avait préparé, il déclara sans préambule :

— M. Tolliver s'est présenté aujourd'hui pour être interrogé.

Lady Fielding et moi-même nous figeâmes sur-le-champ, les cuillers en suspens, à mi-parcours de nos bouches respectives.

— Il s'est montré mieux disposé, cette fois-ci, et pas aussi raisonneur. En bref, il était plus coopératif.

Nous nous dévisageâmes.

Sir John continua à mâcher, jusqu'à ce que, satisfait, il avalât son morceau.

— Il n'est plus suspect, conclut-il, avant de replonger sa cuiller dans l'assiette.

Au fil des jours, la tension s'accrut à nouveau. La capture et le procès expéditif du Faucheux avaient créé une accalmie. Dans la rue, la rumeur se propageait cependant qu'il existait deux homicides, et les plus sanguinaires qui fussent, que le condamné avait refusé de reconnaître. Une à une, les catins se réfugiaient dans les débits de gin et les bouges, tout en redoublant de vigilance avec ceux qu'elles acceptaient comme clients. Lady Fielding nous rapporta qu'après une avalanche de défections, le Foyer Marie-Madeleine pour prostituées repenties affichait encore complet.

Les sergents de ville eux aussi avaient repris la procédure requise par sir John. Ils portaient des lanternes, grâce auxquelles ils pouvaient fureter dans tous les coins sombres. Outre sa matraque, chacun d'entre eux avait une paire de pistolets. On procéda à un seul aménagement ; M. Bailey s'était fait l'écho de tous les agents, en présentant au magistrat la doléance selon laquelle arborer un coutelas dans son lourd fourreau entravait leur marche, au point qu'ils seraient incapables de courir si d'aventure ils devaient prendre quelqu'un en chasse. Sir John, reconnaissant la justesse de l'argument, admit que le port d'un tel sabre pourrait être considéré comme facultatif. Ils choisirent tous, sans exception, de rendre cette arme à M. Baker.

Vers la fin de la semaine, M. Donnelly me rendit visite. Je l'avais aperçu au rez-de-chaussée, un peu plus tôt, alors qu'il venait voir sir John, et je savais que les deux hommes s'étaient entretenus un long moment. Avec moi, il n'avait nul besoin de passer autant de temps. Il me trouva en train de faire reluire l'argenterie en compagnie d'Annie... ou, plus précisément, sous sa direction ; pour ce qui avait trait à sa cuisine, elle pouvait être aussi exigeante que sa maîtresse, en vérité. Elle le salua d'un air mutin, en le gratifiant d'une révérence et d'un sourire. Moi, qui le connaissais mieux, me montrai un peu moins exubérant dans mes salutations et usai assurément moins de mon charme.

— J'ai pensé, Jeremy, dit-il, que je pourrais examiner

à nouveau cette blessure à ta nuque. Ce sera peut-être la dernière fois.

— Je serais fort content de me débarrasser de cet énorme pansement, répondis-je. Voulez-vous que nous allions dans ma chambre ?

— Non, ici à l'office, cela devrait aller... c'est-à-dire, si vous n'y voyez pas d'inconvénient, Miss Annie ?

Peu accoutumée à ce qu'on s'adressât à elle en ces termes, la cuisinière ne put que marmonner une réponse négative. Elle recula en s'empourprant.

Le médecin défit avec soin le grand turban qui recouvrait ma tête depuis plusieurs jours. Puis, avec autant de précaution, il inspecta la blessure.

— Éprouves-tu toujours une certaine douleur, Jeremy ?

— Oh non, rien du tout.

— Et qu'en est-il des effets de la commotion ? Pas le moindre vertige ?

— Non, aucun. Euh... on a versé à mon insu du gin dans mon café, l'autre fois, et la tête m'a tourné quelque peu.

— À ton âge ? J'imagine ce que tu as dû ressentir. Tu pourras me conter cette mésaventure à l'occasion...

Puis il ajouta :

— ... Prochainement.

M. Donnelly m'interrogea alors sur tous les effets néfastes pouvant survenir après une commotion. Et je répondis sincèrement par la négative à chacune de ses questions. Puis, après avoir nettoyé la plaie à l'alcool, il demanda des ciseaux, me coupa les cheveux à cet endroit, et confectionna un pansement qu'il m'appliqua. Pendant tout ce temps, Annie l'avait observé, fascinée.

— Voilà, conclut-il, cela devrait aller. D'ici peu, tu pourras l'enlever.

Tandis qu'il rangeait son sac, il plissa le front, comme si une idée venait de lui traverser l'esprit.

— Jeremy, reprit-il, je me demandais si tu voudrais

bien être mon invité à souper, après-demain soir... J'ai songé que nous pourrions peut-être aller au *Cheshire Cheese*, où nous avons déjà dîné un jour. J'ai demandé à sir John et il n'a émis aucune objection. Il y a certaines choses dont je désirerais m'entretenir avec toi.

— Avec moi ? Eh bien, oui, certainement, monsieur Donnelly.

— Bien. Je viendrai te quérir aux alentours de sept heures.

Et, sans un mot de plus, il nous salua tous les deux en prenant congé.

— Dis donc, commenta Annie, rongée par la jalousie, un souper avec le médecin. C'est rud'ment bien, non ?

— Oui, j'en reste pantois, avouai-je.

— De quoi pourrait-il vouloir te causer ?

— Je n'en ai aucune idée... aucune.

Bien que, en raison de la nature sordide des crimes perpétrés par le Faucheux, sir John et le président de la Haute Cour eussent déployé tous leurs efforts pour dissimuler le condamné au public, la loi stipulait qu'il fût exécuté par pendaison, et la coutume exigeait que celle-ci se déroulât en public à Tyburn. Les deux hommes de justice redoutaient l'émeute. Le Faucheux était à tout le moins une légende, si connu et si honni par la populace que, lorsque vint le jour de son exécution (lequel suivit celui de la visite de M. Donnelly), on prit toutes les précautions pour lui garantir un passage sûr de Newgate à la potence triple. Si la foule s'avérait dense et incontrôlable, il risquait d'être tiré de la charrette et piétiné à mort, ou encore de voir son corps déchiqueté en mille morceaux. Par conséquent, outre l'habituelle escorte de cavalerie, qui avançait sabre au clair, une escouade de fantassins encercla immédiatement la carriole, et ils marchaient au pas, baïonnette au canon.

Quant à moi, ayant de longue date promis à sir John que je n'assisterais jamais à une pendaison publique, je n'étais pas présent... mais n'aurais pas souhaité l'être, de toute façon. À mon sens, il n'y a rien de distrayant ou d'édifiant à observer un homme en proie aux affres de la strangulation, et se balançant au bout d'une corde. Toutefois, mon ami Jimmie Bunkins, qui ne s'effarouchait pas facilement, assista pour sa part à la cérémonie et m'en livra le récit, à l'issue d'une de nos séances d'exercices avec M. Perkins, que je reprenais ce jour-là.

— Ma foi, dit Bunkins, j' m'en suis allé à la Foire aux Pendus c' midi, pour voir le Faucheux s' faire passer la corde au cou, et d'abord y a point eu d'émeute.

— Je suis soulagé de l'apprendre, dis-je.

— Y aurait dû en avoir, parce que j'avais jamais vu une telle foule avec des intentions aussi bizarres. Ça grouillait d' partout sur la colline, depuis l' gibet jusqu'aussi loin qu' tu pouvais y voir. Certains ont lancé quelques pierres et d' la mouscaille sur la charrette, mais y en a eu autant pour c' drôle de bougre et les deux autres qui d'vaient êt' pendus en même temps qu' pour l' Faucheux. Chaque fois qu' les gens cherchaient à arrêter la carriole ou à l' faire descendre, on leur flanquait un horion du plat d'un sabre ou on les r'poussait d' la pointe d'une baïonnette. Et c'est donc comme ça qu'ils l'ont conduit jusqu'à la potence. Ensuite, les soldats à ch'val et ceux à pied ont formé un cercle autour de lui, en le f'sant descendre avec les deux autres, puis ils l'ont escorté jusqu'en haut des marches.

« Quand tout l' monde l'a vu, la foule s'est mise à hurler. J'étais d'vant, et j' m'en voulais, car y avait toutes les grues et les catins d' Covent Garden qu'étaient là, en train d' crier les injures les plus atroces qu'elles connaissaient. Oh, j' les ai entendues, pour sûr. Alors, tu sais pas c' qu'il fait, le bougre ? V'là qu'il affiche un grand sourire sur sa face hideuse, comme s'il avait jamais connu un aussi grand moment. Il est là debout d'vant tout l' monde, à sourire comme un benêt, et l' bourreau qui lui passe la corde au cou. Et puis v'là qu'y s' met à danser la gigue su' l' plancher d' la potence, comme s'il leur disait qu'il s' mettrait bientôt à gigoter comme ça en l'air. Alors, la corde était en place et il s'est mis à beugler qu'è'qu' chose qu'on a point entendu, à cause des criailleries des putains. Et puis, juste avant d' monter, il lâche ce gros crachat, qu'on dirait d' la morve qui coule, et v'là qu' la racoleuse qu'est juste à côté d' moi le r'çoit en pleine figure. Il a drôl'ment bien visé, pour sûr, car c'est tombé sur celle qui braillait le plus fort, j' te jure. C'est aussi pour cette raison, qu' je r'grette de pas m'êt' mis plus en arrière. Figure-toi qu' ça a un peu éclaboussé mon habit.

— A-t-il mis longtemps à mourir ? m'enquis-je, car je m'étais souvent demandé si Mariah était morte sur le coup.

— Pas longtemps, répondit Bunkins, tel un connaisseur en la matière. Mais il a r'bondi bizarr'ment. Il avait beau êt' fou, faut bien r'connaître qu'il est mort avec une sacrée bravoure.

J'avoue, cher lecteur, que j'eusse aimé voir son agonie se prolonger.

— Qu'avez-vous donc à jacasser ainsi tous les deux ?

C'était l'agent Perkins qui s'adressait à nous, alors qu'il descendait de son domicile, au-dessus de l'écurie, vêtu de frais et arborant son gilet rouge, prêt à prendre son service de nuit. Nous allions partir tous les trois pour Bow Street.

— On causait du Faucheux, répondit Bunkins. On l'a pendu aujourd'hui à Tyburn.

— Vraiment ? Alors, bon débarras !

Puis, en arrivant vers nous, il me fixa du regard et me demanda :

— Et toi, Jeremy, qu'en penses-tu ?

— Bon débarras, déclarai-je.

Ainsi, lorsque nos principes de miséricorde sont mis à mal par notre expérience personnelle, lesdits principes doivent-ils parfois céder le pas devant notre soif de vengeance.

Si M. Gabriel Donnelly et moi avions abordé divers sujets en nous rendant au *Cheshire Cheese*, et davantage encore une fois attablés devant notre souper, je demeurais tout à fait certain que nous n'avions point effleuré ceux-là mêmes dont il désirait m'entretenir. Je lui avais en effet narré comment j'en étais venu à boire une tasse de café agrémentée d'une « goutte de tonique ». Ce qui m'amena donc à lui relater comment le nom en rimes de M. Tolliver l'avait rendu mémorable auprès de Ben Calverton, et avait permis de dissiper le nuage de soupçon qui pesait sur la tête du boucher.

Pour sa part, il me conta d'autres épisodes de sa vie d'étudiant en médecine, à l'université de Vienne ; des anecdotes amusantes s'il en fut, à l'instar de celles qu'il nous avait racontées à la maison. L'idée me vint qu'il souhaitait me proposer de devenir son apprenti. Le cas échéant, que devais-je répondre ? Cela faisait quelque temps que je n'avais devisé avec sir John de mon aspiration à étudier le droit avec lui. Peut-être ce dernier avait-il oublié... ou, pire encore, espérait-il que l'envie me fût passée. Certes, je tenais la médecine pour une grande vocation, et n'eusse pu souhaité, en l'espèce, meilleur maître que M. Donnelly, mais je témoignais néanmoins d'une forte inclination pour la justice.

Enfin, au milieu de notre repas, il commença à s'expliquer de manière pour le moins abrupte.

— Nul doute que tu dois te demander, Jeremy, pourquoi je t'ai invité à souper, et quelle est l'affaire d'importance dont je souhaitais te parler, comme je te l'ai dit.

— Oui, monsieur. En effet.

— C'est tout simplement ceci : je quitterai Londres la semaine prochaine pour Portsmouth, afin de me présenter en qualité de médecin à bord d'un bâtiment de la Marine royale.

— Vous abandonnerez donc votre clientèle, monsieur Donnelly ?

Il esquissa un sourire triste.

— Quelle clientèle? répliqua-t-il. Cela fait bientôt trois mois que je suis dans la capitale et je n'ai eu pour tâches que les autopsies que sir John m'a généreusement confiées. Puis, tu as été mon patient, ainsi que M. Goldsmith. À propos, j'ai le regret de t'avouer — et que cela demeure une confidence — qu'il n'est point en bonne santé. Mais là n'est pas la question. En toute sincérité, il se trouve que je manque simplement de fonds pour maintenir un cabinet en ville jusqu'à ce qu'il devienne rentable; et, à vrai dire, il se peut qu'il ne le soit jamais. Peut-être y a-t-il tout bonnement trop de praticiens sur la place, encore que leur degré de compétence s'avère abominablement bas. Peut-être aussi, comme l'a suggéré M. Goldsmith, existe-t-il des préjugés innés chez les Anglais à l'encontre des Irlandais. Lui-même, au cours de ses années de lutte, n'a cessé de postuler à des emplois rémunérés de chirurgien ou de médecin, et il affirme avoir été chaque fois éconduit pour la seule et unique raison qu'il présentait une indubitable physionomie irlandaise.

Je ne savais que dire. M'étant habitué à sa présence ces derniers mois, j'étais à présent triste à l'idée qu'il n'allait plus compter parmi les personnes de mon entourage. Je nourrissais à son endroit une foi et une confiance de nature singulière, que je n'avais point pour les autres. Il représentait pour moi une sorte d'oncle ou de frère aîné. Ou du moins en avais-je eu l'impression, lorsqu'il avait si obligeamment accédé à mon désir d'offrir à Mariah un enterrement décent.

Tout ce que je pus faire, dans l'immédiat, se limita à baisser les yeux, en disant :

— Vous allez grandement me manquer, monsieur.

Le ton attristé de ma voix en exprimait davantage, j'en suis sûr, que mes paroles inhabiles.

— Si je n'étais pas allé folâtrer dans le Lancashire, poursuivit-il, en quête de cette veuve, la situation aurait été différente. À mon arrivée à Londres, il y a deux ans, je disposais de coquettes économies, à l'issue de mes années de service comme médecin navigant. J'aurais alors pu me débrouiller, si j'avais tenu bon en restant en ville. Mais il a fallu que je m'en aille et dépense tout pour la courtiser. J'éprouvais moins d'amour pour elle que pour ma propre personne et ma propre ambition. Ah, ma foi... que mon expérience te serve de leçon, Jeremy. La vanité coûte cher.

— Mais, monsieur, vous n'avez assurément pas lieu d'avoir honte. C'est lady Goodhope qui demeure perdante, et non pas vous.

— Eh bien, dit-il, ne nous attardons pas sur ce sujet, car si j'ai souhaité te causer ainsi en aparté de mon intention de m'en aller, c'était dans le dessein de te prodiguer quelques conseils. Sir John est déjà au courant de mes vœux et les approuve. Lui et moi avons discuté de toi.

« En premier lieu, j'ai pris la liberté — et tu risques en effet de juger cela comme une audace de ma part — d'informer sir John de la manière dont furent dépensées ces cinq guinées que tu as reçues en récompense. Il s'est montré fort touché par ton geste, tout comme moi, bien sûr. Cependant, il s'inquiétait du fait que tu aies manifesté un si profond attachement pour une fille des rues, sans lui en avoir fait part. Il a voulu savoir s'il existait le moindre risque que tu aies été infecté par une maladie quelconque, et je lui ai répondu qu'il n'y en avait aucun, vu que ton affection à l'égard de cette fille n'avait point été de cette sorte. Ce qui l'a soulagé, évidemment, mais il a tout de même regretté que tu ne te sois pas davantage confié à lui. Je lui ai répliqué, non sans audace, que, selon moi, vos difficultés de communication provenaient de ta place équivoque au sein de sa maisonnée. Tu n'es pas un domestique, mais pas un fils adoptif non plus. Il m'a confié alors qu'il se sentait souvent comme un père envers toi — si tant est qu'il sache ce que peut ressentir un père —, qu'il aurait peine à souhaiter meilleur fils et qu'il avait sérieusement songé à t'adopter de façon officielle. Mais il a expliqué ensuite que lady Fielding et lui espéraient avoir des enfants, de même que des bruits couraient à son propos, selon lesquels il serait élevé à la dignité de baronnet. Il s'agit là, bien sûr, d'un titre héréditaire, et je suis certain que tu saisis les difficultés qui peuvent en découler... si, en effet, ils ont une descendance.

— Bien sûr, dis-je en hochant gravement la tête.

— Donc, mon premier conseil, c'est que tu te considères adopté de manière non officielle. Il n'y verrait pas d'inconvénient, à mon avis. Les conversations entre père et fils, à ton âge et quand tu seras plus vieux, ne sont jamais aisées et, à cause de ta situation, elles risquent sans doute de s'avérer encore plus délicates.

— Il se montre quelquefois d'un abord difficile, déclarai-je, et souvent intimidant.

— J'en suis persuadé, surtout ces derniers temps, car ces meurtres dans Covent Garden le tourmentent au plus haut point. Mais tu dois tenter de lui parler de sujets qui te sont chers. Lorsqu'il entame une discussion, si tu as des opinions ou des objections à faire valoir, alors exprime-les... avec respect, cela s'entend. Il ne faudrait pas toujours dire : « Oui, sir John. »

— J'ai essayé, avouai-je. Ce n'est jamais si simple de l'amener à écouter ce que j'ai à lui dire.

— Alors, insiste.

— Est-ce que... hésitai-je, est-ce qu'il a dit quoi que ce soit, lors de votre entretien, sur son intention de me faire étudier le droit sous son autorité ? Il en a causé au début, mais voilà plus d'un an qu'il n'en a rien dit.

— Alors, tu dois aborder le sujet avec lui. Tu dois en discuter. Demande-lui si c'est possible et tâche de savoir quand tu pourras éventuellement commencer.

Ce qui me rendit muet pendant quelques instants. La seule perspective de soulever un tel sujet avec sir John me paraissait proprement indigeste. Je ruminai l'idée encore et encore, avec plus de ferveur que je ne mâchai la côtelette garnissant mon assiette.

— Mais passons maintenant, reprit M. Donnelly, à mon deuxième et, je crois, ultime conseil. Tu te souviens, Jeremy, qu'au moment où tu m'as fait part de ta relation avec Mariah, je t'ai opposé une histoire de mon cru, dans laquelle j'ai été conduit par duperie à donner de l'argent à une fille des rues de Dublin, de l'argent qu'au bout du compte je me suis procuré en volant dans la boutique de mon père. Il m'a été pénible de te conter pareille mésaventure et, en te la livrant étourdiment comme je l'ai fait, j'ai pu te laisser une impression fallacieuse. Je ne voudrais pas que tu croies que, parce que j'ai vécu cela, il en est toujours ainsi avec les malchanceux qui te relatent des histoires similaires aussi tristes. Tu as reconnu que Mariah aurait très bien pu vouloir t'utiliser de la sorte... mais nous ne pouvons en être certains. Et dans son cas, sans nul doute, il ne nous incombe point de juger.

« Il y a tant de misère en ce bas monde, Jeremy, et si peu de charité, qu'il me déplairait de te voir durcir ton cœur envers tes semblables. À mesure que tu deviendras un homme, tu entendras nombre d'individus te conter des récits d'infortune et d'injustice, et certains risquent de se révéler faux, uniquement relatés dans le but d'obtenir un shilling ou quelque faveur. Mais l'histoire suivante peut se révéler tout à fait authentique, et l'innocence que tu percevras dans son narrateur peut être aussi réelle que possible. Alors, tâchons de nous entraider du mieux que nous le pouvons, et évitons d'examiner trop en profondeur les raisons des uns et des autres.

Je m'attristai d'autant plus à l'idée de perdre la compagnie de cet homme si bon avant une semaine, ou peut-être moins.

Une fois notre repas terminé, lorsque nous nous levâmes pour quitter le *Cheshire Cheese*, je découvris combien j'aimais cet endroit et la vie de cette grande cité de Londres. Je me souvins de mon premier souper en ce lieu, avec M. Donnelly, lorsque James Boswell, désormais compagnon permanent du Dr Johnson, avait abusé de notre gentillesse. Et je m'interrogeai sur le jour où moi, vêtu de mon habit vert bouteille, je viendrais me restaurer ici, et sur la personne qui m'accompagnerait. Mon regard se porta sur les poutres du plafond, noircies par la fumée du tabac et de la cheminée, puis sur les hommes alentour (aucune femme parmi eux), assis aux tables rustiques, et je me projetai alors dans le temps, lorsqu'en qualité d'avocat je me rendrais céans avec mon client, afin de débattre de la meilleure façon de traiter quelque nébuleuse affaire. Je serais connu dans la place, j'aurais ma table favorite, peut-être celle située non loin du foyer. Je ferais alors pleinement partie de la vie londonienne. Pardonnez-moi, cher lecteur, de dévier ainsi du fil de mon récit, mais ces rêves d'adolescent me hantent encore et ont parfois besoin de s'exprimer.

En sortant de l'établissement, M. Donnelly et moi nous arrêtâmes juste devant la porte... peut-être simplement pour respirer à pleins poumons ce plaisant air nocturne de novembre. Sur ces entrefaites, nous perçûmes soudain un grondement étouffé et continu, lequel semblait s'accroître à mesure que nous tendions l'oreille. Nous échangeâmes des regards interdits. Quel était donc ce bruit de sinistre présage ?

Ce fut alors que la silhouette solitaire d'un homme surgit de Butchers Row, se déplaçant aussi vélocement que ses jambes pouvaient le porter. Il passa devant nous en grande hâte, pour s'engouffrer dans Fleet Street, où deux individus lui firent face et tentèrent de lui barrer le chemin ; il se rua sur eux, décrivant un ample cercle de son bras, tandis qu'un objet étincelait dans sa main ; les hommes reculèrent, s'écartant vivement pour l'éviter.

De Butchers Row jaillit une multitude de gens, hommes et femmes, dont certains boitillaient, qui hurlaient :

— Arrêtez-le ! Arrêtez-le ! À l'assassin ! À l'assassin !

Leurs voix entremêlées n'étaient autres que la clameur que nous avions entendue, à peine quelques instants plus tôt.

— On crie haro, déclarai-je à M. Donnelly, en beuglant à mon tour pour couvrir leurs voix.

Puis, comprenant que l'objet que j'avais vu miroiter sous un réverbère était sans doute un couteau, je me mis à brailler :

— Il doit s'agir du Tueur de Covent Garden !

Je commençai à m'éloigner de M. Donnelly. Il me saisit par la manche. Puis, comme la foule passait devant nous, je distinguai M. Benjamin Bailey, chef des sergents de ville, qui avait quasiment pris la tête de la chasse à l'homme. Je savais qu'il me fallait le rejoindre.

— C'est M. Bailey ! m'écriai-je, et cela me semblait expliquer tout.

Puis je fis lâcher prise au médecin et courus comme s'il était question de capturer le démon en personne.

Venant à peine de me lancer dans la poursuite, j'eus tôt fait de rattraper ceux qui ouvraient la marche, et M. Bailey se trouvait toujours parmi eux. Je remarquai qu'il cheminait sur le trottoir et suivis son exemple. Je ne tardai pas à comprendre pourquoi. La masse de gens se retrouva confrontée à un fiacre conduit par un attelage de deux chevaux. Ceux-ci se cabrèrent, leurs sabots fouaillant l'air. Le cocher lutta pour les maîtriser et les ramener sous son contrôle, tandis que le valet de pied ne pouvait rien faire d'autre que se cramponner ici ou là, pour éviter de choir. Sur la chaussée, les gens s'éparpillèrent, leurs « À l'assassin ! » devenus des cris d'alarme. Leur nombre, certes encore considérable, s'amoindrit ainsi. Parmi ce vaste tohu-bohu, je poursuivis ma course à l'abri sur le trottoir, tandis que se réduisait le nombre de personnes me séparant de M. Bailey. J'allongeai mes foulées et me rapprochai encore de lui. Un peu plus loin, bien que la distance eût diminué entre-temps, j'aperçus la silhouette ténébreuse de celui que nous avions pris en chasse.

Une foule semblable s'apparente ni plus ni moins à une sorte de cohue qui se déplace avec diligence. J'avais aussitôt saisi pourquoi le brigadier avait pris la tête. Lorsqu'ils finiraient par capturer le fugitif — ce dont je ne doutais point —, M. Bailey allait devoir le protéger de la furie de la populace. J'étais déterminé à lui offrir mon aide à cet égard, et me hâtai donc de le rejoindre, pas après pas.

Nous courûmes tout le long de Fleet Street. J'étais très proche de M. Bailey et de quelques autres, lorsqu'un événement des plus singuliers se produisit. Je détournai à peine un instant les yeux de l'objet de la poursuite puis, en regardant à nouveau, découvris que je l'avais totalement perdu. Et je n'étais pas le seul. M. Bailey ralentit, à l'instar des trois ou quatre autres individus qui l'accompagnaient. J'arrivai à leur hauteur. D'autres me suivirent.

Nous nous trouvions juste sur le site de l'ancien pont sur la Fleet. Il était encore en service quelques années plus tôt, avant qu'on ne recouvrît entièrement la rivière d'une voûte pavée, jusqu'à la Tamise ; à présent, ce n'était guère qu'une simple dénivellation sur la chaussée. C'était ici que le fuyard avait disparu. Les hommes pantelaient, en regardant dans toutes les directions. Je rejoignis le brigadier Bailey.

— Jeremy ! lâcha-t-il, stupéfait, lorsque je lui tapotai le dos.

Luttant pour reprendre son souffle, il parvint toutefois à m'annoncer que l'homme qu'il avait poursuivi était sans conteste l'assassin de Covent Garden.

— On l'a pris sur le fait dans une venelle qui débouche dans Catherine Street...

Il respira un grand coup, puis enchaîna :

— J'ai laissé l'agent Cowley auprès du cadavre et j'ai rejoint ceux qui l'avaient pris en chasse.

— Où a-t-il pu passer ?

— Aucune idée... Il... il a disparu en chemin... puis il nous est réapparu. Il a flanqué un coup de poignard à celui qui a tenté de l'arrêter, puis il s'est échappé... en filant par le Strand.

— Qui est-ce ? Vous le connaissez ?

— Je ne l'ai jamais vu d'assez près...

Il s'interrompit, en retrouvant enfin ses points de repère.

— Où sommes-nous ?

— Au bout de Fleet Street.

— À l'ancien pont, c'est ça ?

— Eh bien, oui, monsieur.

— Alors il n'existe qu'un seul endroit où il a pu se rendre. Viens-t'en.

Je le suivis au milieu de la foule qui enflait maintenant à vue d'œil ; les gens grouillaient alentour, tantôt marmonnant, tantôt grommelant, mais sans trop savoir où aller. Il ouvrit la marche et traversa le marché de la Fleet, qui longeait le cours de l'ancienne rivière jusqu'à Holborn, et, chemin faisant, il gardait les yeux rivés à terre. Là, parmi les échoppes aux volets fermés, il découvrit ce qu'il cherchait... une trappe solidement enchâssée dans le sol, avec des pavés tout autour. Il me regarda et me fit un signe, après l'avoir à peine éprouvée, pour savoir si elle s'ouvrait sans résistance.

— Jeremy, tu vois cette femme là-bas avec la lanterne ? Demande-lui si elle peut l'apporter ici, sans trop se faire remarquer.

Je m'approchai et reconnus en elle une marchande de fruits et légumes du Garden, chez qui je m'étais approvisionné dans le passé. Elle me salua.

— C'est terrible, n'est-ce pas, jeune homme ? Il semble réellement avoir disparu.

— Nous verrons bien, répondis-je. Peut-être pourriez-vous venir par ici ? Le brigadier Bailey souhaiterait s'entretenir avec vous.

— Avec moi ?

— Juste un instant.

Elle acquiesça d'un hochement de tête et ne fit aucune difficulté, tandis que je la menais à lui.

— Madame, déclara-t-il en s'inclinant avec civilité. Je suis l'agent Benjamin Bailey de Bow Street.

— J' vous r'connais, dit-elle.
— J'ai besoin de votre lanterne.
— Vous n' l'aurez point. C'est la seule que j'ai.
Et, comme pour confirmer son refus, elle fit passer la lampe derrière son dos. Mais elle ne s'en alla pas pour autant.
— Madame, reprit-il, je veux seulement vous l'emprunter, et si elle ne vous est pas rendue, on pourra vous en fournir une meilleure à Bow Street.
— Une meilleure?
— Plus grande, en tout cas. Vous avez ma parole.
— Ma foi... hésita-t-elle. Entendu.
Et elle la lui remit.
Le brigadier s'empara de cette modeste lanterne portative qui, en vérité, diffusait une faible lumière, puis me la tendit. Il ouvrit ensuite la trappe et éclaira la cavité. J'entendis l'eau couler.
— Ce n'est pas grand-chose, avoua-t-il, mais je ne voudrais pas aller là-dessous sans aucun éclairage. J'ai laissé ma lampe à Cowley. À présent, Jeremy, je m'en vais descendre — c'est la rivière Fleet, tout bonnement —, et quand j'atteindrai le dernier barreau, tu me donneras la lanterne. Compris?
— Oui, monsieur.
Il sortit ses deux pistolets et m'en tendit un. Puis il prit sa matraque et la coinça entre ses dents. Une arme à feu en main, il se glissa avec précaution par la trappe, trouva l'échelle en tâtonnant avec ses pieds, et commença sa descente. Je cédai alors à une violente impulsion. Posant à terre la lanterne et le pistolet, j'ôtai mon habit vert bouteille et le lançai à la femme qui me regardait faire, subjuguée.
— Emportez-le à Bow Street, lui dis-je, car je m'en vais aussi là-dessous.
M. Bailey secoua vivement la tête, incapable de parler en raison de la matraque qu'il tenait en bouche, mais je le suivis néanmoins. Il me fallut glisser le pouce de ma

main gauche dans la poignée de la lanterne, pour avancer avec le pistolet dans la main droite. Je descendis avec la plus grande prudence, mais lorsque je parvins sous le niveau du sol et que l'odeur fétide m'envahit, je fus presque anéanti. Était-ce ma main ou mon soulier qui glissa, je l'ignore, mais je tombai à pieds joints dans une gerbe d'eau. Je tenais toujours la lanterne fermement, mais, en recouvrant l'équilibre avec l'autre bras, je mouillai le pistolet.

On eût dit que j'avais dégringolé dans un pot de chambre. Dieu merci, cela n'atteignait point ma tête, mais une hauteur assez importante. L'eau m'arrivait au-dessus de la taille, presque à la poitrine. Dans le cas de M. Bailey, qui était bien plus grand, elle ne lui parvenait qu'à la ceinture. Il vint vers moi en pataugeant, matraque et arme à feu respectivement dans chacune de ses mains.

— Heureusement que tu n'as pas trempé la lanterne, murmura-t-il. Maintenant que tu es descendu, continuons. Avant que tu ne dégringoles, j'ai entendu marcher dans l'eau en direction de Holborn. Suis-moi. Tiens la lampe en l'air.

On n'entendait à présent aucun clapotis, pas le moindre bruit, si ce n'étaient les rats qui détalaient en douceur. Je regardai autour de moi et détectai un mouvement sur une sorte de tablette qui longeait l'étroit cours d'eau de part et d'autre. Nous avançâmes vers le milieu, à l'endroit le plus profond. Si la Fleet était un égout, elle n'en demeurait pas moins une rivière, et nous luttâmes tant bien que mal contre le courant.

Le long du parcours, de gros piliers se dressaient environ toutes les trois perches : les piédroits qui soutenaient les voûtes au-dessus. Selon toute vraisemblance, c'était derrière l'un de ces contreforts que M. Bailey escomptait surprendre notre proie. Il ralentit en s'approchant de chacun d'eux, redoubla de vigilance, et m'ordonna en silence de diriger la lanterne de tous côtés, afin d'éclairer les ombres sur la partie la plus distante de ces colonnes.

Nous en avions donc dépassé dix, peut-être douze, mais alors que nous venions à peine d'en laisser un nouveau, je perçus un son juste dans notre dos ; il était faible, mais je fis néanmoins volte-face. Là, à six pieds tout au plus, se profila la silhouette d'un homme, qui émergeait de l'eau. Il s'approcha de moi en chancelant. Je brandis mon pistolet et tirai à bout portant. Une faible étincelle s'en échappa et l'arme fit long feu, car elle avait trempé dans l'eau. Toutefois, l'individu vacilla avant de fondre sur moi, la main en avant... bien que je ne puisse affirmer l'avoir vue distinctement, je savais cependant qu'elle devait tenir un poignard. Je reculai d'un bond sur la gauche, en m'éloignant du brigadier, et la lame me manqua, encore qu'il s'en fallût de la largeur de trois doigts à peine. Sur ces entrefaites, M. Bailey lui assena un grand coup sur la nuque, lequel aurait dû le mettre à terre, mais en vain. L'autre virevolta pour lui faire face et agita le couteau dans la direction du chef de brigade, en exposant ainsi sa main. L'agent le frappa au poignet, le forçant ainsi à lâcher le poignard qui tomba dans l'eau. Ce qui ne l'empêcha pas d'avancer encore, tel le fou qu'il était, comme s'il cherchait à terrasser son adversaire bien plus robuste avec ses seuls poings nus. Il me tournait le dos, désormais. Je luttai contre le courant pour le rejoindre, en songeant à l'assommer avec le canon du pistolet. Mais avant même que je ne l'atteignisse, M. Bailey lui flanqua un ultime horion qui lui broya le crâne. L'individu tomba à plat ventre dans l'eau et y sombra.

— Jeremy, hurla le brigadier, tu n'as rien ? Est-ce qu'il t'a blessé ?

— Non, je vais bien. Il m'a manqué de peu, cependant.

M. Bailey se débarrassa de sa matraque, tout en gardant le pistolet non utilisé en main, puis il se pencha pour récupérer le cadavre de notre assaillant. Il tâtonna alentour.

— Il n'est plus là, déclara-t-il.

— Le courant, dis-je. Le courant l'aura sans doute déplacé.

Je reculai en pataugeant, pour fouiller le fond, et mes souliers effleurèrent enfin le corps, à environ six pieds ou davantage de l'endroit où il avait chu. Je plantai fermement mon talon et maintins le cadavre en place.

— Il est ici ! m'écriai-je.

Nous le sortîmes tous deux de l'eau. Je portai la lanterne vers son visage, mais les cheveux mouillés qui masquaient ses traits empêchaient de l'identifier. M. Bailey posa la main sur la poitrine de l'homme pendant un long moment, puis il secoua la tête. Nous n'avions d'autre choix que de nous en retourner, en le traînant entre nous deux.

Comme nous cheminions ainsi, M. Bailey observa :

— Je ne sais pas s'il est mort après mon coup de matraque ou s'il s'est noyé.

Il se tut, puis ajouta peu après :

— Imagine un peu... se noyer dans toute cette pisse et toute cette mouscaille !

— Il a nagé dedans pour arriver par-derrière.

— Les hommes désespérés font des choses désespérées. Ou du moins selon sir John.

Quelques minutes plus tard, je discernai le mince filet de lumière de la trappe que nous avions franchie pour descendre en ce lieu damné.

— Il s'est d'abord lancé sur toi, Jeremy, parce que tu tenais la lampe.

— Le pistolet n'a pas fonctionné, car je l'ai mouillé en tombant de l'échelle. Tout ce que je pouvais faire, c'est l'esquiver d'un bond.

— Oui-da, mais tu as gardé la lanterne en main. Dans le noir, il aurait pu me poignarder rondement. Je n'aurais pas pu réussir sans toi, mon garçon.

Tant bien que mal, en poussant et en tirant, nous parvînmes à monter le corps inerte le long de l'échelle, jusqu'à la surface. Moi, qui m'étais chargé de pousser, surgis le dernier de l'égout. À ma surprise, un groupe de gens s'était formé en attendant notre retour, parmi lesquels les agents Cowley et Picker. Ils ne me prêtèrent guère attention, car ils avaient étendu le corps sur le trottoir et repoussé ses cheveux en arrière. Deux lanternes de Bow Street de belle taille étaient tenues au-dessus de lui. L'air inquiet, je détaillai les visages penchés sur le mort et notai l'absence de la femme, aux bons soins de laquelle j'avais confié mon superbe habit vert bouteille. Mais avant même que je ne pusse m'en alarmer outre mesure, j'entendis les sergents de ville s'exclamer :

— Diable ! monsieur Bailey, dit le jeune Cowley, regardez qui vous avez remonté. C'est le médecin, celui qui œuvrait dans l'armée !

— Que je sois damné si je me trompe ! Regarde donc, Jeremy, c'est Amos Carr !

Je me frayai un chemin parmi les badauds et vis, à ma grande stupéfaction, que le brigadier disait vrai. Il s'agissait bel et bien d'Amos Carr.

CHAPITRE XII

Où je retrouve puis récupère mon habit vert bouteille

La surprise fut immense et la consternation non moins vive, lorsque la nouvelle s'ébruita dans le quartier de Covent Garden que le Dr Amos Carr était l'auteur de ces homicides ô combien sanguinaires. Sir John Fielding lui-même se révéla incroyablement choqué, jusqu'à ce qu'il ordonnât une fouille de l'appartement et du cabinet du médecin, laquelle donna lieu à des découvertes macabres qui incriminèrent le praticien *ex post facto*. On trouva des effets ensanglantés dans sa garde-robe, mais le pire attendait les agents au beau milieu d'un placard de son cabinet : là, dans un verre d'alcool qui avait pris une teinte légèrement brunâtre, trempaient deux globes oculaires... les yeux manquants de Libby Tribble, comme l'attesta Gabriel Donnelly.

Ce dernier aida aussi sir John à mieux comprendre ce qui avait poussé Amos Carr à s'engager sur une voie aussi tortueuse. Il expliqua que le Dr Carr souffrait de la vérole, ce que le magistrat, bien entendu, ignorait, et qu'en outre, dans ses derniers degrés, cette maladie attaquait parfois le cerveau, avec des conséquences tout à fait imprévisibles. Il était fort possible, suggéra-t-il, que le Dr Carr, peut-être à juste titre, pensât avoir été contaminé par une prostituée, et que son cerveau malade l'eût incité à se venger sur cette communauté de femmes infortunées. N'eût-il été surpris en train de mutiler le cadavre de sa troisième victime, il eût sans doute poursuivi sa folie meurtrière jusqu'à la fin de son existence (laquelle, eu égard à l'état avancé de son affection, n'eût pas été si longue). Comme me le rapporta plus tard M. Donnelly, sir John lui avoua qu'en l'absence de toute autre explication pour ces crimes par ailleurs incompréhensibles, il ne pouvait qu'accepter celles du médecin irlandais, car cela ne faisait aucun doute qu'Amos Carr était l'homme qu'on avait sorti de cet égout, de même qu'on ne pouvait contester la nature compromettante des preuves épouvantables trouvées en son domicile.

Quant à moi, hormis l'hommage que me rendit M. Benjamin Bailey, je ne reçus guère de louanges pour l'avoir accompagné dans la Fleet. M. Donnelly, qui se trouvait dans le groupe rassemblé autour du corps d'Amos Carr, me réprimanda pour m'être introduit dans des lieux aussi insalubres. Et dès que les agents eurent fini de s'extasier sur l'identité du cadavre, ils s'en écartèrent vivement, ainsi que de M. Bailey et moi, tant l'odeur de l'égout leur était insupportable. Ils furent au comble du désarroi lorsque leur brigadier leur ordonna d'emporter la dépouille.

Lady Fielding ne m'autorisa pas à monter au premier, tant que je n'aurais pas pris de bain et changé de vêtements. Elle diligenta Annie avec le nécessaire au rez-de-chaussée, laquelle se pinça le nez pour témoigner de ma malpropreté nauséabonde. Mais je fis ce qu'on me demandait, dans quelque coin sombre, et me lavai au savon en tressaillant sous l'eau froide. Comme je m'affairais à ma toilette, M. Bailey livra son rapport à sir John. Lorsqu'il eut conclu et que je fus de nouveau paré pour me joindre à une société de gens civilisés, sir John me prit à part et me dit que j'avais fait preuve « à la fois de bravoure et de niaiserie », tout en me suggérant, la prochaine fois qu'un tel élan me tarauderait, de prendre le temps de mesurer les dangers éventuels avant d'agir

Il ajouta aussi que j'aurais sans doute droit à une certaine part des dix guinées de la récompense, pour la prise du second assassin, mais je lui répondis ne point en vouloir. Je clamai que M. Bailey avait tout fait, que je m'étais contenté de tenir la lanterne et de m'écarter de son passage. Ce qui sembla le satisfaire. En fin de compte, le brigadier partagea toutefois sa prime avec un certain Albert Mundy, charpentier de son état, lequel avait surpris Amos Carr penché sur sa dernière victime, dont il entaillait les chairs, et avait donné l'alerte. Chacun s'accordait à penser que cet homme méritait quelque chose, mais certainement pas davantage que les trois guinées qu'il reçut.

La brave femme qui s'occupait de laver notre linge fut mandée le lendemain, et ce fut d'un air des plus dubitatifs qu'elle lorgna ma plus belle culotte et ma meilleure chemise, que j'avais fait sécher la veille au soir, au-dessus des lieux d'aisances de la cour. Ces effets étaient souillés, empestaient, et ne laissaient guère l'espoir de redevenir propres un jour. Ce qu'affirma la lavandière, bien qu'elle promît d'agir au mieux. Je l'encourageai comme je le pus en ce sens, la raccompagnai à la porte, puis me mis en route pour Covent Garden, afin de découvrir ce qu'il était advenu de mon habit vert bouteille.

Je trouvai la marchande des quatre-saisons, à l'emplacement qu'elle occupait toujours dans le passé, debout derrière son étal, et n'épargnant pas sa voix pour vanter la qualité de ses marchandises à tout venant. Comme je m'approchais, je ne vis aucun signe dudit habit. Puisque j'apportais avec moi sa lanterne, l'échange me paraissait équitable. Étant donné qu'elle n'avait pas rapporté mon habit à Bow Street, comme je l'en avais priée, je ne comprenais pourquoi elle avait aussi omis de l'amener à son étal. Elle ne supposait assurément point que j'avais pu l'oublier.

Je me présentai donc et lui déclarai d'une voix assez sévère :

— Je viens avec votre lanterne.

Elle abandonna sa harangue et me dévisagea d'un air quelque peu déçu :

— J' pensais qu'on m'en donn'rait une autre à la place... une plus grosse.

— Uniquement si l'on perdait celle-ci.

— Ma foi...

Elle haussa les épaules et me prit la lampe des mains.

— Où est mon habit ?

— On t' l'a donc point rapporté ?

Elle détourna les yeux, l'air tant soit peu honteux, me sembla-t-il.

— Non.

Elle soupira :

— Voilà la vérité, jeune homme. Tu n'étais pas sitôt descendu dans l' trou et v'là qu'un jeune gars vient vers moi, y m' dit qu'il est ton ami et qu'il va garder l'habit pour toi. Je lui réponds que non et que j' dois l' rapporter à Bow Street, alors v'là qu'il met la main d'ssus et il dit qu' c'est lui qui va s'en charger. Oh, j' tiens bon, tu peux m' croire, mais v'là qu'y m' pousse fort, alors j' dégringole su' l' cul et j' lâche ton bel habit. Le temps d' me r'lever, le gars a filé, il a disparu dans la foule, comme qui dirait. J' cours après lui et j' cherche de l'aide, et sur qui j' tombe : un sergent d' ville. J'ai commencé à lui raconter qu' ce gaillard disait êt' ton ami, mais qu'il a pris ton habit et s'est sauvé, mais tout c' que voulait savoir l'agent, c'est pourquoi j' l'avais eu en main, comment toi et l' brigadier vous étiez descendus dans la Fleet. Il voulait rien entendre, sauf que j' lui mont' le trou. Pis v'là qu'un aut' agent est v'nu, alors j' leur ai montré à tous les deux. Après quoi, v'là qu'y commencent à s' disputer, pour savoir s'ils d'vaient vous suivre là-d'ssous et v'nir à vot' secours. Alors, j' suis partie et suis rentrée chez moi m' met' au lit.

Que pouvais-je rétorquer ? Son récit sonnait juste. Ne m'étais-je pas demandé par quel miracle les sergents Cowley et Picker s'étaient trouvés là à nous attendre, lorsque nous avions surgi de ce souterrain fétide ?

La déception dut se lire clairement sur ma face, car la femme effleura mon bras pour me réconforter et me dit :

— J' suis vraiment navrée, jeune homme. Tout c' que j'espérais, c'est qu'il soit p't'êt' un véritab' ami à toi et qu'il te l' rapport'rait, encore qu' j'avais peine à croire que quelqu'un comme toi ait c' genre de fréquentations.

— Comment était-il ? Pourriez-vous le décrire ? L'aviez-vous vu auparavant ?

— Oh, on en voit tant qui baguenaudent ici, au Garden. Y n' m'a jamais rien ach'té, pour sûr, sinon j' m'en souviendrais. Il était à peu près d' ta taille, j' dirais, mais plus vieux, et il avait un air malfaisant... pour tout t' dire, j' m'en suis méfiée dès l' début.

— Était-il bien mis ?

— Que nenni. Pas dépenaillé, non plus, r'marque bien, mais l'habit qu'il portait était pas aussi beau qu' celui qu' tu m'as d'mandé d' surveiller.

J'avais vaguement espéré que Bunkins eût pu prendre l'habit, encore que je ne pouvais certainement pas l'imaginer rudoyant une femme de la sorte. Et depuis qu'il vivait chez M. Bilbo, l'élégance de ses atours rivalisait avec celle des jeunes messieurs qu'on croisait à Vauxhall Gardens. De même que nul n'aurait dit de lui qu'il avait l'air malfaisant. Non, pas Jimmie Bunkins.

— Je suis réellement désolée qu' ça s' soit passé comme ça, dit-elle.

— Je vous crois, répondis-je.

Dans un haussement d'épaules, je la remerciai et me mis à regagner Bow Street.

Mon habit avait, semblait-il, été dérobé par un détrousseur ordinaire, lequel avait de prime abord tenté de la duper par un mensonge. Ce soir-là, je dénichai les deux agents en question et ils confirmèrent la version de la marchande. J'arrachai à chacun une excuse, pour avoir considéré l'habit volé comme de peu d'importance. Leurs regrets, évidemment, ne me furent guère utiles pour recouvrer mon vêtement.

Dès que l'occasion se présenta, j'abordai le sujet en présence de Bunkins et du sergent Perkins. Ce qui se produisit tandis que nous nous éloignions tous les trois du domicile de ce dernier, au-dessus des écuries de Little Russell Street, avant de nous séparer pour rejoindre nos destinations respectives. Je leur rapportai alors ce que la femme de Covent Garden avait confié au sujet du voleur, et tentai de leur décrire l'habit.

— Mais, à propos, me rappelai-je, vous l'avez vu, monsieur Perkins. Vous vous souvenez ? Je le portais le jour où nous avons découvert, chemin faisant, le cadavre de ce que nous avons considéré ensuite comme la première victime du Faucheux.

— Comme de juste, reconnut-il, et c'était un fort bel habit. Il était vert, si mes souvenirs sont exacts.

— Vert foncé, précisai-je. On appelle cette teinte « vert bouteille ».

— Vert foncé, tu dis ? intervint Bunkins. C'est-y qu'il a une lisière blanche ?

Je le regardai d'un air surpris :

— En effet... autour des poches et des boutonnières. As-tu vu un habit semblable ?

— Ça s' pourrait bien, répondit-il, et même qu'il était porté par un gaillard qu' tu connais, l'ami.

— Oh ? Et qui cela pourrait-il être ?

— Pourquoi n' pas aller voir si on peut dénicher c' gars ? On risque fort de r'trouver ta frusque en même temps.

Et Bunkins, sans en dire plus, continua son chemin avec nous, au-delà de l'endroit où il avait coutume de nous laisser pour rejoindre la majestueuse demeure de St. James Street, où il logeait avec M. Bilbo et son entourage. Peu après, il suggéra que lui et moi pourrions peut-être rejoindre Bow Street, en faisant un détour par Bedford Street.

— Mais vous, monsieur Perkins, dit-il à l'agent, j'imagine que vous d'vez continuer vot' route. Le d'voir vous appelle, comme qui dirait.

— Le devoir ne m'appelle pas avant une heure au moins, répliqua le sergent, en maîtrisant à merveille un sourire pincé. Mais en ma qualité de gardien de la paix, je dois toujours veiller à ce qu'un bien volé retourne entre les mains de son propriétaire. Tu ne serais point en train d'essayer de te débarrasser de moi, n'est-ce pas, Jimmie B. ?

— Oh non, monsieur ! répondit Bunkins avec une candeur offensée. Comment pourriez-vous penser une chose pareille ?

Nous prîmes donc tous les trois le chemin de Bedford Street. Bien que je n'eusse posé aucune question à mon camarade, j'avais toutefois mon idée sur la personne susceptible de se trouver dans cette rue, vêtue de mon bel habit. Et tout ce que la commerçante m'avait dit au sujet du voleur confirmait alors mes soupçons.

Lorsque nous parvînmes à destination, Bunkins nous demanda d'attendre, tandis qu'il pénétrait dans la première gargote qui se présentait. L'artère n'était pas aussi bondée qu'elle le serait bientôt ; ceux qui regagnaient leur foyer, après une journée de labeur, avaient tendance à l'éviter, en raison de sa mauvaise réputation. J'observai que M. Perkins, tout en restant silencieux, s'affairait, l'air désinvolte, à boutonner son habit ; lorsqu'il eut terminé, le gilet rouge qu'il arborait (signe distinctif de son appartenance à la brigade de Bow Street) n'était plus visible. Bunkins surgit de l'estaminet, secoua la tête, et nous gagnâmes le suivant, que son enseigne annonçait comme un débit de boissons, puis encore un autre, une prétendue taverne. Nous étions là à attendre devant le cinquième établissement de bas étage, lorsque M. Perkins choisit enfin de me parler.

— Je me tiendrai à l'écart, déclara-t-il. Mais je veux que tu te souviennes de ce que je t'ai enseigné, et tu te débrouilleras fort bien.

Quant à moi, qui étais de plus en plus tendu, à mesure que nous passions d'un bouge à l'autre, je repris courage dans les propos de l'agent : on m'avait entraîné, j'étais prêt.

Bunkins apparut à la porte. Il nous fit signe d'entrer.

M. Perkins me retint un instant. Il saisit sa matraque et la glissa entre ma ceinture et le creux de mon dos.

— Ne t'en sers pas, à moins d'y être contraint, me recommanda-t-il.

Et nous pénétrâmes à l'intérieur. M. Perkins me laissa et se plaça au comptoir. Je rejoignis Jimmie Bunkins qui était rentré à nouveau. Sans piper mot, il pointa l'index. À cette première heure du soir, il faisait presque aussi sombre qu'au-dehors. Une lampe à huile se consumait au bar, un feu rougeoyait dans l'âtre, tandis que des bougies éclairaient les quelques tables où les buveurs étaient installés. Sous une lumière aussi chiche, il ne m'était donc guère aisé de repérer celui que je cherchais. En l'occurrence, je l'entendis — toujours ce gloussement niais, semblable à un hennissement —, avant que mes yeux n'atteignissent l'obscurité du fond de la salle. Car il se trouvait bel et bien là, attablé avec quatre de ses congénères... Jackie Carver.

Je ne pouvais discerner à une telle distance, et en raison du faible éclairage, si l'habit qu'il portait était le mien, aussi m'avançai-je vers lui, en me faufilant entre les tables. Bunkins m'emboîta le pas. Comme je m'approchais, Jackie Carver m'aperçut, me reconnut et cessa de jaser. Je n'avais pas sitôt atteint sa table que je vis distinctement ledit habit : vert bouteille, avec un liséré blanc ; il s'agissait sans conteste du mien. Tous les yeux de la tablée étaient rivés sur moi, comme je pris place devant lui et attendis.

— Qu'est-ce que tu veux, *toi* ? s'enquit-il avec un ricanement outrancier.

— Mon habit, répondis-je.

— Ton habit ? répéta-t-il avec son petit gloussement

habituel. C'est qu' c'est un habit d'*homme*. La dernière fois que j' t'ai vu, t'étais frusquiné comme une *femme*, même qu'on aurait dit une grue. T'as aucun droit d' porter un habit d'*homme*.

Ce qui suscita l'hilarité chez ses commensaux. Tandis qu'il restait là à me narguer, les autres partirent de gros éclats de rire, et l'un d'eux, un gaillard d'une trentaine d'années à la laideur insigne, martela la table de jubilation. Tous les autres clients de l'estaminet s'étaient tus. Le tenancier venait vers nous.

J'attendis que les rires se fussent estompés.

— Qu'à cela ne tienne, je le veux, rétorquai-je.

— Ben, tu l'auras point.

Il me toisa avec mépris depuis sa place, au bout de la table ovale.

Pour distraire alors son regard, je tendis le bras et fis claquer mes doigts sous son nez. Ses yeux se détournèrent donc malgré eux, comme je l'avais prévu. Ensuite, d'un geste vif et calculé, je lui saisis l'oreille de ma main gauche, la tordis et la tirai vers le haut. Il n'avait d'autre issue que de se lever, ou je la lui arrachais. Lorsqu'il fut à moitié debout, je repoussai violemment sa tête et libérai mon emprise. Il chancela avec fracas contre la chaise et le mur, mais s'arrangea pour conserver l'équilibre. Ses camarades étaient si stupéfaits qu'ils se bornèrent à nous dévisager l'un et l'autre, en écarquillant les yeux. Il passa alors la main dans son dos, comme pour sortir son couteau, mais laissa son geste en suspens, telle une menace.

— Tu sais qui j' suis ? aboya-t-il. C' que j' peux t' faire ?

J'eus l'impression d'avoir déjà entendu semblables propos.

— Oui-da ! répliquai-je en beuglant comme lui. Tu te fais appeler Jackie Carver, tu es un souteneur, un imposteur, et tu poignardes dans le dos, à tel point que tu préférerais affronter le démon en personne, plutôt que n'importe quel mortel dans un véritable combat.

— *Allez régler ça dehors!*

C'était le tavernier. Penché au-dessus du comptoir, un pistolet dans chaque main. Bien qu'il ne les eût pas armés, à en croire sa tête, il semblait clair que l'homme n'hésiterait pas à tirer.

— Suis-moi! lançai-je, puis je tournai les talons, bousculai Bunkins au passage, et gagnai la sortie.

Tout le monde se précipita avec frénésie à l'extérieur. Le bouge se vida de ses buveurs qui avaient grande hâte d'assister à l'échauffourée. Mais on fit place autour de moi, puisque j'étais l'un des protagonistes, et je sortis dans l'air du soir, alors que Bunkins me flanquait de grandes bourrades dans le dos :

— Dis donc, t'as su lui dire les mots qu'il faut, l'ami! claironnait-il.

— Mais où pouvons-nous aller?

— Par là... dans cette venelle.

Bunkins me prit par le bras et me conduisit dans la ruelle même où l'on avait découvert le corps de Poll Tarkin. Les gens marchaient sur nos brisées. J'entendis derrière moi qu'on prenait des paris, chacun y allant de sa cote. Il semblait qu'en dépit d'une prestation méritoire dans l'estaminet je n'étais point le favori.

Je pris place en plein cœur de la venelle et attendis que la foule l'envahît, en se plaçant alentour. Après m'avoir soulagé de mon vieil habit, Bunkins forma un cercle en faisant reculer les badauds.

— Laissez-leur d' la place! Reculez! Reculez! psalmodiait-il.

Mon adversaire arriva enfin, accompagné de ses quatre acolytes. Ils s'esclaffaient et l'encourageaient, en lui disant que le sang ne tarderait point à couler à flots. Pour sa part, il paraissait plus sombre ici qu'à l'intérieur du débit de boissons; il branlait du chef, acquiesçant à leurs paroles de soutien, mais point de ricanement, de sarcasme ou encore de gloussement. Je tâtai dans mon dos la matraque de M. Perkins, afin de m'assurer qu'elle était bien en place dans ma ceinture, mais suffisamment accessible en cas de besoin. Satisfait, je m'avançai pour montrer que j'étais prêt.

Il ôta son habit — *mon* habit — et marmonna quelque chose à ses compagnons. Puis, dans une ultime bravade, il se mit à beugler à la foule :

— Que tout l' monde sache qu' c'est pas à cause d'une frusque. C't' à cause d'une donzelle, une de mes catins qu'il voulait pour lui tout seul. Elle le voulait point. Elle...

Tandis qu'il pérorait, en balayant du regard son auditoire, j'avais continué à m'avancer vers lui. Il s'aperçut trop tard combien j'étais proche de lui, et alors qu'il coupait court à son verbiage, il eut à peine le temps de lever les bras pour se défendre, et encore moins de saisir son couteau par-derrière.

En trois bonds, je parcourus les trois pas qui nous séparaient et lui assenai deux horions en pleine face, de mon poing gauche puis du droit, et je lui flanquai un solide coup de pied dans la rotule. Il s'effondra sur l'autre genou.

Je fis alors ce que je n'aurais pas dû faire. Je reculai, lui laissant le temps de se ressaisir. C'était en partie afin de pouvoir recouvrer l'usage de mes doigts, car aussi endurcies que fussent mes mains après tant de jours d'exercice au sac, dans la cour de l'écurie, elles n'étaient pas préparées à heurter les os de son visage. Dorénavant, j'allais frapper les endroits plus tendres de...

Son poignard était sorti. La lame décrivit un arc de cercle en visant mon ventre. Le vaurien avait la main leste et m'aurait effectivement blessé si je n'avais bondi en arrière. Mais il s'était redressé, couteau en main, se ruant sur moi, et je n'avais d'autre choix que de reculer encore. Je ne pouvais dégager la matraque de ma ceinture, car mes deux mains m'aidaient à garder l'équilibre.

Les spectateurs parurent s'en réjouir tout spécialement. J'entendais des « *Ooooh !* » et des « *Aaaah !* », à chacun de ses mouvements brusques en avant, car ils s'attendaient chaque fois à voir jaillir une tache écarlate. Tel était le spectacle qu'ils escomptaient.

Je me mis alors à exécuter une petite danse, feintant à gauche, avant de bondir à droite, en esquivant la lame. Il suivit mon manège et faillit m'effleurer, mais avant qu'il n'y parvînt, je le surpris par un coup de pied dans la hanche qui le fit chanceler ; il tituba quelque peu pour recouvrer son aplomb.

Ce qui me laissa le temps d'extirper la matraque de ma ceinture. Je la tins de la main droite, pour en frapper ma paume gauche. La douleur intense que je ressentis m'offrit un regain de confiance. Je m'étais souvent exercé avec cette arme.

Il m'avait contraint à reculer par toute une série de brusques avancées. Allait-il continuer ? Ou allait-il se jeter sur moi et cingler l'air de son couteau, comme la première fois ? Je devais me préparer à l'un ou l'autre de ces assauts.

Il fit un mouvement vers moi.

Je bondis de nouveau à droite, en esquivant la lame, mais il sembla s'y attendre, car il pivota dans ma direction et m'eût fait mal si, en sautant, je ne l'avais point frappé fort sur l'oreille, avec ma matraque. Je plongeai derrière son dos et lui assenai un autre coup sur le crâne.

Il se tourna vers moi, brandissant son poignard dans un geste ample. Mais je l'avais anticipé et l'attendais presque, si bien que j'étais hors de sa portée, lorsque le couteau fendit l'air au passage, et quand ce fut fait, je m'avançai et laissai retomber la matraque sur la main qui le tenait. L'arme lui échappa. Dans un geste désespéré, il se précipita à terre pour la récupérer. Je le frappai encore sur la tête et songeai qu'il était sans doute assommé. Mais comme je donnais un coup de pied dans le poignard qui ricocha sur le trottoir, loin de nous deux, il se débrouilla tant bien que mal pour se relever.

Debout, hors d'haleine, transpirant le gin qu'il avait

bu, l'oreille et le crâne en sang, il ne représentait guère une menace, mais je savais qu'il me fallait en conclure avec lui. Je glissai la matraque dans ma ceinture et lui fis signe de venir à moi. Il s'avança d'un pas lourd, les mains tendues, comme s'il escomptait m'étrangler, ce qu'il eût assurément fait si je lui en avais laissé l'opportunité.

Le spectacle qui suivit ne pouvait qu'offenser les regards. Pourtant, le souvenir de Mariah déchaîna en moi une rage qui provoqua la volée de coups de pied et de coups de poing que je fis pleuvoir sur sa silhouette verticale quoique inerte. Enfin, alors qu'il s'appuyait sur moi pour ne point choir, ma tête frappa la sienne. Je m'écartai et il s'étala de tout son long sur les briques de la venelle.

J'attendis. Il ne remuait pas. Je partis à reculons, ne souhaitant pas lui tourner le dos, tant que je ne serais pas à bonne distance. Pendant ce temps, mon regard se porta à droite et à gauche, et je vis l'argent changer de mains. Pour la plupart, les gens observaient le silence, las de voir leur distraction achevée ou déçus de son aboutissement, je n'aurais su le dire. Je trouvai les quatre gars que je cherchais, en train de marmonner.

— J'aimerais récupérer cet habit, je vous prie.

Je sortis la matraque de M. Perkins et la fis claquer dans ma paume.

Le plus laid des compagnons de tablée de Jackie Carver — et Dieu sait qu'aucun d'entre eux ne se distinguait par sa beauté — tenait toujours mon habit vert bouteille. Il me le lança, en secouant la tête d'un air écœuré. Puis tous les quatre tournèrent les talons et s'en allèrent, laissant leur champion à l'endroit même où il gisait.

— Holà ! Holà ! Pourquoi ce tumulte ici ?

C'était M. Perkins, habit déboutonné, gilet rouge apparent, qui venait à nous, tel un sergent de ville à peine arrivé sur les lieux. Il se dirigea tout droit vers moi.

— As-tu fait partie de cette rixe ? s'enquit-il d'un ton des plus sévères. Je m'en vais confisquer cette arme que tu as en main, jeune homme.

Je la lui tendis sans regimber. (Après tout, c'était la sienne.) Il me prit par le bras et m'entraîna par un chemin détourné jusqu'à Jackie Carver. Tout en marchant, il fit une « découverte ».

— Voyons... qu'avons-nous donc ici ? Un poignard ?

Il se pencha pour le ramasser sur le trottoir.

— L'as-tu utilisé contre ce pauvre bougre qui gît à terre ?

Avant même que je n'élève la voix pour me défendre, trois des badauds s'avancèrent pour rétablir la vérité.

— Non, monsieur l'agent, c'est pas comme ça qu' ça s'est passé.

— C'est l'aut' gars qu'avait l' couteau. Il est connu pour ça.

— L' garçon a pas usé d' sa matraque avant qu' l' aut' sorte son poignard.

— Bien, dit M. Perkins en s'approchant de la silhouette étendue sur les briques. Cependant, il a sérieusement blessé celui-ci.

Jackie Carver, grâce à Dieu, commençait à remuer. Mes trois défenseurs nous talonnèrent pour l'examiner de plus près. M. Perkins s'agenouilla, selon toute apparence pour inspecter ses meurtrissures, mais, dans le même temps, il parut chuchoter à l'oreille non ensanglantée.

Tout à coup, Bunkins apparut à mes côtés.

— Tu as fait d' moi un homme riche, l'ami, déclara-t-il. Tout le monde te jouait perdant et j'ai parié tout c' que j'avais en poche et même plus.

— Tu ne t'es point couvert ?

Il me contempla d'un air consterné :

— Je f'rais jamais une chose pareille !

— Je m'en doute bien, répondis-je dans un sourire et un clin d'œil rassurant.

Il me vint alors à l'esprit que si je pouvais à présent sourire, c'est que cette épreuve était certainement finie.

— Oh, que je suis niais ! s'écria M. Perkins pour le bénéfice de tout l'auditoire. Et dire que pendant ce temps, j'avais le pied sur la main droite de ce pauvre hère. J'ai dû lui faire encore plus de mal.

Malgré tout, il ne retira pas son pied avant de se relever, et le fit peser de tout son poids sur ladite main. Jackie tentait à présent de se redresser en s'appuyant sur les coudes. Les autres l'observaient, plus par curiosité que réellement inquiets.

— Allons, vous trois. Aidez-le à se remettre debout. Je vous charge de l'amener chez un médecin pour qu'il examine ses blessures. Il en existe un dans le quartier, à Tavistock Street ; il s'appelle Donnelly.

Les trois individus obtempérèrent sur-le-champ. Un quatrième se joignit à eux. Ils parvinrent à faire tenir Jackie sur ses jambes.

— Quant à toi, jeune homme, me dit l'agent Perkins en m'empoignant le bras, je t'emmène directement à Bow Street. Et ne t'avise point de résister, sinon il t'en cuira !

Je baissai la tête, et inutile de vous dire, cher lecteur, que je n'opposai aucune résistance.

Comme nous quittions les lieux, nous réprimâmes notre jubilation. Mais dès lors que nous fûmes hors de portée des yeux et des oreilles, Bunkins lâcha un énorme cri de triomphe. Et M. Perkins s'accorda enfin un sourire.

— Je crois que j'ai sauvé comme il se devait l'honneur des agents de Bow Street. N'êtes-vous pas de mon avis, les garçons ? Je ne pouvais les laisser croire que nous approuvions les combats de rue.

Nous lui certifiâmes qu'il avait fort bien tenu son rôle. Et tandis que Bunkins exultait d'avoir gagné autant d'argent, M. Perkins voulut s'assurer que je n'étais pas blessé. Il me garantit que, le cas échéant, il eût mis un terme à la rixe séance tenante. Puis il commenta ma prestation.

— Ta seule erreur, vois-tu, c'est d'avoir reculé, après l'avoir jeté à terre, grâce à ce coup de pied dans la rotule.

— Mais la manière dont il a esquivé la lame... intervint Bunkins.

— Était périlleuse et tout à fait effroyable à regarder, répliqua le sergent d'un ton bourru.

Nous devisâmes ainsi, jusqu'à l'approche de Bow Street en passant par Great Hart, où nous nous séparâmes de Bunkins, lequel annonça qu'il devait se hâter de rentrer chez lui pour compter ses richesses. M. Perkins et moi reprîmes notre chemin en silence. Puis il m'arrêta soudain et me regarda de haut en bas d'un œil critique.

— Ma foi, déclara-t-il, ta sueur a séché et tu as la figure malpropre, de même que tes cheveux auraient besoin d'être brossés, mais tu t'es bien débrouillé, Jeremy. Et j'avoue que c'est un fort bel habit que tu portes ; il méritait qu'on se batte pour le récupérer.

Je le remerciai, puis ajoutai :

— Ce que Jackie Carver a dit était vrai. Le combat n'était pas pour l'habit... ou en partie seulement.

— Je m'en doutais un peu.

Et nous nous remîmes en route.

— Dites-moi, monsieur Perkins, déclarai-je, quand vous vous êtes penché pour l'examiner, vous avez eu l'air de lui causer à l'oreille. Qu'avez-vous dit ?

— Ah oui... Je lui ai transmis un message. Je lui ai dit que si d'aventure il avait l'intention de se venger, il valait mieux qu'il n'y songe pas. Si l'on venait à te faire du mal, c'est lui que j'irais dénicher, et je le ferais passer de vie à trépas encore plus prestement que n'importe quel bourreau. Je lui ai demandé s'il avait compris, et il m'a répondu en gémissant, ce que j'ai pris pour un oui.

Nous n'échangeâmes plus une seule parole jusqu'à ce que nous parvenions à l'entrée du 4 Bow Street. Il m'enjoignit alors à faire un brin de toilette et à me peigner, avant de monter à l'étage.

— Aucune charge ne sera donc retenue à mon encontre ? m'enquis-je dans un sourire effronté.

— Aucune, répondit-il.

Les jours suivants connurent moult allées et venues, dont deux ou trois des plus mystérieuses. S'il y eut une visite anodine, en revanche, ce fut celle de notre lavandière. Elle présenta non sans fierté la chemise et la culotte que j'avais arborées en pataugeant dans la rivière Fleet. J'ignore comment, mais après les avoir lavées et séchées à trois reprises, profitant de trois rares journées ensoleillées de novembre, elle était parvenue à les rendre propres. Et, détail d'importance s'il en fut, elle en avait chassé la puanteur. Je lui en sus fort gré, et le lui prouvai en la récompensant de deux shillings, puisés dans la grosse quantité d'argent que Bunkins m'avait offerte. (Sa conscience l'eût empêché de conserver pour lui seul tout ce qu'il avait gagné au prix de mes efforts, aussi divisa-t-il ses gains pour m'en octroyer la moitié.) La brave femme resta tout ébaubie de ma générosité. Tant que j'utilisais cette somme à pareilles fins, je n'avais nul lieu de me sentir coupable de l'avoir acceptée. Ou du moins me le semblait-il.

Plus étrange fut la visite inexpliquée de la famille Millhouse. Thaddeus, Lucinda et le petit Edward arrivèrent un dimanche matin, vêtus de leurs plus beaux effets. Je les croisai au moment même où je quittais la demeure, afin d'aller poster des lettres pour lady Fielding. Saluant ce petit monde au passage, je remarquai qu'ils affichaient tous les trois, même le petit Edward, un air des plus solennels. Nul doute qu'on les avait mandés, encore que je ne leur eusse porté aucune missive, et il s'agissait à l'évidence d'une affaire importante. Puisque ma course m'avait contraint à faire tout le chemin jusqu'au relais de la malle-poste, je fus surpris d'apercevoir au retour la famille Millhouse dans Covent Garden ; moins surpris de les voir que d'observer un changement notable dans leur attitude. Même à distance — car ils traversaient alors la vaste quoique quasi déserte piazza —, à en juger par leurs sourires et leur gai bavardage, je pouvais affirmer que leur entretien avec sir John leur avait fait grand plaisir.

Peut-être, songeai-je, avait-il fait grâce de l'amende pour ivresse qu'il avait infligée à Thaddeus Millhouse. Il eût été dans la nature du magistrat d'agir ainsi.

Le jour suivant — le soir, à vrai dire, car nous venions d'achever le souper —, M. Gabriel Donnelly passa nous voir. Le médecin n'avait point sa trousse avec lui, de même qu'aucun d'entre nous n'était souffrant, aussi ne pouvait-il s'agir d'une visite professionnelle. La seule raison qui me traversa l'esprit, en vérité, fut qu'il venait nous faire ses adieux. Pourtant, rien ne le laissa supposer lorsqu'il entra. L'heure n'était point aux discours, ni aux larmes, du reste, car sir John se leva de table et conduisit le visiteur dans la petite pièce qu'il nommait son bureau. Nous autres en bas, à l'office, entendîmes la porte se refermer derrière eux, puis le grondement sourd de la voix grave du magistrat... et même, une fois, le rire de M. Donnelly.

Il n'y resta pas longtemps, moins d'une demi-heure, dirais-je, et lorsqu'il s'en revint, il était seul, sir John demeurant à l'étage. Je levai le nez de la marmite que je récurais, pour découvrir un sourire épanoui sur la face du praticien. Nul doute qu'il n'avait pas fait ses adieux.

— Vous n'allez pas partir *de sitôt* pour Portsmouth, monsieur ? hasardai-je.

— Non, Jeremy, il ne te sera pas aussi simple de te débarrasser de moi. Certainement pas !

Et, à ces mots, il éclata de rire de plus belle et franchit la porte en dansant la gigue.

Annie, qui était au courant de son départ imminent, me lança un regard interrogateur... mais je ne pus lui répondre. Ne sachant quoi penser, je haussai les épaules, et elle m'imita.

Je me retrouvais donc avec deux énigmes à résoudre. Et je n'étais pas susceptible d'y parvenir, car nul ne m'avait laissé le moindre indice, et personne ne me proposait son aide en la matière. Il n'y avait rien à faire, si ce n'était attendre que sir John lui-même choisît de fournir quelque éclaircissement. Il s'en chargea deux soirs plus tard, comme nous étions tous attablés pour le souper. Il avait prié qu'on servît du vin, fait rare pour un repas ordinaire avec nous quatre seulement, à l'office. Je sentis qu'on allait porter un toast et celui-ci ne tarda pas à venir.

Avant même d'effleurer l'assiette de ses couverts, sir John se mit debout et leva son verre.

— Ma chère famille, déclara-t-il en ayant la bonté de nous inclure, Annie et moi, je bois à la santé de M. Gabriel Donnelly, car bien qu'il soit présentement absent de notre tablée, nous aurons l'occasion de le revoir parmi nous de nombreuses fois à l'avenir, durant son séjour ici, à Londres, que nous préjugeons long et permanent.

Nous levâmes donc tous les trois nos verres et bûmes avec sir John à la santé du médecin, retenant nos questions jusqu'à ce qu'il se rassît. Elles fusèrent alors de toutes parts : l'avait-il persuadé de rester ? La Marine l'avait-elle éconduit ? Avait-il trouvé un mécène ? Pourquoi ne se trouvait-il pas parmi nous ? Le magistrat leva la main pour nous imposer silence, puis se lança dans son explication.

— Aussi puissante qu'elle eût pu être, aucune persuasion de ma part ne l'eût retenu ici, déclara-t-il, car c'était par pure nécessité économique qu'il avait été poussé à s'enrôler de nouveau dans la Marine, laquelle, cela dit, l'aurait accepté de bonne grâce, car j'ai appris qu'on avait fait à son sujet un rapport fort élogieux, durant ses années de service. En un sens, oui, il a trouvé un bienfaiteur, comme je m'en vais vous l'expliquer, puisque l'annonce en sera faite demain au Parlement.

« Grâce à mon insistance sans relâche, un nouveau coroner a été enfin choisi. Il s'appelle Thomas Trezavant, il est l'ami du Premier ministre et, soit dit entre nous, pas plus qualifié que son prédécesseur, quoique considérablement plus jeune. Toutefois, il n'a point la prétention d'être compétent, et lors d'un entretien avec lui et le président de la Haute Cour, je me suis arrangé pour les convaincre tous deux de la nécessité d'un conseiller médical auprès du coroner, quelqu'un dont les opinions pourraient s'avérer d'une grande fiabilité. Naturellement, j'ai avancé le nom de M. Donnelly pour ce poste. Ils ont émis, je dois l'admettre, quelques réserves à sa nomination, parce qu'il est irlandais et, comme ils l'ont supposé à juste titre, papiste. Je leur ai opposé ses excellents états de service dans la Marine de Sa Majesté, en observant que sa religion n'avait constitué aucun obstacle dans sa carrière de navigant. Quant à la confiance qu'on pouvait lui accorder, je l'ai justifiée par l'aide qu'il m'apporta lors de ces terribles homicides qui, à présent, grâce à Dieu, appartiennent au passé. Je leur ai avoué que longtemps avant que je n'envisage volontiers semblable possibilité, il m'avait incité à croire qu'il pouvait s'agir de l'œuvre de deux assassins et non un seul ; et pareille déduction lui était venue simplement après analyse des preuves médicales. Ils ont souhaité le rencontrer. Et la rencontre a eu lieu hier. M. Donnelly, que nous connaissons tous pour sa sagacité, s'est fort bien présenté, à la manière d'un gentleman sans prétentions, et ils l'ont accepté. Comme il a l'oreille du Premier ministre, M. Trezavant a pu persuader ce dernier de verser un traitement annuel au conseiller médical... pas grand-chose, assurément, mais de quoi subvenir au maintien du cabinet de M. Donnelly en cette cité. Voilà une reconnaissance officielle qui ne manquera certainement pas de lui attirer des patients à foison.

Sir John sourit de toutes ses dents, en opinant du chef, puis il ajouta :

— Mais restaurons-nous. Notre mouton va refroidir !

Ce que nous fîmes... nous régalant de succulentes côtelettes, d'autant plus délicieuses qu'elles étaient arrosées du vin de Bordeaux que nous buvions. Mais une question me taraudait encore.

— Sir John, m'enquis-je, pourquoi M. Donnelly

n'est-il pas avec nous ? Pourquoi devons-nous lui porter un toast en son absence ?

— Ah, Jeremy, tu peux sans doute le demander. Il soupe ce soir en compagnie de son nouveau maître, M. Trezavant. Il s'agit, bien sûr, d'une obligation sociale et professionnelle. M. Donnelly s'en excuse auprès de vous et promet de se joindre à nous pour célébrer sa bonne fortune dès qu'il le pourra.

Ayant trouvé la clé d'un mystère, j'étais fermement déterminé à résoudre le second. Aussi, après en avoir fini avec la vaisselle, je me décidai à aborder sir John et à lui poser directement la question. Après tout, M. Donnelly ne m'avait-il pas conseillé de chercher des occasions pour causer au magistrat ? Et peut-être qu'en entamant une discussion j'aurais alors l'opportunité de lui parler des sujets qui me tenaient à cœur. Je savais qu'il serait dans cette pièce à l'étage au-dessus, où il demeurait si souvent assis dans le noir. Ce fut donc là-haut que je me rendis et je frappai à la porte ouverte.

— C'est Jeremy, monsieur. Peut-être pourriez-vous répondre à une question pour moi.

— Je le ferai si je le puis, mon garçon. Entre, assieds-toi. Allume une bougie, si tu le souhaites.

Je m'assis en face de lui, mais nous restâmes dans l'obscurité. Tel était son élément.

Je lui expliquai ensuite que j'avais croisé la famille Millhouse qui entrait gravement en la demeure, dimanche dernier, et plus tard, en train de traverser Covent Garden d'un air fort guilleret. Qu'est-ce qui les avait rendus d'humeur aussi badine ? demandai-je.

— Ah, répondit-il, je rougis de ne t'en avoir informé plus tôt, puisque l'affaire te concerne. En vérité, Jeremy, je suis enclin aux idées fixes. Il semble que je ne sois capable de réfléchir qu'à une seule chose à la fois, et depuis dimanche, la nomination de M. Donnelly n'a cessé d'occuper mon esprit. Mais, comme tu l'as perçu à juste titre, M. et Mme Millhouse ont vu eux aussi la fortune leur sourire. Et c'est toi, Jeremy, qui en es la cause.

— Moi, monsieur? Comment cela?

— C'est toi qui as découvert le butin de Polly Tarkin, le fruit de ses activités de voleuse et de tire-laine. Lorsque j'ai été enfin soulagé du poids de ces meurtres de Covent Garden, mon esprit s'est porté sur cette petite famille de Half Moon Passage... le père buveur et victime des tentations de la chair, tous les trois condamnés à vivre dans une seule pièce, avec un bébé de l'âge où l'on braille et beugle à l'envi. Et il m'a semblé qu'ils méritaient mieux. J'ai appris également que son emploi auprès de M. Hoole contraignait M. Millhouse à se lever chaque matin de bonne heure et à accomplir tout le chemin à pied jusqu'à Clerkenwell, car c'est là-bas que s'effectue la traduction de l'Arioste. En bref, je constatai qu'il y avait tout lieu de les arracher à cet endroit sordide, pour leur en offrir un plus accueillant, aussi les ai-je mandés dimanche dernier. Comme ils avaient manqué de régler une mensualité de l'amende que j'avais infligée à M. Millhouse, ils devaient penser que je les convoquais pour les tancer... d'où leurs visages graves. Lorsqu'ils ont appris que j'avais au contraire décidé de leur octroyer la bourse, dénichée par tes soins sous le parquet de la chambre de Poll Tarkin, ils ont débordé de joie. Bien que l'argent ait été mal acquis, je leur ai dit qu'ils pourraient en faire bon usage. Je mis toutefois une condition sur la façon dont ils étaient censés dépenser cette somme. Je leur dis qu'ils devraient quitter Covent Garden et s'installer à Clerkenwell, ou non loin, dans un logis plus vaste et plus confortable. De même que M. Millhouse ne devait pas dépenser un seul shilling du pécule pour fêter leur bonne fortune. En présence de sa femme, il a fait vœu d'y renoncer. Je crois qu'elle lui aura fait tenir sa promesse, car ils ont déjà trouvé une demeure et s'y installeront ce samedi. Qu'en dis-tu, Jeremy?

— Si je ne risquais pas d'importuner lady Fielding, je pousserais volontiers un cri de joie.

— J'ai pensé que tu en serais ravi.

— Combien y avait-il dans le sac?

— Aux alentours de quarante guinées. J'ai demandé à M. Marsden de faire le compte — guinées, souverains et shillings —, or tel en a été le montant approximatif.

— Cela va changer leur vie.

— Pour le meilleur, sans nul doute.

J'attendis. Comme aucune parole ne fut prononcée dans l'instant, je commençai à me lever pour prendre congé.

— Reste, me dit-il alors. Puisque tu es ici, peut-être devrions-nous causer plus avant.

Il hésita, puis poursuivit :

— En raison de mes idées fixes de ces dernières semaines, nous n'avons guère eu l'occasion de deviser comme par le passé. Je tiens à ce que tu saches, en premier lieu, que j'ai apprécié ton aide dans cette affaire d'homicides, et même au-delà de ce que les mots peuvent exprimer. Je m'en veux encore de t'avoir mis en péril, dans ce subterfuge qui aura finalement permis d'appréhender le Faucheux, bien que tu te sois comporté de façon admirable et que tu aies mérité ta récompense. Si je t'ai dit, quant à ton escapade dans l'égout, que tu avais fait preuve « à la fois de bravoure et de niaiserie », c'est la bravoure qui l'emporta de loin sur la niaiserie. Et je dois porter à ton crédit, Jeremy, que tu m'as prouvé que je me trompais au sujet de M. Tolliver. Tu peux certes ne pas le croire, mais, en définitive, j'aime qu'on me démontre que j'ai tort, de temps en temps. M. Donnelly m'a confié comment tu as dépensé ta prime, ou une partie, à tout le moins, et j'ai estimé cela admirable. J'avoue nonobstant m'être inquiété que tu aies pu avoir des relations charnelles avec cette pauvre fille. Il m'a assuré que non. Est-ce le cas?

— Je n'en ai eu aucune, sir John.

— Bien. La vérole frappe aux quatre coins de Londres. Tu en as constaté les conséquences éventuelles en la personne d'Amos Carr. Tu peux en voir d'autres exemples dans la rue... des infirmes, des idiots qui déraisonnent. Il s'agit là d'une affreuse maladie. Mais je trouve que j'oublie trop aisément, la plupart du temps, comment cela se passait lorsque j'avais ton âge, voire quand j'étais un peu plus vieux. Les mêmes désirs brûlaient en moi, la même passion pour l'aventure et le risque. Si j'avais eu moins soif de hardiesse, je jouirais peut-être encore de la vue, il est vrai, mais je n'aurais pas eu l'existence que j'ai menée ; et tout compte fait, je crois ne pas avoir à m'en plaindre. Le destin nous place parfois en présence de ces choix singuliers. Mais là aussi, en définitive, je pense qu'il est bon pour toi de réfléchir aux dangers éventuels, Jeremy. Regarde à deux fois avant de bondir.

À présent, je supposai qu'il en avait réellement fini. Mais comme nous étions allés assez loin, je me dis que nous pourrions peut-être poursuivre encore un peu.

— Sir John ?

— Oui, mon garçon, qu'est-ce ?

Comment formuler ma question ?

— Eh bien, monsieur, je désirais seulement réitérer mon dessein d'étudier le droit avec vous, si tel est également votre souhait.

— Ai-je oublié ton dessein ou ma promesse ? Est-ce là ta question ? Non, bien que nous n'en ayons pas parlé de longue date, je n'ai pas oublié. Tu es seulement un peu trop jeune pour commencer. Mais c'est un long processus, sache-le, et assez pénible, de surcroît. Patientons quelque temps, un an peut-être. Attendons que tu aies seize ans. Je t'en fais la promesse.

Comme Noël approchait, en cette année 1770, j'étais désireux d'acheter des présents à tout le monde. Je n'avais dépensé que deux shillings de l'argent que Jimmie Bunkins m'avait offert, aussi je disposais des moyens nécessaires pour gâter tous mes proches, en leur souhaitant mes bons vœux. À Bunkins précisément, j'offris un exemplaire de *Robinson Crusoé*, dont j'étais certain qu'il pourrait le lire au cours de la nouvelle année ; à M. Perkins, une chaîne pour sa montre de gousset ; à Annie, un camée, suspendu à un ruban de soie ; à lady Fielding, une brosse à cheveux ; et à sir John, un nouveau rasoir (et moi, qui en avais besoin, j'héritai de son ancien). En vérité, je dépensai aussi deux guinées de la prime.

S'il ne m'est nul besoin de dresser ici la liste de tout ce que je reçus en retour, le jour de Noël, je dois certes mentionner ce que m'offrirent sir John et lady Fielding. Ce fut cette dernière qui me tendit le paquet, de belle taille et pesant son poids. Comme je le déballais en présence de tous, je n'avais aucune idée de ce qu'il pouvait contenir, pas plus que je n'aurais pu le deviner, hormis le fait que cela ressemblait à une grosse pile d'ouvrages. Et il s'agissait bel et bien de livres... quatre au total, lesquels rassemblaient l'œuvre magistrale de sir Edward Coke[1], le grand juriste du siècle précédent : *Institutes of the Law of England*.

Au comble de l'ébahissement, je les remerciai tous deux.

— Ce que nous t'avons offert, déclara sir John, n'est autre qu'une grande somme de travail, Jeremy. Car je souhaite te voir lire de bout en bout ces quatre volumes. C'est fort bien écrit et cela ne devrait point te paraître si laborieux. Mais je désire ensuite que tu les compulses une seconde fois et prennes des notes sur toutes les questions qui te traverseraient l'esprit. Si tu t'y attelles comme il sied, les deux lectures devraient t'occuper une année durant. C'est alors que débutera le véritable labeur, car nous devrons parcourir ces ouvrages de nouveau ensemble, en discuter certains points, et répondre à tes

1. Juriste anglais (1552-1634) qui remania, expliqua et défendit dans ses *Institutes* (publiés de 1628 à 1644) les règles de droit coutumier, selon lui supérieures aux prérogatives royales. *(N.d.T.)*

interrogations. Ensuite, nous passerons à d'autres choses. Comme je t'en ai avisé, étudier le droit s'avère une longue et pénible entreprise... mais, au bout du compte, bénéfique.

Cet ouvrage a été réalisé par la
SOCIÉTÉ NOUVELLE FIRMIN-DIDOT
Mesnil-sur-l'Estrée
pour le compte des Éditions 10/18
en janvier 2000

Imprimé en France
Dépôt légal : février 2000
N° d'édition : 3102 – N° d'impression . 49545